Neal Shusterman und Eric Elfman

Teslas grandios verrückte und komplett gemeingefährliche Weltmaschine

Neal Shusterman und Eric Elfman

TESLAs GRANDIOS VERRÜCKTE UND KOMPLETT GEMEINGEFÄHRLICHE WELTMASCHINE

Aus dem Amerikanischen übersetzt
von Ulrich Thiele

Loewe

Im Andenken an Mari Lou Laso Elders,
eine gute Freundin und großartige Schriftstellerin.
Du wirst uns fehlen, Mari Lou.
N. S.

Für alle Schriftsteller, die ich kennengelernt und
gelesen habe, mit denen ich zusammenarbeiten und
von denen ich lernen durfte,
und für Mom, für Robby und wie immer für Jan.
E. E.

FSC
www.fsc.org
MIX
Papier aus verantwortungsvollen Quellen
FSC® C014496

ISBN 978-3-7855-7959-6
1. Auflage 2016

Die Originalausgabe ist 2015 bei Disney · Hyperion Books, an imprint of Disney Book Group,
unter dem Titel *The Accelerati Trilogy – Hawking's Hallway* erschienen.

Aus dem Amerikanischen übersetzt von Ulrich Thiele
Umschlagillustration: Fréderic Bertrand
Umschlaggestaltung: Michael Dietrich
Printed in Germany
www.loewe-verlag.de

Das Leben wäre tragisch, wäre es nicht so witzig.
Stephen Hawking

Inhalt

1. Haus in Schottland ertrunken

Als die Frau den Jungen vor ihrer Haustür stehen sah, begriff sie sofort, dass sie in Schwierigkeiten steckte. Es war der Teenager vom Flohmarkt. Mit einem Schrei knallte sie ihm die Tür vor der Nase zu.

Von Nikola Tesla hatte die Frau noch nie gehört, und sie hatte keine Ahnung, wie der Junge hieß. Sie wusste nur, dass dieser Junge ihr ein Wunderding verkauft hatte, das ihr die fantastischsten Reisen ermöglichte.

Durch puren Zufall hatte sie herausgefunden, wie der seltsame Globus funktionierte. Auf dem Silberbogen, worin die Erdkugel eingespannt war, konnte man einen Pfeil hin und her schieben. Die Frau hatte an der Globuskugel gedreht und den Pfeil auf die Türkei ausgerichtet – eines von vielen exotischen Ländern, die sie schon immer mal besuchen wollte. Dann hatte sie auf den Knopf ganz oben an der Kugel gedrückt, am Nordpol. Sie hatte gedacht, es wäre ein Lichtschalter.

Auf einmal stand sie auf dem Großen Basar von Istanbul. Vor sich den Tisch mit dem Globus, unter ihren Füßen ein exakt kreisförmiges Stück ihres Parkettbodens mit einem Durchmesser von etwa 1,20 Meter, rundherum abgesäbelt vom Teleportfeld.

Vollkommen unbeeindruckt von ihrem plötzlichen Auftauchen versuchte ein türkischer Händler, ihr eine Teekanne anzudrehen.

Die Frau schrie vor Schreck, drückte auf einen anderen Knopf, der bloß durch ein Ausrufezeichen markiert war, und schon war sie wieder zu Hause … nur dass sie selbst samt Tisch und Parkettstück augenblicklich durch ein exakt kreisförmiges Loch im Boden in den Keller plumpste.

Leicht verstört, aber ansonsten gesund und munter, reimte sich die Frau zusammen, was es mit dem Globus auf sich hatte. Danach stand zunächst eine Rückkehr nach Istanbul auf der Tagesordnung, wo sie sich die Teekanne sicherte.

Seitdem hatte sie Kurzausflüge nach Spanien, China und in die Schweiz unternommen. Und sogar zur Antarktis, nur damit sie behaupten konnte, einmal dort gewesen zu sein.

Gerade hatte die Frau sich gedacht, dass ihr letzter Besuch in ihrer schottischen Heimat schon viel zu lange zurücklag. Da tauchte der Junge vom Flohmarkt auf.

War er ein Engel oder ein Dämon? Oder bloß irgendein Kerlchen, das mit Zaubergloben handelte? Egal. Der Junge durfte ihr das Wunderding auf keinen Fall abnehmen.

Um seinem hartnäckigen Klopfen zu entkommen, drückte die Frau in ihrer Panik einfach auf den Knopf oben am Globus. Ohne zu ahnen, dass das Teleportfeld momentan auf den größtmöglichen Durchmesser eingestellt war.

Im ersten Augenblick dachte sie, es hätte nicht funktioniert, denn sie stand immer noch in ihrem Haus. Bis das Wasser – eisig kaltes Wasser – durch jedes Fenster und zur Tür hineinschoss.

Schnell wurde der Frau klar, dass sie ihr ganzes Haus nach Schottland teleportiert hatte, wo es mitten auf einem der zahlreichen schottischen Seen materialisiert war. Mitten auf einem der berühmt-berüchtigten *Lochs*, wie Seen in Schottland genannt werden.

Wie man weiß, sind die schottischen Lochs ungewöhnlich tief, ungewöhnlich trübe und auch sonst sehr ungewöhnlich. Der Zufall wollte es, dass in diesem einen Loch angeblich ein Ungeheuer zu Hause war, dem die Anwohner einen liebevollen Spitznamen verliehen hatten: Nessie.

Schiffe benötigen mitunter Stunden, um vollständig zu versinken. Ein wider Willen teleportiertes Haus geht dagegen stets mit erstaunlicher Geschwindigkeit und einzigartiger Entschlossenheit unter.

Als ihr entwurzeltes Zuhause kenterte, kannte die Frau nur noch einen Gedanken: *Überleben!* Eine besonders gute Schwimmerin war sie nicht, doch mithilfe von genügend Adrenalin mutiert auch eine betagte Witwe zu Wonder Woman.

Gegen den Ansturm des eisigen Wassers kämpfte sie sich auf ihr schwimmendes Sofa. Durch die Fenster im Erdgeschoss konnte sie nicht fliehen, dort ergoss sich der See ins Innere, eine Strömung, gegen die nicht mal ein Lachs angekommen wäre. Stattdessen paddelte die Frau hinüber zur Treppe und gelangte so ins Obergeschoss, wo sie sich endlich durch das Schlafzimmerfenster in den See stürzte.

Erst als sie durch die Oberfläche brach und über die Schulter blickte, wurde sie vom Schrecken gepackt. Das Vororthäuschen, in dem sie die letzten gut zwanzig Jahre ihres Lebens verbracht hatte, blubberte gerade die letzte Luft heraus. Binnen Sekunden ragte nur noch das Dach aus dem Wasser, dann nur noch der Kamin, und schließlich verschwand auch dieser in schäumendem, sprudelndem Weiß.

Und plötzlich fiel der Frau etwas ein: »Der Globus!«

Auf alles andere konnte sie verzichten, wenn es denn sein musste. Aber nicht auf ihr Wunderding.

Im selben Moment hörte sie – nein, *spürte* sie, um genau zu sein – eine Bewegung hinter sich. Irgendetwas rauschte über den See. Mit Armen und Beinen rudernd, um sich irgendwie über Wasser zu halten, drehte sich die Frau um die eigene Achse und rechnete schon fest damit, in die unergründlichen Augen eines gefräßigen Plesiosauriers zu blicken. Doch sie sah bloß ein kleines Fischerboot.

»Ho! Was treiben Sie denn da? Alles in Ordnung mit Ihnen, Ma'am?«, rief der alte Fischer herüber.

Die Frau wollte eben antworten, da ging ihr Adrenalin zur Neige, und sie spürte, wie sie in die Tiefe gesogen wurde. Doch der Fischer streckte die Hand aus und zog sie mit starken Armen in sein Boot, legte ihr seine Flanelljacke um und reichte ihr Tee aus der Thermosflasche.

»Aye, was hat Sie ins Loch Ness verschlagen?«, fragte er. »Und auch noch in einem Haus?«

Um die wahre Geschichte zu erzählen, hätte die Frau weiter ausholen müssen, als es ihr im Augenblick möglich war. Deshalb klapperte sie zur Antwort bloß mit den Zähnen.

Der Fischer legte ihr einen Arm um die schlotternden Schultern. »Aber, aber«, sagte der ältere Herr. »Meine Hütte ist gleich da drüben am Ufer. Da können Sie sich in Ruhe aufwärmen.«

Und mit einem Schlag wurde der Frau bewusst, dass ihr Traum in Erfüllung gegangen war. Nicht dass sie davon geträumt hätte, sich samt Haus in einen See zu teleportieren und beinahe zu ertrinken, das nicht. Aber davon, in der schottischen Wildnis in den Armen eines stattlichen Fischers zu liegen.

Die Frau ahnte nicht, dass bald ein Asteroid alles Leben auf Erden bedrohen würde, gefolgt von einer zerstörerischen Monsterelektrowelle.

Sie wusste nur, dass sie am Ziel ihrer Träume angelangt war. Und der Globus, oder was auch immer das für ein Wunderding war, würde nun für alle Zeiten am Grund eines der tiefsten Seen der Welt ruhen.

Oder auch nicht.

2. Nicks Tanz auf glühenden Kohlen

Willkommen im ehrbaren Orden der Accelerati«, sagte Thomas Edison zu Nick Slate und streckte ihm seine einhundertsiebzig Jahre alte Hand entgegen.

Als Nick die Hand ergriff, verzog sich sein Gesicht, und zwar nicht nur wegen der schmerzhaften Brandwunden an seiner Hand. Selbst durch den Verband hindurch fühlte sich ein Händedruck mit Thomas Edison an, als hätte man feuchtes Pappmaschee zwischen den Fingern, das noch mindestens eine Stunde lang trocknen müsste.

Nicks Reaktion schien Edison zu amüsieren, doch der alte Mann verlor kein Wort darüber. Stattdessen nahm er eine kleine Glocke von einem altertümlichen Beistelltisch aus Palisanderholz, passend zu seinem altertümlichen Haus im viktorianischen Stil, und klingelte nach seiner Haushälterin. Sofort tauchte sie auf, fast als hätte sie gleich vor der Tür gewartet, um auf den Befehl ihres Gebieters prompt zur Stelle zu sein. Und genau so war es.

»Mrs Higgenbotham«, sagte Edison, »zeigen Sie Master Slate doch, wo er untergebracht ist.«

»Is mir ein Vergnügen«, antwortete die Haushälterin im breiten Dialekt der Londoner Arbeiterklasse. »Is ein Weilchen her, dass wir einen Gast im Gästezimmer hatten.«

Nick folgte ihr die Treppe hinauf. Er war erleichtert, dem greisen Erfinder zumindest vorübergehend zu entfliehen.

Die Frau führte Nick in ein kleines Zimmer voller Möbelstücke, die der Großmutter seiner Großmutter vermutlich hervorragend gefallen hätten.

»Da wären wir«, sagte Mrs Higgenbotham – und blieb einfach stehen, als könnte sie es gar nicht erwarten, dass sich ein unangenehmes Schweigen entwickelte.

»Äh«, sagte Nick. »Wie ist es denn so, als Roboter für einen genialen Oberbösewicht zu arbeiten?«

»Also erstens«, entgegnete Mrs Higgenbotham, »is Mr Edison kein Bösewicht. Er is moralisch zweideutig. So wie alle bedeutenden Menschen in der Geschichte: Karl der Große, Königin Elisabeth, Michael Jackson … Und zweitens mag ich es nich, wenn man sagt, ich sei ein Roboter. Das is eine grobe Vereinfachung. Ich bin ein anthropomorphischer Dieneromat. Aber das klingt nich so knackig, was? Deshalb würde ich normalerweise sagen, ich bin ein Android, aber dann verwechselst du mich noch mit einem Mobiltelefon. Obwohl ich schon auch ein Telefon bin. Wobei ich dir aber nich raten würde, auf die Telefonfunktion zuzugreifen. Is kein schöner Anblick, mein Lieber.« Sie faltete die Hände und lächelte herzlich. »Darf es sonst noch was sein? Vielleicht ein Tee? Ein Himbeerscone?«

»Nein, danke«, sagte Nick.

»Ganz wie du willst, Schätzchen, ganz wie du willst. Bin in ungefähr einer Stunde zurück, dann wechseln wir die Verbände an deinen armen Händchen.« Damit ließ sie Nick allein, sodass er in Ruhe über seine Lage sinnieren konnte.

Ein Geheimbund aus Wissenschaftlern erpresste ihn, Nikola Teslas größte Erfindung wiederaufzubauen. Sollte er damit Erfolg haben, könnte die Maschine die unerschöpfliche Energie einfangen, die von dem Kupferasteroiden generiert wurde, der nun auf einer Umlaufbahn um die Erde kreiste wie der Mond. Doch all diese Macht läge dann in den Händen der Accelerati. Sie könnten damit anstellen, was sie wollten.

Nick löste den Anstecker von seinem Jackenaufschlag und betrachtete das goldene *A* mit dem Unendlichkeitszeichen als Querstrich. Er gehörte jetzt zu den Accelerati. Wenn er seinen Vater und Bruder retten wollte, musste er dem Bund beitreten, daran hatte Edison keinen Zweifel gelassen. Was aber nicht bedeutete, dass ihm das alles gefallen musste. Doch Nicks tiefste Angst war – tiefer fast, als sein Bewusstsein hinabreichte –, dass es ihm tatsächlich gefallen könnte.

Not, heißt es so schön, macht erfinderisch. Realistisch betrachtet macht Not aber häufig in erster Linie kopf- und planlos, weshalb gerade das Erfindertum in Notlagen einen schweren Stand hat. Viel treffender wäre: Gier macht erfinderisch.

Kein Mensch kann von sich behaupten, frei von Gier zu sein, auch Nick Slate nicht. Auch Nick schnappte seinem kleinen Bruder schon mal die letzte Geleebohne im Bonbonglas weg oder löffelte den letzten Rest Eis aus der Schachtel, wenn gerade niemand hinsah.

Auf der anderen Seite war Nick jederzeit zuzutrauen, dass er sein Sandwich mit einem x-beliebigen Mitschüler teilte, der sein Mittagessen zu Hause vergessen hatte. Oder dass er sein Skateboard spontan einem anderen Jungen schenkte, weil er zufällig wusste, dass dieser mit seiner Familie in einer Garage hausen musste.

Die Natur des Menschen tanzt stetig zwischen Selbstsucht und Edelmut hin und her. Seit Nick im Schoß der Accelerati angekommen war, musste er diesen Tanz auf glühenden Kohlen aufführen.

Tags darauf wurde Nick in aller Frühe herbeigerufen, um Edison ins Labor zu begleiten.

Dass Edison von einer fast zwei Meter hohen, von Nikola Tesla erdachten Batterie am Leben erhalten wurde, hielt ihn keinesfalls davon ab, das Haus zu verlassen. Mit seinem Kleinbus, worin der Rollstuhl samt Batterie bequem Platz fand und der womöglich von Henry Ford höchstselbst konstruiert worden war, konnte der »Zauberer von Menlo Park« stilvoll auf Reisen gehen.

Allzu weit ging die Reise allerdings nicht, vom Herrenhaus bis zum Laboratorium waren es nur ein paar Hundert Meter.

»Heute bricht eine Zukunft an, die heller strahlen wird, als du es dir jemals ausmalen könntest«, sagte Edison, als Nick und er das Gebäude betraten. »Brust raus, Junge! Du gehörst jetzt zu den Accelerati. Auf dieser Welt gibt es kein edleres Ziel als das, wonach wir streben.«

Diese Behauptung war für Nick nicht leicht zu schlucken. Noch schwerer als Mrs Higgenbothams Himbeerscones, die trocken und bröselig waren und offensichtlich nur virtuelle Himbeeren enthielten.

»Und wonach streben wir genau?«, fragte Nick. Er versuchte nicht mal, seine Bitterkeit zu verbergen.

»Nach Wissen um des Wissens willen«, erwiderte Edison. »Und nach technischen Neuerungen zum Wohle der gesamten Menschheit.«

»Das hat man Ihnen wohl auf den Grabstein geschrieben«, murmelte Nick.

Edison kicherte, als ärgerte ihn Nicks Spott nicht im Geringsten. »Wer weiß? Ich war nie bei meinem Grab. Bin da ein wenig abergläubisch.«

Langsam rollte Edisons Rollstuhl-Batterie-Konstrukt den breiten Laborflur entlang, Nick ging nebenher.

»Unser Stützpunkt unter der Bowlingbahn in Colorado Springs ist nur unsere wichtigste Zweigstelle. Hier wird unsere bedeutsamste Arbeit geleistet.« Unterm Sprechen deutete Edison mit seiner knochigen Hand auf die diversen Laborräume, die sie passierten. »Dort drinnen entwickeln wir ein Glas, das hart wie Stahl ist, aber trotzdem in Scherben geht, wenn wir es so wollen.«

»Warum sollte man das wollen?«, hakte Nick nach.

»Man weiß nie, wann ein Versagen der eigenen Technologie von Nutzen sein könnte«, erwiderte Edison. Er zeigte auf den nächsten Raum. »Und hier arbeiten wir an einer Membran, mit der Taucher unter Wasser atmen können.«

»Wenn es den Accelerati gerade in den Kram passt«, fügte Nick hinzu.

Edison drehte den Kopf zu ihm. »Ein weiser Erfinder vergisst nie, die Kontrolle über seine Schöpfungen zu bewahren. Das war sogar deinem heiß geliebten Mr Tesla klar. Wieso hätte er sich sonst solche Mühe geben sollen, sein größtes Werk zu verstecken?«

Endlich bogen sie in einen weitläufigen Laborraum ein, in dem die Objekte aus Nicks Dachboden ausgebreitet waren. Nick erlebte eine Art Déjà-vu – es kam ihm vor, als hätte sich ihm exakt dieser Anblick schon einmal geboten: am Tag seines schicksalhaften Privatflohmarkts, als er den ganzen alten Krempel verscherbelt hatte, ohne vorauszuahnen, dass es sich um Bauteile einer großen Maschine handelte.

»Die Apparatur, die du zusammengesetzt hattest, ist beim Einsturz des Dachbodens in ihre Einzelteile zerfallen«, sagte Edison. »Wir haben die verschiedenen Objekte hier gesammelt, und zusätzlich einige andere, die dir nicht zur Verfügung standen.«

Nick ging zwischen den Gegenständen hindurch. Edison hatte recht: Alle waren sie hier. Das Tonbandgerät, das innerste Gefühle aussprach. Die Harfe mit den kosmischen Stringsaiten. Die gehirnvergrößernde Trockenhaube. Der Verkleinerungswäschetrockner.

Und wie von Edison angekündigt, entdeckte Nick auch einige Dinge, die er seit dem Tag des Flohmarkts nicht mehr zu Gesicht bekommen hatte. Zum Beispiel das rostige Fahrrad und das Möbelstück, das aussah wie ein Karteischrank, aber bestimmt kein Karteischrank war, und das standmixerähnliche Dingsbums.

Insgesamt zählte Nick neunundzwanzig Objekte. Drei fehlten noch, und er wusste auch, welche: die Prisma-Elektronenröhre, die er der seltsamen Familie des älteren Herrn in Colorado Springs nicht hatte abjagen können; die Quasi-Autobatterie, die Vince am Leben erhielt; und der Globus, der sich nach allem, was Nick wusste, an jedem Punkt des Planeten befinden konnte. Oder irgendwo im Weltall.

»In ein paar Wochen wird der Asteroid wieder eine gefährliche Ladung aufgebaut haben«, erklärte Edison. »Doch wir hoffen, bis dahin die Funktionsweise eines Großteils der Objekte analysiert zu haben.«

»Ja, klar«, sagte Nick. »Klingt total einfach …«

Er hob den Standmixer auf. Das Gerät war ziemlich schwer. Der Behälter bestand aus Kupfer, nicht aus Glas.

»Wo ist der Deckel hin?«, fragte Nick.

»Gab's einen Deckel?«, entgegnete Edison.

Die Rillen zum Festschrauben des Deckels waren klar zu erkennen. Aber war auf dem Flohmarkt denn ein Deckel dabei gewesen? Nick konnte sich nicht genau erinnern. Auf jeden Fall beunruhigte ihn das Fehlen des Deckels.

»Wie dem auch sei«, wechselte Edison das Thema. »Wir wollen also herausfinden, wie die einzelnen Objekte jeweils funktionieren, und die Technologie entsprechend nachbauen. Ich wünsche mir, dass du uns dabei zur Seite stehst.« Edison hielt inne und musterte Nick. »Und wenn die Zeit gekommen ist, wirst du es sein, der die Einzelteile wieder zu einer einzigen Maschine zusammensetzt.«

»Da fehlen aber noch ein paar ziemlich wichtige Teile«, bemerkte Nick.

Edison rollte näher an ihn heran. »Trotzdem kannst du sie doch zusammensetzen, oder? Du weißt noch, wie sie zusammengehören?«

Von Natur aus neigte Nick nicht zum Lügen, aber sollte er jetzt die Wahrheit sagen, hätten ihn die Accelerati voll und ganz in der Hand. »Auf meinem Dachboden war's leichter«, antwortete er deshalb. »Das Zentrum des Dachbodens besaß eine Art Anziehungskraft, die alles in die richtigen Bahnen gelenkt hat.«

Edison zog die Stirn kraus. »Ja, das hatte Jorgenson erwähnt. Ich habe ihm gesagt, dass er sich das bestimmt bloß eingebildet hat.«

Nick schüttelte den Kopf. »Nein. Die Kraft gab's wirklich. Ich bin mir nicht sicher, ob ich die Maschine wieder zusammensetzen kann. Die Einzelteile haben Sie eingesammelt, aber die Seele haben Sie zurückgelassen.«

Mit seiner dürren Hand winkte Edison ab. »Papperlapapp. Eine Maschine ist eine Maschine. Außerdem haben wir beide eine Abmachung. Ich beschütze deinen Vater und Bruder, du legst dich dafür im Labor ins Zeug. Bist du ein Ehrenmann, Master Slate?«

Nick zuckte mit den Schultern. »Denke schon.«

»Dann handle auch wie ein Ehrenmann und halte dich an deinen Teil der Abmachung.«

»Na ja, solange ich meine Finger nicht bewegen kann ...«, Nick hielt seine nach wie vor bandagierten Hände hoch, »... werde ich nicht viel ausrichten können.«

»Das heilt bald wieder«, erwiderte Edison. »Natürlich können wir die Verletzungen nicht mit sofortiger Wirkung heilen, doch wir haben verschiedene mikroorganische Salben entwickelt, die den Heilungsprozess beschleunigen. Und bis dahin soll es dir nicht an helfenden Händen mangeln.«

Er rief zwei Mitarbeiter herein, die Nick assistieren sollten, einen Ingenieur und eine Ingenieurin im Laborkittel, beide überschäumend vor Eifer. Genau daran haperte es bei Nick noch etwas.

»Dann wünsche ich gutes Schaffen«, verabschiedete Edison sich und rollte aus dem Laborraum.

Die beiden stellten sich als Dr. Bickel und Dr. Dortch vor, was allerdings mehr nach einer Anwaltskanzlei klang als nach einem Ingenieursduo, weshalb sie meinten, Nick könne sie ruhig Mark und Cathy nennen.

»Du hast also die ganze Sache ins Rollen gebracht«, meinte Cathy mit einem mitleidigen Lächeln.

Nick erwiderte nichts.

»Die Technologie des atmosphärokinetischen Stimulators konnten wir bereits analysieren.« Mark deutete auf den Tornado-Blasebalg.

»Wir dachten, wir machen als Nächstes mit dem Toaster weiter«, sagte Cathy.

»Soll mir recht sein«, antwortete Nick resigniert. »Solange ihr das Teil von meinem Kopf fernhaltet.«

Streng genommen lag Cathy falsch, als sie behauptete, Nick hätte die ganze Sache ins Rollen gebracht. Nikola Tesla hatte sie ins Rollen gebracht, schon lange vor Nicks Geburt.

Doch für Nick hatte alles in der mit Abstand schlimmsten Nacht seines Lebens begonnen – mit dem Feuer, das sein Zuhause in Tampa und seine Mutter verschlungen hatte. Die Gedanken an diese Nacht lauerten überall. Jede Flamme ließ ihn zusammenzucken, und wann immer er die Finger krümmte, erinnerte ihn das Brennen der Brandwunden daran, die er sich vor Kurzem durch den Stromschlag zugezogen hatte. Diese Wunden würden allmählich verheilen. Die Narbe des Feuers, das ihm vor Monaten seine Mom geraubt hatte, würde bleiben.

Aber jetzt hatten Nicks Erinnerungen an diese schreckliche Nacht eine neue Wendung genommen. In dem Moment, als er mitten hinein in Teslas labile Maschine gegriffen hatte, hatte er eine Erleuchtung gehabt. Der mächtige Stromstoß hatte einen Funken in seinem Kopf geschlagen – und eine einzelne, verirrte Erinnerung war übergesprungen zu einer einsamen Synapse seines Gehirns.

In dieser Nacht war noch jemand anderes im Haus.

Nicks Vater und Bruder waren unmittelbar vor Nick gelaufen, sie waren gemeinsam zur Haustür gehastet, um aus dem brennenden Gebäude zu entkommen. Mr Slate hatte gedacht, er könnte seine Familie noch in Sicherheit bringen. Nick erinnerte sich, wie er sich nach seiner Mom umgedreht hatte, mit seinen tränenden Augen hatte er sie kaum erkennen können, doch sie war hinter ihm gewesen, hatte ihn vorwärtsgescheucht – und auf einmal, für einen winzigen Moment, hatte Nick geglaubt, in den beißenden Schwaden noch jemand anderen zu entdecken, hinter seiner Mom.

Im nächsten Augenblick war er im Freien gewesen, auf der Wiese. Aber seine Mom nicht. Sie hatte es nicht nach draußen geschafft. Dann war die Veranda vor Hitze explodiert, das Dach war heruntergekracht und hatte den Flammen weitere Nahrung geliefert, Nicks Welt war zerstört gewesen, und nichts hatte mehr irgendeine Bedeutung gehabt.

Wen oder was hatte Nick hinter seiner Mom gesehen? Bestimmt war es bloß Einbildung, vielleicht eine Spiegelung auf einem Bilderrahmen. Außer Nicks Familie war niemand im Haus gewesen, wer hätte also dort auftauchen sollen? Und wäre es denn nicht absolut verständlich, wenn Nick vor lauter Verzweiflung Halluzinationen gehabt hätte?

Und trotzdem steckte ihm das Bild im Gehirn wie ein rostiger Angelhaken, der nur darauf wartete, von Nick eingeholt zu werden.

Für Nick hatte das ganze unselige Abenteuer in einer Nacht des Feuers begonnen. Wie sich zeigen sollte, würde die wilde Hatz auch in einer Nacht des Feuers enden.

3. Hühnchen oder Fisch?

Caitlin Westfield hatte große Lust, irgendetwas kaputt zu hauen – ausnahmsweise nicht aus künstlerischen Gründen. Diesmal war sie einfach nur wütend.

»Miss Westfield, dieses Gespräch führt doch zu nichts«, sagte Schulrektor Watt und lehnte sich in seinem gemütlichen Chefsessel zurück.

Wie kräftig man den Typen wohl schubsen müsste, damit er hintenüberkippte? Andererseits wusste Caitlin, dass sie diesen Wunsch nie in die Tat umsetzen durfte, und wenn sie noch so große Lust darauf hatte.

Also atmete Caitlin tief durch und antwortete sehr langsam und mit gleichmäßigen Pausen zwischen den Wörtern, um auch wirklich zu Rektor Watt durchzudringen: »Nick. Slate. Geht. Auf. Diese. Schule!«

Rektor Watt zuckte mit den Schultern. »Nach der letzten Katastrophe haben doch so viele Menschen Colorado Springs verlassen. Ich konnte noch nicht mal alle Schüler auftreiben, die nachweislich existieren. Und erst recht nicht die anderen!«

»Aber Sie müssen sich doch an Nick erinnern!«, rief Caitlin.

»Mag sein. Aber das ist nebensächlich. Zugegeben, die Sache wäre deutlich leichter zu handhaben, würde ich mich *nicht* an den Jungen erinnern. Aber Tatsache ist, dass Nick Slates Existenz in keiner Akte verzeichnet ist, und wer nie existiert hat, der kann auch nicht verschwunden sein.«

»Dann sind die Akten eben falsch«, beharrte Caitlin.

Rektor Watt seufzte. »Miss Westfield, wenn mich meine langen Jahre in der Schulverwaltung eines gelehrt haben, dann, wie aussichtslos es ist, sich der erdrückenden Macht der offiziellen Aktenlage zu widersetzen. Wer es dennoch versucht, ist dem Wahnsinn geweiht.«

»Aber …«

Er hob die Hand, um ihr Einhalt zu gebieten. »Dieses Gespräch ist beendet. Ich habe zu tun, ich muss Schüler disziplinieren und Lehrer maßregeln. Die mangelnde Existenz deines Freundes ist nicht das Problem der Rocky Point Middle School.«

Caitlin wusste, dass Rektor Watts abweisende Haltung weniger von seiner Aktengläubigkeit herrührte als daher, dass er Nick schlicht nicht leiden konnte. Klar, sobald Nick an Watts Schule aufgetaucht war, hatten die Seltsamkeiten ihren Lauf genommen. Trotzdem war es ziemlich blauäugig von Watt, einfach davon auszugehen, dass die Seltsamkeiten durch Nicks Verschwinden wieder aufhören würden. Die Büchse der Pandora ließ sich nicht schließen, indem man so tat, als wäre sie nie geöffnet worden.

Die Wahrheit sah so aus: Nick hatte sich von einem Augenblick auf den anderen in Luft aufgelöst. Nach der Katastrophe, die Nicks Zuhause in Colorado Springs zerstört hatte, hatten Caitlin und er sich im Krankenhauszimmer unterhalten, dann war sie kurz zum Snackautomaten gegangen – und bei ihrer Rückkehr war das Zimmer leer gewesen, alle Hinweise auf Nick ausradiert. Dahinter konnten nur die Accelerati stecken.

Seitdem waren etwa zwei Wochen verstrichen.

Colorado Springs leckte sich immer noch die Wunden, die der massive elektromagnetische Puls hinterlassen hatte. In einem Umkreis von mehreren Kilometern hatte er alle elektrischen Geräte durchbrennen lassen, Festplatten geröstet, Straßenlaternen in die Luft gejagt und Strommasten eingeschmolzen.

Die Ruine von Nicks Haus war nun durch polizeiliches Absperrband und einen hohen Zaun abgeriegelt, davor standen Schilder mit der Aufschrift: *BEI UNBEFUGTEM BETRETEN WIRD GESCHOSSEN.* Angeblich ermittelten dort Regierungsbehörden, aber Caitlin wusste, dass es in Wirklichkeit die Accelerati waren. Caitlin hatte durch den Zaun hindurch gesehen, wie sie in ihren erbärmlichen Pastellanzügen die Trümmer durchforsteten. Sie hatten alle Bauteile des Far Range Energy Emitter – kurz F.R.E.E. – abtransportiert, der Tesla-Maschine, die Nick und Caitlin in mühevoller Kleinarbeit zusammengesetzt hatten. Jetzt gruben sie auch noch den unterirdischen Metallring aus, der das Haus umgab, denn auch der gehörte offensichtlich zu Teslas großer Erfindung.

An der Schule redete schon kein Mensch mehr von der allumfassenden Elektrifizierung, die so gut wie alles Leben auf dem Planeten ausgelöscht hätte, hätte Teslas Maschine die gigantische elektrische Ladung des Asteroiden nicht im letzten Moment in die Erde abgeleitet.

Doch der Riesenbrocken aus Sternenkupfer erzeugte weiterhin mit jeder Erdumrundung frische Energie. Bis zur nächsten tödlichen Entladung blieben nur noch zwei Wochen, und dennoch benahmen sich die Leute, als wäre alles in bester Ordnung, genau wie beim letzten Mal.

»Die Leute lernen halt nie dazu«, sagte Mitch zu Caitlin, als sie in der Mittagsschlange der Mensa standen.

»Aber jetzt, wo die Accelerati sich Teslas Maschine unter den Nagel gerissen haben«, erwiderte Caitlin, »müssen die *Accelerati* in einem Monat die Welt retten. Irgendwie fällt es mir schwer, mich darauf zu verlassen.«

»Ach was, die werden die Welt schon retten. Und danach heimsen sie den ganzen Ruhm ein und bitten die Welt dafür zur Kasse.« Seit dem Vorfall war Mitch nicht mehr der Alte. Er war zu einem allzeit deprimierten Schwarzseher geworden, als wäre er besessen von Vince' trübsinnigem Geist.

Neben Nick war auch Vince abhandengekommen, in Vince' Fall war aber wenigstens bekannt, wohin er verschwunden war. Vince hatte sich mit seiner Mom nach Schottland abgesetzt – angeblich, weil er und seine lebensspendende Batterie dort außer Reichweite der Accelerati waren, doch Caitlin hatte die Vermutung, dass noch mehr dahintersteckte.

Um Caitlin und Mitch herum beschwerten sich immer mehr Mitschüler über Länge und Langsamkeit der Essensschlange. »Neues Personal«, kommentierte irgendwer die Situation.

»Die Accelerati haben sich Nick gekrallt«, sagte sie zu Mitch, »und wir hocken in der Schule, schreiben Exen und erledigen unsere Hausaufgaben. Wir hätten uns längst auf die Suche nach ihm machen müssen.«

»Es gibt nur eine echte Möglichkeit, Nick zu retten«, erwiderte Mitch. »Wir müssen die Accelerati ein für alle Mal in die Knie zwingen.«

»Und wie sollen wir das deiner Meinung nach anstellen?«

»Grinfton«, entgegnete Mitch. »Gustav Qualens Alligator.«

Caitlin warf die Arme hoch. »Andauernd kommst du damit an! Was soll das denn heißen?«

»Das weiß ich nicht. Aber ich werde es herausfinden. Es ist der Schlüssel zu allem anderen.«

Mitch hatte Caitlin erzählt, wie er einem panischen Acceleratus den mysteriösen Hinweis entlockt hatte, indem er gedroht hatte, den Mann mit dem Tornado-Blasebalg aufzupumpen.

Selbst unter Androhung des Todes sprachen die Accelerati offenbar in Rätseln.

Da es in der Essensschlange immer noch kaum voranging und die Menge der hungrigen Kids immer lauter murrte, gab Mitch seinen Platz in der Reihe schließlich auf. »Hab eh keinen Hunger«, sagte er, machte sich davon und ließ Caitlin allein schmoren.

Nach langer Zeit schob sich die gewundene Warteschlange zu den Warmhalteschalen, in denen eine erdfarbene Pampe dampfte. Irgendwer hatte dem Schulamt weisgemacht, dass es sich dabei um eine nahrhafte Masse handelte.

Von den Schalen wanderte Caitlins Blick nach oben – und sie erstarrte.

»Hey!«, sagte die Schülerin vor Caitlin zum neuen Essensausteiler. »Wo ist die Lady hin, die früher immer hier war?«

»Ms Planck ist nicht mehr für die Schule tätig. Ich kümmere mich jetzt um die Essensausgabe«, erwiderte Dr. Alan Jorgenson.

Tief im Mittelalter, noch vor Erfindung der Wissenschaft selbst, wollten einige hochgebildete Männer herausfinden, woraus sich das Universum zusammensetzt. Es waren die Alchemisten, die jedoch bei all ihren Bemühungen von fehlerhaften Voraussetzungen ausgingen: Sie glaubten, in der Natur kämen lediglich vier grundlegende Elemente vor, nämlich Erde, Luft, Wasser und Feuer. Damit bogen sie gleich zu Beginn in die komplett falsche Richtung ab.

Die Alchemisten waren der Überzeugung, dass man die vier Elemente bloß im richtigen Verhältnis kombinieren müsste, um drei Ziele zu erreichen: Sie wollten das Lebenselixier destillieren; den Stein der Weisen herstellen; und Blei in Gold verwandeln. Viele Alchemisten, darunter auch frühe Wissenschaftler wie Sir Isaac Newton, vergeudeten ganze Jahrzehnte ihres Lebens mit aussichtslosen Versuchen, aus Blei Gold zu machen. Aber natürlich interessierte sich kein Mensch dafür, aus Gold Blei zu machen. Wieso auch?

Hier schien sich just diese Umwandlung vollzogen zu haben. Aus dem ehedem gülden schimmernden Dr. Alan Jorgenson, dem Großen Acceleratus, war der zweite Assistenzessensausteiler der Rocky Point Middle School geworden. Statt eines vanillefarbenen Anzugs aus feinster Spinnenseide trug er eine weiße Baumwollschürze. Und statt eines schicken vanillefarbenen Huts ein schwarzes Haarnetz.

Caitlins glühender Blick hätte Stahl verflüssigen können. »Was haben Sie hier zu suchen?«

Worauf Jorgenson mit der tonlosen Stimme des zu ewigen Qualen Verdammten erwiderte: »Hühnchen oder Fisch?«

»Wo ist Nick?«, fragte Caitlin. »Sagen Sie mir, was Sie mit ihm gemacht haben.«

»Jetzt halt die Klappe und such dir was aus!«, rief ein Junge aus der Warteschlange nach vorne.

Doch Caitlin wollte sich nicht herumkommandieren lassen. Wo sie doch gerade dabei war, den Oberkommandeur herumzukommandieren. »Antworten Sie. Sonst schreie ich so laut, dass man es bis in Ihre stinkende Bowlingbahn hört!«

Auf Jorgensons Gesicht zeichnete sich immer noch kein einziges Gefühl ab, mal abgesehen von resignierter Trübsal. »Ich weiß nicht, wovon du redest.« Er reichte Caitlin einen Teller mit Hühnchen, grünen Bohnen und Wackelpudding. »Und selbst wenn, hätte ich nichts dazu zu sagen.«

Caitlin knallte ihr Tablett auf die Theke, dass der Wackelpudding nur so wackelte. »Und was haben Sie mit Ms Planck gemacht?«

»Ms Planck hat diese traurigen Sphären hinter sich gelassen«, antwortete Jorgenson. »Ganz im Gegensatz zu mir, wie du siehst.« Dann drehte er sich zum nächsten Schüler in der Schlange. »Hühnchen oder Fisch?«

Da er das Mittagessen ausgelassen hatte, bekam Mitch Murló vorerst nicht mit, dass Dr. Alan Jorgenson auf den Ein-Mann-Beobachtungsposten an der Rocky Point Middle School verbannt worden war.

Es hätte Mitch eine gewisse Befriedigung verschafft zu wissen, dass sich früher oder später doch alles rächte. Andererseits konnte die Demütigung Jorgensons nur ein winziger Tropfen in dem Ozean aus Rache sein, den Mitch über den Accelerati ausschütten wollte.

Zu denen auch mein Dad gehört, dachte er.

Als Mitch den Tornado gezähmt hatte, war es ihm schlagartig klar geworden. Sowohl in der Außenwelt als auch in seinem Inneren waren die Wirbelwinde zur Ruhe gekommen und auf einmal hatte ihm alles mit absoluter Klarheit vor Augen gestanden.

Sein Vater gehörte zu den Accelerati. Petula gehörte zu den Accelerati.

Alles, was Mitch vermeintlich über sein Leben gewusst hatte, war die Toilette hinuntergesogen worden, und zurückgeblieben war nichts als die brennende Entschlossenheit, den Accelerati den größtmöglichen Preis dafür abzuverlangen. Seit über einhundert

Jahren arbeiteten die Accelerati hinter den Kulissen und manipulierten die Wissenschaft. Sie hatten Mitchs Vater dazu gebracht, 725 Millionen Dollar zu stehlen, einen Cent von jedem Bankkonto der Welt. Ja, Mitchs Vater gehörte selbst zu den Accelerati, und ja, er hatte gewusst, was er tat. Mitch glaubte trotzdem, dass der Geheimbund ihn ausgenutzt und hinterher geopfert hatte.

Im Gegensatz zu seinem Vater war Mitch kein Computergenie, doch er war clever genug, um sich auszurechnen, dass die Spur der geklauten 725 Millionen direkt zur Halsschlagader des finsteren Geheimbunds führen musste. Niemand wusste, wo das Geld war, auch Mitchs Vater nicht. Aber könnte Mitch es finden und könnte er es den Accelerati abnehmen, könnte er sie in die Knie zwingen.

Und dann?, dachte Mitch. Darüber, sagte er sich, würde er in Ruhe nachdenken, wenn er sein erstes Zwischenziel erreicht hatte. Konnte es ein schöneres Zwischenziel geben, als die Accelerati in den Staub zu werfen?

An diesem Tag machte Caitlin sich allein auf den Heimweg – sämtliche Einladungen von Freundinnen, noch zum Quatschen ins benachbarte Café zu gehen, hatte sie höflich ausgeschlagen. Während praktisch alle anderen letzte Vorbereitungen für die Abschlussprüfungen, den Abschlussball und die jährliche Exkursion nach Washington, D.C., trafen, lag Caitlin nichts ferner als Gedanken an die Schule.

Seit ihrer ersten Begegnung mit Nick auf dem Flohmarkt, der die Welt aus den Angeln heben sollte, hatte Caitlins Interesse am banalen gesellschaftlichen Geplänkel der Rocky Point Middle School stetig nachgelassen. Der Abstand zwischen ihr und dem Leben, in dem Caitlin sich einst so bequem eingerichtet hatte, war immer größer geworden.

»Du bist ja fast schon so, keine Ahnung, wie so eine crazy Einsiedlerin oder so«, hatte Caitlins Freundin Hayley einmal angemerkt, und ihre anderen Freundinnen hatten ihr eifrig beigepflichtet.

»Du bist so, weiß nicht, irgendwie so voll weg von allem, verstehst du?«, hatte Caitlins Freundin Brittany präzisiert.

Ihre Freundinnen kommunizierten in einer Sprache, die auch Caitlin geläufig war, weshalb Caitlin genau wusste, was sie sagen musste, wenn sie in Ruhe gelassen werden wollte. »Ich weiß schon, klar?«, fing sie an. Und statt ihnen zu erzählen, dass sie in ein Abenteuer verwickelt worden war, das die Vorstellungskraft ihrer Freundinnen bei Weitem gesprengt hätte, meinte sie, sie sei »halt voll gestresst, weil ja fast die Welt untergegangen wäre und alles, weil wie krass war das denn?«. Dabei wollte Caitlin es belassen.

»Echt jetzt?«, erwiderte Hayley. »Das war doch letzten Monat. Voll lange her.«

Caitlin widerstand der Versuchung, ihr zu erklären, dass es schon nächsten Monat wieder so weit sein würde, und übernächsten Monat auch. Irgendwie glaubten alle, die unkontrollierte Entladung des Himmelskörpers Felicity Bonk wäre die ideale Lösung des Problems gewesen – wenn sich wieder eine Ladung aufgebaut hätte, würde sie eben wieder als gewaltiger Blitzschlag niederschießen, aber vermutlich an einem anderen Punkt der Erde. An irgendeinem Ort, der den Leuten sowieso egal war, würden die Lampen durchbrennen, und danach könnte man wieder zur Tagesordnung übergehen.

Bloß wenige Menschen kannten die Wahrheit: Der Asteroid hatte sich nur entladen, weil Teslas F.R.E.E. in Betrieb gewesen war. Ohne die Maschine hätte sich die Ladung immer weiter gesteigert, bis der ganze Planet zu einer riesigen Elektro-Insektenfalle geworden wäre, die aber nicht nur ein bisschen Ungeziefer gebrutzelt hätte. Ohne den F.R.E.E. würde das Leben auf Erden bald ein elektrisierendes Ende finden.

Aber das erklärte Caitlin ihren Freundinnen nicht. Was hätte das für einen Sinn gehabt? Nach ihren Berechnungen würde sich in circa vierzehn Tagen erneut eine Ladung von tödlichen Ausmaßen aufgebaut haben. Den Accelerati blieben vierzehn Tage, um den F.R.E.E. wieder zusammenzusetzen. Sollte es ihnen nicht gelingen … tja, dann würde es auch nichts bringen, sich schon vorher zu Tode zu sorgen.

Auf dem Heimweg sah Caitlin allerorten, wie Colorado Springs sich nach und nach von der Katastrophe erholte. In einem Umkreis von fünf Kilometern um Nicks Haus hatte der EMP jede Glühbirne zerspringen und jedes elektrische Gerät durchbrennen lassen. Auch nicht eingestöpselte Geräte. Die Ampeln waren immer noch tot, was jedoch gar nicht so problematisch war, weil auch die Hälfte aller Autos immer noch aufgrund durchgeschmorter Elektroanlagen lahmgelegt war, obwohl die Kfz-Mechaniker rund um die Uhr und sieben Tage die Woche schufteten. An Dutzenden Ecken hatten Baufirmen Kräne aufgestellt, um Stromkästen und Straßenlaternen auszutauschen. Spätestens im Juli, hatte der Bürgermeister den Bewohnern versichert, würde das Stromnetz der Stadt wieder volle Pulle laufen.

Jorgensons Auftritt hinter der Mensatheke hatte Caitlin getroffen wie ein linker Haken aus dem Nichts. Doch nachdem sie sich von dem Schlag erholt hatte, wurde ihr klar, dass sie die Sache zu ihrem Vorteil nutzen konnte.

Jetzt hatte sie jemanden am Wickel, den sie ausfragen konnte. Natürlich würde Jorgenson sie weiter mit Nicht-Antworten abspeisen, doch selbst aus der Formulierung dieser Nicht-Antworten könnte Caitlin eine Menge Informationen ziehen.

Zum Beispiel wusste sie bereits jetzt, dass Jorgenson nicht freiwillig an der Schule arbeitete. Und sollte es ihr durch ausdauerndes, mitleidloses Piesacken gelingen, ihn richtig auf die Palme zu bringen, würde sie bestimmt noch einiges mehr herausfinden.

Oh Gott, begriff Caitlin, *ich ticke schon genau wie Petula.*

Kaum dachte sie an Petula, knirschte Caitlin so laut mit den Zähnen, dass es direkt wehtat. Dieses doppelzüngige Zopfmonster, diese Bestie in Menschengestalt! Petula hatte von Anfang an ein falsches Spiel getrieben! Aber Caitlin hatte ja schon immer geahnt, dass ihr nicht zu trauen war. Auch wenn Petula ihre Mitgliedschaft bei den Accelerati nie offen eingeräumt hatte, hatte sie doch eindeutig für Jorgenson gearbeitet.

Caitlin hatte sie zur Rede gestellt, nachdem Nick aus dem Krankenhaus verschwunden war. Petula war auch dort in Behandlung gewesen, weil sie sich bei der Katastrophe in Nicks Haus den Arm gebrochen hatte.

Als Caitlin das Krankenhauszimmer betrat, glaubte sie zuerst, Petula würde ihr zur Begrüßung zuwinken. Erst dann ging ihr auf, dass Petulas Gipsverband, der vom Handgelenk bis zur Schulter reichte, und die dazugehörige Schiene ihren Arm in einem starren Dauerwinken fixierten.

Sobald Petula die Besucherin entdeckte, fing sie an, panisch auf den roten Knopf zu drücken, der die Krankenschwester herbeibeorderte.

»Wenn du mir nicht sagst, was die Accelerati mit Nick angestellt haben«, drohte Caitlin ihr, »breche ich dir auch noch den anderen Arm und beide Beine.«

Diese Drohung erwies sich als Fehler. Petula brachte es fertig, Caitlin vor der Krankenhausverwaltung als psychisch instabile Stalkerin darzustellen, Caitlins Eltern wurden einbestellt, eine Antiaggressionstherapie wurde ins Spiel gebracht, und schlussendlich erwirkte Petula eine einstweilige Verfügung, die besagte, dass Caitlin ihr nicht mehr zu nahe kommen durfte.

Das hätte Caitlins Unterrichtsalltag normalerweise sehr verkompliziert, aber bisher war Petula überhaupt nicht mehr in der Schule aufgetaucht. Caitlin hatte keine Ahnung, was sie den lieben langen Tag trieb. Aber was es auch war, Caitlin musste dazu einen Abstand von einhundert Metern einhalten.

Doch jetzt, wo Jorgenson zum hauptberuflichen Pampenpanscher degradiert und Nick schon seit zwei Wochen verschwunden war, befand Caitlin, dass es Zeit war, alle Vorsicht über Bord zu werfen. Es war Zeit, ihre liebste Mitbürgerin zu besuchen – selbst wenn sie dafür hinter Gittern landen könnte.

Drei Stiftkappen waren bereits auf Nimmerwiedersehen im Gips verschwunden, weil Petula Grabowski-Jones versucht hatte, sich unter ihrem Verband zu kratzen.

Und wer trug die Schuld an dieser Misere und ihrem mehrfach gebrochenen Arm? Natürlich Nikola Tesla. Wo er doch offensichtlich in der Lage gewesen war, Jahrzehnte im Voraus alles vorherzusehen, was im Umkreis seiner teuflischen Maschine geschehen würde!

Während andere im Unterricht saßen, begab Petula sich lieber ins unterirdische Accelerati-Hauptquartier, um ihre Bildung voranzutreiben. Okay, der Lehrplan war eine wilde Mixtur abseitiger Themen – aber dennoch lernte sie mehr nützliche Dinge fürs Leben als in jedem gewöhnlichen Klassenzimmer.

Zur Rechten des neuen Accelerati-Oberhaupts, das Jorgenson nachgefolgt war, durfte Petula ihre Ausbildung absolvieren und aus nächster Nähe miterleben, wie Beschlüsse gefällt wurden, die den Lauf der Welt veränderten. Wenn das nicht spannender war als jedes Mathe-Arbeitsblatt.

Nach Schulschluss ging Petula dann ganz normal nach Hause. Ihre Eltern hatten keine Ahnung von ihren Aktivitäten.

»Liebling«, sagte ihre Mutter jetzt und trat mit einem Tablett in Petulas Zimmer. »Ich bringe dir dein Abendessen.«

Petula wäre sehr wohl in der Lage gewesen, sich ins Esszimmer zu begeben und dort zu Abend zu essen, doch sie bestand darauf, ihre Mahlzeiten im Bett einzunehmen. Nach dem psychischen Schock ihres Dachbodensturzes hätte ihre arme Seele niemals die Gegenwart ihrer Familie verkraftet.

Ihrer Mutter schien es unendlich viel Freude zu bereiten, Petulas Essen wieder in mundgerechte Stücke schneiden zu müssen. Ja, sie ließ sich so sehr mitreißen von ihren nostalgischen Gefühlen, dass sie die Mahlzeiten sogar auf dem putzigen Plastikgeschirr servierte, das sie noch aus Petulas Kleinkindtagen aufbewahrt hatte.

Deshalb musste Petula es nun ertragen, dass ihr unter dem vorgeschnittenen Essen Glücksbärchis und Disney-Prinzessinnen entgegenstarrten. Sie verschönerte den Anblick, indem sie die Gestalten mit Ketchup zukleisterte, bis es aussah, als wären sie verblutet.

Unten läutete es an der Tür, und kurz darauf hörte Petula, wie ihre Mutter drohte, die Polizei zu rufen. Offensichtlich hatte Petula Besuch.

»Ich komme schon klar, Mom«, sagte Petula vom Flur aus, als sie Caitlin vor der Tür stehen sah.

Zögerlich zog ihre Mutter sich ins Innere zurück, wo Petula sich wegen ihrer klobigen Gips-Schienen-Kombination umständlich an ihr vorbeidrücken musste.

Petula wahrte einen angemessenen Sicherheitsabstand zur ungebetenen Besucherin. »Du verstößt gegen die einstweilige Verfügung«, stellte sie klar. »Dafür kann ich dich einsperren lassen. Dann verbringst du das restliche Schuljahr im Jugendknast.«

Caitlin hob die Hände, wie um sich kampflos zu ergeben. »Ich will nur reden.«

»Meinetwegen«, sagte Petula. »Solange du mit einer Entschuldigung anfängst.«

Ungläubig schüttelte Caitlin den Kopf. »Wofür denn?«

Petula zuckte mit einer Schulter, die andere Schulter war schließlich eingegipst. »Mir egal. Jede Entschuldigung aus deinem Mund wäre eine große Genugtuung für mich.«

Caitlin seufzte. »Es tut mir leid, Petula.«

Es war eine armselige Imitation aufrichtiger Reue, aber Petula gab sich damit zufrieden. »Fahr fort, Caitlin.«

»Ich will nur wissen, ob mit Nick alles okay ist.«

»Es geht ihm bestimmt besser als damals, als du ständig an ihm drangeklebt bist.« Petula beobachtete, wie sich Caitlins Hände zu Fäusten ballten und wieder lockerten.

»Die Accelerati wollten ihn umbringen«, sagte Caitlin mit einem tiefen, gedehnten Einatmen. »Ich muss mir sicher sein, dass sie das nicht inzwischen erledigt haben.«

»Du hast nicht die geringste Ahnung, was die Accelerati wollen oder nicht wollen.«

»Jorgenson wollte ihn tot sehen. So viel ist sicher.«

Über ihre hoch erhobene Nase hinweg starrte Petula auf Caitlin hinab. »Jorgenson hat nichts mehr zu melden.«

Da schnappte Caitlin nach Luft. »Ich wusste es! Du gehörst wirklich zu den Accelerati!«

Schnell ruderte Petula zurück. »Das habe ich nicht gesagt. Wie kommst du darauf, ich hätte das gesagt?«

»Du musst es gar nicht aussprechen. Es ist so offensichtlich.«

»Vielleicht sollte ich doch lieber die Polizei rufen.«

»Das kannst du dir sparen, ich gehe sowieso gleich. Aber bitte, sag mir einfach die Wahrheit. Geht's Nick gut?«

»Nein«, antwortete Petula. »Im Gegenteil. Er ist tot.«

Mit einem Donnern schlug Petula die Tür zu und stapfte mürrisch auf ihr Zimmer, wo sie vorgeschnittene Fleischstückchen von lächelnden Prinzessinnenvisagen pickte.

Ihre gründlich misslungene Unterredung mit Petula hätte Caitlin eigentlich voller Trauer und Verzweiflung zurücklassen müssen. Aber Petula war nun einmal Petula.

Wenn Petula behauptete, Nick wäre tot, war er mit einhundertprozentiger Sicherheit am Leben. Jetzt war Caitlin erst recht fest entschlossen, ihn zu finden. Sie wollte sich gar nicht ausmalen, was für Grausamkeiten Nick in den Fängen der Accelerati zu erdulden hatte.

4. Geradewegs in die Katastrophe

Ich würde dir ja gerne ein Glas Dom Pérignon anbieten«, rief Edison vom gegenüberliegenden Kopfende herüber und füllte sein Glas mit Champagner, »aber du bist noch nicht volljährig.«

Nick nahm ein stilvolles Dinner ein. Er saß am anderen Ende der langen Tafel, die mit zartem Porzellan und Besteck aus Sterlingsilber gedeckt war, als Hauptgang gab es Hummer (mochte Nick) und Schnecken (mochte Nick weniger). Da seine Hände weitgehend verheilt waren, fiel ihm das Essen schon deutlich leichter.

»Cola ist mir absolut recht«, erwiderte Nick und trank einen Schluck aus seinem Kristallkelch.

Edison hob sein Glas, um ihm zuzuprosten. »Ich danke dir für all die harte Arbeit, die du in den vergangenen beiden Wochen geleistet hast.«

Gern geschehen, hätte Nick fast automatisch erwidert, doch er biss sich auf die Zunge, denn im Grunde arbeitete er sehr *ungern* für Edison. Blöd war nur, dass Nicks angeborene Hilfsbereitschaft ihm verbot, die Forschung der Accelerati zu torpedieren.

Ein Grund dafür waren Nicks Ingenieurskollegen – die beiden waren so ganz anders als die selbstherrlichen, wichtigtuerischen Gangster, die Jorgenson immer angeheuert hatte. Mark redete andauernd von seinen Kindern und Cathy erinnerte Nick ein bisschen an seine Mom. Nick gab sich ehrlich Mühe, aber er konnte den beiden einfach nicht böse sein.

Obwohl Mark und Cathy ziemlich intelligent wirkten, standen sie doch häufig wie der Ochs vorm Berg vor Rätseln, die für Nick gar keine Rätsel waren. In den ersten Tagen hatte Nick noch versucht, die beiden möglichst skrupellos ihrem Schicksal zu überlassen. Nachdem Mark und Cathy am Mysterium des Toasters gescheitert waren, hatte Nick zugesehen, wie sie sich mit Teslas »Wäschetrockner« abgeplagt hatten. Mark und Cathy hatten seine Höhe, Breite und Tiefe vermessen, auch das elektrische Feld, das er in eingeschaltetem Zustand generierte. Dann hatten sie verschiedene Gegenstände in die Trommel gesteckt und waren vollkommen ratlos gewesen, als überhaupt nichts passiert war.

Nach einem halben Tag gescheiterter Experimente hatte Nick es nicht mehr ausgehalten. Er musste ihnen einfach verraten, was er wusste. »Die Sachen müssen nass sein. Das ist doch ein Trockner, oder? Also muss alles nass sein, was man hineintut.«

Mark und Cathy hatten ein nasses Handtuch in die Trommel gestopft und eine knappe Minute später war es auf die Größe einer Dollarnote zusammengeschrumpft.

Ihre Begeisterung hatte Nick angesteckt, und mit der Zeit hatte er vergessen, für wen er hier arbeitete.

Natürlich war auch Edison hocherfreut gewesen über die Enträtselung des Wäschetrockners – wodurch Nick sich erst recht vor sich selbst geekelt hatte.

»Wenn wir erst einmal herausgefunden haben, wie die Technologie im Detail funktioniert«, hatte Edison zu ihm gesagt, als er das geschrumpfte Handtuch zum ersten Mal gesehen hatte, »werden sich Tausende Anwendungsmöglichkeiten ergeben. Stell dir vor, wir könnten Tumore schrumpfen!«

»Und Armeen und Bomben«, hatte Nick hinzugefügt, denn auf diesem Feld betätigten sich die Accelerati am liebsten.

Edison hatte keine Miene verzogen. »Wir können uns nicht aussuchen, was die Welt aus unseren Erfindungen macht.«

»Wir haben den Trockner nicht erfunden«, wandte Nick ein. »Das war Tesla.«

Und trotzdem stellte Nick widerwillig fest, dass er sich auf die tägliche Zusammenarbeit mit Mark und Cathy freute. Im Team lösten sie Probleme und gingen den Objekten auf den Grund, die die Accelerati aus Nicks Nachbarschaft entführt hatten, ehe Nick sie wiederfinden konnte: die Unterdruckpumpe, die den gesamten Sauerstoff aus einem Zimmer saugte; die alte Kettensäge, die Löcher in das Raum-Zeit-Kontinuum fräste; und die Nähmaschine, mit der man diese Löcher wieder flicken konnte.

Mrs Higgenbotham betrat das Speisezimmer und räumte Nicks Hummerschalen sowie seine unangetasteten Schnecken ab, bevor sie eine große Silberschale an seinen Platz stellte: ein riesiger Eisbecher mit heißer Schokoladensoße.

»Bitte schön«, sagte sie. »Wenn das nich alles is, was sich ein junger Acceleratus wünschen kann.«

Auf einmal fröstelte es Nick in seinem neuen Luxusleben, als wäre die Luft kühl wie die Silberschale. Das war also aus ihm geworden? Ein junger Acceleratus?

Sein ganzer Frust brach aus ihm hervor, er wischte über den Tisch und schleuderte den Eisbecher zu Boden.

Davon ließ Mrs Higgenbotham sich nicht im Mindesten beeindrucken. »Ach, was bist du heute für ein aufbrausendes Bürschlein!«, rief sie.

»Ich wünsche mir etwas ganz anderes«, sagte Nick zu seinem Gegenüber am anderen Ende der Tafel. »Ich will meinen Dad und meinen Bruder sehen.«

Sanft legte sich Edisons Hand auf die Tischplatte. »Wie oft soll ich dir noch versichern, dass es deiner Familie gut geht?«

»Und wenn Sie's mir tausendmal versichern, ich glaube Ihnen nicht. Ich tue alles, was Sie wollen. Jetzt will ich meine Familie sehen.«

Edison griff in sein Sakko und zog die Zigarre hervor, die er sich immer nach dem Abendessen genehmigte. Als er sie zu den Lippen führte, huschte Mrs Higgenbotham zum gegenüberliegenden Tischende, um ihm Feuer zu geben.

»Ein solcher Besuch«, sagte Edison und sog an der Zigarre, »wäre weder in deinem Interesse noch im Interesse deiner Familie.«

»Das haben Sie nicht zu entscheiden«, entgegnete Nick.

»Irrtum, Junge. Was dich betrifft, habe ich *alles* zu entscheiden. Du könntest dich ruhig ein wenig dankbarer zeigen. Ich habe vieles für dich getan und werde noch vieles für dich tun. Und jetzt kein Wort mehr darüber.«

Mrs Higgenbotham wollte sich um die Eiscreme auf dem Boden kümmern, doch Edison hob die Hand.

»Nein!«, rief er streng. »Der Junge soll seinen Dreck selber wegräumen. Außerdem ist es Zeit für mein Bad.«

Also rollte Mrs Higgenbotham den alten Mann aus dem Speisezimmer und Nick blieb allein zurück.

Er starrte auf die umgedrehte Silberschale und die sahnigen Rinnsale, die bereits in den alten Perserteppich einsickerten. Nach einer Weile schnappte er sich eine Serviette, kniete sich hin und machte sich ans Aufwischen.

Tesla wusste besser als jeder andere, wie schrecklich Experimente schiefgehen können – auf jeden glorreichen Triumph kommt mindestens ein kläglicher Fehlschlag. Man denke nur an Teslas Resonanzoszillator, landläufig meist »Erdbebenmaschine« genannt. Als Tesla das Gerät erstmals einschaltete, hätte es bald sein Labor und einen ganzen Häuserblock in New York in Grund und Boden gerüttelt, hätte er es nicht schnellstens mit einem Vorschlaghammer zertrümmert. Und dann wäre da noch der Energieschub, der von seinem Laboratorium in Colorado Springs aus das Stromnetz der Stadt über Tage außer Gefecht setzte.

Jeder Wissenschaftler wird bestätigen, dass stets Versuch und Irrtum nötig sind, um Großes zu erreichen, ja, in dieser Sache wären sich selbst Edison und Tesla völlig einig gewesen. So mancher Irrtum konnte allerdings einen verheerenden Preis fordern.

Nick saß im Pausenraum der Forschungsanlage, als plötzlich der Alarm losging: Notfall in Laborraum 4.

In Laborraum 4 arbeiteten Cathy und Mark.

Im Moment versuchten sie, die Funktionsweise der Kraftmaschine zu entschlüsseln. Bei diesem Thema hatte Nick ihnen bisher kaum unter die Arme gegriffen, er hatte ihnen bloß geraten, alle spitzen Gegenstände aus dem Labor zu entfernen. Schwerelose Schraubenzieher und Ähnliches konnten nämlich wirklich gefährlich werden, erst recht, wenn die Schwerkraft abrupt zurückkehrte.

Tags zuvor hatte Mark laut überlegt, ob man nicht einen Weg finden könnte, die Kolben der Kraftmaschine schneller rattern zu lassen, um so vielleicht die Reichweite des Antigravitationsfeldes zu erhöhen.

»Ich glaube, das wäre keine gute Idee«, hatte Nick geantwortet. Teslas Erfindungen liefen alle genau so, wie sie laufen sollten, auch im genau richtigen Tempo, und an den Objekten herumzumanipulieren, das sagte ihm sein Instinkt, würde geradewegs in die Katastrophe führen. Auf der anderen Seite hätten sie eigentlich alle nach Hause gehen können, wenn sie auf das Herummanipulieren verzichten wollten. Die Accelerati waren nun mal große Manipulatoren, und sollten sie es dabei fertigbringen, sich selbst in die Luft zu jagen, hätte Nick normalerweise gesagt: Geschieht ihnen nur recht. Aber jetzt ging es um Mark und Cathy.

Als der Alarm losgejault hatte, war die Notverriegelung des Laborraums aktiviert worden. Deshalb konnte Nick nur vom Flur aus durch das kleine Sichtfenster in der Tür ins Innere spähen.

»Schalt das Ding ab! Schalt es ab!«, hörte er Cathy irgendwo über sich schreien. Nick legte den Kopf in den Nacken und stellte fest, dass Cathy oben unter der Decke klebte – Cathy und alle Gegenstände, die sich im Raum befanden. Cathys Gesicht dehnte sich ungesund in die Länge.

»Ich komme nicht ran!«, rief Mark, gegen die hintere Wand gepresst, wo sein Körper von einer Antigravitationswelle nach der anderen verformt wurde. Er konnte sich nicht rühren.

Als Nick und Caitlin dem fettleibigen Mann, der die Kraftmaschine auf Nicks Flohmarkt erworben hatte, das Gerät wieder abgenommen hatten, mussten sie sich nur mit der *fehlenden*

Schwerkraft herumschlagen. Solange sie sich nicht bewegt hatten, hatten sie auf der Stelle geschwebt.

Cathy und Mark rangen mit einem viel schlimmeren Gegner: echter Antigravitation. Eine Abstoßungskraft, die um ein Vielfaches stärker war als die relativ schwache Anziehungskraft der Erde. In der Mitte des Labors stand die Kraftmaschine, angeschlossen an eine Hydropumpe, die die Kolben der Maschine zehnmal so schnell wie üblich auf und ab bewegte – und mit jedem Auf und Ab strahlte ein bärenstarker Gravitationsschub aus der Maschine nach außen ab, Welle um Welle verzerrte den Raum. Stühle wurden gegen die Wände gedrückt, ihre Gestelle verbogen sich und zerbrachen. Der Arbeitstisch, der aus Sicherheitsgründen am Boden verschraubt gewesen war, hatte sich aus seiner Verankerung gerissen und hing nun in seine Einzelteile zerschmettert an der Decke, mitsamt dem Inhalt der Schubladen: Stifte, Zangen, Hämmer und (natürlich!) auch Schraubenzieher. Das ganze Zeug, das Mark und Cathy doch unbedingt aus dem Labor schaffen sollten, bevor sie die Antigravitationsmaschine einschalteten! Wenn – oder falls – es ihnen gelingen würde, die Maschine zu stoppen, würde der Kram zur tödlichen Gefahr werden.

Doch im Augenblick wurden Mark und Cathy mit einer Wucht, die etwa dem Zehnfachen der Erdanziehungskraft entsprechen dürfte, an Wand beziehungsweise Decke des Laborraums gepresst. Die beiden konnten kaum atmen, geschweige denn sich bewegen.

Rund um Nick hatten sich andere Accelerati-Wissenschaftler versammelt, Ingenieure und Technikfreaks, aber niemand machte irgendwelche Anstalten einzuschreiten. Sie gafften lieber durchs Sichtfenster und warfen einander gelegentlich einen sorgenvollen Blick zu.

»Wir müssen ihnen helfen!«, rief Nick. »Wir müssen da rein!«

»Die Wände dieses Laborraums sind mit Blei verstärkt. Sie sind der einzige Schutz für das restliche Gebäude«, gab ein Wissenschaftler zu bedenken. »Sollten wir die Tür öffnen …«

Nick wusste, dass der Mann recht hatte. Aber auch, dass er Mark und Cathy nicht sterben lassen konnte – und darauf lief es im Moment hinaus. Der zehnfachen Erdanziehungskraft konnte das menschliche Herz nur wenige Minuten standhalten, bis es unter seinem eigenen Gewicht zusammenbrach.

Im Laborraum pflanzten sich die Gravitationswellen weiterhin in kugelförmigen Impulsen nach außen fort, alle paar Sekunden bildete sich eine neue Welle.

Da fiel Nick etwas ein.

Er wandte sich an die hochrangigste Accelerati-Wissenschaftlerin unter den Schaulustigen. Es war eine Kenianerin, die nur »Z« genannt wurde.

»Ihr Accelerati habt doch so ein Zeitverlangsamungsdingens entwickelt, oder? Habt ihr zufällig eins da?«

Z betrachtete ihn verwirrt.

»Ich meine das Ding, mit dem ihr über Nacht einen neuen Starbucks hochziehen könnt«, fügte Nick hinzu.

»Ach, das«, sagte Z. »Der selektive Zeitdehner.«

»Habt ihr einen da?«

Ein anderer Wissenschaftler trat einen Schritt vor. »Ich hab einen im Büro!« Damit eilte er davon.

Drinnen stemmten sich Mark und Cathy weiter gegen die quälenden Wellen der künstlichen Antigravitation. Zwischen den Impulsen konnten sie kurz nach Luft schnappen, aber alle größeren Unternehmungen wären aussichtslos gewesen.

Bald kehrte der Wissenschaftler zurück, in der Hand ein kleines Gerät, das eine gewisse Ähnlichkeit mit einer Taschenlampe hatte. Er überreichte es Nick.

Offensichtlich wollte sich kein anderes Mitglied des ehrbaren Ordens der Accelerati freiwillig melden, sich in den Laborraum zu wagen. Alle schauten sie auf Nick.

»Du stellst den Strahl auf die größte Breite ein und richtest ihn auf den Bereich, wo sich die Zeit verlangsamen soll«, erklärte ihm der Wissenschaftler. »Aber nach drei Sekunden geht das Gerät aus und muss wieder aufgeladen werden.«

»Drei Sekunden?«, fragte Nick.

»Drei Sekunden tatsächlicher Zeit«, erläuterte Z mit ihrem melodischen Suaheli-Akzent. »Aber für dich und alles, was sich innerhalb des Feldes befindet, sind es eher drei Minuten.«

Z besaß die nötige Sicherheitsfreigabe zum Entriegeln der Laborraumtür. Sie hatte schon ihren Kartenausweis gezückt, um ihn durch den Türöffner zu ziehen.

»Aber ich muss dich warnen«, meinte sie noch. »Niemand weiß, ob dein Plan funktioniert. Am Ende befindest du dich womöglich in derselben Lage wie Cathy und Mark.«

Was Sie nicht sagen, dachte Nick, aber er erwiderte nur: »Verstanden.«

»Alle einen Schritt zurück!« Z wandte sich an Nick. »Ich muss die Tür hinter dir sofort wieder schließen. Sonst werden wir alle vom Gravitationsfeld erfasst.«

Nick antwortete mit einem Nicken, das Verlangsamungsdingens fest in der Hand. Kaum hatte Z die Karte durch das Lesegerät gezogen, schwang die Tür krachend nach außen, beschleunigt von ihrem vielfachen Gewicht. Ein allzu neugieriger Acceleratus, der sich vorgebeugt hatte, um ins Labor zu linsen, wurde von einer Gravitationswelle gepackt und rückwärts gegen die Wand geklatscht.

Nick atmete tief ein und fing an, die Impulse mitzuzählen. Es war, als müsste er in ein bereits rundherum schwingendes Sprungseil hüpfen. Dann zielte er mit dem Zeitdehner auf die Maschine und drückte den Knopf.

Die Welt schien stillzustehen – aber nur beinahe. Die Accelerati, die hinter Nick versuchten, die Tür zuzudrücken, bewegten sich auch weiterhin, allerdings in Superzeitlupe. Während sich drüben in der Maschine gerade der nächste Gravitationsimpuls herausbildete, langsam in alle Richtungen anwachsend wie ein Luftballon.

Nick rannte auf die Maschine zu und kippte sofort zur Seite. In den Zwischenräumen der einzelnen Wellen fiel die Antigravitationskraft ab, verschwand aber nicht ganz.

Er brauchte ein paar Sekunden, um die Orientierung zurückzuerlangen. Als er wieder klar im Kopf war, legte Nick vorsichtig die Hände flach auf den Boden und zog sich in Richtung Maschine wie eine Eidechse.

Da die Antigravitation ungefähr im 45°-Winkel von der Maschine abstrahlte, fühlte Nick sich nicht, als würde er über den Boden kriechen – eher, als würde er die schräge Außenmauer einer Pyramide hinaufklettern und dabei auch noch 150 Kilo wiegen. Es war kein Ding der Unmöglichkeit, aber doch deutlich anstrengender, als zur Maschine zu spazieren und den Stift aus der Gewichthalterung zu ziehen.

Den Großteil der ersten Minute verbrachte Nick damit, sich über den Boden zu hangeln. Doch der Gravitationsballon pumpte sich immer weiter auf, und als Nick sich gerade der Maschine näherte, wurde er von dem Impuls getroffen.

Nick konnte nicht ausweichen. Langsam ging die Welle über ihn hinweg und hob ihn in die Luft. Er spürte, wie sich seine Haut straff über die Gesichtsknochen spannte, wie bei Mark und Cathy. Doch schlimmer war der Schmerz, der ihm in jede Zelle fuhr, vervielfacht von seinem angeschwollenen Körpergewicht. Nick fühlte sich wie das überdehnte Fell einer Trommel, das von Tausenden Rasierklingen angeritzt wurde.

Die ganze zweite Minute verbrachte Nick irgendwo zwischen Boden und Decke, im festen Griff der Welle, die sich immer weiter ausdehnte und ihn schließlich gegen die hintere Wand hämmerte. Er wusste, dass er keine Zeit hatte, sich von seinem Schmerz und seiner Desorientierung zu erholen. Beim zweiten Versuch musste er schneller sein. Wieder begann er, den Boden zu erklimmen, diesmal mit wirklich maximaler Geschwindigkeit.

Als er die Kraftmaschine erreichte, hatte sie eben begonnen, den nächsten Impuls zu erzeugen. Das Verlangsamungsdingens blinkte rot und piepte, als gehe ihm gleich der Saft aus. Eine dritte Chance würde Nick nicht bekommen. Er stieß die Hand nach vorne, packte den dünnen Metallstift und ließ seinen Arm von der frischen Antigravitationswelle nach hinten drücken – die Finger fest um den Stift gekrallt.

Im selben Moment, wie der Stift aus der Halterung rutschte, schaltete sich der Zeitdehner ab, und die Welt beschleunigte wieder auf Normalgeschwindigkeit. Die Gewichte, die nicht mehr vom Stift fixiert wurden, rauschten nach unten, die Maschine blieb stehen.

Mark sackte in sich zusammen, Cathy stürzte von der Decke auf den Boden – Cathy und alles andere, was dort oben gehangen hatte. Den Schraubenziehern, Stiften und Hämmern konnte Nick noch ausweichen, doch ein Trümmerteil des Arbeitstisches erwischte ihn an der Schulter und hinterließ dort eine fünf Zentimeter lange Risswunde.

Augenblicklich stürmten die anderen Accelerati in den Laborraum und kümmerten sich um Mark und Cathy, die sich beide vor Entkräftung nicht mehr bewegen konnten. Z streifte ihren Laborkittel ab und presste ihn auf Nicks Schulter.

»Besonders tief ist die Wunde nicht«, sagte sie, »aber vielleicht hast du dir das Schlüsselbein gebrochen.«

Nick schüttelte den Kopf. »Glaube nicht. Das würde heftiger wehtun.«

Da fuhr Edison in den Laborraum.

»Bericht«, sagte er.

Während Z ihm die Geschehnisse schilderte, ruhte Edisons undurchschaubarer Blick allein auf Nick. Mit einem Wink wies er auf Mark und Cathy, die immer noch um Atem rangen. »Bringt sie auf die Krankenstation. Zitiert unsere besten Ärzte zum Dienst. Gut möglich, dass hier einige unserer ausgefalleneren medizinischen Geräte gefragt sind.«

»Und Nick?«, fragte Z.

Wieder studierte Edison den Jungen. »Du wirst die Narbe eines tapferen Kriegers davontragen, Master Slate. Eine Medaille, die dich immer an deine Heldentat erinnern soll«, sagte Edison mit einem strahlenden Lächeln. Dann schüttelte er bewundernd, aber auch etwas irritiert den Kopf. »Du verblüffst mich immer wieder, Nick. Wäre unser gemeinsamer Freund Dr. Jorgenson an deiner Stelle gewesen, hätte er den beiden zweifellos beim Sterben zugesehen und sich dabei auch noch ausführlich Notizen gemacht.«

»Und wenn Sie an meiner Stelle gewesen wären?«, wagte Nick zu fragen. »Was hätten Sie getan?«

»Ich«, antwortete Edison, »hätte es nie so weit kommen lassen.«

Edison beauftragte Z, Nick ebenfalls auf die Krankenstation zu bringen, wo seine Wunde genäht werden sollte. Doch bevor er sie wegschickte, blickte Edison noch einen Augenblick lang mit Philosophenmiene in die Luft. Selbst dieser Gesichtsausdruck, fand Nick, sah aus, als würde er finstere Pläne schmieden.

»Der wahrhaft Tapfere verlangt zwar nicht nach Belohnungen«, sagte Edison. »Aber hier ist wohl eine Ausnahme angebracht.«

Alle Anwesenden verstummten in Erwartung seines großzügigen Erlasses.

»Morgen ruhst du dich aus«, verkündete Edison endlich an Nick gewandt. »Und am Sonntag fahre ich dich zu deinem Vater und Bruder.«

5. Menschlich, allzu menschlich

Der typische Erfinder verabscheut die Bürokratie, die eine jede Großorganisation mit sich bringt – so auch Thomas Edison. Doch als kluger Geschäftsmann wusste Edison, dass es sich dabei um ein notweniges Übel handelte. Als ihm die Verwaltung seines Geheimbundes allmählich zur unerträglichen Last wurde, ersann er daher den Posten des Großen Acceleratus: Dieser sollte die Aufgabe haben, sich um sämtliche Details des Accelerati-Tagesgeschäfts zu kümmern, sodass Edison selbst wieder frei über seine Zeit verfügen könnte.

Der erste Große Acceleratus, der in den Dreißigerjahren des 20. Jahrhunderts berufen wurde, beschäftigte sich mit Experimenten aus dem Bereich der Kernfusion. Unglücklicherweise tat er dies in der Nähe der Stadt Lakehurst in New Jersey, fackelte dabei das Luftschiff *Hindenburg* ab und ging gleichzeitig selbst in Rauch auf.

Der zweite Große Acceleratus trug die Verantwortung für den großen Stromausfall, der im Jahr 1965 den Nordosten Amerikas heimsuchte. Von Ontario bis Pennsylvania saßen die Menschen im Dunkeln, aber Todesopfer waren nur wenige zu beklagen – darunter der zweite Große Acceleratus und seine engsten Mitarbeiter, die dem Epizentrum der Katastrophe allzu nahe waren.

Der dritte Große Acceleratus kam 1980 im Zuge der schrecklichen, aber gut getarnten Tragödie am Mount St. Helens ums Leben, die von den meisten Zeitgenossen als natürlicher Vulkanausbruch abgetan wurde. Da der Große Acceleratus fast alle seine Kollegen um sich versammelt hatte, um dem bedeutenden Ereignis beizuwohnen, wurde der Geheimbund stark dezimiert. Nur die, die an diesem Tag mit der Grippe im Bett lagen, kamen mit heiler Haut davon.

Jahre gingen ins Land, bis Dr. Alan Jorgenson, der vierte Große Acceleratus, den jähen Mitgliederverlust des Geheimbundes wieder ausgeglichen hatte. Jorgensons wissenschaftliche Brillanz wurde nur noch von seinem übersteigerten Ego übertroffen. Zwar konnte er als einziger Großer Acceleratus von sich behaupten, sein persönliches Desaster überlebt zu haben – Edisons Vertrauen hatte er jedoch verspielt und war folgerichtig degradiert worden.

Nun hatte Edison also Nummer fünf berufen. Edison hoffte, die frische Führungskraft würde eine herzlichere, menschenfreundlichere Ära der Accelerati einläuten.

Am Morgen des Antigravitationsunfalls hatte Petula Grabowski-Jones einen Termin bei ebendieser Führungskraft.

Mit einer Bowlingkugel, die mit ihrem persönlichen Monogramm verziert war, kegelte Petula die Pins in einer präzisen Abfolge verschiedener Muster um und entriegelte so die geheime Pforte zur unterirdischen Accelerati-Basis in Colorado Springs. Wirklich genial, dass die Accelerati eine Kugel entwickelt hatten, die immer genau die Pins umwarf, die sie umwerfen sollte! Petulas eingegipster Arm behinderte sie zwar ein wenig, doch dank der patentierten Accelerati-Schallwellentherapie und einer extrasanften Anwendung des hauseigenen Tiefengewebeverkalkers reichte ihr der Verband immerhin nur noch bis zum Ellenbogen.

Auf dem Weg durch den Großen Saal des Hauptquartiers blickte Petula durch die Fenster auf die Aussicht, die sich dahinter eröffnete. Diesen Monat wurde das Hologramm einer Kaiserkrönung im antiken Rom projiziert, ein pompöses Zeremoniell, das die Ernennung des neuen Oberhaupts der Accelerati angemessen würdigen sollte.

Vor der eindrucksvollen Tür zu der Residenz, die einst Jorgenson zugestanden hatte, atmete Petula tief durch.

Jetzt wird alles anders, sagte sie sich und trat ein.

Hinter einem antiken, kunstvoll gearbeiteten Schreibtisch saß das neue Oberhaupt der Accelerati.

»Petula«, sagte Evangeline Planck. »Wie schön, dich zu sehen.«

»Ich will eine Gehaltserhöhung«, erwiderte Petula.

Ms Planck kicherte. »Wie sollen wir ein Gehalt erhöhen, das wir überhaupt nicht zahlen?«

»Dann will ich ein Gehalt gezahlt bekommen, das dann *sofort* erhöht wird.«

Die Große Accelerata trat hinter ihrem Schreibtisch hervor. »Mit so profanen Dingen wie Gehaltszahlungen geben wir Accelerati uns nicht ab, Petula. Wir arbeiten alle ehrenamtlich. Das weißt du doch.«

»Ach ja? Was ist dann mit den 725 Millionen Dollar, die Mitchs Vater für euch gestohlen hat?«

»Dieses Geld wird dazu verwendet werden, unsere Ziele in aller Welt voranzutreiben. Denkst du, die Accelerati hätten mir während der langen Jahre, die ich undercover hinter der Mensatheke stand, einen Lohn ausgezahlt?«

»Sie sind jetzt die Große Accelerata«, erwiderte Petula. »Kein schlechter ›Lohn‹.«

»Du sagst es. Gut Ding will Weile haben. Ich konnte warten, Petula. Und ich …« Ms Plancks Stimme nahm einen leicht bedrohlichen Unterton an, »… habe immer brav gehorcht.« Sie klatschte in die Hände und kam zur Sache. »Gut. Was hast du mir heute zu berichten, Petula?«

»Mitch hat ausgeknobelt, dass sein Vater zu den Accelerati gehört.«

»Das ist uns bekannt.«

»Vince LaRue und seine Mutter sind verschwunden und die Batterie haben sie mitgenommen.«

»Das ist uns auch schon bekannt.«

»Davon abgesehen gelten nur noch zwei andere Objekte als vermisst: der Globus und eine Art Prismaröhre.«

Ms Planck seufzte. »Das ist uns alles schon bekannt, Petula. Hast du mir heute denn gar keine echten Neuigkeiten mitgebracht?«

Petula lächelte. »Ich habe mitgekriegt, wie Nick sich mit Caitlin unterhalten hat, bevor sein Haus kawumm gemacht hat.« Sie legte eine Pause ein, um Ms Planck noch ein wenig auf die Folter zu spannen. »Nick weiß ganz genau, wo die Röhre ist. Er konnte sie nur nicht zurückerobern.«

Da horchte Ms Planck auf. »Ich werde Mr Edison informieren müssen«, meinte sie.

»Nick wird ihm nie verraten, wo die Röhre ist.« Wieder lächelte Petula. »Aber ich kann es aus ihm herauskitzeln.«

»Petula«, sagte Ms Planck. »Sofern mich mein bisheriger Eindruck nicht völlig täuscht, kann Nick dich nicht besonders gut leiden …«

Peinlich berührt trat Petula von einem Fuß auf den anderen. »Was nicht ist, kann ja noch werden. Sie wissen doch, dass Nick nie spitzgekriegt hat, dass ich zu den Accelerati gehöre. Ich kann undercover zu Edisons Laboratorium fahren und Nick mit meinem Charme verzaubern.«

»Dazu«, entgegnete Ms Planck, »bräuchte es ein Mindestmaß an Charme.«

Petula zuckte mit den Schultern. »Ich tu einfach so, als ob.«

Über diesen Vorschlag dachte Ms Planck ein Weilchen nach, ehe sie sagte: »Komm mit. Ich will dir etwas zeigen.«

Sie führte Petula in die Forschungs- und Entwicklungsabteilung, vor das große Fenster eines schalldichten Laborraums – jenes Laborraums, worin Jorgenson die Harfe mit den kosmischen Stringsaiten auf ihre Explosionskräfte hin getestet hatte. Heute waren darin vier Mitglieder der Accelerati an die Wand gekettet und brüllten sich die Seele aus dem Leib, obwohl natürlich kein einziger Schrei durch die Glasscheibe nach außen drang.

»Was geht da vor sich?«, fragte Petula ebenso schockiert wie neugierig.

»Ein kleines Dissonanzexperiment«, antwortete Ms Planck. »Mit der Klarinette, die du uns zur Verfügung gestellt hast, haben wir ein Solo aufgenommen, das wir nun dort drinnen in Endlosschleife abspielen.«

Petula blickte auf die vier Gesichter, die sich zu stetig wechselnden Grimassen grenzenloser Höllenqualen verzerrten.

Und Ms Planck fuhr fort. »Wir wollen herausfinden, wie viel Dissonanz man auf das menschliche Gehör loslassen muss, um das Gehirn anzuknacksen – und ob der Mensch eine Resistenz dagegen ausbilden kann.« Ihre Hand legte sich auf Petulas Schulter. »Erkennst du die Kollegen wieder?«

Petula sah genauer hin. Ja, in der Tat. Diese vier Accelerati waren Jorgensons engste Gefolgschaft gewesen. Drei Männer und die Frau, die vorübergehend eingefroren gewesen war.

»Aufgrund ihrer Treue zu Jorgenson war es unmöglich, vertrauensvoll mit ihnen zusammenzuarbeiten«, erläuterte Ms Planck. »Deshalb habe ich sie gebeten, sich freiwillig als Versuchspersonen zu melden.«

»Freiwillig?«

»Der Großen Accelerata schlägt man keine Bitte ab«, entgegnete Ms Planck.

Hinter der Scheibe zuckten die vier Accelerati weiter im peinigenden Rhythmus der grausamen Musik, die zum Glück nur innerhalb des Laborraums zu hören war.

»Warum wollten Sie mir das zeigen?«, fragte Petula möglichst entspannt. Entspannter, als sie eigentlich war.

Ms Planck lächelte. »Wie immer wollte ich nur ein paar Dinge ins rechte Licht rücken, Schätzchen. Eine Karriere bei den Accelerati kann in die verschiedensten Richtungen führen. Mir schwebt die Vision einer glanzvollen Erneuerung unserer Organisation vor, und bei jedem, der sich in den Dienst dieser Vision stellt, werde ich mich aufs Großzügigste revanchieren. Bei allen anderen werde ich mich ebenfalls revanchieren, allerdings … weniger großzügig.«

Petula stellte keine weiteren Fragen.

6. Deine krankhafte Leidenschaft für dieses Nessie-Monster

Moos wuchert in Schottland selbst an den unmöglichsten Stellen. Diese Erfahrung machte Vince schon kurz nach der Ankunft, als das Moos anfing, auf ihm selbst zu wachsen.

Seit Jahren hatte er sich darauf gefreut, endlich alt genug für seine erste Rasur zu sein. Er hätte sich nie träumen lassen, dass er sich statt natürlicher Gesichtsbehaarung eine Moosschicht vom Hals kratzen würde.

»Zuckerschnäuzchen!«, rief seine Mutter auf dem Flur des urigen schottischen Gasthauses, wo sie sich eingemietet hatten. »Komm schnell runter, sonst verpasst du noch das Frühstück!«

»Das war doch der Plan«, murmelte Vince.

Zu Beginn der Reise war noch alles wie von selbst gelaufen. Angefangen hatte es am Tag nach dem EMP, der das Stromnetz von Colorado Springs gekillt hatte.

In ganz einfachen Worten hatte Vince seiner Mutter den Vorschlag unterbreitet. »Ich will nach Schottland«, hatte er gesagt, als sie zu Hause bei Kerzenlicht am Frühstückstisch gesessen hatten.

Nach drei sorgfältig bemessenen Löffeln Haferbrei hatte seine Mutter geantwortet: »Du weißt doch, dass noch niemand beweisen konnte, dass das Ungeheuer von Loch Ness wirklich existiert.« Sie kannte die etwas speziellen Interessen ihres Sohns.

Und obwohl Vince' Interesse an diesem See überhaupt nichts mit dem sogenannten Ungeheuer zu tun hatte, hatte er gesagt: »Das Gegenteil konnte aber auch noch keiner beweisen.« Seine Mutter hatte immer noch skeptisch dreingeblickt. »Und danach«, hatte er hinzugefügt, »können wir ja nach Paris fliegen und uns die berühmte Kanalisation angucken, und dann weiter nach Italien zu den Katakomben.«

Schweigend hatte seine Mutter noch ein paar Löffel Haferbrei hinuntergeschluckt.

Vince wusste, dass seine Mutter für ihr Leben gern verreiste. Tatsächlich hatte sie versucht, ihn auf den Geschmack von Fernreisen zu bringen, seit er denken konnte. Doch bei der Vorstellung, mit seiner Mom, dieser putzmunteren Person, durch deren

Adern kein Blut, sondern flüssiger Sonnenschein zu strömen schien, irgendwohin in die Ferne zu schweifen, hatte ihn immer ein beängstigendes Taubheitsgefühl erfasst – schon als er noch kein Untoter gewesen war. Jetzt war er nicht nur aufgeschlossen für einen längeren Ausflug, er schlug ihn sogar selbst vor.

Deshalb war er nicht sonderlich überrascht gewesen, als seine Mutter nach ihrem vierten Haferbreilöffel gesagt hatte: »Wann sollen wir aufbrechen?«

Eine große Schwierigkeit hatten sie noch zu bewältigen gehabt. Wie sollte Vince an Bord eines Flugzeugs gelangen? Zunächst hatte er gedacht, er könnte als Leiche verreisen, doch nach den übertrieben strengen Regeln für die internationale Beförderung menschlicher Überreste hätte er sich entweder einbalsamieren oder einäschern lassen müssen, um in den Frachtraum verladen werden zu können, und weder das eine noch das andere hatte ihn wirklich gereizt.

Schlussendlich hatte seine Mutter einen Plan ausgeheckt: Irgendwie gelang es ihr, die Batterie als ärztlich verschriebenes Lebenserhaltungssystem registrieren zu lassen. Was nur insofern geschwindelt war, als natürlich kein Arzt seine Finger im Spiel gehabt hatte.

An Bord der Maschine hatte allerdings eine starrsinnige Stewardess darauf bestanden, dass Vince' Rucksack während Start und Landung im Gepäckfach verstaut wurde, wodurch Vince zweimal vorübergehend verstorben war. Und zu allem Überfluss hatte seine Mom ihn nach dem Abflug auch noch einige Stunden lang tot herumsitzen lassen.

»Damit du keinen Jetlag kriegst«, hatte sie sich hinterher gerechtfertigt. Sie hatte immer noch nicht begriffen, dass Vince nicht müde wurde wie normale Menschen. Seiner Theorie nach war er in diesen paar toten Stunden vom Moos befallen worden, und das sporenverseuchte Klima, das im Mai in Schottland herrschte, hatte dann alles nur noch schlimmer gemacht.

Inzwischen waren sie seit knapp zwei Wochen in Schottland. Sie wohnten in einem Gasthaus mit urigen Steinmauern und aßen immer noch Haferbrei zum Frühstück, der an diesem Morgen jedoch im Inneren eines gekochten Schafmagens serviert wurde.

»Veganes Haggis«, verkündete der Wirt stolz. »Genau wie bestellt, nicht wahr? Wir nehmen immer gerne Rücksicht auf unsere empfindlichen amerikanischen Gäste und ihre sonderbaren Essgewohnheiten.« Der Schafmagen entsprach selbstverständlich nicht den Vorschriften des Veganismus, aber irgendwo musste der Wirt eine Grenze ziehen. »Wenn es das Zartgefühl des jungen Veganers verletzt, muss er eben drum herum essen«, sagte er in seinem ebenfalls sehr urigen Schottisch zu Vince, ehe er sich an dessen Mutter wandte. »Aber wenn Sie mich fragen, muss der Bursche eh mal was Zünftiges zwischen die Zähne kriegen. Der ist doch ein klein bisschen grün um die Kiemen, was?«

Das Gasthaus, das zwölf Zimmer und deutlich weniger Gäste vorweisen konnte, hatte schon ein paar Mal am Duft der großen Welt schnuppern können – wenn auch nur aus weiter Entfernung und bei günstigem Wind. Vor dem Krieg hatte Winston Churchills Mutter hier einige Zeit zugebracht, und am Ende des Hausflurs im Erdgeschoss befand sich eine Tür mit der Aufschrift: HAWKING-SUITE.

»Hat Stephen Hawking wirklich mal hier übernachtet?«, erkundigte sich Vince' Mutter beim Wirt.

»Aye, Ma'am, erzählt man sich jedenfalls«, antwortete der Wirt beinahe neckisch.

Doch sobald er aus dem Zimmer verschwunden war, meldete sich ein anderer Gast zu Wort. »Darauf dürfen Sie nichts geben. Der Name kommt daher, dass sich irgendwann mal jemand über die vielen kleinen ›schwarzen Löcher‹ in den Fußleisten beschwert hat.«

Beim Frühstück studierte Vince' Mutter verschiedene Broschüren und versuchte hin und wieder, Blickkontakt mit ihrem Sohn aufzunehmen. Vince hatte es sich nämlich zur Regel gemacht, seiner Mutter niemals in die Augen zu schauen, weil darauf unweigerlich eine Unterhaltung folgte. Aber hundertprozentig hielt er diesen Grundsatz nicht durch, und wann immer er seine Mom ansah, lächelte sie.

»Gefällt es dir eigentlich hier?«, fragte sie. »Warum kommst du nicht mal mit auf einen meiner Ausflüge? Langsam mache ich mir Sorgen, dass du wegen deiner krankhaften Leidenschaft für dieses Nessie-Monster alles verpasst, was Schottland zu bieten hat – die Natur, die Kultur …« Seit ihrer Ankunft in Schottland hatte Vince' Mutter nichts Besseres zu tun gehabt, als alte Burgen zu besichtigen und den schottischen Immobilienmarkt kritisch zu begutachten.

Vince zuckte mit den Schultern. »Natur und Kultur, das ist mehr so dein Ding. Ich find's schön, einfach rumzuhängen und den See zu beobachten.« Ihm sollte es nur recht sein, wenn seine Mutter niemals herausfand, was er wirklich hier wollte.

Und so unternahm seine Mutter auch an diesem Tag einen Soloausflug, während Vince abermals am Ufer von Loch Ness entlangwanderte und nach Hinweisen auf den verschwundenen Globus Ausschau hielt.

»Ob du's glaubst oder nicht«, quatschte ihn ein Typ an, der nur noch ein Ohr hatte und in China hergestellte Plastik-Nessies verhökerte. »Wir hatten erst gestern eine Monstersichtung. Und man munkelt, dass Nessie hundertpro an die Oberfläche kommt, wenn man sich einen von den Glücksbringern hier kauft.« Dann erzählte er Vince noch das Märchen, wie Nessie ihm ein Ohr abgebissen hatte.

Von den Straßenverkäufern, das wusste Vince, würde er nichts Sinnvolles erfahren. Die sagten den Touristen nur, was diese hören wollten, denn das war gut fürs Geschäft. Wirklich nützliche Informationen würde er von Leuten erhalten, die *nicht* mit ihm reden wollten.

Dicht am Wasserrand entdeckte er ein Häuschen mit frisch erblühtem Garten, umgeben von einem schmiedeeisernen Zaun, der unerwünschte Besucher fernhalten sollte. Trotz des schweren Rucksacks mit der Batterie auf seinem Rücken schwang Vince sich behände über das rostige Gitter und pochte mit dem ebenfalls rostigen Türklopfer auf das Holz, bis sich eine ältere Person zeigte.

Es handelte sich entweder um eine Frau mit Rock oder um einen Mann mit Kilt, Vince war sich nicht sicher.

»Heda!«, rief der Mann oder die Frau. »Das ist privater Grund, Bursche.«

»Aye, äh … bitte tausendmal um Verzeihung«, stammelte Vince. Zur Steigerung seiner Liebenswürdigkeit versuchte er, mit schottischem Akzent zu sprechen – aber das ging so übel daneben, dass es fast schon beleidigend wirkte. Also ließ er es wieder bleiben. »Vor etwa zwei Monaten muss es auf dem Loch zu einem seltsamen Ereignis gekommen sein. Das übrigens nichts mit Nessie zu tun hatte.«

Das Frauenzimmer / Mannsbild blickte zur Seite. »Kann ich nichts zu sagen. Habe nichts mitbekommen.« Doch seine / ihre nervöse Körpersprache strafte ihn / sie Lügen.

»Ein Haus«, sagte Vince, »muss aus dem Nichts aufgetaucht und auf den Grund des Sees gesunken sein.«

»Also wenn du eh bestens Bescheid weißt«, erwiderte der alte Knacker / die alte Schachtel, »was fragst du dann noch?«

Durch die Tür erspähte Vince Regale voller kitschigem Krimskrams, lauter »rührende« Andenken. »Wissen Sie«, meinte er, »das war das Haus meiner Großmutter. Es ist einem geheimen Militärexperiment zum Opfer gefallen, und meine Oma hatte leider viele Sachen im Haus, die ihr sehr am Herzen liegen, eine Unmenge kleiner Andenken und so …«

Damit schien er das empfindsame Herz unter seinem Hemd / ihrer Bluse zu rühren. »Aye. Dann solltest du dich mit meinem Neffen unterhalten. Das ist der Boss von dem Tauchertrupp, der das Haus gefunden hat.«

7. Pommes dazu?

An seiner Schule hatte Mitch nie als besonders cooler Typ gegolten, doch seit er mit Caitlin Westfield unterwegs war, die zu den Allercoolsten zählte, hatte sich sein Coolness-Quotient um mehrere Stufen gesteigert.

Auch dass er Stephen Gray verprügelt hatte, weil dieser ihn mit Centstücken beworfen hatte, kam ihm zugute. Seitdem machte sich niemand mehr darüber lustig, dass Mitchs Vater Millionen virtueller Pennys entwendet hatte.

Ein paar Tage nach Nicks Verschwinden hatte Mitch sich im Gefängnis seinen Dad vorgeknöpft.

»Wie konntest du nur?«, sagte Mitch. »Wie konntest du bei den Accelerati mitmachen?«

Bei der Erwähnung des Geheimbunds wurde Mitchs Vater leichenblass und blickte sich im Besuchszimmer um, als könnten die Accelerati ihr Gespräch selbst dort belauschen. Womöglich konnten sie das ja. »Wie hast du das herausgefunden?«, fragte er mit schamvoll geneigtem Kopf.

»Vielleicht bin ich ja schlauer, als ihr alle denkt«, erwiderte Mitch. »Vielleicht bin ich ja ganz allein draufgekommen.«

Sein Vater lächelte stolz. »Natürlich bist du sehr schlau, mein Sohn. Lass dir nie was anderes einreden.«

Mitch wartete. Er wollte eine Antwort auf seine Frage.

Und die bekam er auch. »Sie haben mich in den exklusivsten Club der Welt eingeladen, in einen Club aus lauter Genies. Sie haben mir erzählt, ich sei der beste Programmierer, den sie je gesehen hätten, und es sei mein Schicksal, den Lauf der Welt zu verändern. Sie wollten mir die Macht verleihen, genau das zu tun. Wer hätte da Nein sagen können?«

»Ich«, antwortete Mitch. »Weil es die einzig richtige Entscheidung gewesen wäre.«

»Aber ich habe doch niemandem etwas zuleide getan, Mitch. Ja, es war ein Verbrechen, aber es hat niemandem geschadet. Ein einziger Cent von weltweit 72,5 Milliarden Bankkonten. Der eine Cent hat doch nicht mal den Ärmsten der Armen wehgetan.«

Mitch schüttelte den Kopf. Er konnte es nicht fassen. »Aber das ist doch einfach nur falsch! Ein paar Milliarden Mini-Verbrechen ergeben locker ein riesiges Verbrechen! Vor allem, wenn man mal darüber nachdenkt, was die Accelerati mit dem Geld anstellen werden.«

»Ich weiß nicht, was sie damit anstellen werden«, sagte Mitchs Vater, und das glaubte Mitch ihm sogar. »Vielleicht ist es besser so.«

»Keine Sorge, wir werden's schon mitkriegen.« Mitchs Stimme triefte vor Wut und Enttäuschung. »Immer wenn du von irgendeiner Katastrophe da draußen hörst, die nur die Accelerati angerichtet haben können, wirst du daran denken müssen, dass sie es ohne dich nie hinbekommen hätten.«

Jetzt wurde auch sein Vater ein bisschen wütend. »Kapierst du das nicht? Sobald ich ein vollwertiges Mitglied war, seid ihr alle zu Geiseln geworden. Du, deine Mom und deine Schwester. Hätte ich Jorgensons Befehle nicht befolgt, hätten sie nicht mich bestraft, sie hätten euch bestraft. Ihr wart nur in Sicherheit, solange ich alles genau so gemacht habe, wie sie's wollten.«

An diesem Punkt stellte Mitch ihm die entscheidende Frage: »Aber hättest du's nicht so oder so gemacht?«

Sein Vater dachte darüber nach und rang sich zu einer ehrlichen Antwort durch. »Ich weiß es nicht. Hätte ich damals schon gewusst, was ich heute weiß, dann sicher nicht. Aber am Anfang ... die Accelerati können einem sehr verlockende Angebote machen.«

Vielleicht war es naiv, so zu denken, doch Mitch war überzeugt, dass er ihren Verlockungen nie erlegen wäre. Bei Petula wunderte es ihn dagegen null. Selbst als sie noch ein Paar gewesen waren, hatte Mitch geahnt, dass Petula die moralische Standhaftigkeit eines zarten Zweigleins besaß. Mitch musste einfach daran glauben, dass er aus einem anderen Holz war als Petula und sein eigener Vater.

»Lass die Accelerati in Ruhe«, flüsterte ihm sein Vater warnend zu. »Sie haben mir garantiert, dass euch nichts geschieht. Wenn du ihnen nicht auf die Pelle rückst, haben sie keinen Grund, ihr Wort zu brechen.«

Ein paar Wochen brauchte Mitch, um dieses Gespräch zu verdauen, doch am Ende konnte er zumindest teilweise nachfühlen, in was für einer Zwickmühle sein Dad steckte. Sollte Mitch gegen die Accelerati vorgehen, könnten sie sich seine Mom oder seine kleine Schwester krallen.

Aber konnte Mitch noch in den Spiegel schauen, wenn er dem einen Hinweis, den er hatte, nicht nachging?

Grinfton. Gustav Qualens Alligator.

Tatsache war: Solange Mitch nicht herausgefunden hatte, was diese Worte bedeuteten, würde er keinen Schritt vorankommen.

Das Beef-O-Rama, die Lieblingskneipe aller Schüler der Rocky Point Middle School, hatte vorübergehend auf eine rein vegetarische Speisekarte umgestellt, da ihr derzeit ein Gerichtsverfahren wegen der Verarbeitung von Nagetierfleisch zu Hamburgerfrikadellen anhängig war.

So ärgerlich Mitch das auch an manchen Tagen fand, heute hatten Caitlin und er sich sowieso bloß Pommes frites bestellt.

»Ich muss mich bei dir bedanken«, sagte Mitch zu Caitlin. »Dadurch, dass du bereit bist, dich mit mir blicken zu lassen, bin ich plötzlich etwas weniger uncool.«

Caitlin nahm sich eine Pommes und tunkte sie ins Ketchup. »Das ist ein zweischneidiges Schwert. Seit ich mich mit dir blicken lasse, bin ich nämlich etwas weniger cool.« Sie stopfte sich die Pommes in den Mund.

»Verstehe schon«, meinte Mitch. »Beim Flug am Montag setze ich mich nicht neben dich. Versprochen.«

»Wusste gar nicht, dass du die Exkursion nach Washington mitmachst.«

Mitch zuckte mit den Schultern. »Meine Mom sagt, ich soll ›meinen Horizont erweitern‹, und dass es mir guttun wird, mal in einer Stadt zu sein, wo man nicht so großem Stress ausgesetzt ist.«

»Washington, D.C., ist weniger stressig als Colorado Springs? Das sagt schon alles. Aber weißt du was? Das mit der ›Coolness‹ ist mir inzwischen völlig egal. Wenn wir älter sind und Coolness sowieso nichts mehr bringt, werden wir zwei immer noch Freunde sein, und du bist der Boss einer Firma, für die Typen wie Theo arbeiten müssen.«

»Theo? Den würde ich nie einstellen«, versicherte Mitch ihr. »Der wäre mir wirklich zu blöde.« Da kam ihm ein Gedanke. »Wurde Theo seit dem EMP eigentlich noch von irgendwem gesehen?«

»Viele Leute haben direkt danach ihre Sachen gepackt und sind verduftet«, spekulierte Caitlin. »Und ich hatte nie den Eindruck, dass Theos Familie besonders hart im Nehmen ist.«

»Letzte Woche, das war komisch«, erinnerte Mitch sich. »Ich renne so zum Unterricht durch den Gang, und plötzlich renne ich an einem lebensgroßen Poster von Theo vorbei. Sicher irgendein Werbeposter für die Baseballmannschaft, dachte ich mir. Aber als ich noch mal hingesehen habe, war die Wand leer.«

Caitlin zuckte bloß mit den Schultern.

Als Mitch das »Poster« gesehen hatte, hatte er sich eingeredet, er hätte sich das Ding bloß eingebildet. Obwohl ihm tief im Inneren bewusst gewesen war, dass das vermutlich zu simpel gedacht war.

»Es ist doch so«, sagte Caitlin. »Außer uns beiden weiß hier niemand, was bei dem EMP wirklich passiert ist. Und mit Leuten, die keine Ahnung von nichts haben, kann man eben keine vernünftigen Gespräche führen.«

»Es gäbe noch Petula«, scherzte Mitch.

Caitlins Schultern verkrampften sich. Mitch hatte bloß einen Witz reißen wollen, doch auf einmal machte Caitlin ein ernstes Gesicht. »Ich habe mit Petula gesprochen. Sie weiß, wo Nick ist. Und sie weiß, dass er am Leben ist.«

»Das hat sie dir gesagt? Echt?«

»Nein, sie hat gesagt, dass er tot ist. Aber wenn Petula das sagt …«

Mitch nickte – es war eine zwingende Logik. »Glaubst du, Nick ist noch in der Stadt?«, fragte er. »Dass sie ihn unter der Bowlingbahn gefangen halten oder so?«

»Eher nicht«, antwortete Caitlin nach kurzem Überlegen. »Ich glaube, es ist viel komplizierter.«

In ihrer Mitte leerte sich der Pommes-frites-Korb rasch. Caitlin aß zwar immer nur einzelne Pommes, das aber in hohem Tempo.

Mitch hatte das Gefühl, in eine Art Wettrennen hineingezogen zu werden. Er schnappte sich drei Pommes, wischte sie schnell durchs Ketchup und schaufelte sie sich in den Mund.

»Wenn wir wenigstens irgendeine Spur hätten«, dachte Caitlin laut nach. »Irgendwas, was uns weiterhilft …«

»Grinfton«, sagte Mitch mit vollem Mund.

»Princeton?«, fragte Caitlin. »Was ist mit Princeton?«

Mitch schluckte herunter. »Nicht Princeton. Grinfton habe ich gesagt.«

Für einen Moment versank Caitlin in irgendwelchen tiefen Denkprozessen. Dann beugte sie sich vor. »Mitch«, fing sie bedächtig an. »Wie war das genau, als der Acceleratus diese vier Worte zu dir gesagt hat?«

»Ich habe ihm angedroht, ihn zum Heißluftballon aufzupumpen.«

»Mit dem Blasebalg?«

»Womit sonst?«, antwortete Mitch. »Ich habe ihm die Düse in den Mund geschoben und gesagt, dass ich ihn aufblase, wenn er nicht spurt. Da hat er ›Grinfton‹ gesagt. Und ›Gustav Qualens Alligator‹.«

»Mitch.« Caitlins Blick senkte sich auf den Pommes-frites-Korb. »Willst du nicht noch ein paar Pommes essen?«

»Weiß nicht«, sagte er. »Ich bin schon ziemlich voll.«

»ISS!«, schrie Caitlin.

Mitch aß. Er steckte sich eine Pommes in den Mund.

»Mehr«, sagte Caitlin.

Also nahm Mitch sich noch eine Pommes. Und musste dann schockiert miterleben, wie Caitlin in den Korb langte, sich ein halbes Dutzend Pommes griff und diese in seinen Mund stopfte. Seine Backen beulten sich aus wie die eines Eichhörnchens.

»Jetzt red!«, rief sie.

»Kwamm mnich! Mein Munf if fu voll.«

»Ganz genau! Und jetzt sagst du mir noch mal, was der Acceleratus damals zu dir gesagt hat.«

»Gufavvv Quaaarn Alligator«, presste Mitch hervor.

Caitlin schob noch ein paar Pommes hinterher. »Noch mal!«

»Zugavvs Zaaarn Algoritor.«

»Noch mal«, befahl sie und legte abermals ein paar Pommes nach.

»Zugalls Zaren Algiritmer.« Mitch musste würgen. Er kam ins Husten und spuckte halb zerkaute Kartoffelmasse quer über Caitlins Oberteil. Doch statt sich darüber aufzuregen, strahlte Caitlin ihn an, ein beinahe beängstigendes Funkeln in den Augen.

»Zufallszahlen!«, rief Caitlin. »Das sind die ersten beiden Wörter – *Zufallszahlen!* Nur das dritte habe ich noch nicht ganz raus.«

Mitchs Unterkiefer klappte herunter. »*Algorithmus!* Bevor mein Dad verhaftet wurde, wollte er uns nie verraten, was er macht … außer, dass er an Finanzalgorithmen arbeitet!«

»Princeton«, sagte Caitlin. »Zufallszahlenalgorithmus.«

»Aber was soll das bitte mit Nick zu tun haben?«

»Das weiß ich nicht«, erwiderte Caitlin. »Aber es ist unsere einzige Spur. Und die führt nach Princeton. Wir müssen nach New Jersey.«

Da musste Mitch schon wieder würgen.

8. So richtig komisch-komisch

Schlüge man in einem Wörterbuch der Umgangssprache die Redewendung *Da kannst du mich auch gleich erschießen* nach, wäre es nicht verwunderlich, dort ein Foto von Dr. Alan Jorgenson mit Schürze und Haarnetz hinter der Mensatheke der Rocky Point Middle School vorzufinden. Jorgenson hatte eindeutig den Tiefpunkt seiner illustren Karriere erreicht.

Welch eine Schmach für einen Mann, der in seinem Leben so vieles erreicht hatte.

»Das kann ich nicht essen«, sagte das nölige Kind mit Rotznase, das im Augenblick vor Jorgenson stand. »Auf grüne Sachen bin ich allergisch.«

»Freut mich«, fauchte Jorgenson und schaufelte ihm eine doppelte Portion auf den Teller. »Dann viel Spaß mit deinem anaphylaktischen Schock.«

So gerne er alle Schuld auf Nick Slate geschoben hätte – Jorgenson wusste, dass der Alte höchstpersönlich seine Degradierung verfügt hatte. Aber wozu er degradiert wurde, das war die Entscheidung Evangeline Plancks gewesen.

Jorgenson hatte ein großes Herz, es bot Raum für den Hass auf viele Menschen. Doch aktuell war Evangeline die unangefochtene Spitzenreiterin.

»Mit der Pizza hier stimmt irgendwas nicht«, sagte ein pickelgesichtiges Mädchen. »Ich glaube, die Plastikfolie war noch dran, als sie in den Ofen geschoben wurde.«

»Eine kleine Dosis Schwefelkohlenstoff hat noch niemandem geschadet«, erwiderte Jorgenson. »Na gut, ab und zu löst das Zeug Krebs aus. Aber darüber musst du dir erst in ein paar Jahren Gedanken machen.«

Hatten denn alle vergessen, dass er, Dr. Alan Jorgenson, den selbst gebastelten Flyer mit der Ankündigung von Nick Slates Privatflohmarkt entdeckt hatte? Dass nur er die Weitsicht besessen hatte zu begreifen, dass dort Teslas verschollene Erfindungen zum Verkauf standen? Dass er im alles entscheidenden Moment den F.R.E.E. eingeschaltet und so die Welt gerettet hatte? Und das war der Dank für seine Mühen?

»Tschuldigung, Madam Essensausteilerin«, sagte ein Halbwüchsiger, der mehr Haare am Schädel als Hirnmasse darin hatte, »aber das Hühnchen hier schmeckt komisch.«

»Weil es kein Hühnchen ist«, entgegnete Jorgenson. »Sondern Schülerfleisch. Von dem letzten Knilch, der sich hier übers Essen beschwert hat.«

»Ja, sicher.« Der Kerl schlurfte davon, als hätte er keine Sekunde geglaubt, dass Jorgenson die Wahrheit sagte. Wenn es nach Jorgenson ging, würde es spätestens nächste Woche der Wahrheit entsprechen.

Wie man sich denken kann, hatte Jorgenson nicht den besten Draht zum übrigen Mensapersonal. Eine Kollegin hatte sich sogar offiziell über ihn beschwert – doch am nächsten Tag hatte sie auf mysteriöse Weise ihre Stimme eingebüßt und war seitdem stumm geblieben. Danach hatte niemand mehr auch nur einen Pieps über Jorgenson gesagt.

Nach Schichtende blieb Jorgenson noch da, er wollte »die Warmhalteschalen putzen«. Das sagte er jedenfalls den Kollegen.

Als alle verschwunden waren, klopfte er gegen einen Stahlschrank. »Du kannst jetzt rauskommen.«

Aus dem gut einen Zentimeter breiten Spalt hinter dem Schrank glitt Theo Blankenship hervor, flach wie eine Flunder an die Wand gepresst. Theo konnte nicht anders, als sich flach an die Wand zu pressen. Alles andere fällt schwer, wenn man nur noch zwei Dimensionen besitzt.

In der Novelle *Flächenland* schildert der Mathematiker und Schriftsteller Edwin A. Abbott seine Vorstellung einer zweidimensionalen Welt – von einem Ort, der bevölkert ist von Quadraten, Dreiecken und anderen geometrischen Formen, die gerne von Lehrern auf Schultafeln gemalt werden.

Die wenigsten wussten, dass Abbott mehr war als ein brillanter Mathematiker. Er war Mitglied der Accelerati. In dieser Funktion hatte er eine Waffe ersonnen und letztlich auch praktisch umgesetzt, die allem und jedem die räumliche Tiefe entzog, sodass nichts weiter übrig blieb als eine lebendige Wandprojektion.

Just das war Theo widerfahren, einem schon immer recht oberflächlichen Jungen, der nun buchstäblich oberflächlich war. Wie Alan Jorgenson suchte auch Theo die Schuld für seine missliche Lage bei Ms Planck, denn Ms Planck hatte die Waffe abgefeuert, die Theo geplättet hatte.

Das Zusammenleben mit einem Teenager, der wie Theo unter schweren dimensionalen Problemen litt, erforderte eine gewisse Unerschrockenheit und Aufgeschlossenheit. Theos Familie besaß weder das eine noch das andere. Bei Theos Anblick hatten seine Schwestern regelmäßig geschrien, seine Mutter hatte geschluchzt, sein Vater einen Abstecher zum Schnapsschrank unternommen.

Dr. Alan Jorgenson war der einzige Mensch, der Theo ein wenig Freundlichkeit entgegengebracht hatte.

Er hatte Theo entdeckt, als dieser auf einer Plakatwand in der Nachbarschaft herumgelungert war. »Ich gebe dir deine dritte Dimension zurück«, hatte Jorgenson ihm gesagt, »wenn du mir im Gegenzug hilfst, Evangeline Planck zur Strecke zu bringen.«

Theo hatte sofort freudig zugestimmt.

Selbstverständlich hatte Jorgenson keine Ahnung, wie man die dritte Dimension eines Menschen wiederherstellte. Aber das würde er schön für sich behalten.

»Also, Theo«, sagte Jorgenson in der Mensaküche, »was gibt es Neues aus der großen, weiten Welt?«

»Die große, weite Welt geht mir am Arsch vorbei.«

»Sehr witzig. Als hättest du als zweidimensionales Wesen noch einen ›Arsch‹.«

»Klar habe ich einen Arsch. Wenn ich mich zur Seite drehe.« Zur Veranschaulichung drehte Theo sich zur Seite.

Jorgenson seufzte. »Ich nehme alles zurück und präzisiere meine Frage: Was gibt es Neues vom Zielobjekt?«

»Ach so«, sagte Theo. »Also ich hab mich an dem Baum vor Nicks Haus versteckt … was übrigens total unangenehm war wegen der kratzigen Rinde. Aber am übelsten sind diese weiß verputzten Häuserwände, die sind einfach nur …«

»Bleib bei der Sache«, ermahnte Jorgenson ihn.

»Okay, okay. Also in der Ruine selbst tut sich nicht viel. Dafür graben sie drumherum etwas aus. Sie wollen irgend so einen riesigen Metallring aus der Erde kriegen.«

»Interessant.« Jorgenson setzte sich und schlug die Beine übereinander. »Ob dieser Metallring wohl irgendwie mit der Maschine zusammenhängt?«

»Na, davon gehen sie anscheinend aus. Die graben echt wie verrückt.«

»Gut«, sagte Jorgenson. »Ich habe einen Auftrag für dich. Du beschattest Petula Grabowski-Jones.«

»Muss das sein?«, jammerte Theo. »Petula ist superkomisch. Also so richtig komisch-komisch.«

»Ich bin begeistert von deiner abwechslungsreichen Ausdrucksweise«, sagte Jorgenson, doch für Sarkasmus hatten zweidimensionale Wesen offenbar keinen Sinn. »Du versteckst dich irgendwo in einem Spalt und folgst Petula, wenn sie aus dem Haus geht. Irgendwann wird sie zum Accelerati-Hauptquartier laufen. Du schleichst dich mit rein. Du rutschst die Bowlingbahn runter, wenn der Eingang offen ist, und spionierst dann Evangeline Planck aus – bis du ganz genau weißt, was sie vorhat.«

»Und dann?«

»Dann überlegen wir uns eine Strategie, wie ich den Posten des Großen Acceleratus zurückerobern kann«, meinte Jorgenson, als hätte Theo eine sehr dumme Frage gestellt.

»Cool«, sagte Theo. »Da stehe ich voll dahinter.« In seinem derzeitigen Zustand stand Theo zwangsläufig hinter allem.

9. Ay bießiäng

Es sei dahingestellt, ob Stephen Hawking jemals den dämmrigen Hausflur eines schottischen Bed-and-Breakfast durchquert hat, um sich in die Hawking-Suite zu begeben – ein reges Interesse an Korridoren hegt er auf jeden Fall. Wohl weniger an den Korridoren schottischer Landgasthäuser, aber mit Sicherheit an

Korridoren, die quer durch Raum und Zeit führen und gemeinhin »Wurmlöcher« genannt werden.

Mit dem Casimir-Effekt, einem quantenphysikalischen Kunststückchen, wurde tatsächlich nachgewiesen, dass die Raumzeit zu Verzerrungen neigt. Möglicherweise zu so starken Verzerrungen, dass sich Risse auftun, die Reisen in ungeahnte Fernen ermöglichen. Wurmlöcher könnten daher als Erklärung für zahlreiche Mysterien des Universums herhalten: für Socken, die unwiederbringlich im Wäschetrockner verschüttgehen; für Handtaschen, in denen mehr Kram steckt, als nach menschlichem Ermessen hineinpassen kann; für die unendliche Entfernung zwischen Bett und Toilette in tiefster Nacht; für die Zaubertricks von David Copperfield. Selbst das unbegreifliche Auftauchen und Verschwinden des Ungeheuers von Loch Ness könnte man den Wurmlöchern ankreiden.

Die Wurmloch-Hypothese zählt noch zu den weniger abstrusen Theorien über das Monster. Die Spekulationen schießen wild ins Kraut, und nur wenige davon wurzeln in Fakten. Doch was will man mit Fakten, wenn Sagen und Legenden so viel unterhaltsamer sind? Nur dank Gerüchten und Märchen war das Unternehmen *Es war einmal im Loch*, ein Anbieter von Unterwasser-Expeditionen, so gut im Geschäft.

Es war einmal im Loch betrieb ein winziges Büro in einem kleinen Dorf am dünner besiedelten Ufer von Loch Ness.

»Aye, das Haus«, sagte der bärtige und rundliche Besitzer des Unternehmens. Der Mann hieß MacHeath, wurde wegen seines prächtigen Appetits aber von allen »Mackie Gabel« genannt. »Vor zwei Wochen haben wir's dort unten entdeckt, aber keiner will uns glauben. Die denken alle, das Foto wär aus Photoshop.«

»Ich glaube Ihnen«, erwiderte Vince. »Ich weiß sogar ganz genau, dass Sie die Wahrheit sagen.«

»Hmmm. Hat schon wer angerufen, dass du bestimmt gleich vorbeikommst.«

»Ja, Ihr Onkel«, sagte Vince und fügte in Anbetracht des verdutzten Gesichts, das Mackie Gabel zog, schnell hinzu: »Ich meine natürlich Ihre Tante.«

Mackie Gabel erhob sich. »Eins sag ich dir gleich, Bursche: Die Bergungsrechte gehören mir. Wenn ich dir erlaube, da unten irgendwas einzusacken, dann nur, weil ich so ein feiner Kerl bin.«

»Verstanden«, antwortete Vince. »Ich suche sowieso etwas, das Ihnen nicht viel einbringen würde – einen alten Globus. Der wird in meiner Familie seit Generationen weitervererbt.«

Sein Gegenüber nickte. »Aber Bergungsmissionen kosten natürlich was. Wenn du das Ding haben willst, musst du ein hübsches Sümmchen lockermachen.«

Da Vince schon fast damit gerechnet hatte, hatte er vorsorglich die Bankkarte seiner Mutter geklaut. »Heute dreihundert und morgen dreihundert. Das kann ich Ihnen anbieten.«

»Sechshundert US-Dollar?« Mackie Gabel strich sich den Bart. »Schätze, wir kommen ins Geschäft, Bursche. Wann geht's runter?«

Beim Frühstück am folgenden Morgen versuchte Vince' Mom, ihn davon zu überzeugen, sie auf eine mehrtägige Entdeckungstour durch Edinburgh zu begleiten.

»Da soll es nur so wimmeln von Geistern und anderen toten Sachen«, wollte sie ihm den Trip schmackhaft machen.

»Lass mal«, meinte Vince. »Ich fahr lieber mit dem Boot raus auf den See.« Den genauen Bootstyp verschwieg er seiner Mutter natürlich.

Mackie Gabel besaß zwei hochmoderne Tauchboote: die *Synchron I* und die *Synchron II*. In Nummer I war Platz für eine dreiköpfige Besatzung, Nummer II war viel kleiner – es war ein Fernsteuerboot, das sich in engste Winkel zwängen und mit seinen Greifarmen Gegenstände bergen konnte.

Jetzt hangelte sich Mackie Gabel durch die Luke der *Synchron I* hinab, hinter seinem Piloten, einem sehnigen Mann, dessen Schottisch so heftig war, dass seine Worte in Vince' Ohren nach einer wundersamen Geheimsprache klangen.

»Den wirst du an Land lassen müssen.« Mackie Gabel deutete auf Vince' Rucksack. »Passt da unten nicht rein.«

Vince gab die erstbeste Antwort, die ihm in den Sinn kam. »Aber ich hänge wirklich sehr daran.«

Mackie Gabel schüttelte den Kopf. »Ihr Amerikaner seid mir schon ein verschrobenes Völkchen.« Seufzend reichte er seine eigene Tasche nach oben. »Pack mein Mittagessen bei dir mit rein, dann kann das Ding mit runter.«

Irgendwie brachte Vince die Thermosflasche und das Sandwich noch in seinem Rucksack unter.

»Schon mal eine Tauchfahrt mitgemacht?«, fragte Mackie Gabel, sobald alle Mann an Bord waren.

Als Vince mit einem Kopfschütteln verneinte, lachten seine beiden Begleiter, als amüsierten sie sich über einen herrlichen Seefahrer-Insiderwitz.

»Ay bießiäng ieß schaun«, meinte der Pilot. »Abämayn giewießie drayn.«

Dann stürzten sich die Männer in die Arbeit wie echte Profis. Vince fand es einigermaßen beruhigend, dass die beiden offensichtlich wussten, was sie taten.

Als die *Synchron I* in die Tiefe sank, kehrte rasant Dunkelheit ein. Der Pilot knipste die Scheinwerfer an, ihr Licht konnte das trübe Wasser aber kaum durchdringen. Meist sagten die beiden Männer kein Wort, und so war nur das *Ping-Ping-Ping* des Sonars zu hören, während sie in den zentralen Graben von Loch Ness hinabtauchten.

Auf einmal packte Mackie Gabel den Steuerhebel und riss ihn nach rechts, wodurch das ganze Tauchboot zur Seite schlingerte. »Vorsicht, Flosse!«, rief er.

Hätte Vince noch an einem Herzinfarkt sterben können, wäre es jetzt so weit gewesen.

Die beiden Männer brachen in schallendes Gelächter aus. »Machen uns nur einen Jux mit dir, Bursche«, sagte Mackie Gabel. »Ich tauche seit Jahren hier, aber Nessie ist mir bloß einmal untergekommen. Und das ist vielleicht auch nur geflunkert.«

Eine halbe Stunde benötigten sie für die Strecke zum Haus, und als die Scheinwerfer auf die Außenmauern fielen, wusste Vince sofort, dass er hier richtig war.

Das Gebäude lag am Grund wie das Farmhaus im *Zauberer von Oz*, vollkommen fehl am Platz in einer höchst unwirklichen Umgebung. Die Tür hatte sich halb offen verkantet, vom Dach hatten sich etliche Ziegel gelöst, Fische schwammen zu den zerbrochenen Fenstern hinein und hinaus.

Wenige Meter vor dem Hauswrack setzte das Tauchboot auf dem Seegrund auf.

»Gut, gut«, sagte Mackie Gabel. »Dann mal rein mit unserem kleinen Freund.«

Mit sicherer Hand steuerte der Pilot die *Synchron II* von der *Synchron I* aus durch die Haustür. Auf einem Monitor wurde angezeigt, was die Kamera des Tauchroboters vom Inneren des Gebäudes einfing: Das Wohnzimmer lag in Trümmern, überall zerschlagenes Porzellan, Sofa und Sessel umgestürzt, die Standuhr auf die Seite gekippt, ihr Zifferblatt eingedrückt.

»Ist das nicht das Größte, Junge?«, meinte Mackie Gabel. »Ist wie bei der *Titanic*, nur mit 'nem Haus.«

Die Greifarme des Roboters hoben eine Schublade vom Boden auf und warfen sie zur Seite. Doch darunter befanden sich bloß ein paar klatschnasse Bücher, deren Seiten sich im aufgewirbelten Wasser wellten wie die Tentakel von Seeanemonen.

»Sicher, dass das Ding hier irgendwo ist?«, sagte Mackie Gabel.

»Wayßuchie wie nauchmayl?«, erkundigte sich der Pilot.

»Wir suchen einen Globus«, erinnerte Vince ihn. »Einen Globus aus Stahl.«

Aber der war nirgends zu sehen.

»War vielleicht noch irgendwer anders hier unten?«, fragte Vince. »Vielleicht ein paar Leute in pastellfarbenen Anzügen?«

Mackie Gabel schüttelte den Kopf. »Hier taucht keiner ins Loch, ohne dass ich's mitkriege.«

Vince schloss die Augen. Wie hatte die Grube, die nach dem Verschwinden des Hauses zurückgeblieben war, noch mal genau ausgesehen? Vorne hatte sich das Teleportfeld bloß bis zur Haustür erstreckt, hinten aber bis weit in den Garten, es hatte sogar die halbe Garage mitgerissen.

Er öffnete die Augen. »Der Globus muss weiter hinten sein. Vielleicht in der Küche.«

Auf dem Weg durch den Flur stieß der Roboter gegen einen Setzkasten und löste damit einen Hagelschauer aus Fingerhüten aus, die die Hausbewohnerin aus aller Herren Länder zusammengetragen hatte.

In der Küche war der Ofen umgefallen, Glasgeschirr war auf den Boden gekracht, und gleich neben dem kopfstehenden Küchentisch schimmerte ein kugelrundes Metallteil.

»Ayrägau!«, rief der Pilot.

Mackie Gabel nickte. »Du sagst es. Eureka.«

Behutsam ergriff der Roboter den Globus und ließ ihn in sein Tragenetz gleiten.

Vince atmete aus. Er hatte seit mindestens fünf Minuten die Luft angehalten und überhaupt nichts davon mitbekommen – seine Begleiter hoffentlich auch nicht.

»Das hätten wir«, meinte Mackie Gabel mit einem zufriedenen Lächeln. »Dann mal ab nach Hause.«

Zum Glück war der See nicht so tief, dass die Schatzsucher sich zum Auftauchen in eine Dekompressionskammer hätten begeben müssen. Dazu wären sie gar nicht gekommen, erwartete sie an der Oberfläche doch eine unliebsame Überraschung.

Kaum öffnete sich die Luke der *Synchron I*, hatten sie eine Schrotflinte vor der Nase, die Mackie Gabel in Mackie Pipi-in-der-Hose verwandelte.

»Prächtiger Tag heute, MacHeath«, sagte der alte Mann mit der Schusswaffe. »Ideal für 'nen kleinen Tauchgang, was?«

»Was zum Geier soll das, Bertie? Nimm gefälligst das Ding aus meinem Gesicht.«

»Auf den Steg, MacHeath«, befahl Bertie ihm. »Wegen dir bin ich nicht hier.«

Vince, der den Wortwechsel natürlich mit angehört hatte, klammerte sich an die verzweifelte, wenig realistische Hoffnung, dass der alte Mann eine Privatfehde mit dem Piloten austrug.

Doch als Vince schließlich aussteigen musste, grinste der Fischer mit der Schrotflinte verdächtig. »Ist er das?«, fragte er die Frau, die hinter ihm im Motorboot saß.

Die Frau kniff die Augen zusammen und schüttelte den Kopf. »Nein, das ist nicht der Bengel vom Flohmarkt. Das ist ein anderer.«

»Na, Amerikaner ist Amerikaner und Bengel ist Bengel.« Für eine Sekunde zuckte die Schrotflinte zu dem Globus, der immer noch im Tragenetz des Tauchroboters hing. »Schnapp dir das Ding und komm rüber, Bursche.«

So schnell wollte Vince nicht klein beigeben. »Und wenn nicht?«

»Vorsicht«, warnte der Fischer. »Pass auf, was du sagst. Schotten bluffen nicht.«

»Aye.« Mackie Gabel nickte feierlich. »Da hat er recht.«

Einen Moment lang fragte Vince sich, was wohl wäre, würde der Kerl ihm ein Loch in die Brust schießen und danach feststellen, dass Vince trotzdem weiterlebte. Würden dann alle vor Schreck die Flucht ergreifen? Aber er hätte ein Loch in der Brust gehabt und das wäre ein großer Wermutstropfen gewesen.

Am Ende kam er zu dem Schluss, dass er die Situation sogar zu seinem Vorteil nutzen konnte – vor ihm saß die Frau, die den Globus bereits benutzt hatte. Eine Person, die ihm detailliert erklären konnte, wie das Gerät funktionierte.

Also lud Vince sich den Globus auf die Arme und kletterte hinüber ins Fischerboot, und nachdem Bertie die beiden Taucher noch ermahnt hatte, kein Sterbenswörtchen über die Angelegenheit zu verlieren, steuerte der Fischer das Gefährt ans Nordende des Sees.

10. Erinnerung an eine Erinnerung

Am Sonntagmorgen zog Nick seine besten Klamotten an. Da all seine Klamotten von Edison ausgesucht worden waren, sah er aus wie ein Jüngling, der sich im Jahr 1912 für den Kirchenbesuch feingemacht hatte – er trug Cordhose, Hosenträger und eine dicke Tweedjacke, alles schlammbraun.

»Sehr adrett siehst du aus«, sagte Edison zu Nick, was wohl als Kompliment gemeint war.

Ein bisschen peinlich würde es Nick schon sein, sich in diesem Aufzug vor seinem Vater und Bruder zu zeigen, aber Hauptsache, er durfte seine Familie wiedersehen.

»Wissen die beiden, dass ich vorbeikomme?«, fragte Nick. Sie saßen in Edisons Retro-Kleinbus, dessen Fenster stark getönt waren, um die empfindliche Haut des Greises vor Sonneneinstrahlung zu schützen.

»Nein«, antwortete Edison. »Sie wurden nicht informiert.«

»Oh. Dann wird das also ein Überraschungsbesuch.«

Edison nickte. »Könnte man so sagen.«

»Wohin fahren wir überhaupt?«, fragte Nick.

»Dein Vater hat eine neue Arbeitsstelle, nicht allzu weit von hier. Er arbeitet jetzt in Princeton.«

Der Kleinbus rollte durch eine Wohnsiedlung am Rand der Universität und blieb gleich hinter den Häusern der Studenten- und Studentinnenverbindungen stehen.

Und da waren die beiden. Vor einem kleinen, unauffälligen Haus schleuderte Nicks Dad einen Baseball, und Danny fing ihn mit einem Handschuh, der keine Meteoriten aus dem Himmel zerrte.

Nicks Herz setzte einen Schlag aus. Edison hatte ihm die Wahrheit gesagt. Mit den beiden war alles in Ordnung. Die beiden wirkten glücklich. Glücklich und gesund.

Schon deswegen hätte Nick eigentlich Verdacht schöpfen müssen, dass es hier nicht mit rechten Dingen zuging. Wie konnten die beiden glücklich sein? Nick war doch spurlos aus ihrem Leben verschwunden – und so wie Nick seinen Dad kannte, hätte dieser nichts unversucht gelassen, um seinen Sohn zu finden. Doch vor lauter Freude über das Wiedersehen mit seiner Familie kam Nick nicht darauf, dass ihr normales Verhalten vollkommen unnormal war.

Edison legte ihm eine Hand auf die Schulter. »Siehst du? Es besteht kein Grund zur Sorge.«

Nick wollte die Seitentür öffnen, was aber nicht funktionierte. Sie war verriegelt.

»Fahrer!«, rief Edison nach vorne. »Wir können dann. Fahren Sie weiter.«

»Was? Nein! Halt!« Nick trommelte gegen die Tür.

»Ich hatte dir versprochen, dich zu deiner Familie zu fahren. Das habe ich getan. Jetzt müssen wir uns wieder auf den Heimweg machen.«

»Nein!«, brüllte Nick, kletterte über Edison hinüber, öffnete die andere Seitentür und sprang hinaus.

»Nicht, Nick!«, rief Edison. »Du verstehst das nicht!«

Aber Nick würde sich von nichts und niemandem aufhalten lassen. Nicht jetzt, wo er seiner Familie so nah war.

Er rannte zu dem Vorgarten, wo die beiden den Baseball hin und her schleuderten, stieß das Tor des Lattenzauns auf und warf sich seinem Dad um den Hals.

»Ich bin so froh, dass es euch gut geht!«, schluchzte Nick mit Tränen in den Augen.

»Auweia«, sagte Wayne Slate. »Was soll das jetzt werden?«

Und aus zehn Metern Entfernung fragte Danny: »Dad? Warum hängt dir plötzlich irgendein Teenager am Hals?«

Das brachte Nick dann doch dazu, seinen Dad wieder loszulassen. Er blickte hinauf ins Gesicht seines Vaters und sah darin etwas, das er nicht begriff. Keine Liebe, auch keine Überraschung. Sein Blick war einfach … leer.

»Dad?«, sagte Nick.

»Tut mir leid, Junge, aber ich habe das Gefühl, du stehst gerade ein bisschen neben dir.«

»Der hat dich ›Dad‹ genannt«, meinte Danny. »Was soll das denn bitte?«

»Wenn ich das wüsste«, erwiderte Mr Slate. Immer noch ziemlich verdutzt musterte er Nick. »Soll das vielleicht ein Scherz sein?«

Nick wich einen Schritt zurück. »Was redet ihr da? Ihr müsst euch doch an mich erinnern.«

Danny blieb stehen, wo er war, und starrte Nick böse an, als ärgerte er sich über den ungebetenen Besuch. »Ist der Typ verrückt? Soll ich die Polizei rufen?«

»Nein, nein.« Mr Slate betrachtete Nick wohlwollend. »Ich glaube, dir ist bloß ein kleiner Irrtum unterlaufen. Nicht wahr, mein Sohn?«

»Stimmt«, entgegnete Nick. »Ich *bin* dein Sohn.«

Da kühlte sich die Stimme seines Vaters ein klein wenig ab. »Lass das bitte. So witzig ist das auch wieder nicht.«

Im selben Moment näherte sich Edisons Fahrer von hinten und packte Nick an der Schulter. »Wir müssen weiter.«

Nick wehrte sich – allerdings nicht besonders heftig. Er war nicht mit ganzem Herzen dabei. Er konnte nicht mit ganzem Herzen dabei sein, weil sein Herz in Trümmern lag.

»Das war vielleicht merkwürdig«, hörte Nick seinen Bruder zu seinem Vater sagen, als er zum Wagen manövriert wurde.

Dann warfen die beiden einander wieder den Baseball zu, als wäre nichts gewesen.

Kurz darauf saß Nick neben Edison im Kleinbus und heulte, wie man nur heult, wenn man sich zutiefst verraten fühlt. Dabei wusste er eigentlich, dass es keinen Sinn hatte, auf seinen Vater und seinen Bruder wütend zu sein. Die beiden konnten nichts für ihren Gedächtnisverlust.

»Was haben Sie mit ihnen gemacht?«, fragte er Edison.

Edison seufzte tief. »Ihre Erinnerungen an dich hätten uns allen nur Kummer bereitet. Hätten wir nichts dagegen unternommen, hätten sie sich bestimmt in ernsthafte Schwierigkeiten gebracht. So können sie ein glückliches und produktives Leben führen, ohne je den kleinsten Verdacht zu schöpfen. Während du den Weg gehen kannst, der dir vorgezeichnet ist, ohne immer wieder zurückzublicken. Dein Weg führt dich in eine ganz andere Richtung als der ihre.«

»Wie konnten Sie uns das antun?« Mit Gewalt unterdrückte Nick seine Tränen. »Sie haben mir meine Familie weggenommen.«

»Es ist nicht immer leicht, dem Allgemeinwohl zu dienen«, belehrte Edison ihn.

Nick blickte ihm fest in die Augen. »Ich hasse Sie.«

Edison nickte einsichtig. »Damit werde ich wohl leben müssen.« Mit einem Wink signalisierte er dem Fahrer, sie nach Hause zu bringen.

Danny Slate und sein Vater warfen einander weiter den Baseball zu, doch seit dem Vorfall mit dem sonderbaren Teenager waren sie beide etwas unkonzentriert.

Am merkwürdigsten fand Danny, dass der Teenager ihm irgendwie bekannt vorgekommen war. »Was wohl mit dem Jungen eben los war?«, rief er seinem Dad zu, nachdem der Ball noch drei oder vier Mal hin- und hergeflogen war.

»Da bin ich leider überfragt«, antwortete sein Dad.

Der Teenager hatte Danny irgendwie an ihre kurze Zeit in Colorado Springs erinnert. Danny versuchte, sich ins Gedächtnis zu rufen, ob er ihn dort vielleicht mal gesehen hatte – aber blöderweise konnte er sich keinen einzigen Menschen aus Colorado Springs ins Gedächtnis rufen.

Er wusste noch, wie sie nach Colorado Springs gezogen waren, und er wusste, dass er dort eineinhalb Monate lang zur Schule gegangen war. Doch obwohl er noch ein paar verschwommene Gesichter aus dieser Zeit vor sich sah, fiel ihm dazu kein einziger Name ein, weder von Lehrern noch von Freunden. Hätte er zufällig Lust gehabt, irgendeinen alten Freund anzurufen, hätte er das gar nicht gekonnt, weil er sich nicht so genau an die Leute erinnerte. War das normal?

Je länger Danny darüber nachgrübelte, desto mulmiger wurde ihm. Von derselben Unruhe wurde er jedes Mal gepackt, wenn er an das eigenartige Haus dachte, in dem er und sein Dad gewohnt hatten. Dort war irgendetwas vorgefallen. Und zwar nichts Schönes.

Dieser Gedanke brachte Danny wiederum auf das Feuer, das nur ein paar Monate zuvor ausgebrochen war und ihm seine Mom weggenommen hatte, sodass sein Dad und er seitdem allein waren. Auch in dieser Erinnerung fehlte etwas.

Und da fiel Danny wieder ein, was kurz vor ihrem endgültigen Abschied aus Colorado passiert war: Für eine Sekunde war in seinem Kopf etwas aufgeblitzt, so intensiv, dass er nach Luft schnappen musste – aber im nächsten Moment war es wieder verschwunden gewesen, Danny hatte es nicht festhalten können, und inzwischen erinnerte er sich nur noch, dass er sich an irgendetwas erinnert hatte. Es war beim Durchqueren des Metalldetektors am Flughafen geschehen. Seinem Dad hatte er nie davon erzählt, es ließ sich einfach schwer in Worte fassen. Doch seltsamerweise hatte Danny wieder daran denken müssen, als der Teenager aus dem Nichts aufgetaucht war und seinen Dad umarmt hatte.

Gegenüber stand Dannys Dad reglos auf der Wiese und studierte den Ball in seinem Handschuh mit gefurchter Stirn, fast als hätte er dasselbe komische Gefühl im Bauch wie Danny. Nach einer Weile hob er den Kopf und seufzte. »Wie wär's, wenn wir uns was zum Mittagessen besorgen?«

»Gute Idee«, antwortete Danny. Dabei hatte er plötzlich gar keinen Appetit mehr.

11. Haben Sie diesen Jungen gesehen?

An der Rocky Point Middle School hatten sich rund siebzig Schülerinnen und Schüler für die Exkursion nach Washington, D.C., angemeldet – es war eine tolle Gelegenheit, die Hauptstadt der Nation zu besichtigen, Museen zu besuchen und dem Kongressabgeordneten ihres Wahlbezirks mal gehörig die Meinung zu geigen, was sich zumindest die politisch interessierteren Teilnehmer fest vorgenommen hatten. Mitch und Caitlin hatten jedoch ganz andere Pläne.

Um eine Gruppenreise von ungefähr siebzig Minderjährigen auf die Beine zu stellen, brauchte es eine Unmenge offizieller Dokumente: die elterliche Erlaubnis, die Geburtsurkunde und vieles mehr. Um zwei Zugtickets von der Union Station in Washington, D.C., nach Princeton, New Jersey, zu kaufen, brauchte man nur ein bisschen Bargeld und, wie Caitlin mit einem Blick auf die anderen Leute in der Warteschlange feststellte, praktisch kein Hirn im Kopf.

Dem großen Schülerpulk zu entfliehen, war auch nicht weiter schwierig gewesen: Am Montagmorgen waren Caitlin und Mitch in Washington angekommen, hatten ins Hotel eingecheckt und waren wie alle anderen auf ihr Zimmer gegangen … um das Zimmer wenig später wieder zu verlassen und sich aus dem Hotel zu schleichen, während sich die anderen noch herzhaft gähnend vom Nachtflug erholten.

Selbstverständlich würde blanker Wahnsinn ausbrechen, sobald den Lehrern und elterlichen Begleitpersonen auffiel, dass ihnen zwei Teenager flöten gegangen waren. Das Gute war, dass Caitlin und Mitch von dem ganzen Wahnsinn bis zu ihrer Rückkehr nichts mitbekommen würden. Aber dann müssten sie eine Standpauke über sich ergehen lassen, die sich genauso unangenehm anhören würde wie Teslas Quälinette.

Fast im Halbstundentakt fuhren Züge von Washington nach New York, und fast jeder davon hielt in Princeton. Am frühen Nachmittag stiegen Caitlin und Mitch in der Universitätsstadt aus dem Zug, etwa zur selben Zeit, wie ihre Exkursionsgruppe ihr Verschwinden feststellen müsste.

»Was, wenn sie uns bei der Polizei als vermisst melden?«, fragte Mitch, der sich wie immer viel zu viele Sorgen machte.

»Mitch«, sagte Caitlin. »Du bist ein Genie.« Sie wischte sich durch ihr Handy, bis sie ein annehmbares Foto von Nick gefunden hatte. »Aus dem Foto hier können wir einen Flyer basteln, mit dem wir nach einem vermissten Jungen suchen – und sollte irgendwer in Princeton Nick gesehen haben, werden wir einfach angerufen.«

»Aber was, wenn die Accelerati den Flyer sehen? Dann rufen *die* uns an«, wandte Mitch ein.

Caitlin zog ein grimmiges Gesicht. »Das Risiko müssen wir wohl eingehen.«

Mathematik gehörte zu Caitlins schlechteren Fächern, aber so viel war ihr klar: Bewegen sich zwei Objekte aus der gleichen Entfernung auf dasselbe Ziel zu, wird das Objekt mit der höheren Geschwindigkeit früher dort eintreffen.

Der Copyshop in Princeton besaß zwei Eingänge. In der einen Tür stand ein afroamerikanischer Teenager, in den Händen eine Abschlussarbeit, die Caitlin aus der Ferne auf circa tausend Seiten schätzte.

In der anderen Tür stand Caitlin, in der Hand einen USB-Stick mit dem Vermissten-Flyer, den sie auf ihrem Tablet gebastelt hatte.

Hinter der Kasse wartete ein gelangweilter Angestellter, dem offensichtlich total egal war, wen er zuerst bedienen würde.

Hinter dem Angestellten standen zwei Kopiergeräte. Das eine war in seine Einzelteile zerlegt worden, und ein Techniker steckte seinen Kopf so tief ins Gehäuse, dass es den Anschein hatte, die Maschine würde ihn verschlingen. Das andere Gerät wartete geduldig auf seine nächste Aufgabe.

Caitlin starrte den Teenager am gegenüberliegenden Eingang an. Dieser starrte zurück. Der Startschuss für den Wettlauf zur Kasse war gefallen.

Der Teenager war deutlich größer als Caitlin und hatte die längeren Beine, weshalb er die Distanz unter gewöhnlichen Umständen schneller zurückgelegt hätte. Doch er wurde von dem sperrigen Papierstapel in seinen Händen behindert und musste außerdem die Laminierstation umkurven, die ihm direkt im Weg stand.

Caitlin stürmte vorwärts, wich geschickt einem UPS-Mitarbeiter aus, der den Laden gerade verlassen wollte, und rempelte eine grübelnde Dame an, die sich nicht für eine Klebezettelfarbe entscheiden konnte. So gelang es Caitlin, sich einen Sekundenbruchteil vor dem papierbeladenen Teenager zur Kasse zu drängeln.

»Ach Menno«, sagte der Teenager. »Das finde ich jetzt echt unfair. Ich war früher da.«

»Das glaube ich kaum«, entgegnete Caitlin. »Oder wieso stehe ich jetzt vor dir?«

»Aber du bist erst nach mir reingekommen.«

»Nur weil du dich schon eine Weile irgendwo in der Nähe aufgehalten hast, hast du noch lange kein Anrecht auf den ersten Platz in der Schlange.«

Caitlin hielt dem Angestellten ihren USB-Stick entgegen, doch der schien grundsätzlich keine größere Lust zu haben, irgendwelche Kunden zu bedienen.

»Hey, Bob«, sagte der Teenager da, »wäre echt nett, wenn du mich zuerst drannimmst. Meine Mom braucht dringend fünf Kopien von dem Aufsatz hier.«

»Ich will nur eine einzige Seite ausgedruckt haben«, meldete Caitlin sich zu Wort, noch bevor der Teenager ausgeredet hatte. »Das geht viel schneller.«

Kopierer-Bob blickte zwischen seinen beiden Kunden hin und her wie ein Mensch, der eine Menge Übung darin hat, sich nicht zu entscheiden.

»Wenn du ihn zuerst drannimmst«, meinte Caitlin, »dann ist das so was von sexistisch.«

»Wenn er dich zuerst drannimmt«, sagte der Teenager zu ihr, »dann ist das so was von rassistisch!«

Da ruderte Caitlin ein wenig zurück. »Hör mal«, versuchte sie es auf die vernünftige Tour. »Ich brauche nur dreißigmal eine einzige Seite. Auf einem schnellen Kopierer dauert das keine Minute.«

Der Teenager ließ seinen Papierberg auf die Theke plumpsen und gab nach. »Na schön.«

Also stöpselte Kopierer-Bob den USB-Stick in seinen Computer, woraufhin das Kopiergerät genau neun Seiten ausspuckte und dann prompt den Geist aufgab.

Schockiert beäugte der Teenager mit dem wichtigen Aufsatz die rot blinkende Fehlermeldung. »Das kann jetzt nicht dein Ernst sein!«, heulte er auf.

»Sorry, Kumpel«, sagte Kopierer-Bob. »Aber du kannst ja zum Office Depot in Plainsboro gehen …«

Der Teenager hievte das Mammutwerk von der Theke und fixierte Caitlin mit bösem Blick. »Das ist alles deine Schuld«, sagte er und stampfte aus dem Laden.

Endlich trudelte auch Mitch an der Kasse ein, der bis jetzt der Klebezetteldame geholfen hatte, den umgekippten Verkaufsaufsteller wieder aufzurichten. »Hast du die Dinger gekriegt?«, fragte er Caitlin.

Kopierer-Bob überreichte Caitlin ihre neun Kopien. »Macht einen Dollar fünfunddreißig.«

»Die müssen erst mal reichen«, beantwortete Caitlin Mitchs Frage.

»Auch gut. Und wenn wir sie aufgehängt haben, gehen wir gleich zur Mathe-Fakultät. Da kennt sich bestimmt irgendwer mit diesen Zufallszahlenalgorithmen aus.« Mitch entzifferte die Worte, die auf dem Flyer über dem Foto von Nick standen. »*Haben Sie diesen Jungen gesehen?* Das klingt ja furchtbar deprimierend.«

»Soll es auch«, erwiderte Caitlin. »Wir müssen doch das Mitgefühl der Leute wecken.«

Sie drehten sich zur Tür – wo sie aber nicht ankamen, weil der Techniker, der soeben ein zerknittertes Exemplar des Flyers unter der Walze des Kopierers hervorgezerrt hatte, ihnen hinterherrief: »Hey, wartet mal! Ich hab den Jungen wirklich gesehen!«

Caitlin und Mitch blieben stehen und betrachteten den Kopiertechniker einige Sekunden lang mit stummem Erstaunen.

Vor ihnen stand Wayne Slate.

Die Geschichte der Wissenschaft, hat Stephen Hawking einmal angemerkt, erzählt davon, wie der Mensch nach und nach begreift, dass die Welt sich nicht aus launischen Zufällen zusammensetzt, sondern vielmehr eine tiefe, allem zugrunde liegende Ordnung widerspiegelt.

Auch nur mit dem Gedanken zu spielen, Caitlins und Mitchs Begegnung mit Wayne Slate könnte purer Zufall gewesen sein, würde daher der Weisheit des klügsten Kopfes unserer Zeit aufs Törichste widersprechen. Caitlin und Mitch wussten, dass Mr Slate als Kopierertechniker arbeitete. Sie wussten, dass die Accelerati ihn genau im Auge behielten. Und sie wussten, dass irgendeine Verbindung zwischen der Stadt Princeton und den Accelerati bestand.

Bedenkt man außerdem, dass im Universum ohnehin alles mit allem zusammenhängt, bleibt nur noch die Frage: Wieso waren sie Mr Slate nicht schon viel früher begegnet?

Langsam näherten sich Caitlin und Mitch der Theke, noch etwas unsicher, ob sie ihren Augen wirklich trauen sollten.

»Der Junge da«, sagte Mr Slate und wedelte mit dem Flyer, »ist gestern bei mir zu Hause vorbeigekommen.«

Caitlin hatte sich wieder so weit im Griff, dass sie den Mund aufbekam. »Mr Slate?«

»Kennen wir uns?«, fragte Mr Slate.

»Sie müssen sich doch an uns erinnern«, erwiderte Caitlin. »Wir sind mit Ihrem Sohn befreundet.«

»Mit Danny?«

Nein, mit Nick, wollte Caitlin gerade antworten, hätte Mitch ihr nicht das Wort abgeschnitten.

»Ja, mit Danny.« Mitch warf ihr einen warnenden Blick zu. »Wir sind Freunde von Danny.« Er hielt das Foto von Nick hoch. »Bitte sagen Sie uns, was Sie über diesen Jungen wissen.«

Mr Slate zuckte mit den Schultern. »Der stand gestern plötzlich bei uns im Garten. Hat mich umarmt, als würden wir uns kennen.

Er hatte Klamotten an wie vor hundert Jahren, und danach ist er in einer großen, alten Limousine wieder weggefahren. In einer sehr alten Limousine.«

»Aber …«, stammelte Caitlin, »aber …«

»Vielen Dank für Ihre Hilfe«, sagte Mitch, packte sie an der Hand und zog sie aus dem Copyshop.

»Was machst du da? Was soll der Quatsch?«, fuhr Caitlin ihn noch halb in der Tür an.

»Die Accelerati haben ihm im Gehirn rumgeschraubt«, zischte Mitch. »Der Mann kann sich nicht an uns erinnern, nicht mal an Nick. Er ist wie ein Schlafwandler – und du weißt doch, was passieren kann, wenn man einen Schlafwandler aufweckt. Der Schädel kann explodieren!«

»So einen Schwachsinn habe ich ja noch nie gehört.«

»Ach wirklich? Und was, wenn sie ihm eine Bombe ins Gehirn eingepflanzt haben, die in die Luft geht, sollte er sich an Nick erinnern?«

Da widersprach Caitlin nicht mehr. So absurd Mitchs Theorie auch klang, sie wusste, dass den Accelerati eine solche Aktion absolut zuzutrauen wäre.

»Kann gut sein, dass sie Mr Slate beobachten«, meinte Caitlin. »Was bedeutet, dass sie jetzt vielleicht auch uns beobachten …«

»Und deshalb sollten wir hier schleunigst die Kurve kratzen«, sagte Mitch. »Aber jetzt wissen wir wenigstens, dass wir auf dem richtigen Weg sind.« Er marschierte davon.

»Moment, wohin willst du?«

»Zum Mathegebäude geht's da lang«, antwortete Mitch. »Wird Zeit, dass uns irgendwer über diese Zufallszahlenalgorithmen aufklärt.«

12. Uhu Beta Zoink

An der Universität Princeton gab es vierundvierzig vollwertige Professuren im Fach Mathematik. Nur eine davon hatte sich auf das Wesen der Zufallszahlen spezialisiert.

Inhaberin dieser Professur war Dr. Zenobia Thuku aus Kenia.

Caitlin und Mitch schritten durch die heiligen Hallen der altehrwürdigen Elitehochschule, vorbei an den Hörsälen der Mathematikfakultät, wo schon Einstein gesprochen hatte, wo Alan Turing das Konzept des Computers skizziert und J. Robert Oppenheimer erste Andeutungen in Richtung der Atombombe gemacht hatte.

Schon vor einiger Zeit hatte Caitlin sich mithilfe ihres Tablets informiert und Dr. Thuku als gar-nicht-mal-so-zufällige Zielperson ausgemacht. Aber die Frau auch tatsächlich zu finden, stellte sich als überraschend schwierig heraus – die Büros der Mathematikfakultät waren offenbar nach den Grundsätzen der Chaostheorie angeordnet worden, es gab kein Raumverzeichnis, und die gesamte Architektur hielt sich an kein logisches Prinzip. Ein Schild mit der Aufschrift *ZUM FAHRSTUHL* führte in eine Sackgasse mit ein paar Snackautomaten.

Nach einer fünfundvierzigminütigen Wanderung durch den verworrenen Irrgarten der Flure gelangten Caitlin und Mitch in der obersten Etage zu einer Tür mit einem Messingschildchen, auf dem stand: BÜRO VON DR. UHU BETA ZOINK.

Mitch kam als Erster auf die Lösung. »Weißt du was? Das ist ein

Anagramm. Es sind dieselben Buchstaben wie in ihrem Vor- und Nachnamen. Verstehst du?«

»An so was haben Mathematikerinnen also ihren Spaß …«, murmelte Caitlin.

Selbstbewusst stießen sie die Tür auf und betraten das Büro, in dem ein Teenager saß, der ihnen sehr bekannt vorkam. Und der offensichtlich gerade eine Patience legte.

Als der Teenager aufblickte, verdüsterte sich sein bisher ausdrucksloses Gesicht zu einem zornigen Starren. Schnell raffte er seine Spielkarten zusammen, als hätte er Angst, Caitlin und Mitch könnten sie ihm wegnehmen. »Ihr? Was macht ihr hier? Was wollt ihr hier?«

»Oh«, sagte Caitlin, tendenziell auf dem falschen Fuß erwischt. »Wir, äh, wir wollen Dr. Thuku sprechen.«

»Meine Mom ist nicht da«, motzte der Teenager, stand auf und ging auf sie zu. »Sie musste noch mal los, um die Abgabefrist für ihren Aufsatz hinauszuzögern. Weil sie den Aufsatz nämlich nicht rechtzeitig kopieren konnte – schönen Dank auch. Deswegen ist das Büro zurzeit geschlossen.«

Er schob Caitlin und Mitch hinaus auf den Gang und schloss die Tür.

»Was für ein Zufall«, sagte Mitch. »Vielleicht kann die Frau Doktor uns später erklären, wie die Chancen für so was stehen …«

Caitlin klopfte einfach an. Und klopfte noch einmal an. Sie setzte darauf, dass es dem Typen viel mehr Spaß machen würde, Mitch und sie noch ein bisschen zu quälen, als sie ohne weiteren Kommentar gehen zu lassen.

Womit sie recht behielt. Der Teenager öffnete die Tür. »Professor Thuku hat sehr viel zu tun. Sie kann sich nicht mit Grundschülern abgeben.«

»Wir gehen auf die Middle School«, sagte Mitch.

Der Teenager zuckte mit den Schultern. »Seit wann ist das ein Unterschied?«

Caitlins Einschätzung nach war der Typ selbst höchstens im zweiten Jahr der Highschool, wenn nicht sogar jünger. »Und was hast du hier zu suchen?«, konterte sie. »Zeigt dir deine Mommy, wie's bei ihr auf der Arbeit aussieht?«

»Wenn's dich so sehr interessiert …«, grollte der Teenager. »Ich habe die Highschool mit vierzehn Jahren abgeschlossen und befinde mich momentan in meinem dritten Studienjahr an der Universität Princeton.«

»Ach so«, erwiderte Caitlin. »Alles klar. Ist natürlich sehr praktisch, wenn Mommy Professorin ist. Da kommt man als braves Muttersöhnchen schnell voran …«

Einen Moment lang sah der Teenager aus wie ein Vulkan kurz vor einer verheerenden Eruption. Aber er atmete tief durch und fragte: »Wer seid ihr eigentlich?«

Damit nahm erstmals eine echte Kommunikation ihren Lauf, auch wenn sich die beiden Parteien bei Dr. Thukus Eintreffen immer noch über die Türschwelle hinweg Beleidigungen zuwarfen.

»Zakia«, sagte Dr. Thuku, »wieso lässt du die beiden vor der Tür herumstehen? Bitte sie doch herein.«

Das war eindeutig das Letzte, worauf der Teenager Lust hatte, doch seine Mutter besaß eine ausgeprägte natürliche Autorität. Er musste ihr gehorchen.

»Zakia?«, fragte Caitlin. »Interessanter Name.«

»Ich heiße Zak«, stellte der Teenager klar. »*Zakia* darf mich nur meine Mom nennen.«

Die Mathematikerin nahm hinter ihrem Schreibtisch Platz und forderte Mitch und Caitlin mit einer Handbewegung auf, sich auf die Besucherstühle zu setzen. Zak blieb währenddessen am Fenster hocken und mischte immer und immer wieder seine Spielkarten durch, ein rhythmisches *Ratsch-Schwupp*, das Caitlin auf die Nerven ging und ablenkte. Die Tasse Tee, die Dr. Thuku ihren Gästen anbot, lehnten sie ab – doch als die Professorin kurz abgelenkt war, ließ Caitlin flugs ein paar Teebeutel in ihrer Hosentasche verschwinden.

»Also«, sagte Dr. Thuku, »was kann ich für euch tun?«

»Ich heiße Mitch Murló«, verkündete Mitch. »Sagt Ihnen der Name etwas?«

Dr. Thuku wirkte völlig ratlos. »Was? Sollte er?«

Bevor Mitch antworten konnte, ergriff Caitlin das Wort. »Wir haben gehört, dass Sie sich mit Zufallszahlenalgorithmen beschäftigen. Deshalb wollten wir Sie kennenlernen, für ein Schulprojekt.«

»Ein Schulprojekt? Über mich?«

»Ja, über Ihre Arbeit«, antwortete Caitlin. »Es wäre toll, wenn wir uns kurz über die praktischen Anwendungsmöglichkeiten von Zufallszahlenalgorithmen unterhalten könnten.«

Dr. Thuku lächelte warmherzig. »Angewandte Mathematik? Das ist ein ganz anderer Fachbereich. Ich bewege mich im Reich der Theorie, nicht der Praxis.«

»Also haben Sie nicht ganz *praktisch* 725 Millionen Dollar geklaut?«, brüllte Mitch sie praktisch an.

Verblüfft beugte Dr. Thuku sich auf ihrem Stuhl vor. »Ich habe keine Ahnung, wovon ihr sprecht«, erwiderte sie, nachdem sie Caitlin und Mitch für einen Augenblick wortlos studiert hatte. »Aber eure Fragerei ist mir unangenehm. Wenn ihr euch für meine Arbeit interessiert, findet ihr alle Informationen im Internet. Und jetzt muss ich euch auffordern, mein Büro zu verlassen.« Sie wandte sich an Zak, der die ganze Zeit das Kartenspiel durchgemischt hatte. »Zakia? Bringst du die beiden bitte raus?«

»Mit Vergnügen, Mom«, sagte Zak.

Er scheuchte Mitch und Caitlin nach draußen und lehnte sich danach von der Tür aus in den Flur, als wollte er zum Abschied unbedingt noch einen hämischen Spruch loswerden.

»Um sechs im Studentenzentrum«, flüsterte er.

Dann schloss Zak die Tür und sperrte ab.

13. Wenn A nicht für Alphatier steht

Wie so ziemlich jede Einrichtung der Universität Princeton befand sich auch das Studentenzentrum in einem wunderschönen, historisch bedeutsamen und mehrere Hundert Jahre alten Gebäude, das mehr schlecht als recht an die Erfordernisse des 21. Jahrhunderts angepasst worden war.

Zak wartete schon auf die beiden unausstehlichen Kids. Er hatte sich im Aufenthaltsbereich postiert, wo es so laut war, dass der Lärm ihr Gespräch problemlos übertönen sollte, und wo sowieso jeder dahergelaufene Student hereinkam, sodass sich niemand groß über die Dreiergruppe wundern sollte. Wie eine Schachtel Zigaretten steckte das Kartenspiel in seiner Gesäßtasche, aber Zak wehrte sich gegen den Drang, es herauszuziehen und durchzumischen. Das Mischen beruhigte ihn, und die Hunderte Legespiele, die er kannte, schärften seine Konzentration. Für Zak gab es kaum etwas Faszinierenderes als die mathematische Perfektion eines simplen, handelsüblichen Kartenspiels. Aber jetzt war der falsche Zeitpunkt für Spiele. Im Augenblick hatten die beiden fremden Kids alle Trümpfe auf der Hand.

Er wusste immer noch nicht, wer die beiden wirklich waren,

und es wurmte ihn schon noch ein bisschen, dass das Mädchen ihn beim Wettlauf zum Kopierer geschlagen hatte. Aber okay, es war ein fairer Sieg gewesen. Und selbst wenn er vor ihr bei der Kasse gewesen wäre, hätte sich das Gerät trotzdem bei der zehnten Seite verabschiedet.

Die Geschichte von dem Schulprojekt über Zufallszahlenalgorithmen, die das Mädchen zum Besten gegeben hatte, hatte Zak anfangs sogar geglaubt. Doch als dann der Junge, dieser Mitch, plötzlich von gestohlenen Millionen geredet hatte, war Zak hellhörig geworden. Hoffentlich hatte seine Mom seine Reaktion nicht bemerkt.

Zak stellte seit Längerem eigene Nachforschungen an – diese ganze Zufallszahlensache erschien ihm nämlich übertrieben geheimnisumwittert. Natürlich führten Akademiker oft kindische Kleinkriege, natürlich rückten sie nur ungern Infos über ihre laufenden Projekte heraus, aber die Heimlichtuerei seiner Mom war trotzdem verdächtig.

Um Punkt sechs Uhr beobachtete Zak, wie die beiden Kids das Studentenzentrum betraten, und sah schweigend zu, wie sie sich gegenüber von ihm hinsetzten. Als er endlich etwas sagte, sprach er so leise, dass die beiden sich weit vorbeugen mussten. »Wie kommt ihr darauf, dass meine Mom 725 Millionen Dollar gestohlen hat?«

»Also ehrlich gesagt glauben wir gar nicht, dass deine Mom das Geld gestohlen hat«, räumte Mitch ein. »Ich weiß schon, wer es gestohlen hat. Aber ich bin mir ziemlich sicher, dass sie mitgeholfen hat, die Kohle zu verstecken.«

»Wer hat's denn gestohlen?«, erwiderte Zak.

Das Mädchen, dessen Namen Zak immer noch nicht in Erfahrung gebracht hatte, hielt ihren Begleiter mit einem scharfen Blick vom Antworten ab. »Das geht dich nichts an.«

Zak ignorierte sie. »Wer hat das Geld gestohlen?«, fragte er Mitch noch einmal.

»Mein Dad«, gab Mitch zu.

Schnaubend atmete das Mädchen aus, verärgert über die Missachtung ihres Befehls. Miese Stimmung hatte noch keinem Gespräch gutgetan, und so entschloss Zak sich zu einem Friedensangebot. »Wie heißt du?«, fragte er.

»Caitlin.«

»Hör mal, Caitlin. Ich brauche eure Hilfe, ihr braucht meine Hilfe. Und wenn wir vernünftig zusammenarbeiten wollen, sollten wir uns gegenseitig nichts verschweigen.«

»Wieso brauchst du unsere Hilfe?«, fragte Caitlin.

»Weil ich glaube«, sagte Zak, »dass meine Mom erpresst wird.«

An der Fakultät für Mathematik saß Dr. Thuku still an ihrem Schreibtisch und versuchte, dem Zufallschaos ihrer Gedanken ein wenig Ordnung abzutrotzen.

In der Mathematik erarbeitete man sich präzise Lösungen. Beweise mochten noch so kompliziert sein, sie waren dennoch stets elegant. So glaubte man. Die Beschäftigung mit dem Zufall hatte Dr. Thuku eines Besseren belehrt. In manchen Gefilden brach selbst das Gerüst der Mathematik in sich zusammen wie das der Physik im Sog der unvorstellbaren Anziehungskraft eines Schwarzen Lochs.

Sosehr Dr. Thuku sich auch bemühte, für das vorliegende Problem wollte sich einfach keine elegante Lösung herauskristallisieren. Deswegen tat sie, was sie tun musste. Es ging nicht anders.

Dr. Thuku hob den Telefonhörer ab und wählte eine Nummer.

»Hallo?«, meldete sich eine Stimme.

»Hier spricht Z«, sagte Dr. Thuku. »Ich muss mit Edison reden.«

»Deine Mom wird erpresst?«, fragte Caitlin. »Womit?«

»Das kann ich mir schon denken«, meinte Mitch, bevor Zak zu Wort kommen konnte. »Hast du einen Dad? Hast du Brüder oder Schwestern?«

»Wir sind nur zu dritt«, antwortete Zak. »Meine Mom, mein Dad und ich. Wieso?«

»Das ist mehr als genug, um einen guten Menschen zu erpressen«, erklärte Mitch ihm. »Man muss diesem Menschen bloß klarmachen, dass seine Familie nur in Sicherheit ist, solange er oder sie die Befehle der Accelerati befolgt.«

»Streng genommen wäre das aber keine Erpressung«, warf Caitlin ein. »Das wäre Nötigung.«

Zak glotzte die beiden an und fragte sich, ob seine neuen Bekannten möglicherweise sogar noch durchgeknallter waren als gedacht. »Die Accele-wer?«

Da zog Caitlin die Teebeutel aus der Tasche, die sie von Dr. Thukus Teetablett stibitzt hatte. »Das hier«, sagte sie, »ist ein ganz besonderer Tee. Ein OoLongLife-Tee. Er bringt die Leute dazu, Dinge auszuplaudern, die sie vielleicht gar nicht ausplaudern wollen. Und an diesen Tee kommt man nur heran, wenn man Mitglied einer streng geheimen Organisation ist.« Sie blickte Zak entschlossen in die Augen. »Trägt deine Mom einen goldenen Anstecker? Einen kleinen Anstecker, der aussieht wie ein großes *A*?«

»Ja«, antwortete Zak. »Sie hat so einen Ohrring. Aber sie trägt ihn verkehrt herum, hinter dem Ohrläppchen. Sie hat mir gesagt, das *A* steht für Alphatier, und wenn sie's endlich zur Dekanin der Mathefakultät gebracht hat, will sie den Ohrring nach vorne drehen, weil sie's dann ihren ganzen Kollegen gezeigt hat.«

Mitch und Caitlin sahen einander an. Mit einer Miene, die Zak unruhig werden ließ.

»Das *A* steht für Accelerati«, sagte Mitch. »Mein Dad gehört zu den Accelerati und deine Mom auch. Wahrscheinlich haben sie deiner Mom grenzenlose Forschungsmöglichkeiten versprochen, dass sie mit anderen brillanten Köpfen abhängen kann und so weiter … Aber wenn deine Mom wirklich ein guter Mensch ist, macht sie da nur noch mit, damit dir und deinem Dad nichts passiert.«

Zak atmete zittrig aus. In seinen düstersten Stunden hatte er bereits ähnliche Vermutungen angestellt, doch er hatte sich immer wieder eingeredet, dass das nur abwegige Gedanken seien, paranoides Zeug. Plötzlich wollte Zak nichts lieber, als sein Kartenspiel zu zücken und seine Nerven ruhigzumischen. Er hielt dem Drang stand.

»Ich weiß, das ist jetzt ziemlich viel auf einmal«, meinte Caitlin. »Aber die Accelerati sind nicht unverwundbar und mit deiner Hilfe können wir sie vielleicht zu Fall bringen.«

»Wie das?«, fragte Zak.

»Wir müssen herausfinden, wo die geklauten Millionen versteckt sind. Dann können wir ihnen vielleicht auf einen Schlag die Lichter auspusten.«

Zak dachte darüber nach. In seinem Fall kam der Sohn ganz nach der Mutter – Zak besaß einen gewandten Geist, der blitzschnell Variablen verarbeiten und ultrakomplexe Gleichungen lösen konnte. In wenigen Sekunden gelangte er zur richtigen Antwort: »Geld existiert in digitaler Form. Meine Mom macht sich einen Zufallszahlenalgorithmus zunutze, um die Millionen tief im Netz zu verbergen.«

»Und weißt du auch, wo?«, fragte Caitlin.

Nachdem Zak noch ein paar Variablen durch sein Gehirn gejagt hatte, grinste er. »Ja, so Pi mal Daumen. Ist nicht weiter kompliziert.«

14. Im roten Bereich der Bösewichtskala

Die Kreiszahl π, gesprochen *Pi*, samt ihren unendlich vielen Nachkommastellen mit einem menschlichen Daumen zu multiplizieren, wäre tatsächlich mehr als kompliziert gewesen, und mehr als kompliziert gestaltete sich auch Nicks Gefühlslage nach dem entsetzlichen Kurzausflug zu seiner Familie. An diesem Abend reagierte Nick nicht, als es zum Abendessen läutete, am nächsten Tag erschien er weder zum Frühstück noch zum Mittagessen. Er weigerte sich, mit Edison an einem Tisch zu sitzen.

Also kam der alte Erfinder zu ihm.

»Es schmerzt mich«, sagte Edison, »dich so verzweifelt zu sehen.«

»Hauen Sie ab«, erwiderte Nick von seinem Bett aus. Ärgerlicherweise kam er sich vor wie ein Kind, das schmollend in seinem Zimmer hockte.

Einige Sekunden lang schwieg Edison. »Ich bin von ganzem Herzen überzeugt«, meinte er dann, »dass ich dir mit dieser Lösung einen großen Gefallen getan habe.«

»Soll ich mich jetzt auch noch dafür bedanken, dass mich meine eigene Familie nicht mehr wiedererkennt?«

»Sag mir eins, Nick. Was hättest du an meiner Stelle getan?«

Nick richtete sich auf. Beantwortete sich diese Frage nicht von selbst? »Ich hätte mich in Ruhe gelassen.«

»Im Ernst?«, fragte Edison. »Nach dem katastrophalen Blitzeinschlag, der euer Haus zertrümmert hat, hätten die Accelerati und ich einfach auf Abstand gehen sollen? Das wäre dir lieber gewesen?«

»Dann wäre es auf jeden Fall besser als jetzt«, stellte Nick sich stur.

Edison verschränkte die Finger ineinander. »Inwiefern besser? Bitte erklär mir doch, wie es in diesem Fall weitergegangen wäre. Ich weiß, du bist ein schlauer Kerl. Du gelangst sicher zum richtigen Ergebnis.«

Nick dachte darüber nach. Und dachte noch ein wenig länger darüber nach. Und wünschte, er wäre kein ganz so schlauer Kerl gewesen. Denn dann hätte er einfach sagen können: *Alles wäre wieder so geworden wie früher und alle hätten glücklich und zufrieden weitergelebt.*

Aber das wäre reines Wunschdenken gewesen. »Wären Sie nicht schneller gewesen, hätten sich die Behörden die Erfindungen unter den Nagel gerissen«, sagte Nick widerwillig.

»Korrekt«, antwortete Edison. »Und weiter?«

»Die Wissenschaftler irgendeiner Behörde hätten dasselbe gemacht wie wir. Sie hätten Experimente angestellt, um herauszufinden, wie das Zeug funktioniert.«

»Korrekt.« Edison wirkte recht zufrieden. »Und wären ihre Bemühungen von Erfolg gekrönt gewesen?«

Nick hob die Arme und zuckte mit den Schultern. »Keine Ahnung. Bei der Army gibt's doch eine eigene Abteilung für Ingenieure, oder?«

Edison gluckste. »Was denkst du, welche Ingenieure und Wissenschaftler dort anheuern?«

Die Antwort war klar. Auch wenn Nick keine Lust hatte, sie auszusprechen. »Die, die Sie nicht wollen.«

»Ich wiederhole meine Frage: Wären ihre Bemühungen von Erfolg gekrönt gewesen?«

Statt dem Greis einfach den Rücken zuzukehren, wie es Nick am liebsten gewesen wäre, blickte er ihm in die gelblichen, wässrigen Augen. »Eher nicht.«

»Das ist untertrieben«, entgegnete Edison. »Wenn du mich fragst, hätten die Behörden noch weit größere Katastrophen fabriziert.«

Wo er recht hatte, hatte er recht.

Edison rollte seinen Stuhl zum Fenster und blickte hinaus. »Ich hatte eine Entscheidung zu treffen. Ich konnte die Objekte entweder an mich nehmen und in die Hände von Wissenschaftlern legen, die in der Lage sind herauszufinden, wie sie funktionieren – und vor allen Dingen, wie man den Asteroiden alle vier Wochen gefahrlos entladen und im Zuge dessen die Welt retten kann … oder ich hätte die Objekte den Behörden überlassen und zuschauen können, wie die Erde in die Luft fliegt. Also bitte sag mir doch: Was hättest du an meiner Stelle getan?«

Nick antwortete nicht. Er wusste, dass er genauso gehandelt hätte wie der alte Mann.

»Das ist keine Entschuldigung für das, was Sie mit meinem Vater und meinem Bruder gemacht haben«, sagte Nick.

»Mag sein«, erwiderte Edison freundlich. »Aber mal angenommen, ich hätte zugelassen, dass sie sich weiterhin an dich erinnern. Sag du mir, wie es weitergegangen wäre.«

Nick stand auf. »Nein.«

»Fürchtest du dich vor der Wahrheit, Nick?«

»Hier geht's nicht um die Wahrheit.«

Edison schüttelte den Kopf. »Es geht immer um die Wahrheit.«

»Raus hier.« Nick zeigte auf die Tür. »Ich weiß, wir sind hier in Ihrem Haus, aber mein Zimmer ist mein Privatbereich. Und ich will allein sein.«

»Erst beantwortest du meine Frage«, sagte Edison.

Fast hätte Nick irgendetwas nach ihm geworfen, hätte er nicht befürchten müssen, dem Tattergreis dadurch alle Knochen zu brechen. Und das brachte Nick nicht über sich, trotz seiner Wut auf Edison und die ganze verfluchte Situation.

Als Nick zur Antwort ansetzte, spürte er die Tränen in seinen Augen. Dennoch sprach er es aus. Er kannte die Wahrheit nur zu gut. »Sie haben mir selbst gesagt, wie es weitergegangen wäre. Bei unserem ersten Gespräch. Mein Dad hätte nie Ruhe gegeben, er hätte immer weiter nach mir gesucht und deshalb immer mehr Probleme bekommen, und am Ende hätte man ihn doch noch als Hochverräter eingesperrt. Dann wäre Danny zwangsläufig bei einer Pflegefamilie gelandet. Außerdem hätten die Behörden immer weiter versucht, aus den beiden herauszukriegen, was da mit unserem Haus passiert ist. Es wäre furchtbar gewesen.«

Edison nickte. »Wären wir nicht eingeschritten, wäre es exakt darauf hinausgelaufen. Aber wir sind eingeschritten.«

Nick wischte sich die Tränen ab. »Aber solange sich mein Dad und Danny an nichts erinnern und irgendwo weit weg von Colorado Springs leben, sind sie in Sicherheit.«

»Also.« Der alte Erfinder fuhr seinen Stuhl ein wenig näher an Nick heran. »Was hättest du an meiner Stelle getan?«

Vor dem Antworten schloss Nick die Augen, so fest er konnte. »Dasselbe wie Sie.«

An diesem Tag erschien Nick pünktlich zum Abendessen.

Anstatt sich wie früher ans andere Ende der langen Tafel zu setzen, zwang er sich, auf dem Stuhl neben Edison Platz zu nehmen. Erstmals aßen sie wirklich gemeinsam.

»Mr Edison?«, fragte Nick mitten in der Mahlzeit. »Sie behaupten immer, dass Sie niemandem etwas Böses wollen. Aber warum treiben die Accelerati dann so viel übles Zeug?«

Edison schob seine Gabel durch den Kartoffelbrei auf seinem Teller und blickte eine Weile sinnierend auf das Erbsen-Möhren-Gemüse. »Menschen haben eine Seele«, fing er an. »Organisationen haben keine. Gleichzeitig können sie viel mehr Macht aufbauen als jede Einzelperson – während wir nur nach Kräften versuchen können, die Macht der Organisation im Sinne unserer individuellen Menschlichkeit zu steuern. Und wenn wir scheitern? Dann bringen wir brillante Wissenschaftler hervor, die bereit sind, alles zu zerstören, was ihnen auf dem Weg zu ihrem Ziel in die Quere kommt. Menschen wie Alan Jorgenson.«

»Menschen«, fügte Nick hinzu, »wie Thomas Edison.«

Edison ließ die Gabel sinken, als wäre ihm der Appetit vergangen. »Schuldig im Sinne der Anklage.« Er betrachtete Nick. »Aber es ist mir ein Herzensanliegen, dass du nicht die gleichen Fehler begehen wirst wie ich.«

Zum ersten Mal in den langen Wochen, die Nick bei den Accelerati verbracht hatte, lächelte er den Erfinder an.

Am folgenden Tag arbeitete Nick wieder im Labor, diesmal mit zwei neuen Wissenschaftlerkollegen. Mark und Cathy hatten sich zwar von ihrem Martyrium erholt, waren danach aber in einem Erholungsurlaub verschwunden. »Bei voller Lohnfortzahlung«, wie Edison Nick versichert hatte.

Der Countdown lief: Bis zum Datum der nächsten Entladung blieben noch fünf Tage. Deshalb wurden die Experimente zur Analyse der einzelnen Erfindungen, die in separaten Laborräumen durchgeführt worden waren, zum Abschluss gebracht und sämtliche Objekte wieder im Hauptlabor versammelt.

Schon jetzt leuchteten rund um den Globus Polarlichter am Nachthimmel, und lief man an einem beliebigen Ort über Teppichboden, holte man sich hinterher immer heftigere Stromschläge ab – was den Menschen in aller Welt aber verblüffend wenig Sorgen bereitete. Den Accelerati bereitete es auch keine größeren Sorgen, denn sie konnten sich auf Teslas Apparatur verlassen. Und auf Nick.

In ihrer Ungeduld hatten die beiden neuen Kollegen bereits eigene Kalkulationen über die korrekte Zusammensetzung der Maschine angestellt. Doch sie lagen komplett daneben, und obwohl Nick sich sagte, dass er den Mund halten sollte, konnte er einfach nicht tatenlos zusehen.

»Nein, nein!«, rief er den beiden zu. »Die Trockenhaube gehört über die Glühbirne. Genau … so.«

»Aber dann passt der Ventilator nicht mehr rein«, gab einer der Wissenschaftler zu bedenken.

»Der kommt sowieso ganz hinten hin, um die Mini-Teslaspulen zu kühlen.«

»Du meinst den Toaster?«

»Nein«, widersprach Nick ungeduldig. »Die Lockenwickler.«

»Ach so.«

Mit einer Vermutung lagen die beiden immerhin goldrichtig.

»Ich nehme an«, sagte der eine Wissenschaftler und spähte in die Trommel des Wäschetrockners, »der verschwundene Globus gehört hier hinein?«

»Ja«, antwortete Nick. Auch wenn er den Globus nie in die Trommel hatte einsetzen können, wusste er es instinktiv. So wie er ebenfalls wusste, dass man die Prismaröhre passgenau in den Globus schieben könnte.

»Wenn wir nur eine Ahnung hätten, wo die fehlenden Objekte sind«, klagte der andere Wissenschaftler. »Dann könnten wir endlich die nächste Phase einleiten.«

»Und die nächste Phase besteht worin?«, fragte Nick.

Die Wissenschaftler sahen einander an. »Darüber wurden wir nicht informiert«, antwortete einer der beiden.

Das hätte Nick sich denken können. Was seine weiteren Pläne anging, hüllte Edison sich konsequent in Schweigen. Auf einmal hallte ihm Caitlins Stimme durch den Kopf: *Wie kannst du denen nur helfen?*, fragte sie in einem massiv vorwurfsvollen Ton, den nur Caitlin zuwege brachte. *Die wollen Teslas Maschine, weil sie die Stromversorgung der ganzen Welt kontrollieren wollen. Und wer die Stromversorgung kontrolliert, hat die totale Kontrolle.*

Andererseits müssten die Accelerati die Welt erst mal retten, sonst gäbe es bald nichts mehr zu kontrollieren. Wieso sollte Nick ihnen nicht zunächst bei der Rettung der Welt helfen und sich später um alles andere kümmern?

Vor seinem geistigen Auge schüttelte Caitlin nur noch angewidert den Kopf. Aber Caitlin war eben nicht hier. Sie wusste nicht, wie es hier war.

Nick nahm dem ratlosen Kollegen, der neben ihm stand, den Handmixer ab und schob die seltsam flachen Rührstäbe in den Toaster. Da gehörten sie schließlich hin.

Zehn Minuten später platzte Edison so schwungvoll ins Hauptlabor, dass die Flüssigkeit in der riesigen Batterie auf seinem Rollstuhl bedenklich hin und her schwappte.

»Nick«, sagte er, »ich habe eine Überraschung für dich. Eine tolle Überraschung.« Um den Augenblick noch etwas auszukosten, hielt Edison kurz inne, sein beinahe totenschädelhaftes Grinsen wie festgefroren. »Ich weiß, dass du in letzter Zeit mit wehmütigen Gefühlen zu kämpfen hattest. Deswegen dachten wir uns, wir laden deine Freundin hierher ein. Ja, sie ist sogar schon hier.«

Nick war gleichzeitig sprachlos und überglücklich. Caitlin war hier? Jetzt könnte er die vielen Gespräche, die er ständig in Gedanken mit ihr führte, sogar in echt führen, die schönen Gespräche und die nicht so schönen …

Edison rollte seinen Stuhl zur Seite. Hinter ihm marschierte Petula ins Labor.

»Nick!«, schrie Petula, sprintete auf ihn zu, zog ihn mit ihrem nicht eingegipsten Arm an sich und küsste sein Gesicht ab.

Nick stieß sie weg, doch Petula stürzte sich sofort wieder auf ihn, dotzte ihm dabei ihren Gips gegen den Kopf und klemmte ihren anderen Arm mit eiserner Gewalt um seine Schultern.

»Ich hab dich so vermisst!«, rief sie und flüsterte ihm im nächsten Augenblick ins Ohr: »Ich habe denen erzählt, dass ich deine Freundin bin. Spiel einfach mit.«

»Wieso sollte ich?«, zischte Nick zurück.

»Weil du mir nur so das Leben retten kannst.«

»Wieso sollte ich dir das Leben retten?«

Mit ihrem gesunden Arm drückte Petula ihn so brutal an sich, dass Nick keinen Ton mehr herausbrachte.

Die beiden Wissenschaftlerkollegen beobachteten die Szene lächelnd. »Wir lassen euch dann mal allein«, sagten sie und verließen das Labor.

»Halt!«, presste Nick irgendwie hervor. »Wir wollen doch gar nicht allein sein!« Aber da waren die beiden schon verschwunden.

Auch Edison fuhr zur Tür. »Ich warte dann draußen. Ich hoffe doch, Miss Grabowski-Jones leistet uns heute beim Abendessen Gesellschaft?«

»Worauf Sie einen lassen können!«, erwiderte Petula.

Damit schwang die Tür hinter Edison zu, und Nick gelang es endlich, sich aus Petulas Umkrallung zu winden.

»Hast du jetzt auch noch den allerletzten Rest Verstand verloren?«, fragte er sie.

»Also bitte«, sagte Petula. »Ich habe dich vor Jorgenson gerettet und wacker mit ihm gerungen, um zu verhindern, dass er die Kontrolle über die Maschine an sich reißt. Da hätte ich schon etwas mehr Dankbarkeit erwartet.«

»Okay, von mir aus. Aber wieso soll ich jetzt gleich mit dir zusammen sein?«

»Ich musste es so darstellen, sonst hätte ich die Forschungsanlage nie infiltrieren können. Willst du gar nicht wissen, was ich herausgefunden habe?«

»Was denn?«

»Ms Planck gehört zu den Accelerati!«, verkündete Petula.

»Weiß ich schon«, sagte Nick.

»Vince hat sich aus dem Staub gemacht!«

»Weiß ich auch schon.«

»Caitlin ist wieder mit Theo zusammen!«

»Du lügst doch.«

»Stimmt. War aber ein schönes Gefühl, es zu behaupten.«

»Ich sage Edison jetzt, wie's ist, Petula. Ich will dich nicht bei mir haben und ich brauche auch keine Hilfe von dir.«

Schockiert starrte Petula ihn an. »Aber wenn sie erfahren, dass ich nicht deine Freundin bin, bringen sie mich höchstwahrscheinlich um.«

»Das bezweifle ich«, erwiderte Nick.

Blankes Entsetzen weitete Petulas Augen. »Du gehörst auch zu ihnen, oder?« Den Zeigefinger ausgestreckt, wich sie von Nick zurück. »Ja, du trägst ihren Anstecker!«

»Lass das doch. Ich weiß, wie das jetzt aussieht, aber es ist ganz anders.«

»Ist dir klar, was die Accelerati mir antun werden, solltest du ihnen nicht alles verraten, was sie wissen wollen? Sie werden mich foltern!«

Insgeheim hätte Nick gar nichts dagegen gehabt, wenn Petula gefoltert worden wäre, nur ein klein wenig gefoltert, aber trotzdem. Er fragte sich, ob er dadurch auf der Bösewichtskala wieder ein Stück in Richtung Oberbösewicht rutschte.

»Ich habe ihnen doch schon alles gesagt«, erwiderte Nick. »Was sollen die denn noch wissen wollen?«

»Das Prisma. Sie glauben, du weißt, wo es ist.«

Nick antwortete nicht sofort – und wusste, dass er damit praktisch schon ein Geständnis abgelegt hatte. »Das ist mein letztes Ass im Ärmel«, sagte er.

»Wundervoll. Dann kannst du es jetzt ausspielen und mich dadurch vor der Folter bewahren.«

Er schüttelte den Kopf. »Ich wollte es mir für irgendwas wirklich Wichtiges aufheben.«

»Das heißt, du lässt einfach zu, dass sie mich quälen?«

»Na ja …«, murmelte Nick.

»Na, von mir aus!« Petula stampfte davon. »Für dich leide ich doch gerne, Nick. Darin habe ich schon Übung!« Sie riss die Tür auf. »Bringen Sie mich ins Verlies, oder wie Sie das hier nennen!«, forderte sie Edison auf und wurde vom Sicherheitsdienst hinausbegleitet.

Beim Abendessen leistete Petula ihnen keine Gesellschaft.

»Miss Grabowski-Jones ist leider unpässlich«, meinte Edison, und in Nick keimte der leise Verdacht auf, dass Petula doch recht gehabt haben könnte.

Als er am späteren Abend das Geschrei aus dem Nachbarzimmer hörte, erhärtete sich dieser Verdacht.

»Nein! Aufhören! Ich halte das nicht aus!«, brüllte Petula auf der anderen Seite der Wand. Sie faselte irgendwas von Ketten, Schürhaken und Brandeisen, schließlich kreischte sie sogar: »Bringt mich doch einfach um! Damit der Schmerz endlich aufhört!« Da hielt Nick es nicht mehr aus. »Nein!«, schallte es von drüben herüber. »Nicht am Hals! Dann muss ich mich noch übergeben!«

Nick trat auf den Flur und stellte fest, dass Edison bereits vor seiner Tür wartete.

»Was hat das arme Ding nur?«, fragte der Erfinder.

»Irgendwie habe ich den Eindruck, Sie lassen Petula foltern.«

Edison zuckte mit den Schultern. »Nicht dass ich wüsste.«

Nick versuchte, die Tür zu öffnen. Abgesperrt. Doch die Tür war aus sehr altem Holz. Dreimal musste Nick sich mit der Schulter dagegen werfen, dann flog sie auf.

Er sah Petula auf dem Bett liegen, wo sie gemütlich unter die Decke gekuschelt vor sich hin brüllte und dabei *Twilight* las.

»Nein! Aufhören!«, jaulte sie.

»Gute Güte!«, rief Edison. »Nun lass doch den Katzenjammer. Das treibt ja die Toten aus den Gräbern.«

»Er muss es wissen«, meinte Nick.

Auf frischer Tat ertappt, sprang Petula aus dem Bett und drückte sich verschämt an die Wand.

»Könnten Sie sie nicht doch ein bisschen foltern?«, wandte Nick sich an Edison. »Wenn ich Sie darum bitte?«

»Kommt nicht infrage«, wehrte Edison entrüstet ab.

»Ich kann das alles erklären«, sagte Petula.

»Das wäre mir sehr recht«, entgegnete Edison. »Mein Geduldsfaden ist schon jetzt gefährlich überdehnt.«

Da Petula offensichtlich doch nicht in der Lage war, alles zu erklären, machte Nick den Anfang. »Erstens ist sie nicht meine Freundin. Wir sind höchstens *befreundet* … aber selbst das nur mit sehr viel gutem Willen.«

Petula funkelte ihn an. »Soll ich dir noch mal den Gips auf die Rübe hauen?«

»Was hast du dann hier zu suchen?«, wollte Edison von Petula wissen.

Petulas Blick wanderte von Nick zu Edison. Sie seufzte. »Na gut. Ich sag's Ihnen. Ms Planck hat mich hierhergeschickt, um Nick auszuhorchen. Deshalb habe ich so getan, als würden Sie mich foltern.« Sie klappte ihren Kragen nach oben – darunter befand sich ein kleiner goldener Anstecker. »Ich gehöre auch zum Verein.«

Nick war kein bisschen überrascht. Er war sogar irgendwie erleichtert. »Jetzt wird mir einiges klar.«

Doch Edison wirkte zutiefst verstimmt. »Wieso wurde ich davon nicht in Kenntnis gesetzt?«

»Was fragen Sie mich das?«, erwiderte Petula. »Fragen Sie doch Ms Planck. Die ist doch Ihre Große Accelerata.«

Mit einem misslaunigen Brummen verabschiedete Edison sich aus dem Zimmer.

»Okay«, sagte Petula zu Nick, sobald sie unter sich waren. »Wir gehören beide zu den Accelerati. Wollen wir jetzt rummachen?«

»Igitt.« Nick drückte ihr den Vampirroman in die Hand. »Hier, falls du dich noch ein bisschen foltern willst.«

Statt wieder auf sein Zimmer zu gehen, begab Nick sich auf die Suche nach Edison und fand ihn im Salon, wo der Erfinder sich gerade von Mrs Higgenbotham eine Zigarre anstecken ließ.

»Petula sollte mich unter Druck setzen«, sagte Nick, »damit ich Ihnen verrate, wo die Prismaröhre ist.«

»Du hast mir doch gesagt, du weißt nicht, wo das Prisma ist.«

»Das war gelogen. Ich weiß es sehr wohl.«

»Und verrätst du's mir jetzt?«, fragte Edison.

»Nein. Aber ich besorge Ihnen die Röhre.«

»Wieso bist du plötzlich gewillt, mir entgegenzukommen? Was bewegt dich dazu?«

Nick zögerte, aber am Ende antwortete er doch. »Sie wollten Petula nicht foltern. Obwohl ich Sie sogar darum gebeten habe.«

Edison tippte die Asche von der Zigarrenspitze und nahm einen ersten Zug. »Ich lasse den Jet startklar machen. Du kannst gleich morgen früh aufbrechen.«

Ein paar Stunden später düste Nick im Flieger nach Westen, in Richtung Colorado Springs, begleitet von einer Eskorte aus zwei ziemlich einschüchternden Accelerati-Wachen. Und natürlich von Petula.

»Weißt du, was das Schlimmste daran ist, dass ich jetzt bei den Accelerati bin?«, fragte Nick, als der Jet abhob. »Dass du auch bei den Accelerati bist.«

»Eines Tages«, sagte Petula, »werden wir an all das zurückdenken und darüber lachen.«

»Ich glaube, mir wird eher das Kotzen kommen.«

Petula wirkte nachdenklich. »Mir soll jede körperliche Reaktion recht sein.«

Als Nick verschwunden war, ließ Edison sich von Mrs Higgenbotham den Telefonapparat bringen. Er hatte ein Ferngespräch zu führen.

»Wie ist es gelaufen?«, fragte Ms Planck.

»Nicht schlecht«, antwortete Edison. »Zwar nicht exakt nach Plan, aber wir haben das gewünschte Ergebnis erzielt. Nick Slate ist unterwegs nach Colorado Springs, um uns das Prisma zu besorgen. Sie hatten recht. Er weiß, wo es ist.«

»Ihnen ist doch klar, dass Sie nicht mehr auf Nick Slate angewiesen sind, wenn Sie erst einmal alle Objekte beisammenhaben.«

Edison dachte über Plancks Worte nach. »Darüber werde ich zu entscheiden haben, wenn es so weit ist«, antwortete er ein wenig schroff.

Durch die Leitung war Ms Plancks spöttisches Grinsen herauszuhören. »Werden Sie auf Ihre alten Tage etwa noch zum Sensibelchen, Al?«

»Ich kann nicht bestreiten, dass der Junge die Accelerati um … um eine gewisse Portion Idealismus bereichert, die unserer Organisation schon vor längerer Zeit abhandengekommen ist.«

»Wir sind keine Idealisten, Al. Wir sind Pragmatiker.«

»Wie sagt Z immer? Vor jeder praktischen Anwendung muss der Idealismus der Theorie stehen.«

Ms Planck schnaubte höhnisch. »Glauben Sie, der Junge wird jetzt auf ewig Ihr bester Freund sein? Irgendwann wird er erfahren, welche Rolle wir bei gewissen vergangenen Ereignissen spielen werden.«

Allmählich überspannte sie den Bogen. »Wir wissen noch nicht einmal selbst, welche Rolle wir gespielt haben!«, donnerte Edison.

»Mag sein«, erwiderte Ms Planck. »Aber ich habe da schon meine Theorien …«

15. Mantel des Schweißes

Dr. Alan Jorgenson, ein verdeckter Accelerati-Ermittler niedrigsten Ranges, der seit Kurzem in der Schulgastronomie tätig war, schritt durch die unterirdischen Gänge des Hauptquartiers in Colorado Springs. Zuvor hatte er allerdings darauf warten müssen, dass ihm eine Gruppe anderer Agenten die Pforte öffnete, da seine »Vorgesetzte« Evangeline Planck den Zugangscode der

Bowlingbahn geändert und es nicht für nötig befunden hatte, ihn darüber zu informieren.

Jorgenson wusste, dass die Frau ihn noch nie hatte ausstehen können. Doch erst die enorme Entschlossenheit, mit der sie ihm nun das Leben verleidete, machte deutlich, wie groß ihre Verachtung war.

Das störte ihn nicht. Jorgenson war dennoch überzeugt davon, dass er Evangeline noch inniger verachtete als sie ihn. Sicher, ihr Ururgroßvater war ein bedeutender Physiker gewesen, aber musste Evangeline deshalb gleich dessen geistige Größe geerbt haben? Wohl kaum! Mit der Zeit verblassten auch die besten genetischen Anlagen.

Endlich hatte Jorgenson sich seiner Schürze, seines Haarnetzes und seiner faden Zivilistenklamotten entledigen und in seinen neuen Accelerati-Anzug schlüpfen können. Der Anzug war in einem zarten Rosaton gehalten, als hätte man einen weißen Anzug mit ein paar roten Socken in die Waschmaschine gesteckt, selbst der dazugehörige Mantel war rosa. Vanillefarbene Anzüge waren dem Großen Acceleratus vorbehalten, eine Regel, die Jorgenson früher sehr begrüßt hatte, jetzt aber verabscheute.

Andere Accelerati, die ihn auf dem Gang erspähten, wandten den Blick ab. Seine eigenen Kollegen betrachteten ihn plötzlich als Ausgestoßenen, als Aussätzigen, dem man lieber nicht zu nahe kam. Niemandem fiel auf, dass er länger an den Fenstern des Großen Saals verweilte, wo immer noch die Krönung des römischen Kaisers zu bestaunen war. Niemand interessierte sich dafür, dass er sogar zu der holografischen Projektion sprach. Bei den Accelerati waren exzentrische Eigenarten eher die Regel als die Ausnahme.

Ein paar Minuten später begab er sich zu seinem Termin bei Evangeline Planck.

»Komm herein, Alan!«, rief sie, als sie Jorgenson auf der Schwelle ihres Büros entdeckte, das bis vor Kurzem sein Büro gewesen war. Die Picassos, Dalís und Armans, die einst die Wände geschmückt hatten, waren anderen Bildern gewichen, gar grausigen Machwerken: Landhäuschen von Thomas Kinkade, herumspazierenden Cocktailoliven von Michael Godard. Unwillkürlich verzog Jorgenson das Gesicht über Evangelines »Kunstgeschmack«. Er wunderte sich fast, dass sie noch kein ultrakitschiges Elvis-Gemälde aufgehängt hatte.

Evangeline erhob sich nicht, um ihn zu begrüßen. Sie hielt ihm nicht einmal die Hand hin.

»Ich hatte dich um eine Audienz gebeten«, sagte sie. »Und du kommst eine Stunde zu spät?«

»Hättest du mir mal verraten, dass du den Zugangscode der Bowlingbahn geändert hast. Dann hätte ich meine Bowlingkugel entsprechend umprogrammieren können.«

Evangeline lächelte – das heimtückische Grinsen eines bissigen Tigers. »Hattest du das Memo nicht bekommen?«

»Sieht nicht so aus, was?«

»Deine neue Aufgabe bestand darin, Mitch Murló, Caitlin Westfield und alle anderen Schüler an Nick Slates Schule, die potenziell zum Problem werden könnten, genauestens im Auge zu behalten.«

»Ja. Und?«

»Ist dir bewusst, dass sich Mitch und Caitlin nicht mehr in Colorado aufhalten?«

Das war Jorgenson durchaus bewusst, schließlich war ihm eine vollständige Liste der Schüler ausgehändigt worden, die nicht zum Mittagessen erscheinen würden. Er hatte sich entscheiden müssen: Sollte er nach einer Möglichkeit suchen, die beiden von der Exkursion nach Washington abzuhalten? Oder sollte er sie einfach ziehen lassen? Er konnte sich denken, dass er nur sich selbst schadete, wenn er seine Pflicht vernachlässigte, aber wie sollte man ihn denn noch bestrafen? Er war ein weltweit anerkannter Wissenschaftler, der dazu verdammt war, in einer staatlichen Middle School das Mittagessen auszuteilen! Vor den Accelerati würde er natürlich blöd dastehen, sollte in Colorado Springs schon wieder etwas schiefgehen. Aber die neue Große Accelerata würde noch blöder dastehen …

»Wie soll ich denn bitte eine ganze Schule im Auge behalten? Hast du eine Vorstellung davon, wie kompliziert es ist, in unter einer Stunde mehrere Hundert Mahlzeiten zuzubereiten und zu verteilen? Da müssen viele Zwiebeln gehackt und Kartoffeln gestampft werden, meine liebe Ms Planck! Und was wäre meine Tarnung wert, wenn ich mich nicht redlich bemühen würde, meine Arbeit zu erledigen?«

Evangeline war das Lächeln vergangen. Ihre Finger trommelten rhythmisch auf die Tischplatte. »Dir ist doch klar, dass du uns auch in ganz anderer Funktion nützlich sein könntest?« Sie gab sich keine Mühe, ihren drohenden Unterton zu verbergen. »Deinen ehemaligen Verbündeten in unseren Reihen wurden bereits neue Aufgaben zugeteilt – sie dienen uns jetzt als Versuchspersonen bei interessanten Experimenten. Ich müsste nur eine offizielle Anordnung unterschreiben, und du gesellst dich zu ihnen.«

Jorgenson schäumte vor Wut. »Das wagst du nicht. Meinetwegen gestattet dir der Alte, mich zu demütigen, aber er würde nie zulassen, dass es so weit kommt.«

»Der alte Herr? Der ist weit weg«, erwiderte Evangeline. Doch sie verzichtete darauf, sich weiter über dieses Thema auszulassen, und sagte stattdessen: »Wir finden Caitlin und Mitch schon wieder, auch ohne deine Hilfe. Aber noch ein einziger Ausrutscher, Alan, und dir blüht Schlimmeres als eine Versetzung in die Versuchsabteilung. Im Augenblick betrachtet dich der Alte noch als bittere Enttäuschung. Sollte er dich jemals als völligen Reinfall betrachten, wirst du enden wie alle anderen Reinfälle auch.«

Jorgenson spürte, wie ihm das Blut aus dem Gesicht sackte. Seine Nasenspitze kribbelte, seine Lippen wurden taub. Während seiner Amtszeit als Großer Acceleratus hatte er zahlreiche Liquidationsbefehle unterschrieben. Eine Tradition, die offenbar fortgesetzt werden sollte, falls er nicht bald seine Nützlichkeit unter Beweis stellte.

»Dürfte ich dir einen bescheidenen Gedanken mitteilen, Evangeline?«, sagte er. »Zu deinem netten kleinen Projekt in der Wüste?«

Er sah, wie sich Evangelines Schultern versteiften. »Ich habe keine Ahnung, was du meinst.«

»Aber natürlich hast du eine Ahnung. Ich meine den riesigen Hangar, den du gerade in die Wüste stellst. Wobei ›Hangar‹ eigentlich an der Sache vorbeigeht. Für einen Hangar ist das Ding viel zu kastenförmig.«

»Davon solltest du überhaupt nichts wissen.«

Nun durfte Jorgenson ein Grinsen aufsetzen. »Ich habe meine Quellen. Aber sei's drum. Ich wollte dir doch sagen, was mir dazu durch den Kopf ging: Um diesen Bau zu ermöglichen, musstest du unsere finanziellen Mittel arg strapazieren, nicht wahr? Du musstest dich verschulden, und das bei sehr fragwürdigen Kreditgebern …«

»Hast du vergessen, dass wir 725 Millionen Dollar auf dem Sparkonto haben?«, entgegnete Evangeline.

»Die hast du also nicht angetastet?«

»Wie käme ich dazu? Das Geld ist gut versteckt. Ich habe es bloß als Sicherheit für unsere Kredite eingesetzt.«

»Die 725 Millionen sind aber nicht als Spielgeld gedacht. Und bei jedem Kredit riskiert man, die Sicherheit zu verlieren – falls man den Kredit später nicht zurückzahlen kann.«

Evangeline versuchte zwar, ihre Sorge zu überspielen, aber Jorgenson registrierte, wie sich der Zweifel in ihre Gesichtszüge grub. Tief im Inneren ahnte sie also, dass er die Wahrheit sagte. Jorgenson musste sich fragen, wie weit sie in ihrer Verantwortungslosigkeit gegangen war.

»Deine Bedenken wurden zur Kenntnis genommen«, sagte Evangeline und schickte ihn weg.

Für Alan Jorgenson den zweidimensionalen Spion zu spielen, war eine sehr undankbare Aufgabe, das hatte Theo Blankenship bald feststellen müssen. Der Job wurde nicht bezahlt, es wurde nicht mal irgendeine Verpflegung zur Verfügung gestellt. Was das anging, hatte Jorgenson ihn darauf hingewiesen, dass sein abgeflachter Stoffwechsel keine Nahrung benötigte. Aber Hunger hatte Theo trotzdem.

Um sich vor den Blicken der Accelerati zu verbergen, hatte Theo sich lange Zeit im Hologramm der Krönung Julius Caesars herumdrücken müssen. Auch dort fühlte Theo sich etwas fehl am Platz, denn die Lightshow-Gestalten waren zwar genauso blutleer wie er, wiesen aber immerhin drei Dimensionen auf. Egal, als Tarnung hatte es gereicht.

Theo vermisste das Baseballspielen. Er vermisste seine Familie. Und auch wenn er sich schwertat, die logischen Zusammenhänge zu erkennen, wusste er instinktiv, dass Nick Slate hinter seinem schlimmen Schicksal steckte.

Jorgensons Hass auf Nick war genauso groß wie Theos, ihre Partnerschaft stand also auf einer soliden Grundlage. Theo vertraute Jorgenson. Nicht weil der Mann besonders vertrauenerweckend gewirkt hätte, sondern weil Theo schlicht keine Wahl hatte.

Kurz nach Jorgensons Ankunft hatte Theo, der eine Woche lang wie eine zerquetschte Fliege an den Wänden des Accelerati-Stützpunkts geklebt und spioniert hatte, seinem Auftraggeber erzählt, was er so alles beobachtet hatte. Und ein paar Minuten nach Jorgensons Besprechung musste er entsetzt zusehen, wie dieser schnurstracks zum Ausgang marschierte, als hätte er Theo vollkommen vergessen.

Theo glitt aus dem Hologramm hinaus und folgte Jorgenson an der Saalwand entlang. »Hey, Dr. J! Sie können mich doch nicht einfach hierlassen! Ich kann hier nicht wieder raus, wie ich reingekommen bin. Die würden mich entdecken.«

Jorgenson seufzte. »Wie du meinst.« Tatsächlich hatte er bereits Vorkehrungen für Theos unbemerkten Abzug aus dem Stützpunkt getroffen. Sobald die Luft rein war, öffnete er den Reißverschluss, der das Innenfutter seines Mantels fixierte. »Ich habe meinen Mantel um ein zweites Futter erweitert. Kriech rein, dann schaffe ich dich hier raus.«

»Das können Sie vergessen. Ich verstecke mich doch nicht unter Ihren Klamotten. Das wäre mir unangenehm. Das wär einfach nur … *uuuuäähhh.*« Theo schüttelte sich. *»Bäh.«*

»Stell dich nicht so an. Das Futter ist mit Titanfolie verkleidet, damit dich der Scanner nicht erwischt, wenn wir beide durchlaufen.« Jorgenson wartete ab. »Entweder kriechst du da rein oder du bleibst hier und versteckst dich weiter in irgendwelchen Hologrammen.«

Seufzend rutschte Theo in das Geheimfach des Mantels, und als ihm ein leicht miefiger Geruch entgegenschlug, verstand er endlich, was es mit dieser einen alten Redewendung auf sich hatte: Diese Erfahrung, dachte er, würde er buchstäblich in den Mantel des Schweißes hüllen.

Von der Bowlingbahn spazierte Jorgenson zu seinem neuen Zuhause, einem bescheidenen Reihenhaus mit Blick auf den Acacia Park. Hier hatte Evangeline gewohnt, bis sie absolut unverdient zu Höherem berufen worden war.

Auf dem Weg machte Jorgenson eine Pause im Park, er wollte seine Gedanken ordnen und hoffentlich wieder zu ein wenig mehr Gelassenheit finden. Es war ein strahlend schöner, warmer Frühlingstag, und so legte Jorgenson den Mantel ab und setzte sich auf eine Bank, um seinem Körper ausnahmsweise ein bisschen Vitamin D zu gönnen.

Zu seiner Linken spielten Kinder in den tanzenden Wasserfontänen des Onkel-Wilber-Brunnens. Zu seiner Rechten schliefen Obdachlose auf Parkbänken, als sorgten sich nicht mal diese traurigen Gestalten um das Schicksal der vom Untergang bedrohten Erde.

In dieser friedlichen Atmosphäre dämmerte ihm, dem einstigen Großen Acceleratus Dr. Alan Jorgenson, eine hocherfreuliche Erkenntnis: Es wäre gar nicht sonderlich schwierig, seine glorreichen Zeiten wiederaufleben zu lassen – er müsste nur Evangeline Planck umbringen. Er musste das Problem einfach an der Wurzel packen. Diese Einsicht verbesserte Jorgensons Stimmung schlagartig.

Angetrieben von frischer Entschlossenheit und von einem Optimismus, den er schon lange nicht mehr verspürt hatte, verließ Jorgenson den Park. Doch aus unerfindlichen Gründen verfolgte ihn noch den ganzen Tag lang das Gefühl, irgendetwas vergessen zu haben.

Am Abend stieß ein Obdachloser im Acacia Park auf einen rosafarbenen Mantel, der einen sehr teuren Eindruck erweckte. Hocherfreut zog der Obdachlose den Mantel über. Das Ding würde ihn bestimmt über Nacht warmhalten.

16. Auf eine Partie Jersey Hold'em

Mitch und Caitlin saßen in Zaks Zimmer im Studentenwohnheim und beobachteten über dessen Schulter hinweg, wie Zak auf seinem Laptop in Lichtgeschwindigkeit eine Firewall nach der anderen einriss.

»Richtig gute Hacker«, erklärte Zak, »schleichen sich rein, holen sich die nötigen Infos und schleichen sich wieder raus, ohne dass irgendwer etwas davon mitbekommt.«

»Ja«, sagte Mitch. »Aber was ist mit dir?«

»Ich rede doch von mir.« Mit einem zielsicheren, wie besessenen Klackern prasselten Zaks Finger auf die Tastatur ein. »Okay. Jetzt bin ich im *Virtuum* meiner Mom.«

»Iiihhh«, machte Caitlin. »Was soll das sein?«

»Ein mehrdimensionales virtuelles Universum, das meine Mom im Großrechner eingerichtet hat.« Auf dem Monitor strömten unendlich lange Zahlenreihen in alle Richtungen, wie von einem imaginären Horizont aus. »Ein numerisches Konstrukt, das sich in acht theoretische Dimensionen ausdehnt.«

»So was gibt's?«, fragte Caitlin.

»In der realen Welt nicht. Aber in der Mathematik ist alles möglich. Mit einem achtdimensionalen Algorithmus kann man Verschlüsselungen generieren, die in drei Dimensionen nicht geknackt werden können. Man kann sie nur in einem solchen virtuellen Raum entschlüsseln.«

»Das Geld liegt irgendwo auf einem Bankkonto«, überlegte

Mitch. »Und die Kontonummer hat deine Mom mit diesem Programm generiert.«

»Falsch«, sagte Zak. »Das System ist nicht darauf ausgelegt, eine einzige fest definierte Ziffernfolge zu produzieren. Es generiert Ziffernfolgen, die sich ständig wandeln.«

»Dann hat sie das Geld vielleicht zwischen Hunderten verschiedener Konten aufgeteilt?«, meinte Caitlin.

»Könnte sein«, murmelte Zak und drückte schnell einige Tasten. »Aber mir kam gerade noch eine andere Idee …« Aus den Zahlen, die ihnen entgegenrauschten, löste sich eine einundzwanzigstellige Ziffernfolge und schwebte in der Mitte des Bildschirms. »Hab's!«

»Was hast du?«, fragte Mitch.

»Das da.« Da hämmerte Zak die Faust auf den Tisch, offensichtlich sehr verärgert. »Aber es besitzt einen retrograden Dimensionsquotienten von zwanzig Sekunden!«

»Bitte noch mal für Normalsterbliche«, sagte Caitlin.

Ein Seufzen. »Ich weiß jetzt, auf welchem Bankkonto das Geld vor zwanzig Sekunden lag. Das Geld existiert natürlich nicht in physischer Form, das läuft heute alles digital. Und der Algorithmus generiert alle zwanzig Sekunden irgendwo auf der Welt ein frisches Konto, worauf dann sofort das ganze Geld verschoben wird. Auf diese Weise haben nur die Accelerati Zugriff auf die Millionen – weil sie alle zwanzig Sekunden das Versteck wechseln.«

»Aber wenn du den Algorithmus gefunden hast«, wandte Caitlin ein, »kannst du doch auch das Versteck finden.«

Zaks Frust war nicht zu übersehen. »Der Algorithmus allein reicht nicht. Der Algorithmus verrät mir nur, wo das Geld eben noch war. Wir bräuchten einen *neundimensionalen* Algorithmus. Der könnte in der Zeit vorausspringen und die Ziffernfolge vorhersagen, die als Nächstes generiert wird.«

»Und kriegst du das hin?«, erkundigte Mitch sich.

»Weiß ich nicht.« Zak griff in die Tasche, zog sein Kartenspiel hervor und fing an, die Karten durchzumischen, als hätte er im Augenblick nichts Besseres zu tun.

Leicht entgeistert sahen Mitch und Caitlin ihm dabei zu. »Äh«, sagte Caitlin. »Ist dir jetzt wirklich nach einer Partie Rommé?«

»Seid einfach kurz ruhig, okay?«, erwiderte Zak. »Das hilft mir beim Nachdenken.«

In diesem Moment blickte Mitch zufällig aus dem Fenster. »Ach du Kacke.«

Am Straßenrand hielten drei große Wagen mit schillerndem Lack. Ein Dutzend Agenten in Pastellanzügen sprangen heraus und stapften auf direktem Weg zum Wohnheim.

Zak steckte die Karten ein. »Die haben's nicht so mit Tarnung und unauffälligem Vorgehen, was?«

»Haben sie nicht nötig«, antwortete Mitch. »Die haben ganz andere Sachen drauf.«

»Wir müssen hier verschwinden«, sagte Caitlin.

Mitch schüttelte den Kopf. »Die überwachen sicher schon alle Türen und Fenster.«

Schnell schob Zak seinen Laptop in den Rucksack. »Ein Glück, dass es noch einen anderen Weg hier raus gibt.«

Zak brachte sie ins Untergeschoss, in einen vergessenen Heizungskeller, in dessen Boden rostige, mindestens hundert Jahre alte Leitersprossen in stinkender, spinnwebverhangener Dunkelheit versanken.

»Da unten ist ein Wartungstunnel«, sagte Zak. »Keine Ahnung, wohin der führt, aber ich glaube kaum, dass die gruseligen Typen in den stylishen Anzügen ausgerechnet dort auf uns warten.«

Caitlin blickte in den finsteren Schlund. Sah nicht sehr einladend aus. »Weiß nicht, ob das so eine schlaue …«

Da schnitt Mitch ihr das Wort ab. »Ich hab's! Geht mir auf die Nerven!«

Zak musterte ihn wie einen Wahnsinnigen. »Hä?«

»Haut mir eine runter, schreit mich an! Ich muss mich so richtig aufregen!«

»Gute Idee«, sagte Caitlin. »Los.«

»Seid ihr jetzt vollkommen verrückt geworden?«

»Macht einfach!«, rief Mitch.

Zak stupste ihn an der Schulter an.

»Nein! Kräftiger! Dass es ordentlich wehtut!«

Zak versuchte es noch mal, aber immer noch zu zaghaft.

»Lass mich mal«, sagte Caitlin und schubste Mitch gegen die Wand.

»Aua! Das hat wehgetan!«, beklagte Mitch sich. »Aber es reicht noch nicht.«

Zak, der noch nicht bereit war, sich mit vollem Körpereinsatz zu beteiligen, hielt sich zurück und sah zu, wie die freundliche Caitlin zur fiesen Furie mutierte.

»Du bist ein blöder Idiot. Ein Loser!«, rief sie. »Sorry.«

»Nein, gut so!«, erwiderte Mitch. »Nicht entschuldigen. Du musst es ernst meinen!«

Caitlin begriff, was sie zu tun hatte. Jetzt musste eine richtige Gemeinheit her. Etwas Verletzendes. Etwas, das man Mitch nur an den Kopf werfen würde, wenn man ihn echt nicht leiden könnte. Es fiel Caitlin nicht leicht, sich zu einer solchen Kränkung durchzuringen, denn seit sie Mitch näher kannte, mochte sie ihn sehr – so sehr, dass sie beschloss, ihm zu geben, was er jetzt brauchte.

»Keiner mag dich«, sagte sie mit harter Stimme. »Du quasselst zu viel und du hast keinen Funken Verstand in der Birne. Die Leute halten es kaum mit dir aus.«

Caitlin sah, wie ihm Tränen in die Augen traten.

»Stimmt das?«, fragte Mitch, sein Mund zu einem traurigen Strich gefroren.

Es war eine harte Prüfung für Caitlin, aber sie wusste, das Ziel war in greifbarer Nähe. »Du bist tollpatschig und unsensibel und viel zu laut und du interessierst dich nur für deine eigenen Probleme.«

Zak, der den Eindruck hatte, man müsste bloß irgendwelche Beleidigungen ablassen, wollte endlich auch etwas beitragen. »Du bist der schlechteste …«

»*… Kickerspieler im Umkreis von einundzwanzig Metern*«, platzte Mitch heraus und blinzelte seine Wuttränen weg.

»Was?«, fragte Zak.

»Geschafft!« Caitlin packte Mitch am Arm. »Wenn wir in diesen Tunnel runtersteigen …«

»*… werden wir alle von Ratten gebissen und kriegen Tollwut.*«

»Ist ja widerlich«, sagte Zak.

Aber Caitlin machte schon weiter. »Die Antworten auf unsere Fragen finden wir …«

»*… in Teslas Laboratorium in Colorado Springs.*« Mitch wunderte sich über seine eigenen Worte.

Auch Zak begriff, wie das Spiel funktionierte. »Um den gruseligen Typen in den stylishen Anzügen zu entkommen, müssen wir …«

»*… das Gegenteil dessen tun, was uns einleuchtend erscheint.*«

»Okay.« Caitlin sah Zak an. »Was wäre das absolut Blödeste, was wir jetzt tun könnten?«

»Einfach durch die Gänge spazieren, bis wir den Accelerati in die Arme laufen.«

Genau so wurde es gemacht.

Sechs Accelerati eskortierten die drei Teenager zur Fakultät für Mathematik und hinauf ins Büro von Dr. Zenobia Thuku.

»Der alte Herr hat gesagt, wir sollen sie bei dir abliefern, Z«, meinte einer der Agenten. »Eigentlich hätten sie nur zu zweit sein sollen, aber dann war noch ein anderer junger Kerl dabei.«

»Ich kümmere mich darum«, erwiderte Dr. Thuku energisch. »Ihr könnt draußen warten, bis ich fertig bin.«

Die Accelerati gehorchten.

Kaum hatten sich die Agenten zurückgezogen, richtete sich Dr. Thukus Blick auf ihren Sohn. »Zakia.« Enttäuschung schwang in ihrer Stimme mit, auch ein Anflug von Angst. »Was hast du da angestellt?«

»Was hast *du* bitte angestellt?«, setzte Zak sich zur Wehr. »Ich weiß von den Millionen. Ich weiß, wozu du deinen Algorithmus benutzt.«

»Es gibt so vieles, was du nicht verstehst«, erwiderte seine Mutter. »Und jetzt haben wir keine Zeit für Erklärungen. Im Moment müsst ihr nur wissen, dass ihr alle drei in ernster Gefahr schwebt.«

»Das konnte ich mir fast schon selber ausrechnen«, meinte Zak.

»Ihr müsst hier schnellstens verschwinden.« Dr. Thuku griff in die Schreibtischschublade und reichte Zak ihren Geldbeutel und Autoschlüssel. »Du weißt doch, wo mein Wagen steht?« Aus einer anderen Schublade zog sie ein kleines Gerät, ähnlich einer Taschenlampe. »Wenn ich die Tür öffne, zielt ihr mit dem Ding hier in den Flur und drückt auf diesen Knopf.«

»Was soll das bringen?«, fragte Zak.

»Drei Minuten Vorsprung.«

Drei Minuten später trat Dr. Thuku auf den Flur zu den sechs Accelerati, die dort Wache hielten. »Wo sind sie?«

»Sind sie nicht bei dir im Büro?«

Dr. Thuku schlug sich mit der flachen Hand auf die Stirn. »Sie müssen einen selektiven Zeitdehner dabeihaben! Hattet ihr eure Antidehnungsmaßnahmen nicht aktiviert?«

»Ähem«, sagte einer der Männer und sah sich Hilfe suchend nach seinen Kumpanen um. »Uns wurde nicht gesagt, dass das nötig ist.«

»Hinterher!«, befahl Dr. Thuku. »Sie wollen zum neuen Testgelände in New York! Ganz sicher!« Dann betrachtete sie ihre Kollegen kühl. »Ich muss schon sagen, das war ein sehr schwacher Auftritt von euch.«

»Sorry, Z«, sagte der Agent, bevor sie zu sechst den drei flüchtigen Kids hinterherjagten.

Kopfschüttelnd blickte Dr. Thuku ihnen hinterher. Für eine Bande Genies waren die Accelerati manchmal erstaunlich dumm.

»Das passt mir jetzt gar nicht in den Kram. Aber wirklich gar nicht!«, rief Zak, als er den Wagen nach Süden lenkte, in Richtung Washington. »Nächste Woche sind Abschlussprüfungen, und morgen muss ich eine Hausarbeit abgeben, mit der ich noch überhaupt nicht angefangen habe!«

»Du hast doch gehört, was Mitch gesagt hat«, erinnerte Caitlin ihn. »Wir müssen nach Colorado Springs.«

»Mir doch egal, was Mr Kristallkugel gesagt hat«, brummte Zak. »Habt ihr nicht mitgekriegt, dass Colorado Springs von einem EMP plattgemacht wurde? Was wollt ihr da?«

»Wir wohnen da«, meldete Mitch sich von der Rückbank.

»Mit dir habe ich nicht gesprochen. Mir wär's am liebsten, wenn du nie wieder den Mund aufmachst. Erst recht nicht, um irgendwelche Weissagungen rauszuposaunen.«

»Tut mir echt leid, dass wir dich in den ganzen Mist reingezogen haben«, sagte Caitlin.

»Ich weiß doch nicht mal, was für ein ›Mist‹ das ist!«

Caitlin drehte sich zu Mitch. »Da hat er recht.«

Mitch lehnte sich zurück und warf die Hände hoch. »Erzähl du.«

Also nickte Caitlin, sammelte kurz ihre Gedanken und begann. »Angefangen hat alles mit einem Flohmarkt in einer Garageneinfahrt …«

Jedes Kartenspiel verfügt über eine faszinierende Eigenschaft: Packt man es zum ersten Mal aus, befindet es sich im Zustand vollendeter Ordnung, sortiert vom Pik-As bis zum Herz-König. Doch mischt man es nur ein klein wenig durch, wird diese Ordnung in Stücke gerissen. Hätte man am Anbeginn der Zeit angefangen, ein Kartenspiel zu mischen, und bis heute weitergemacht, hätte es sich nach den Gesetzen der Wahrscheinlichkeit nie zweimal zur selben Reihenfolge arrangiert.

Trotzdem ordnen wir Menschen ein ums andere Mal unsere Spielkarten – wir sortieren sie zum Royal Flush, zum Full House, zu allen möglichen wünschenswerten Kombinationen. Das ist es, was unser Leben ausmacht: die Fähigkeit, für kurze Zeit dem zwangsläufigen Chaos, dem unausweichlichen Zerfall jeder Ordnung zu trotzen, alles auf eine Karte zu setzen und vielleicht bei der großen Pokerrunde des Universums abzuräumen.

Die Ereigniskette, die vorläufig darin gipfelte, dass Mitch, Caitlin und Zak gemeinsam nach Washington rasten, glich einer vollkommen aus dem Ruder gelaufenen Pokerpartie. Und wenn man Caitlins Erzählung glaubte, wurde bei dieser Partie mit maximalem Einsatz gespielt.

Aber was für Karten hatte Zak ausgeteilt bekommen? Vier Joker und die Quadratwurzel aus 2.

»Nur damit ich das richtig verstanden habe«, sagte Zak. »Euer Kumpel veranstaltet einen Flohmarkt und verkauft dabei aus Versehen lauter potenziell tödliche Erfindungen von Nikola Tesla. Und dann muss er die Sachen wieder zurückerobern und dabei schneller sein als die Accelerati.«

»Die meisten Sachen konnten wir zurückholen«, meinte Caitlin. »Aber dann haben uns die Accelerati wieder alles abgenommen. Und Nick haben sie auch gleich mitgenommen.«

»Aber ihr seid euch sicher, dass sie ihn nicht umgebracht haben, weil …« Zak bemühte sich aufrichtig, der Logik zu folgen. »… weil die Freundin von Mr Kristallkugel behauptet hat, sie hätten ihn umgebracht.«

»Ganz genau«, bestätigte Mitch.

»Und wie bist du noch mal zur Kristallkugel geworden?«

Mitch seufzte. »Bei den Erfindungen war auch eine Art quantenmechanisches Wahrsagegerät dabei. Dessen Kräfte irgendwie auf mich übergegangen sind.«

»Ähhh … verstehe …«, murmelte Zak.

»Hatten wir das mit Nicks Dad eigentlich schon erwähnt?«, warf Caitlin ein.

»Wie jetzt? Nicks Dad gehört auch zu den Accelerati?«, fragte Zak.

Mitch schüttelte den Kopf. »*Mein* Dad gehört zu den Accelerati.«

»Nicks Dad hat uns erzählt, dass er Nick gesehen hat«, erklärte Caitlin, »was noch mal beweist, dass Nick am Leben ist. Auch wenn sich sein Dad nicht an ihn erinnern kann.«

»Ah!«, rief Zak. »Nick ist also der Typ von eurem Flyer. Der mit den großen Ohren.«

»So groß sind seine Ohren auch wieder nicht.« Caitlin klang, als fühlte sie sich persönlich angegriffen.

»Seine Ohren sind riesig«, widersprach Mitch. »Deswegen hat Nick doch immer diese Baseballkappe auf.«

»Können wir vielleicht mal bei der Sache bleiben?«, fragte Caitlin. »Wir wissen immer noch nicht, wo Nick genau steckt und wie wir ihn befreien sollen.« Sie knurrte frustriert. »Dabei hatten wir ihn fast schon gefunden!«

»Aber wir müssen auch noch schauen, wohin der Algorithmus führt«, meinte Zak.

»Und wir müssen sehr vorsichtig vorgehen«, fügte Mitch hinzu. »Die Accelerati sind überall, und sie wissen jetzt, dass wir wieder voll mitmischen.«

»Sie wissen nur, dass wir nach Nick gesucht haben und verjagt wurden.« Caitlin sah Zak an. »Aber dass wir den Algorithmus gefunden haben, wissen sie nicht – solange deine Mom es ihnen nicht verrät. Das macht sie doch nicht?«

Zak schüttelte den Kopf. »Bestimmt nicht.«

Drei Stunden später betrat die Dreiergruppe die Lobby eines Washingtoner Hotels. Die Wände waren mit Flyern tapeziert, die Caitlin an ihren Nick-Flyer erinnerten, nur dass auf diesen Flyern stand: HABEN SIE DIESE JUGENDLICHEN GESEHEN? Und dass darunter Caitlin und Mitch abgebildet waren.

Der Portier erkannte die Gesuchten auf den ersten Blick und brachte sie zur verantwortlichen Lehrerin.

»Könnt ihr euch vorstellen, was für Sorgen wir uns gemacht haben?«, rief diese. »Die Polizei hat die ganze Stadt nach euch abgesucht!«

»Aber wir haben doch nur gemacht, was Sie uns gesagt haben.« Mühelos schlüpfte Caitlin in die Rolle des liebenswerten Dummerchens. »Sie haben gesagt, wir sollen zur Mall gehen. Also waren wir ein bisschen shoppen.«

Die Lehrerin fuchtelte mit den Armen. »Aber doch nicht zur Shopping Mall! Zur National Mall! Das ist der Park zwischen dem Lincoln Memorial und dem Kapitol.«

»Siehst du?«, sagte Mitch. »Ich wusste doch, dass das die falsche Mall sein muss.«

»Ach so …«, hauchte Caitlin. »Meinten Sie das mit dem, also, wo dieses, dieses total hohe Dings rumsteht? Wieso haben Sie das nicht gleich gesagt?«

»Das ›total hohe Dings‹ nennt sich Washington Monument«, antwortete die Lehrerin, während ihr Blick zu Zak wanderte. »Und wer ist das eigentlich?«

»Äh …«, sagte Mitch. »Der Typ hat uns in der Mall mit einem Kartentrick abgezogen, und deshalb … äh …«

Zak starrte Mitch wütend an, aber Caitlin plauderte einfach munter weiter. »Der ist uns in der Mall über den Weg gelaufen und hat uns zum Hotel gefahren – voll nett, was? Und weil er in … in Denver wohnt, nimmt er morgen Abend denselben Flieger wie wir.«

»Ach ja?«, fragte Zak. »Ach so, ja, stimmt. Genau.«

Daraufhin wurde Zak ein eigenes Zimmer zugeteilt. Mitch und Caitlin fragten ihn, ob sie ihm noch etwas Gesellschaft leisten sollten, vielleicht auf eine Runde Mau-Mau, aber Zak lehnte dankend ab. »Lasst mal. Ich bin lieber eine Weile allein. Ihr zwei macht mir Angst.«

Also ging Mitch zu den Jungs, mit denen er auf einem Zimmer war, und Caitlin zu den Mädchen, mit denen sie sich ein Zimmer teilte. Doch bevor sich ihre Wege trennten, wollte Caitlin noch kurz mit Mitch sprechen.

»Hey«, sagte sie. »Als ich dich vorhin beleidigt habe, damit du dich so richtig aufregst … du weißt doch, dass ich in Wirklichkeit ganz anders über dich denke, oder?«

Mitch lächelte. »Ja, klar. Aber du hast dir richtig Gedanken gemacht, das war toll. Es musste ja sein.« Er schnitt ein ernstes Gesicht. »Außerdem hat das doch alles nur zum alten Mitch gepasst. Der neue Mitch gefällt mir viel besser.«

»Also ich mag sie beide«, sagte Caitlin und umarmte ihn zum Abschied.

17. Mentaldetektor

Die Sache mit dem fremden Jungen schlug Wayne Slate unerwartet schwer aufs Gemüt. Ebenso die Begegnung mit den beiden Jugendlichen im Copyshop – für einen Sekundenbruchteil waren ihm die beiden bekannt vorgekommen und im nächsten Moment überhaupt nicht mehr.

Den Flyer mit dem vermissten Jungen hatte Wayne sich aufgehoben. Wieso? Das konnte er nicht genau sagen. Wenn er an das kurze Aufeinandertreffen mit dem fremden Teenager dachte, wunderte er sich vor allem über das Gefühl, das ihn kurz überkommen hatte: Hatte er das Gesicht des Jungen nicht schon einmal gesehen? Nein, den Jungen selbst kannte er nicht, aber sein Aussehen war Wayne vertraut. Der Junge hatte große Ähnlichkeit mit Wayne Slate im Teenageralter.

Wayne und sein Sohn Danny hatten traumatische Monate hinter sich. Aber lag es wirklich an seiner Trauer, dass Wayne sich bloß so verschwommen an die Zeit in Colorado Springs erinnerte? Lag es am Schock? Wayne wurde den Verdacht nicht los, dass er irgendetwas übersah. Etwas Wichtiges.

Um diese Gedanken abzuschütteln, beschloss Wayne, am Wochenende mit Danny an den Strand zu fahren.

Mit den Stränden Floridas konnte die Küste von New Jersey nicht mithalten und trotz der warmen Außentemperaturen war das Wasser im Mai noch viel zu kalt zum Baden.

»Der Sand gefällt mir nicht«, sagte Danny, der versuchte, eine Sandburg zu bauen. »Ist mir zu braun.«

Viele Menschen hatte es heute nicht an den Strand verschlagen: ein paar Pärchen, einige lächerlich aufgepumpte Muskelprotze und ein älterer Herr, der den Sand mit einem Metalldetektor absuchte.

Als sich der Mann mit dem Suchgerät in ihre Richtung bewegte, wurde Wayne Slate von wachsendem Unwohlsein gepackt. Knapp unter seinem Gedankenhorizont regte sich eine Erinnerung, die unbedingt an die Oberfläche durchbrechen wollte. Irgendetwas Wichtiges, aber auch Furchteinflößendes, das immer dann am stärksten nach oben drängte, wenn der Metalldetektor zu ihrer Decke schwang.

Wayne war nicht allein mit diesem Gefühl. Danny spürte es auch.

»Dad?«, sagte Danny und blickte zu seinem Vater hoch, als erwartete er eine Erklärung. »Mir ist so komisch.«

Wayne nickte, den Blick auf den Metalldetektor gerichtet.

»Entschuldigen Sie, Sir?«, fragte er. »Ich glaube, ich habe meinen Schlüsselbund im Sand verloren. Könnten Sie mir vielleicht kurz beim Suchen helfen?«

Der ältere Herr ließ sich nicht zweimal bitten, begeistert schwenkte er den Metalldetektor um sie herum und über ihre Decke hinweg.

Das merkwürdige Gefühl verstärkte sich. *Das Magnetfeld*, dachte Wayne – das gleiche Gefühl hatte ihn ergriffen, als er am

Flughafen das Magnetfeld der Sicherheitsschleuse durchquert hatte. Mit Danny hatte er nie darüber sprechen wollen.

Er grub in ihrer Strandtasche, angelte einen Stift und eine zerknitterte Papierserviette heraus, die ganz unten am Boden geklebt hatte, und reichte beides an Danny weiter.

»Was soll ich damit?«, fragte Danny.

»Nur falls du plötzlich das Gefühl hast, dass du ganz dringend etwas aufschreiben musst.«

Obwohl Danny sichtlich verwirrt war, nahm er den Stift und die Serviette entgegen und hielt sich bereit.

»Nein, mehr hier drüben«, wies Wayne den Mann mit dem Metalldetektor an. »Hier drüben bei meinem Sohn.«

Der ältere Herr schwang das Suchgerät herüber, um den Sand rund um Danny abzutasten.

Danny schnappte nach Luft … und begann zu schreiben.

Bis er sich auf einmal zur Seite warf, raus aus dem Magnetfeld, als hätte er es nicht mehr ausgehalten.

Wayne steckte die Hand in die Hosentasche. »Was sagt man dazu! Ich hatte den Schlüsselbund die ganze Zeit in der Tasche. Wie dumm von mir!«

Der ältere Herr kicherte. »Kann jedem mal passieren«, meinte er und setzte seine Wanderung über den Strand fort, auf der Suche nach verbuddelten Reichtümern.

Sobald der Mann verschwunden war, verblassten Waynes verschollene Erinnerungen wieder restlos.

»Dad?«, sagte Danny. »Ich hab da was aufgeschrieben. Aber ich kapier's nicht. Es ist total unsinnig.«

Wayne Slate nahm ihm die Serviette ab. In hastig gekritzelten Druckbuchstaben hatte Danny einen einzigen Satz geschrieben:

Ich habe einen Bruder und der heißt Nick.

18. Ein letzter Moment der inneren Sammlung

Wayne Slates älterer Sohn, der vor einiger Zeit aus Waynes Gedächtnis verschwunden war, saß unterdessen an Bord eines hell schillernden Geländewagens, der von Sekunde zu Sekunde die Farbe zu wechseln schien. Andere Autofahrer, die das auffällige Gefährt bemerkten, dachten sich häufig: *So einen muss ich mir auch mal zulegen.* Doch für gewöhnliche Kfz-Freunde konnte dieser Wunsch freilich nie in Erfüllung gehen – beziehungsweise erst, wenn die Accelerati die Rechte an ihrer elektrostatischen Pigmenttechnologie für eine unfassbar hohe Summe an die Autoindustrie verkauften.

In Edisons Residenz war Nick gezwungen, sich gemäß der Mode des viktorianischen Zeitalters zu kleiden. Für seinen ersten Außeneinsatz hatte man ihm nun einen eigenen Anzug aus Madagaskar-Spinnenseide angeboten, den Nick aber abgelehnt hatte. Er hatte darauf bestanden, ein Baumwoll-Polohemd, Jeans und Regenjacke anzuziehen.

»Das solltest du wirklich mal ausprobieren«, sagte Petula, die neben ihm im Geländewagen saß. »Spinnenseide atmet hervorragend, wenn es heiß ist, und bewahrt die Wärme, wenn es kalt ist.« Sie trug eine gischtgrüne Accelerati-Bluse. »Willst du mal anfassen?«, fragte sie.

Bei der Vorstellung, etwas zu berühren, das gleichzeitig Petula berührte, wurde Nick ganz anders. »Danke, ich verzichte.«

»Selber schuld.« Petula zuckte mit den Schultern. »Aber wenn du jetzt bei den Accelerati mitmachst, solltest du dich irgendwann auch richtig drauf einlassen.«

Um ihrem Blick auszuweichen, sah Nick aus dem Fenster.

Nick hatte den Accelerati nur zum Schein beitreten wollen, um seinen Vater und Bruder zu retten. Aber jetzt? Jetzt war er in ihrem Auftrag unterwegs.

Er konnte argumentieren, dass er keine Wahl hatte, da nur Edison die technischen Möglichkeiten besaß, Teslas Maschine vollständig wiederherzustellen. Er konnte außerdem argumentieren, dass die Accelerati mehr waren als die Machtgier Alan Jorgensons. Was aber alles nichts daran änderte, dass Nick sich der Geheimorganisation unterworfen hatte, die er doch eigentlich bekämpfen wollte, um die Welt vor ihren Plänen zu beschützen.

Er war innerlich so zerrissen wie noch nie.

»An deiner Stelle«, sagte Petula, »würde ich auf keinen Fall versuchen, Mitch und Caitlin zu kontaktieren. Die tun sich nur weh, wenn du sie wieder mit reinziehst.«

»Meinst du? Und wer soll ihnen wehtun? Du mit deinem theoretischen Online-Ju-Jutsu?«

»Theoretisches Ju-Jutsu wird ausschließlich zur Selbstverteidigung gebraucht. Aber die Accelerati haben eine eigene *Abteilung zur praktischen Durchsetzung von Interessen*, mit der wirklich nicht zu spaßen ist.«

Hätte er wenigstens zum Telefon greifen und Caitlin anrufen können, wäre es Nick gleich viel besser gegangen. Selbst wenn Caitlin ihm nur erklärt hätte, dass er ein Vollidiot war, weil er für die Accelerati arbeitete.

Aber Edison achtete strikt darauf, Nick so weit wie möglich zu isolieren. Auch in Colorado Springs wurde er von einem vollen Sicherheitsteam begleitet, das knapp hinter ihnen in einem zweiten Geländewagen folgte und darauf achtete, dass Nick keinen Deut vom Plan abwich.

»Warum fährst du eigentlich nicht bei den anderen mit?«, erkundigte Nick sich bei Petula. »Warum musst du unbedingt hier bei mir sitzen?«

Petula wandte den Blick ab. »Irgendwann wirst du mir schon verzeihen. Eines Tages wirst du begreifen, dass ich dir immer nur helfen wollte.«

Das glaubte sie doch selber nicht, oder? Nick konnte sich schwer vorstellen, dass Petula sich um das Wohlergehen irgendeiner anderen Person sorgte. Petula ging es immer nur um Petula – und damit war sie das perfekte Mitglied der Accelerati. Ihr großes Talent war, sich selbst einzureden, dass die ganze Menschheit davon profitieren würde, wenn es ihr prächtig ging.

Aber war Nick wirklich besser als sie?

Wie viel leichter alles gewesen war, als die Accelerati noch sein klarer Feind gewesen waren. Nick hatte oft nicht gewusst, wie er sie bekämpfen sollte, aber er hatte immer gewusst, wen er zu bekämpfen hatte. Im Moment wusste er gar nichts. Nicht mal, ob es überhaupt noch einen echten Feind gab.

Oder doch: die Zeit. Die Zeit war jedermanns größter Feind. Der Kupferasteroid war längst dabei, die nächste tödliche Ladung aufzubauen, die man nur mithilfe von Teslas Apparatur abbauen könnte.

Vor dem Haus angekommen, wo der Käufer der Prismaröhre wohnte, sah Nick einen Wagen in der Einfahrt stehen. Also war wohl jemand zu Hause.

Als Nick, Petula und die Männer im zweiten Geländewagen allesamt ausgestiegen waren, wandte Nick sich an die Truppe. »Ich gehe allein rein«, entschied er.

Die Accelerati schienen ihre Bedenken zu haben.

Deshalb drückte Nick sich umso deutlicher aus. »Ich gehe entweder allein rein oder wir gehen gar nicht rein.«

»Wir können genauso gut ohne dich reingehen«, drohte ihm ein Acceleratus.

»Der alte Herr hat mir das Kommando übertragen«, erwiderte Nick mit möglichst fester Stimme. »Außerdem wisst ihr gar nicht, wonach wir suchen. Ihr wartet hier.«

Der Mann wich brav zurück, und Nick staunte über das großartige Gefühl, solchen Typen Befehle erteilen zu können.

»Aber *ich* darf doch mit reinkommen?«, fragte Petula.

»Ich gehe allein rein«, wiederholte Nick, drehte sich um und marschierte zur Haustür.

Die Accelerati hätten bloß das halbe Haus zerlegt und die Bewohner entweder körperlich oder durch subtile Drohungen schikaniert, bis sie das Prisma sichergestellt hätten. Das wusste Nick nur zu gut. Er musste sich selbst beweisen, dass er anders tickte als seine Auftraggeber.

Aber hatte Edison nicht behauptet, die Accelerati könnten sich ändern? Sollte das wahr sein, wollte Nick zum Motor dieses Wandels werden. Nach einem letzten Moment der inneren Sammlung klopfte Nick selbstbewusst an die Tür.

Ein sechs oder sieben Jahre alter Junge öffnete ihm, sah Nick kurz an, rief »Hau ab!« und knallte die Tür zu.

Wenn das nicht hervorragend zu Nicks letztem Besuch bei diesem Haus passte. Alles deutete darauf hin, dass er es mit einer wirklich unausstehlichen Familie zu tun hatte. Nick hämmerte gegen die Tür. Hämmerte ein zweites und ein drittes Mal gegen die Tür, um den Bewohnern klarzumachen, dass er nicht wieder verschwinden würde, und wenn sie sich ewig taub stellten.

Endlich öffnete sich die Tür erneut, und vor Nick stand der Mann, der die Prismaröhre damals gekauft hatte. Er war um die sechzig und beinahe kahl, abgesehen von einem grauen Haarkranz.

Ohne den Kerl zu Wort kommen zu lassen, rempelte Nick sich in den Flur. Wenn sie ihn nicht im Haus haben wollten, müssten sie ihn schon mit Gewalt aus dem Haus schaffen.

»Ich weiß nicht, was du von uns willst«, sagte der Mann, »aber du kannst hier nicht rein.«

Nick ignorierte das Verbot. »Sie wissen genau, was ich von Ihnen will. Also reden wir nicht lange herum. Ich habe Ihnen etwas verkauft und jetzt brauche ich es zurück.«

»Das geht aber nicht«, sagte der Mann, drehte sich um und stampfte tiefer ins Haus.

Also lief Nick ihm hinterher – direkt in die Falle. Ein Typ Mitte zwanzig packte ihn und hielt ihn fest, während ein Junge in Nicks Alter anfing, auf Nicks Bauch einzuprügeln.

Nick riss ein Bein in die Höhe, trat dadurch eine Lampe kaputt, traf aber auch den Teenager und schickte ihn auf die Bretter.

»Vorsichtig«, sagte ein Kerl Mitte dreißig, der ein Baby auf dem Arm hielt.

»Schlagt ihn!«, brüllte der Siebenjährige. »Schlagt ihn! Er ist schuld an allem!«

Der Teenager, der bei seinem Sturz mit dem Kopf auf eine Tischkante geprallt war, rieb sich seine Beule, und Nick nutzte die Gelegenheit, um sich loszureißen.

Ihm blieben nur ein paar Sekunden für einen ersten Überblick über die Situation. Außer Nick selbst befanden sich noch sieben Personen im Wohnzimmer: der Mann mit dem Baby, der nervige Siebenjährige, der Junge in Nicks Alter, der Typ Mitte zwanzig, der Kerl von Nicks Flohmarkt und ein extrem alter Mann, der in einer Ecke im Schaukelstuhl saß und vor sich hin brabbelte. Man sah sofort, dass die sieben alle miteinander verwandt waren, eine einzige große Familie aus lauter Männern. Dabei wirkte das Haus viel zu klein für so viele Bewohner und für den ganzen Kram, der überall herumstand.

»Hört mir doch erst mal zu!«, rief Nick. Die Großfamilie zögerte. »Das Ding, das ich euch auf meinem Flohmarkt verkauft habe, das Prisma in der Elektronenröhre … es gehört zu einer sehr bedeutenden Maschine. Ihr müsst es mir zurückgeben.«

»Wie kommst du darauf, dass wir es loswerden wollen?«, fragte der Mann mit dem Baby auf dem Arm.

»Wisst ihr was? Hättet ihr mir das Ding schon beim letzten Mal zurückgegeben, wäre es nie zu dem EMP gekommen, der den Strom in der ganzen Stadt gekillt hat.«

»Ist nicht unser Problem«, sagte der Typ Mitte zwanzig.

»Ich zahle euch auch was.« Nick griff in die Hosentasche. Nach längerem Hin und Her hatte Edison ihm erlaubt, es erst einmal mit Verhandlungen zu versuchen. Nicks Hand zitterte, als er ihnen die Scheine hinstreckte, denn es waren lauter Tausend-Dollar-Noten. »Wie viel hat euch das Ding noch mal gekostet? Vierzig Dollar? Ich gebe euch zwanzigtausend. Ist doch ein guter Deal?«

Der Mann mit dem Baby nickte dem Sechzigjährigen zu, der wahrscheinlich sein Vater war. »Für die Haushaltskasse wär's nicht verkehrt.«

»Allein die Lebensmitteleinkäufe treiben uns in den Ruin«, grummelte der Uropa hinten in seiner Ecke.

»Aber wir können es ihm nicht geben«, meinte der Junge in Nicks Alter. »Dann werden wir doch nie wieder …«

»Klappe!«, bellte der Sechzigjährige, als wäre er hier der Chef.

»Ich sag euch was«, schaltete sich der Typ Mitte zwanzig ein. »Meinetwegen könnt ihr ihm das Ding ruhig geben. Mir ist's egal.«

»Du hast leicht reden!« Der Uropa versuchte, sich aus seinem Schaukelstuhl hochzustemmen, was ihm aber nicht gelang. »Du hast ja noch dein ganzes Leben vor dir!«

»Stimmt! Und im Gegensatz zu dir werde ich es nicht verplempern.«

»Geht das schon wieder los«, murmelte der Siebenjährige. »Bla, bla, bla …«

»Nehmen wir ihm doch einfach das Geld ab und schmeißen ihn raus«, schlug der Junge in Nicks Alter vor.

»Schluss jetzt!«, rief das Familienoberhaupt und wandte sich an Nick. »Unsere Antwort lautet: Nein. Dabei bleibt es, dabei wird es immer bleiben. Und jetzt scher dich hier raus, sonst werden wir ungemütlich.«

Nick stopfte das Geld wieder in die Hosentasche. »Also gut. Wenn ihr's nicht anders wollt …« Nick griff in die andere Tasche und zog einen Gegenstand heraus, der eindeutig nach einer Waffe aussah. Weil es eine Waffe war.

Nur unter einer Bedingung hatte Edison ihm erlaubt, es erst einmal mit Verhandlungen zu versuchen: Nick musste eine Accelerati-Waffe einstecken, um sich im Notfall zur Wehr setzen zu können.

»Wie wirkt die Waffe?«, hatte Nick den Erfinder gefragt.

»Sagen wir mal so«, hatte Edison geantwortet. »Sie entfernt die betreffende Person aus der gegenwärtigen Problemlage.«

Beim Anblick der Waffe erstarrte die Großfamilie.

»Kapiert ihr das nicht?«, schrie Nick. »Ich brauche das Ding, um die Welt zu retten!«

»Vielleicht sollte man die Welt ja gar nicht retten«, brummte der Uropa und gestikulierte von seinem Stuhl aus mit dem Gehstock.

Es war kaum zu glauben, wie verbittert diese Familie war. Auch der Sechzigjährige, der bloß einen Blick auf die Waffe warf und mit den Schultern zuckte. »Dann erschieß uns doch. Wäre besser für uns alle.«

Nick zielte mit der Waffe auf seine Brust. »Ich mein's ernst.«

Als sich plötzlich der Typ Mitte zwanzig in Nicks Richtung warf, schwenkte Nick die Waffe herum und drückte reflexartig ab.

Der Typ Mitte zwanzig löste sich in Luft auf. Nur seine Klamotten blieben übrig und sein Ohrring, der klimpernd auf dem Boden landete.

»Nein!«, brüllte der Siebenjährige.

»Was hast du mit ihm gemacht!?«, rief der Teenager.

Das Baby fing an zu heulen. Sein Vater tröstete es, so gut er konnte.

Entsetzt starrte Nick auf die sechs verbliebenen Familienmitglieder. »Ich … ich weiß nicht«, stotterte er, doch dann räusperte er sich und sprach mit fester Stimme weiter. »Aber wenn ihr das Prisma nicht hergebt, mache ich's gleich noch mal.«

Noch einen Moment zögerte die Familie, der Sechzigjährige fasste sich an seinen weitgehend kahlen Kopf. Dann ging er zu einem Schrank und nahm einen kleinen Samtbeutel heraus, den er Nick überreichte. Darin befand sich die gläserne Elektronenröhre mit dem Prisma im Inneren.

»Geh«, sagte der Mann. »Hau hier ab.«

Nick kramte in der Tasche nach dem Geld. Als er das Scheinbündel herausangelte, öffnete sich die Geldscheinklammer, und die Tausendernoten segelten zu Boden. »Behaltet's einfach«, meinte er, aber niemand bückte sich nach den Tausendern.

»Uns kann kein Geld der Welt helfen«, sagte der Uropa.

Nick betrachtete das Prisma. Waren diese Leute schon immer chronisch unzufrieden gewesen, schon bevor ihnen das Prisma zugefallen war? Oder hatte ihnen das Prisma nichts als Unglück gebracht?

»Was stellt man damit an?«, fragte Nick den grauhaarigen Mann.

»Das wirst du schön selber herausfinden«, sagte er.

Rückwärts schob Nick sich zur Tür, die Waffe ausgestreckt in seinen zitternden Händen. Er traute jedem einzelnen Familienmitglied zu, sich doch noch auf ihn zu stürzen, um ihm das Prisma wieder abzunehmen. Endlich draußen, machte er kehrt und rannte zum Geländewagen.

»Hast du das Ding?«, fragte Petula ihn.

Nick hielt den Samtbeutel hoch. Als ein Acceleratus die Hand danach ausstreckte, ließ Nick ihn schnell in der Jackentasche verschwinden. *Meins*, hätte er fast gesagt, aber er entschied sich für die höflichere Variante. »Ich pass schon drauf auf. Muss es mir sowieso genauer anschauen, wenn ich herausfinden soll, wozu es gut ist.«

Der Accelerati-Trupp stieg wieder in die Geländewagen und fuhr los. Erst als Petula und Nick wieder unter sich waren, brach er sein Schweigen.

»Ich glaube, ich habe jemanden umgebracht«, gestand Nick. Sein Gesicht war blass.

»Womit?«, fragte Petula.

Nick zog die Waffe aus der Tasche.

Da lachte Petula. »Ach was. Du hast ihm nur einen kleinen Sphärenschluckauf verpasst. In zwanzig Minuten taucht er wieder dort auf, wo er vorher war. Nur dass er dann ein bisschen verwirrt und sehr, sehr nackt sein wird.«

»Sicher?«

»Ganz sicher«, sagte Petula. »Man nennt das Ding auch ›Nackedeisator‹.«

Angewidert von sich selbst drückte Nick ihr die Waffe in die Hand. Er hatte sich geschworen, die Leute im Haus fair zu behandeln. Er wollte vernünftig mit ihnen reden, sie durch vernünftige Argumente überzeugen.

Am Ende hatte er sich benommen wie jeder x-beliebige Accelerati-Rüpel: Er hatte ein paar unschuldigen Menschen mit Gewalt seinen Willen aufgezwungen.

19. Tesla-Fan? Bitte hupen!

Während Nick unschuldigen Menschen seinen Willen aufzwang, standen Caitlin, Mitch und Zak einige Kilometer entfernt im Memorial Park vor der halb zertrümmerten Gedenktafel zu Ehren Nikola Teslas, die ein paar Wochen zuvor auf der panischen Flucht vor zornigen Accelerati und einem mit noch zornigeren Katzen gefüllten Tornado umgemäht worden war.

»Vergiss es einfach«, sagte Caitlin, als Zak genauer wissen wollte, wie es zu diesem bemerkenswerten Vorfall gekommen war. In manche Kapitel ihrer Geschichte wollte Caitlin ihn lieber nicht einweihen. Manches, fand sie, sollte so schnell wie möglich in Vergessenheit geraten.

»Aber wir mussten jetzt unbedingt hierherkommen, weil …«, überlegte Zak laut.

»Weil ich gesagt habe, dass wir in Teslas Laboratorium Antworten auf unsere Fragen finden«, erklärte Mitch. »Und weil ich immer recht habe, wenn ich wütend bin.«

Mit einem Gesichtsausdruck, den Caitlin als Mischung aus Staunen und schwerer Skepsis interpretierte, schüttelte Zak den Kopf. »Irgendwer müsste mal eine Studie über dich durchführen.

Deine Hirnwindungen verlaufen definitiv durch ein paar Paralleldimensionen.« Er blickte sich um. »Aber ist es nicht gefährlich, hier so auffällig rumzustehen?«

»Die Accelerati müssen erst mal den Metallring um Nicks Haus ausgraben«, sagte Mitch. »Sie wissen bestimmt, dass wir wieder in Colorado Springs sind, aber wenn sie ernsthaft hinter uns her wären, hätten sie uns schon am Flughafen eingesackt. Für die sind wir im Moment nur kleine Fische. Es lohnt sich nicht, uns in die Pfanne zu hauen.«

»Denke auch«, meinte Caitlin. Sie sah sich um, orientierte sich kurz und deutete nach Norden. »Nick hat mir mal erzählt, dass Teslas Labor früher diese Straße rauf war, an der Kreuzung von Foote Avenue und Kiowa Street. Heute steht dort nur noch ein normales Wohnhaus.«

Sie verließen den Park. Als das Haus in Sichtweite rückte, stellten sie fest, dass etwa ein Dutzend Leute davor auf dem Bürgersteig kampierten, zur Verärgerung der Wachhunde auf der anderen Seite des schmiedeeisernen Zauns.

»Was wollen die alle hier?«, fragte Zak.

»Keine Ahnung«, antwortete Caitlin leicht besorgt. Nach Accelerati sahen die Gestalten aber nicht aus.

Das war ein ganz anderer Menschenschlag.

Nach einigen Schritten konnten sie erkennen, dass viele der Camper Tesla-Shirts mit dem Erfinder selbst oder dem Wardenclyffe Tower darauf trugen. Eine Frau schmückte sich mit eigenwilligen Teslaspulen-Ohrringen, und ein Typ hielt ein Schild hoch, auf dem stand: TESLA-FAN? BITTE HUPEN! Tatsächlich hupten etliche Autos im Vorbeirollen.

Ein Mann, der eine in Alufolie eingewickelte Baseballkappe auf dem Kopf hatte, kam auf sie zu. »Auch Tesla-Freunde?«, rief er ihnen entgegen.

Caitlin erinnerte sich, wie Nick ihr von den Tesla-Fanatikern erzählt hatte, die immer mal wieder vor diesem Haus auftauchten. Wie es aussah, hatte der EMP gleich einen ganzen Schwung davon aus ihren Schlupflöchern gelockt.

»Äh … wenn man so will«, antwortete Caitlin.

»Teslas Kopf liegt unter Colorado Springs begraben«, wurden sie von der Frau mit den sonderbaren Ohrringen informiert. »Natürlich kryonisch eingefroren.«

Caitlin konnte sie nur verwirrt anstarren.

»Wir glauben an Teslas Rückkehr«, verkündete ein Fanatiker, der mit seinem irren Blick aussah wie vom Blitz getroffen. »Der elektromagnetische Puls war der endgültige Beweis!«

»Deshalb seid ihr doch auch hier, oder?«, fragte der Mann mit der Alukappe.

Und Caitlin begriff, dass sie wirklich aus ähnlichen Gründen hier waren wie die ausgeflippten Tesla-Fans. *Wer ist denn hier verrückt?*, dachte sie. *Die, die an irgendein haarsträubendes Zeug glauben? Oder die, die andauernd haarsträubendes Zeug erleben?*

»Wir bewegen uns nicht vom Fleck, bis der Heini, der in dem Haus wohnt, Teslas gefrorenen Kopf rausrückt.«

»Ahaaaaa …«, sagte Caitlin. War den Leuten denn nie in den Sinn gekommen, dass kryonisches Kopfeinfrieren zu Teslas Zeiten noch reine Zukunftsmusik gewesen war?

Caitlin studierte das Haus und entdeckte hinter der Gardine einen Mann, der nervös ins Freie spähte und sich wahrscheinlich fragte, wieso ihm der Makler verschwiegen hatte, dass sein neues Haus auf heiligem Grund errichtet worden war.

Zak wandte sich an Mitch. »Hey, Kristallkugel. Kannst du uns vielleicht auch noch sagen, wieso wir jetzt mit lauter Bekloppten vor dem Haus hier rumstehen? Oder müssen wir dir erst ein paar scheuern, damit du draufkommst?«

»Ich weiß es nicht«, sagte Mitch. »Wir sind hier richtig. Aber ich bin mir nicht sicher, was wir jetzt machen sollen.«

Anders als Caitlin und Mitch, die vollkommen ratlos dastanden, hatte Zak eine Ahnung, wie man weiter vorgehen könnte. Die Bekloppten betrachteten die Welt aus einem sehr eingeschränkten Blickwinkel, wie mit Scheuklappen, und so sahen sie den Wald vor lauter Bäumen nicht beziehungsweise in diesem Fall die Straßenlaterne vor lauter Glühbirnen. Hier musste ein kreativer Geist ran, einer, der in größeren Dimensionen dachte, was zufällig Zaks Spezialgebiet war. Zaks Blick ging über die Bekloppten hinweg auf all die Häuser, die sie nicht durch ihre Anwesenheit belästigten.

»Wir müssen unsere Perspektive erweitern«, sagte Zak, ließ die Tesla-Groupies stehen und hockte sich zehn Meter entfernt auf die Bordsteinkante, wo er seinen Laptop aus dem Rucksack zog.

Mitch und Caitlin setzten sich neben ihn und linsten von der Seite auf den Bildschirm.

Zak rief eine Satellitenkarte von Colorado Springs auf und zoomte hinein. »Das ist der Memorial Park, und hier sind wir. Die Spuren von alten Gebäuden sieht man nämlich häufig am besten aus der Luft: die Umrisse von Fundamenten oder Baumreihen, die vor vielen Jahren an Grundstücksgrenzen gepflanzt wurden, die schon lange nicht mehr existieren.« Er veränderte den Blickwinkel. »Hier.« Zak zeigte auf den Bildschirm. »Die ganzen Häuser hier wurden in einem gleichmäßigen Raster gebaut. Aber schaut euch mal die niedrige alte Mauer hinter den Häusern an. Oder die lange Hecke hier, die auf der anderen Straßenseite wieder weitergeht. Sie verläuft schräg zu allem anderen.«

Mit einem Stylus fuhr Zak über den Monitor, als würde er Zahlen miteinander verbinden und so ein Bild zeichnen.

»Oder der Leitungsmast in dem Garten hier.« Er zog eine weitere Linie. »Das ganze Zeug ist älter als die eigentlichen Häuser.«

Am Schluss hatte Zak eine Form mit sieben Ecken auf den Bildschirm gemalt. Ein Siebeneck.

»Hmm …«, machte er. »Ein Heptagon …«

Mitch japste. »Das hab ich schon mal gesehen. Eins der Symbole auf meinem *Klappe! Zuhören!* sah genauso aus.«

»An diesen Linien muss der Zaun um Teslas Laboratorium verlaufen sein. Es war deutlich größer als das eine Haus hier.« Zak tupfte einen Punkt in die Mitte des Heptagons. »Und hier war das Zentrum.«

Im Zentrum befand sich nicht das Haus, das von den Tesla-Groupies belagert wurde. Es war ein anderes Haus, drei Nummern weiter.

Also klopften Zak, Caitlin und Mitch dort an.

Die Tür wurde von einer freundlichen, molligen Dame geöffnet, die zwar nicht besonders alt wirkte, aber trotzdem den Eindruck machte, sie hätte sich schon vor Urzeiten in ihrem Zuhause eingerichtet, fast wie der Baum im Vorgarten, dessen Wurzeln den Bürgersteig sprengten. »Wie kann ich euch helfen?«, fragte die Frau.

»Bitte entschuldigen Sie die Störung«, sagte Caitlin mit ihrer freundlichsten Stimme. »Ich weiß, das hört sich ziemlich verrückt an, aber wir …«

Die Frau nickte gütig. »Ihr wollt bestimmt zum Geheimgang!« Lächelnd zog sie sich in den Flur zurück. »Ich zeige ihn euch. Aber tretet euch die Füße ab, ja?«

Die Frau führte sie vor einen Schrank im Keller. »Ich wusste natürlich immer schon von dem Geheimgang, aber es hat einfach nie jemand danach gefragt. Dafür rücken sie andauernd meinem armen Nachbarn auf den Pelz.«

»Der Geheimgang ist in einem Schrank?«, fragte Zak fassungslos. »Und auf der anderen Seite kommen wir in Narnia raus und trinken Tee mit einem Faun?«

»Aber nicht doch. Der Eingang zum Tunnel ist natürlich *hinter* dem Schrank.«

»Waren Sie schon mal drin?«, fragte Mitch.

»Gott bewahre. Ich will doch nicht von tollwütigen Ratten gebissen werden.«

Caitlin und Zak sahen Mitch an, als wären alle verseuchten Nagetiere allein seine Schuld. Aber dann halfen sie ihm trotzdem, den Schrank zur Seite zu schieben.

Dahinter kam eine Holztür zum Vorschein.

»Ich habe mir immer gedacht, der Tunnel stammt aus der Zeit, als hier noch Bergbau betrieben wurde«, meinte die Frau. »Im Winter ist's im Keller manchmal etwas zugig, aber meistens denke ich überhaupt nicht dran.«

Als sie die Tür aufzogen, wehte ihnen ein erdiger Duft entgegen.

»Sollen wir da wirklich reingehen?«, fragte Zak.

»Schätze, wir haben keine Wahl«, antwortete Caitlin.

Als ältestes Mitglied der Gruppe entschloss Zak sich, die Vorhut zu übernehmen.

»Hach, ist das aufregend!«, jubelte die Frau. »Ihr müsst es mir unbedingt erzählen, wenn ihr dahinten irgendwas Spannendes findet. Leichen oder so.« Damit schloss sie die Tür hinter ihnen.

Auf einmal umgeben von vollkommener Dunkelheit, knipsten Zak, Caitlin und Mitch ihre Taschenlampen-Apps an und hielten ihre Smartphones hoch. Der Tunnel war nur grob in den Fels gehauen worden, verlief aber schnurgerade.

Langsam tasteten sie sich vorwärts.

»Wenn wir wirklich Teslas tiefgefrorenen Kopf finden«, sagte Zak, »bin ich hier schneller raus, als ihr Piep sagen könnt.«

Caitlin war kein Fan von finsteren Tunneln. Tauchte in einem Kinofilm ein finsterer Tunnel auf, war immer mit dem baldigen Ableben irgendeiner unwichtigen Nebenfigur zu rechnen. Finstere Tunnel waren voller versteckter Fallen und Zombies oder in Fallen versteckter Zombies, ganz zu schweigen von den tollwütigen Ratten, die Mitch angekündigt hatte.

Hätte Caitlin wenigstens gewusst, wonach sie Ausschau halten sollte, hätte sie sich ein bisschen zuversichtlicher in die Dunkelheit gewagt. Doch Mitchs Prophezeiungen waren stets hochgradig nebulös und warfen mehr Fragen auf, als sie Antworten gaben.

»Da vorne ist irgendwas«, flüsterte Zak nach knapp zweihundert Metern.

Gut zehn Meter weiter mündete der Gang in einen kreisrunden Raum, von dem sechs weitere Tunnel abzweigten wie die Speichen eines Rads. Man sah auf den ersten Blick, dass nur Tesla diese Anlage erdacht haben konnte, die so viele Jahre im Verborgenen gelegen hatte.

»Wir sollten unseren Tunnel markieren«, sagte Caitlin zu Mitch. »Damit wir wissen, wo wir reingekommen sind.«

Nachdem Mitch mit der Schuhspitze einen Strich in die Erde gekratzt hatte, näherten sie sich der Mitte des Raums. Dort fiel ein Lichtstrahl auf ein düsteres, abweisendes Gebilde.

Zögerlich tastete Caitlin sich vor, ihre Handy-Taschenlampe auf das Gebilde gerichtet. Es entpuppte sich als über und über verrostetes, nach oben schmal zulaufendes Metallpodest – gekrönt von einem schwarzen Objekt, das von uralten Spinnweben verhüllt wurde wie von einem Schleier. Caitlin wischte sie weg und zum Vorschein kam …

»Ein Telefon?«, fragte Zak.

»Ich glaub's nicht«, sagte Mitch.

Es war ein merkwürdiges Ding, kreisrund statt quadratisch oder rechteckig. Ein dickes Spiralkabel führte zum seitlich eingehängten Hörer, im Rand klafften sechs große Schlitze, wohl um Hitze entweichen zu lassen, und hinten ragte eine Handkurbel heraus. Oben befand sich eine Wählscheibe mit einem einzigen Fingerloch, die umgeben war von einem silbern geprägten Kreis, der wiederum von einem weiteren Silberkreis eingeschlossen wurde, und immer so weiter.

»So eins habe ich schon mal gesehen, im Rechenzentrum von Princeton«, meinte Zak. »Das ist ein sehr frühes Telefon. Aber das Telefon in Princeton hatte keine silbernen Ringe um die Wählscheibe.«

Alle Retrotelefone, die Caitlin bisher gesehen hatte, hatten zehn Fingerlöcher in der Wählscheibe gehabt und nicht nur eines. Beim Anblick des einzelnen Lochs wurde ihr mulmig, es starrte sie an wie das Auge eines Zyklopen.

»Was soll das Ding denn hier unten?«, fragte Mitch. »Und apropos *hier* – wo sind wir hier eigentlich?«

»Keine Ahnung und … keine Ahnung«, antwortete Caitlin. Sie hatten es ohne Frage mit einem teslanoiden Objekt zu tun, das aber nicht zum F.R.E.E. gehörte. Caitlins gesunder Menschenverstand riet ihr, das Ding bloß nicht anzurühren, doch gegen die Neugier konnte der gesunde Menschenverstand noch nie viel ausrichten. Als Caitlin behutsam an der Handkurbel drehte, sprühten sofort deutlich sichtbare Funken aus den Lüftungsschlitzen.

»Sollten wir es nicht lieber in Ruhe lassen, bis wir wissen, was man damit macht?«, sagte der unerträglich vernünftige Zak.

»Ich weiß, was man damit macht«, erwiderte Caitlin. »Das ist ein Telefon.«

Nach ein paar weiteren Umdrehungen nahm Caitlin den Hörer ab. Am Apparat war kein Telefonkabel zu entdecken, aber das Freizeichen ertönte trotzdem. So laut, dass es alle hören konnten.

»So was«, sagte Mitch. »Ein Schnurlostelefon.«

»Kann nicht sein.« Zak schüttelte den Kopf. »Die Drahtlostechnologie war damals noch gar nicht erfunden.«

»Irrtum«, widersprach Caitlin. »Tesla hat schon Jahrzehnte vor allen anderen damit experimentiert.«

»Aber«, meinte Mitch, »wieso steht das Telefon hier unten und nicht …«

In derselben Sekunde wie Mitch erkannte auch Caitlin die Antwort: Sie befanden sich direkt unter Nicks Haus.

Caitlin versuchte durch den schmalen Lichtschacht zu spähen, der über ihnen in der Höhe verschwand. Also gehörte diese Kammer doch zum F.R.E.E., auch wenn das Telefon nicht in die Maschine eingebaut werden musste …

Sie hielt den Hörer ans Ohr und steckte den Zeigefinger ins Fingerloch der Wählscheibe. »Soll ich?«

»Nein!«, rief Zak.

»Nein«, sagte Mitch.

Caitlin tat es trotzdem.

Die Wählscheibe drehte sich rundherum und klickerte wieder zurück, und im Hörer meldete sich eine Frauenstimme, die klang, als hätte sie einen fürchterlichen Schnupfen: »Bitte bleiben Sie am Apparat, Sie werden durchgestellt.«

Am anderen Ende läutete es. Es läutete einmal … zweimal … dreimal …

Da nahm jemand ab. »Ich habe heute sehr viel zu tun«, sagte eine Stimme mit starkem Akzent. »Was wollen Sie?«

»Wer spricht da?«, fragte Caitlin.

Und die Stimme antwortete: »Hier spricht Nikola Tesla.«

Reisen durch die Zeit sind eine haarige Angelegenheit, die noch weit größere Probleme mit sich bringen kann als Zeitparadoxa und schädliche Erkenntnisse über die Zukunft.

Aus diesem Grund tendiert die Zeit dazu, sich vor unerlaubten Eingriffen zu schützen. Mit ihrer Boxkamera hatte Petula schon die Erfahrung gemacht, dass man zwar zu einer Zukunftsfotografie beitragen, diese aber nicht verändern konnte. Andernfalls würde sich das Universum selbst zerstören, und zurückbleiben würden nur ein paar übellaunige Realitätssplitter, bizarre Orte, an denen man von seinen eigenen Albträumen aufgefressen wurde.

Nach den Gesetzen der Physik könnten Zeitreisen durchaus möglich sein, aber sie sind doch sehr abwegig und komplizierter als die Quadratur eines Schwarzen Lochs.

Ganz anders verhält es sich hingegen mit Gesprächen über verschiedene Zeitebenen hinweg. Schwer vorstellbar? Man bedenke Folgendes: Kommt es beim Telefonieren nie vor, dass ein um Sekundenbruchteile versetztes Echo der eigenen Worte aus dem Hörer dringt? Und hat man dabei nie das unheimliche Gefühl, bereits zu hören, was man sagen will, noch *bevor* man es gesagt hat?

Vielleicht hat das einen guten Grund.

20. Leider kein Wunderland

Zehn Minuten bevor Caitlin in einer anderen Zeitebene durchklingelte, beschloss Nick, einen Abstecher zur Ruine seines ehemaligen Zuhauses zu unternehmen.

Ursprünglich hatte er gar nicht beim Haus halten wollen, denn was sollte er dort noch? Doch als der Geländewagen nach der Eroberung der Prismaröhre auf die vertraute Straßenecke zurollte, wanderten Nicks Augen zufällig zu den Trümmern, und beim Anblick der gelben Baufahrzeuge, der Raupenbagger, Schaufellader und anderer Maschinen spürte er das Kribbeln einer makabren Neugier. Mehr noch, er sehnte sich zurück in eine Zeit, bevor sich sein Leben dermaßen verkompliziert hatte. Nick musste sich die Ruine einfach genauer ansehen. Vielleicht nur, um sich von dem Haus zu verabschieden, das für so kurze Zeit sein Zuhause gewesen war.

»Wir haben einen Termin bei Ms Planck«, erinnerte Petula ihn.

»Ich weiß«, sagte Nick. »Schätze, sie will die Lorbeeren für die Prismaröhre ernten. Ich dachte, ich kenne Ms Planck ganz gut. Aber man kann sich wohl nie sicher sein, was?«

»Sie ist ein besserer Mensch als Jorgenson«, erwiderte Petula, konnte Nick dabei aber nicht in die Augen sehen.

»Halten Sie an«, sprach Nick den Fahrer in bemühtem Befehlston an. »Ich bin der hochrangigste Acceleratus auf dieser Mission. Sie müssen tun, was ich sage.«

Das konnten weder der Fahrer noch Petula bestreiten.

Sämtliche Gebäude im unmittelbaren Umkreis des zerstörten viktorianischen Hauses waren evakuiert worden. Das Gelände war abgeriegelt durch polizeiliches Absperrband, und für alle, die sich davon nicht abschrecken ließen, war zusätzlich ein Elektrozaun errichtet worden.

»Lass das Prisma doch einfach hier bei mir«, schlug Petula vor und streckte schon ihre gesunde Hand aus.

»Vergiss es«, sagte Nick. »Bis ich es Edison gebe, rührt das Ding keiner an außer mir.«

»Wie du willst«, zwitscherte Petula. »Ich wollte nur helfen. Wie immer eben.«

Als Nick aus dem Geländewagen stieg, war sich die einzelne Accelerati-Wache vor dem Haus merklich unsicher, wie sie reagieren sollte.

»Der alte Herr hat mir aufgetragen, das Grundstück zu inspizieren und ihm über die Fortschritte der Arbeiten Bericht zu erstatten«, sagte Nick, und prompt ließ der Wachmann ihn passieren. Ein Kinderspiel.

Aus diesem Blickwinkel wirkte es, als wären die Baggermonstren allesamt damit beschäftigt, rund um das Haus einen riesigen Burggraben auszuheben, doch bei genauerem Hinsehen erkannte Nick, dass sie vielmehr den kolossalen Metallring freigelegt hatten, den sein Vater bei seiner Baumpflanzaktion entdeckt hatte. Der Graben verlief einmal um die Ruine herum, sogar ein Stück über die Grundstücksgrenzen hinaus.

Obwohl verdreckt von Erde und Schlamm, glänzte der knapp dreißig Zentimeter dicke und mindestens drei Meter hohe Ring im Licht. Vermutlich wollten die Accelerati ihn wie alles andere nach New Jersey transportieren, zu Edisons Laboratorium, aber wie sollten sie das Riesending jemals dorthin bekommen?

Inmitten des Grabens sah das Haus selbst aus wie eine eingestürzte Burg auf einem Inselchen. Der Dachboden hatte schwere Schlagseite, seit er vollständig ins Obergeschoss gekracht war, das daraufhin zur Hälfte ins Erdgeschoss gestürzt war.

Über den Graben führte eine grob gezimmerte Bretterbrücke. Nur so gelangte man noch ins Haus, für dessen Trümmer sich allerdings kein Mensch mehr zu interessieren schien. Vermutlich würden die Accelerati es irgendwann mit dem Bulldozer plätten und nichts würde mehr davon übrig bleiben.

Arme Großtante Greta!, dachte Nick auf dem Weg zur Türschwelle. Die Wissenschaft war eiskalt über Gretas kostbare Hinterlassenschaften hinweggetrampelt.

»Hey, du kannst da nicht reingehen!«, rief ihm ein Bauarbeiter zu. Statt auf ihn zu hören, schob Nick sich durch die Haustür, die natürlich aus den Angeln gesprungen war, und studierte die Überbleibsel des Wohnzimmers.

Einen Großteil der Möbel hatten die Accelerati fortgeschafft, weil sie auf weitere verborgene Artefakte untersucht werden sollten, alles andere war von den Regenfällen der vergangenen Wochen ruiniert worden.

Melancholie und Wehmut nisteten sich in Nick ein, als er sich durch die zersplitterten Balken und den abgebröckelten Putz tastete. Aber woher kamen diese Gefühle überhaupt? Er hatte doch nicht einmal zwei Monate lang hier gewohnt. Wahrscheinlich erinnerte ihn die Ruine nur an die viel schlimmere Katastrophe, die ihm seine Mutter geraubt und das Zuhause seiner Kindheit in Florida zerstört hatte.

In einem einzigen Jahr hatte Nick zwei Mal sein Zuhause verloren, zwei Mal war sein ganzes Leben in Aufruhr versetzt worden. Noch wusste er nicht, wo und wie alles wieder zur Ruhe kommen sollte, aber irgendwie müsste er einen Weg finden, die Vergangenheit hinter sich zu lassen.

Da war jemand hinter ihr …

Nick schob den Gedanken weg. Es würde nichts bringen, die schreckliche Nacht nochmals zu durchleben, selbst mit dieser neuen, vagen Variation. Im Moment gab es wirklich Wichtigeres zu tun. Er musste nach vorne schauen, er musste einfach.

Die Kellertür war zersplittert, die Treppe dahinter aber noch intakt. Nick stieg hinunter. Dort unten lagerten die Kisten mit den paar Dingen, die aus dem abgebrannten Haus in Tampa geborgen werden konnten. Das Zeug roch immer noch nach Rauch.

Nick nahm eine Kiste vom Regal und kramte darin herum. Angesengte Fotos. Ein Baseballpokal, den Nick mal gewonnen hatte – obwohl der Plastik-Baseballspieler auf dem Deckel halb eingeschmolzen war, hatte sein Vater ihn aufgehoben. Sein Vater, der sich nicht mehr an Nick erinnern konnte.

Wer bin ich eigentlich?, fragte er sich. *Ich bin nicht mehr der, der ich vor einem Jahr war, nicht mal der, der ich vor einem Monat war. Aber auch nicht der, der ich morgen sein werde.* Heute fühlte Nick sich wie in einem leeren Raum zwischen dem alten Nick und einem neuen Nick der Zukunft.

Und während Nick in sich gekehrt dastand und über seinen Platz im Universum nachsann, hörte er auf einmal Stimmen unterhalb seiner Füße. Er spitzte die Ohren, die Stimmen wurden deutlicher. Bildete er es sich nur ein oder war das wirklich Caitlins Stimme?

Im Betonboden war ein Gitter eingelassen, das Nick problemlos herausziehen konnte, da die Schrauben längst verrostet waren. Er beugte sich über das Loch im Boden und stellte fest, dass sein Körper einen Schatten warf. Als er den Kopf nach oben drehte, blickte er in einen Lichtstrahl, der durch ein Gitter in der Decke fiel, und durch mehrere Gitter darüber, aus dem zertrümmerten Dachboden hinab.

Unter ihm befand sich ein vertikaler Schacht, der tiefer unter den Keller führte. In einen Abwasserkanal? Nein, denn dort unten redete eindeutig jemand, und es klang eindeutig nach Caitlin. Nick beugte sich über den Schacht, beugte sich noch weiter vor … und verlor das Gleichgewicht und stürzte hinein wie Alice in den Kaninchenbau.

Doch unten erwartete ihn leider kein Wunderland.

»Könnten Sie das bitte wiederholen?«, fragte Caitlin mit klopfendem Herzen, den altmodischen Hörer in der Hand. »Ich habe Sie wohl missverstanden.«

»Ich sagte, hier spricht Nikola Tesla.«

Caitlin war kein Mädchen, das dazu neigte, aus Angst zur Salzsäule zu erstarren. Sie passte nicht in die Rolle des Kaninchens vor der Schlange. Caitlin dachte schnell und handelte schnell und war stolz darauf, selbst dann einen kühlen Kopf zu bewahren, wenn andere in Panik gerieten. Doch in diesem Augenblick war Caitlin unfähig, irgendetwas anderes zu tun, als den Hörer ans Ohr zu pressen. Es war, als hätte sie das Sprechen unwiederbringlich verlernt.

»Hallo?«, fragte Tesla. »Sind Sie noch dran? Wer spricht da? Wie gesagt, ich habe sehr viel zu tun. Wenn Sie irgendein Anliegen haben, dann raus mit der Sprache.«

Endlich brachte Caitlin wieder etwas über die Lippen. »Hallo, Mr Tesla«, flüsterte sie stockend.

Bei Mitch und Zak klappte die Kinnlade herunter.

»Ich heiße Caitlin Westfield«, fuhr sie fort. »Und ich brauche Ihre Hilfe.«

Da rauschte eine Gestalt durch den Lichtschacht über ihrem Kopf, krachte durch das Gitter auf das Telefon und unterbrach die Verbindung.

Nick landete auf einem harten Gegenstand, der sich fies in seine Seite grub. Vor Schmerz jaulte er auf, und plötzlich stand Caitlin neben ihm und half ihm hoch, offensichtlich genauso erstaunt, ihn zu sehen, wie andersherum.

»Nick!«, rief sie und schloss ihn in die Arme, bevor er sich auch nur halbwegs orientieren konnte.

»Das glaube ich jetzt nicht«, sagte Mitch, der ebenfalls neben Nick auftauchte und ihm auf die Schulter klopfte. »Du bist's wirklich!«

Caitlins Blick wanderte zu dem Gegenstand, auf dem Nick gelandet war. »Du hast das Telefonat unterbrochen!«

»Welches Telefonat?«, fragte Nick.

»Ich habe mich gerade mit Tesla unterhalten!«

Vielleicht, spekulierte Nick, fantasierte er sich diese Szene bloß infolge einer schweren Gehirnerschütterung zusammen. »Träume ich?«, überlegte er laut. »Bin ich k. o. gegangen?«

»Mir geht's wie dir«, erwiderte ein groß gewachsener schwarzer Teenager. »Ich warte immer noch darauf, dass ich endlich in meinem Wohnheimzimmer aufwache.«

»Wer bist du denn?«, fragte Nick den Teenager.

»Gustav Qualens Alligator«, antwortete Mitch, was Nick nur in seiner Traumtheorie bestärkte.

»Erklären wir dir später«, meinte Caitlin.

Da erinnerte Nick sich an den Gegenstand in seiner Jackentasche. Er fasste hinein, ergriff den Samtbeutel und ließ die Glasröhre mit dem Prisma im Zentrum vorsichtig hinausgleiten. Zum Glück war sie nicht zu Bruch gegangen. Nick hatte keine Ahnung, was er dann gemacht hätte.

»Ist das …«, murmelte Caitlin. »Das, was ich denke?«

»Jepp«, sagte Nick. »Ich habe den Käufer doch noch dazu gebracht, die Röhre zurückzugeben.« Wie er ihn dazu gebracht hatte, verschwieg Nick ihr lieber.

»Aber das ist ja großartig!«, rief Caitlin. »Jetzt werden die Accelerati das Ding nie in die Finger kriegen!«

»Ähhh«, machte Nick. »Ganz so einfach ist das nicht.«

Mitch tat einen Schritt auf ihn zu. »Nick? Was hast du da für einen Anstecker am Kragen?«

»Es ist viel komplizierter, als es aussieht«, sagte Nick, womit er aber nicht mal sich selbst überzeugen konnte.

Caitlin trat dicht vor ihn, klappte seinen Kragen hoch und förderte so den versteckten Accelerati-Anstecker zutage. Sie riss die Augen auf. »Nick!«

»Gehört der jetzt auch zu den Bösen?«, fragte Zak.

»Nein!«, rief Nick. »Das ist alles sehr kompliziert, aber natürlich gehöre ich nicht zu denen!«

»Beweis es.« Caitlin streckte die Hand aus. »Du hast also nicht die Seiten gewechselt? Dann gib mir das Prisma und wir hauen hier gemeinsam ab.«

Ein Teil von Nick wollte ihr das Prisma überreichen, ein anderer wollte es bei Edison abliefern. Noch ein anderer wollte es fallen lassen und wegrennen, und ein vierter Teil wollte es einfach selbst behalten. Nick musste Zeit gewinnen, musste nachdenken. Deshalb hielt er das Prisma hoch, gerade so außer Reichweite von Caitlin …

… und über ihm fiel ein Sonnenstrahl durch die Reihe der Schächte, vom Dachboden herab direkt auf das Prisma. Mitgerissen von einem jähen Lichtblitz, wurde Nick in einen Tunnel gesogen, fort von den anderen.

Doch er sauste nicht in einen einzigen Tunnel, sondern in viele Tunnel zugleich. Nick erkannte instinktiv, dass er sich erhebliche Schwierigkeiten eingehandelt hatte.

Caitlin schirmte ihr Gesicht vom plötzlichen Aufflammen des Prismas ab und trotzdem tanzten einen Moment lang alle Farben des Regenbogens vor ihren Augen. Als sie sich wieder umblicken konnte, lag das Prisma auf dem Boden, knapp außerhalb des Sonnenlichtkegels, und Nick war verschwunden.

»Nick!«, brüllte Caitlin. »Wo bist du?« Sie sah sich in alle Richtungen um. Keine Spur von ihm.

»Ich glaube, ich hab ihn gesehen.« Zak deutete auf einen Tunnel. »Er ist da reingelaufen.«

»Nein, nein.« Mitch zeigte auf einen anderen Tunnel. »Da ist er rein!«

Über ihren Köpfen wurden wütende Stimmen laut:

»Er ist hier drin verschwunden!«

»Da drüben! Da führt ein Schacht nach unten!«

»Er muss da runtergeklettert sein!«

»Nick!«, schrie Caitlin noch einmal, doch aus keinem Tunnel schallte eine Antwort.

Über ihnen quetschte sich der erste Acceleratus durch den schmalen Schacht und verdunkelte so das Sonnenlicht.

»Wir müssen hier weg«, sagte Zak. »Oder …«

»Oder sonst«, brachte Mitch den Gedanken zu Ende.

Zak schnappte sich das Telefon, Caitlin pflückte die Prismaröhre vom Boden und steckte sie in die Schutzhülle, und Mitch suchte den Tunnel, den er vorhin markiert hatte.

»Hier entlang!« Mitch eilte voraus in die Dunkelheit.

Doch am Ende des Tunnels stießen sie auf etwas höchst Merkwürdiges: Vor der alten Holztür, die in den Keller führte, lag ein weinender, in eine Decke eingewickelter Säugling. Als wäre er Sekunden zuvor dort abgesetzt worden.

Benommen und benebelt wanderte Nick durch die unterste Ebene einer Parkgarage und fragte sich, wo er seinen Wagen abgestellt hatte. Bis ihm wieder einfiel, dass er überhaupt keinen Wagen besaß, obwohl er doch einen besitzen müsste? Er fuhr sich durch sein schütteres, ergrauendes Haar. Hier war irgendetwas faul, aber was genau? Er begriff es nicht.

Aufgebracht und aufgewühlt stürmte Nick aus der verlassenen Scheune und fragte sich, welcher bescheuerte Witzbold es für einen gelungenen Scherz gehalten hatte, ihn dort drinnen auszusetzen. Dann strich er sich über seinen ordentlich gestutzten Kinnbart, rückte seine Sonnenbrille auf der Nase zurecht und schlenderte ins helle Tageslicht.

Schwitzend und schwankend hetzte Nick durch einen vergessenen Durchgang auf dem städtischen Schrottplatz, um ihn herum türmten sich Autowracks und alte Haushaltsgeräte. Vor lauter Angst, an einem so unheimlichen Ort allein zu sein, begann er zu wimmern. Wenn sein Daddy ihn doch nur abholen würde!

Verwirrt und verunsichert kletterte Nick aus dem Wasserkanal unter dem Onkel-Wilber-Brunnen im Acacia Park. Ächzend zog er sich die Eisensprossen hoch, seine alten Armmuskeln waren schwach, seine Beine schmerzten. Mit dürren, knorrigen Fingern strich er sich über den langen, grauen Bart und fragte sich, wie es ihn dort hinunter verschlagen und wo er seine dritten Zähne gelassen hatte.

Entsetzt und entgeistert stieg Nick aus einem Gulliloch. Ein hupendes Auto konnte gerade noch zur Seite ausweichen, als er sich mitten auf der Straße aufrichtete und müde davontaumelte. So ähnlich musste sich Rip van Winkle nach seinem zwanzigjährigen Schlummer gefühlt haben.

Planlos und perplex torkelte Nick aus einer Höhle in den Hügeln über Colorado Springs, mindestens eineinhalb Kilometer entfernt von seinem alten Zuhause. Er blickte an sich hinab – äußerlich hatte er sich kein bisschen verändert, doch innerlich fühlte er sich seltsam zerfasert, ein Gefühl, das er kaum beschreiben konnte. Irgendetwas Schauderhaftes war geschehen, und er fürchtete sich schon davor herauszufinden, was das Gefühl zu bedeuten hatte.

Der Säugling heulte bloß vor sich hin.

21. Nick, *Nick*, **Nick**, Nick, **Nick**, **Nick** & Nick

Die ganze Welt ist eine Bühne …«, schrieb William Shakespeare, »und alle Fraun und Männer bloße Spieler.«

In der Folge zählt der Dichter sieben wenig schmeichelhafte Stufen im Leben eines Mannes auf: der reihernde Säugling, der nölende Schuljunge, der liebeskranke Jüngling, der zornige Halbstarke, der gehetzte Geschäftsmann, der ergrauende Schwätzer und der zahnlose Tattergreis, der zunächst ein zweites Mal zum Kind wird und schließlich stirbt.

Nein, ein besonders heiterer Zeitgenosse war Shakespeare nicht.

Doch diese sieben Stufen waren keine Erfindung des Dichters. Auf verschlüsselte Weise brachte er damit eine Erkenntnis aus uralten Zeiten zu Papier, als Aristoteles folgendes Naturgesetz postulierte: Jeder Mensch, sagte er, bestehe aus verschiedenen Identitäten, die miteinander verflochten seien wie die Fasern eines Seils.

Diese fein austarierte Verknüpfung wollte Nikola Tesla offenbar mithilfe des Prismas zerschmettern. Aber davon ahnte Nick Slate natürlich nichts.

Kein einziger Nick Slate hatte die leiseste Ahnung.

22. Schadensbegrenzerin Petula

Auf dem Gebiet der Schadensbegrenzung hatte Petula wenig Erfahrung. Für gewöhnlich verursachte Petula Schäden, die dann von anderen begrenzt werden mussten.

Als die Accelerati im Umkreis von Nicks zerstörtem Zuhause anfingen, besorgte Rufe auszutauschen, und kurz darauf in Panik verfielen, weil der Junge spurlos verschwunden war, schloss Petula deswegen die Tür des Geländewagens und befahl dem Fahrer, die Musik aufzudrehen.

Tatsache war: Sie hätte Nick im Auge behalten sollen.

Tatsache war: Sie hatte es ehrlich versucht, aber die anderen Accelerati hatten sie nicht durch den Elektrozaun auf das Sperrgebiet gelassen.

Tatsache war: Sie hatte Nick ausdrücklich aufgefordert, ihr das Prisma auszuhändigen, doch weder Ms Planck noch Edison hatte ihr die nötige Autorität verliehen, sich damit durchzusetzen.

Tatsache war vermutlich ebenfalls: Die Accelerati im Sperrgebiet waren Vollidioten. Sicherlich hatten sie alle eine Heidenangst davor, die Große Accelerata über Nicks Verschwinden zu informieren. Dabei hatte Ms Planck gar nicht die Angewohnheit, den Verkünder einer schlechten Nachricht in einem Zornesausbruch hinzurichten – ihr Zorn zielte stets auf jene, die der Verkünder als schuldig präsentierte. Wer Ms Planck alarmierte, konnte die Verantwortung bequem auf andere abschieben und war selbst fein raus. Daher griff Petula zum Handy und erklärte Ms Planck kurz und bündig die Lage: »Nick ist in sein altes Haus rein und Ihre Hirnitruppe hat ihn entwischen lassen.«

Dieses Desaster würde bestimmt »Disziplinarmaßnahmen« gegen einige Accelerati nach sich ziehen. Wie tröstlich, dass Petula nicht unter den Betroffenen sein würde.

In einer Kolonne aus vielfarbig schillernden Bentley-Luxuskarossen traf Ms Planck am Krisenschauplatz ein. Wieso Bentleys statt Geländewagen? Wieso nicht, wenn man 725 Millionen Dollar als Kreditsicherheit angeben konnte?

Jorgenson hatte den Fehler gemacht, in allzu bescheidenen Maßstäben zu denken. Schon bald würde Ms Planck alle Accelerati mit ähnlichen Fahrzeugen ausstatten, und selbst wenn niemand von dem Geheimbund wusste, würde das gemeine Volk begreifen, dass es dort draußen eine Gruppe von Menschen gab, die ihm gnadenlos überlegen war.

Petula wartete brav am Elektrozaun, als Ms Planck mit zornig blitzenden Augen zum Haus stürmte.

»Sie wollten mich nicht reinlassen, weil ich nicht die nötige Sicherheitsfreigabe habe«, ging Petula sofort in die Offensive. »Hätte ich die Freigabe gehabt, wäre Nick jetzt nicht verschwunden.«

»Und das Prisma?«, fragte Ms Planck.

»Hat er mitgenommen. Ich konnte ihn nicht aufhalten. Nick besitzt den höheren Rang.«

Ms Planck befahl den Wachen, das Tor zu öffnen, und winkte Petula nach vorne. »Das hat sich gerade geändert.«

Gemeinsam schritten sie ins Katastrophengebiet. Überall wuselten Accelerati herum und linsten unter jedes Trümmerteil, als spielte Nick bloß Verstecken.

»Edison wird sich ganz schön aufregen«, sagte Petula, um Ms Planck ein wenig zu kitzeln – mit einer Messerspitze.

»Der alte Herr ist selber schuld, dass er dem Jungen vertraut hat«, erwiderte Ms Planck.

Petula zuckte mit den Schultern. »Stimmt schon. Aber er wird Ihnen trotzdem die Schuld geben.«

Mit einem rasiermesserscharfen Blick versuchte Ms Planck, Petulas Klinge abzuwehren. Aber natürlich wusste sie, wie recht das Mädchen hatte.

Ein nervöser Acceleratus wagte sich vor. »Unter dem Haus verlaufen Tunnel«, hechelte er wie ein Marathonteilnehmer nach dem Zieleinlauf. »Wir haben Teams in die Tunnel geschickt, die den Jungen aufspüren sollen.«

»Ihr werdet ihn nicht aufspüren«, erwiderte Ms Planck. »Der Junge ist schlauer als ihr alle zusammen. Aber unsere Operation duldet keine Verzögerungen. Die Hubschrauber sind bereits unterwegs.«

»Hubschrauber? Wozu das denn?«, fragte Petula.

»Wirst schon sehen.«

Aus der Ferne näherte sich das gleichmäßige *Schrapp-Schrapp-Schrapp* wirbelnder Rotoren. Vier kraftstrotzende Transporthubschrauber flogen auf das Haus zu und alle schillerten sie in strahlendem Weiß.

Diese Accelerati-Operation konnte ausnahmsweise nicht im Verborgenen durchgeführt werden. Der Geheimbund hatte lediglich die Presse durch Einschüchterungen nötigen können, sich die Augen zuzuhalten, wie damals, als der Meteorit in Dannys Handschuh eingeschlagen war.

Aus einem Umkreis von Kilometern kam die Nachbarschaft angelaufen und beobachtete staunend, wie die vier Hubschrauber synchron in die Höhe stiegen und mithilfe von vier riesigen Tragegurten einen glänzenden Titanring aus der Erde hievten, drei

Meter hoch und mit dreißig Metern Durchmesser. Einen Moment lang schwebte der Ring über der Ruine von Nicks Zuhause wie ein silberner Heiligenschein, dann entführten ihn die Hubschrauber nach Osten.

Gut dreißig Kilometer entfernt stand ein Gebäude in der Wüste, das den gewaltigen Titanring in sich aufnehmen konnte. Aus manchen Blickwinkeln sah es aus wie ein etwas zu hoch geratener Flugzeughangar; aus anderen Blickwinkeln hätte man fast meinen können, es handele sich um einen monströsen Wäschetrockner.

23. Der gewünschte Gesprächspartner ist nicht zu erreichen

Als Caitlins Mutter die Tür öffnete und ihre Tochter mit einem Baby auf dem Arm neben einem unbekannten jungen Mann stehen sah, reagierte sie, wie jede Mutter reagiert hätte.

»Ach du je«, seufzte sie.

»Mom«, sagte Caitlin. »Das ist Zak.«

Der junge Mann streckte Mrs Westfield seine Hand entgegen. »Freut mich, Sie kennenzulernen.«

»Ach du je«, wiederholte Mrs Westfield.

Den Gartenweg entlang kam ein Junge gelaufen, den Caitlins Mutter wenigstens schon kannte – es war Mitch, der ein vorsintflutliches Telefon dabeihatte, wieso auch immer. »Hey, Mrs W.!«, rief er.

Weil sich immer noch niemand erbarmen wollte, ihr das alles zu erklären, musste Mrs Westfield ihrer Tochter die offensichtliche Frage stellen. »Sag mal, Schatz, warum hast du denn ein Baby auf dem Arm?«

»Ach, das.« Es klang, als hätte Caitlin den Säugling jetzt erst bemerkt. »Das ist kein Baby.« Darüber lächelte das Baby. »Also ich meine, es ist natürlich schon ein Baby. Aber es ist bloß für unser Schulprojekt.«

»Genau«, sagte Zak. »Wir sollen lernen, wie man mit Kindern umgeht. Alle mussten für einen Tag ihre kleinen Geschwister zur Verfügung stellen.«

»War Rektor Watts Idee«, fügte Caitlin hinzu.

Eine ziemlich unkluge Idee, fand Mrs Westfield, aber wer wäre sie gewesen, die unermessliche Weisheit eines Middle-School-Rektors infrage zu stellen?

Kaum hatte sie die drei jungen Leute hereingebeten, verschwanden sie auf Caitlins Zimmer, und Mrs Westfield fragte sich, welchen Experimenten sie das arme kleine Ding wohl im Rahmen ihres Schulprojekts unterziehen würden.

In Caitlins Zimmer deponierte Mitch zuerst das alte Telefon auf dem Schreibtisch. »Woher willst du wissen, dass der Typ am anderen Ende der Leitung wirklich Tesla war?«

Caitlin zuckte mit den Schultern. »Er hat gesagt, er ist Tesla, und er hat sich sehr teslaig angehört.« Sie bettete den Säugling aufs Bett.

»Vorsicht«, sagte Zak. »Das Baby hat keine Windel an.«

»Ach was, Babys haben doch immer eine Windel an.«

»Das hier nicht«, meinte Zak. »Das ist nur eine Decke.«

»Also eigentlich«, mischte Mitch sich ein, »ist es nicht mal eine Decke.«

Womit er recht hatte: Der Säugling war in ein blaues Polohemd eingewickelt.

Das Baby blickte sich um und gurrte unschuldig.

»Oh. Mein. Gott«, sagte Caitlin, obwohl sie zu jenen Mädchen gehörte, die es total albern fanden, *Oh mein Gott* zu sagen. »Nick? Bist du das?«

Das Baby hustete ein bisschen, schob sich seine Faust ins Mäulchen und drehte den Kopf zur Seite. Vielleicht war es wirklich Nick, doch davon wusste es nichts. Es wusste nur, dass ihm seine Faust hervorragend schmeckte.

»Du willst doch nicht behaupten, Nick hätte sich durch dieses Röhrendings zum Säugling zurückentwickelt?« Zaks Stimme triefte vor Unglauben oder Sarkasmus oder beidem auf einmal.

»Vielleicht schon …« Caitlin hatte so eine Ahnung, dass noch mehr dahintersteckte, aber sie kam nicht darauf, was es sein könnte.

Mitch schüttelte den Kopf. »Ich hab euch doch gesagt, dass ich gesehen habe, wie Nick in den anderen Tunnel gerannt ist.«

»Keine Ahnung, was das Prisma genau angestellt hat, aber man muss es auch wieder rückgängig machen können.« Caitlin überprüfte, ob die Röhre noch in ihrer Tasche steckte. »Irgendwie …«

Die drei blickten einander an, als wollte jeder vom anderen wissen, wie es jetzt weitergehen sollte.

»Hmmm …«, machte Zak. »Wenn wir bloß irgendeine mysteriöse Apparatur hätten, die es uns ermöglichen würde, mit dem Erfinder des Prismas zu sprechen.«

Caitlin starrte ihn finster an. »Du hältst dich wohl für besonders clever.«

Wieder nahm sie den Hörer ab, steckte den Finger ins einzige Fingerloch und wählte.

Wieder meldete sich eine verschnupfte Telefonistin, die versprach, das Gespräch sofort durchzustellen. Aber diesmal ertönte daraufhin ein Besetztzeichen.

»Tut mir leid, der gewünschte Gesprächspartner ist nicht zu erreichen«, sagte die Telefonistin und legte auf.

Wenn man unversehens in sieben verschiedene Versionen des eigenen Ichs zerschnippelt wird, liegt nichts näher, als sich mit etwas Futter für die Seele zu trösten.

Da alle Nicks im Wesentlichen immer noch Nick waren, hatten sie alle dieselbe Idee: Auf ins Beef-O-Rama! Bis auf den jüngsten Nick, der nicht in der Lage war, auf eigene Faust Caitlins Zimmer zu verlassen, und den ältesten, der sich beim besten Willen nicht erinnern konnte, wo das Beef-O-Rama war, versammelten sie sich alle im Burgertempel, ohne die geringste Ahnung von der Existenz der anderen.

Man sollte aber nicht glauben, alle Nicks hätten getickt wie der vierzehnjährige Nick. Für die älteren Nicks schien ihre Teenagerzeit etliche Jahre zurückzuliegen, auch wenn sie keine Erinnerung an diese Jahre hatten. Stattdessen war da nur ein verschwommenes Gefühl, als verschleierte ein Gedächtnisverlust ihr Erwachsenenleben. Der siebenjährige Nick erinnerte sich dagegen nur noch, dass er mal davon geträumt hatte, ein Teenager zu sein, für ihn lag diese Zeit noch in der Zukunft.

Der einzige Nick, der sich wirklich zu Hause fühlte in seiner Haut, war das eine Siebtel, das tatsächlich noch vierzehn Jahre alt war. Doch innerlich kam sich dieser Nick unangenehm ausgedünnt vor, als bestünde er nur noch aus zartem Schaum, den jeder Regenguss fortspülen könnte.

Nicht, dass die Nicks einander sofort erkannt hätten. Jeder von ihnen setzte sich an die Theke, bis sie zu fünft in einer Reihe hockten. Erst als sie sahen, dass sie alle das Gleiche bestellt hatten, nämlich Käsepommes und dazu einen Schokoshake, blickten sie sich genauer um und fragten sich, was hier eigentlich gespielt wurde. Erst recht, als sie feststellten, dass sie alle identisch gekleidet waren.

»Ich habe Angst«, sagte der jüngste Nick, und seine siebenjährigen Augen füllten sich mit Tränen.

Der Hipstertyp-Nick, Mitte zwanzig und irgendwo zwischen Jugend und Erwachsenenalter hängen geblieben, legte ihm seine Hand auf die Schulter. »Das wird schon wieder.«

Nachdem der Mittdreißiger-Nick der Kellnerin gesagt hatte, dass sie sich lieber in die Sitznische in der Ecke setzen würden, quetschten sie sich zu fünft auf die Bänke und rätselten gemeinsam über ihre zersplitterte Existenz.

Schnell wurde klar, wie unpraktisch es war, wenn jeder jeden mit »Nick« ansprach. Das oft so nervige Phänomen des Spitznamens wurde zur lebensnotwendigen Strategie.

Der vierzehnjährige Nick hieß weiterhin einfach Nick, der siebenjährige Nick wurde zum kleinen Nicky. »Meine Mommy nennt mich immer Nicky«, sagte er. »Aber … aber ich glaube, mit Mom ist was Schlimmes passiert. Oder?«

Darauf antworteten die anderen lieber nicht.

Der halb erwachsene Hipster nannte sich BeatNick.

Der Mittdreißiger, der einen gepflegten dunklen Vollbart trug, taufte sich Nicholas.

Dem Rechthaber-Nick zwischen fünfzig und sechzig, der schütteres graues Haar und Koteletten hatte, wurde der Name Nickelback aufgedrückt, weil ihn niemand so recht leiden konnte.

Sieben Tunnel, daran erinnerten sich die fünf Nicks noch. Rasch folgerten sie, dass ihnen zwei Nicks fehlten, deren Alter grob geschätzt werden konnte: ein Greis und ein Säugling (denen nach kurzen Verhandlungen die Namen St. Nickolaus und SputNick verliehen wurden).

»Wir müssen sie finden«, sagte Nick.

»Vielleicht finden sie ja uns?«, fragte Nicholas.

»Wohl kaum. Das Baby sicher nicht!«, rief Nickelback.

In der Folge entspann sich eine leidenschaftliche und hitzige Diskussion – wie immer, wenn verschiedene Teile eines einzigen Menschen ins Debattieren geraten.

Keiner der übrigen Gäste verfolgte das Gespräch, schließlich war jeder wie immer nur mit sich selbst beschäftigt. Aber hätte jemand gelauscht, hätte er gehört:

NICKELBACK: Als ältestes Mitglied der Gruppe übernehme selbstverständlich ich das Kommando.

BEATNICK: Träum weiter, alter Mann.

NICHOLAS: Wir müssen demokratische Regeln einführen. Bei Abstimmungen gilt gleiches Wahlrecht.

NICKY: Ich bin aber noch zu jung zum Wählen.

NICK: Hört mal, wir müssen irgendwie Caitlin und Mitch wissen lassen, was hier los ist.

NICKELBACK: Ach was, wir müssen uns erst mal bei den Accelerati melden, bevor die auf der Suche nach uns die Stadt in Schutt und Asche legen!

NICK: Auf der Suche nach *mir*, nicht nach *uns*. Von *uns* wissen die noch gar nichts.

NICKY: Mein Shake ist schon total geschmolzen, bekomme ich noch einen?

NICKELBACK: Wenn du noch mehr Zucker in dich reinstopfst, kriegst du hier noch einen Anfall.

BEATNICK: Jetzt hör mir mal zu, Kotelettenmann: Du bist nicht der Daddy von dem Kleinen. Mach nur, Nicky, bestell dir so viele Shakes, wie du willst!

NICHOLAS: Können wir bitte beim Thema bleiben? Wir haben einiges zu diskutieren.

NICK: Ja. Zum Beispiel, wie wir alle wieder zu einem einzigen Menschen werden.

NICKELBACK: Wenn das überhaupt möglich ist.

NICKY: Aber ich will nicht du sein. Ich will keiner von euch sein.

NICK: Wir können uns nicht aussuchen, wer wir sein werden. Nur auf welchem Weg wir dorthin gelangen wollen.

NICKELBACK: Aber wenn wir uns nicht wiedervereinigen, gelangen wir nirgendwohin. Wir sollten zu den Accelerati gehen. Edison weiß sicher, was zu tun ist.

BEATNICK: Wieso willst du dich immer gleich dem Tyrannen unterwerfen? Das ist echt typisches Untertanendenken.

NICKY: Kriege ich einen Eisbecher?

NICHOLAS: Du hattest eben erst einen Schokoshake.

NICK: Okay, okay. Egal, wie wir uns entscheiden, wir müssen erst mal Mitch und Caitlin wissen lassen, was mit mir passiert ist. Also mit uns. Also mit mir.

NICHOLAS: Ich denke, darauf können wir uns alle einigen.

BEATNICK: Na klasse. Okay, und wer zahlt jetzt die Rechnung?

NICKELBACK: Wie? Hat keiner von euch Genies daran gedacht, eine Kreditkarte einzustecken?

Einige Minuten später wurde das Beef-O-Rama Opfer eines nie da gewesenen Falles von Zechprellerei, als fünf Nicks Hals über Kopf aus der Tür stürmten und sich hastig zu Caitlin Westfields Zuhause aufmachten.

Als es erneut läutete, öffnete Mrs Westfield wieder die Haustür. Auf ihrem Fußabtreter und in dessen Umgebung tummelte sich ein Pulk junger und älterer Männer.

»Hallo, Mrs Westfield«, sagte Nick Slate, der ihr von der Spitze der Gruppe entgegenlächelte. »Das sind mein Onkel, mein

Cousin, mein Neffe und mein leiblicher Vater. Wir müssten mal mit Caitlin reden.«

Mrs Westfield war noch damit beschäftigt, den Anblick der Männerversammlung vor ihrer Tür zu verarbeiten, da kam auch schon Caitlin mit dem Baby auf dem Arm die Treppe herunter, gefolgt von Mitch und Zak. Beim Anblick der fünf Neuankömmlinge erstarrte Caitlin kurz, doch im nächsten Moment fand sie die Fassung wieder und nahm die letzten paar Stufen.

»SputNick!«, riefen die fünf Kerle vor der Tür, als sie das Baby entdeckten.

»SputNick ist mein kleiner … Pflege … Bruder?«, sagte Nick.

»Aaahhh …«, machte Mrs Westfield. »Du hast also das Versuchskind zur Verfügung gestellt.«

»Ja, klar«, antwortete Nick. Caitlin packte ihm das Baby auf die Arme, das daraufhin augenblicklich zu heulen begann.

»Nicks ganze Familie ist nach Colorado Springs gekommen, um ihm beizustehen«, erklärte Caitlin ihrer Mom. »Du weißt ja, sein Zuhause wurde zerstört.«

»Hat mich gefreut, Sie wiederzusehen, Mrs Westfield.« Nick winkte ihr zu, während sich sein Männerclan wieder zum Gehen wandte. Dann warf er einen Blick auf Caitlin, Mitch und Zak. »Ihr kommt doch mit, oder?«

»Natürlich«, sagte Caitlin.

»Moment«, schaltete sich Mrs Westfield ein. »Wohin wollt ihr jetzt alle?«

»Nick hat uns eingeladen zu … zu seinem großen Familientreffen!« Caitlin drückte ihrer Mom einen Wangenkuss auf. »Bin um zehn zurück.«

Damit trollten sie sich alle die Straße hinunter.

Mrs Westfield blickte ihnen hinterher und fragte sich, ob eventuell Anlass zur Sorge bestand.

24. Es schreiet der Eisverkäufer

Es gibt kaum etwas Unnatürlicheres, als den verschiedenen Stufen des eigenen Lebens zu begegnen. Jetzt verstand Nick die Verbitterung des Mannes, der auf seinem Flohmarkt das Prisma erworben hatte: Den jüngeren Ichs grauste es vor den alten Männern, zu denen sie heranreifen würden, während die älteren nicht anders konnten, als ihrer verlorenen Jugend nachzutrauern.

Nick war entschlossen, nicht in dieselbe Falle zu tappen. Jedes seiner Ichs hatte seine guten Seiten, und mit der Zeit würde er lernen, sie alle wertzuschätzen.

Aufgrund ihres überstürzten Abschieds aus dem Beef-O-Rama war es ausgeschlossen, dorthin zurückzukehren, und da die Accelerati bestimmt die Stadt nach Nick durchkämmten, durften sie sich nicht länger in der Öffentlichkeit herumtreiben.

Am Schluss kam Mitch darauf, wo sie für eine Weile von der Bildfläche verschwinden konnten. »Wir gehen zu Vince!«

Die Aussicht, sich bei Vince einzuquartieren, stimmte Nick nicht besonders freudig. Erstens wegen der zwanghaften Fröhlichkeit, die Vince' Mutter ihrem Heim eingehaucht hatte, und zweitens weil dort so viele Kristallfigürchen und anderer zerbrechlicher Kram herumstanden, dass er sich vorkommen würde wie eine sechsköpfige Elefantenherde im Porzellanladen. Kindersicher war das Haus auch nicht.

Hinten fanden sie ein entriegeltes Fenster, durch das sie einsteigen konnten.

In dieser Entfernung von Nicks altem Zuhause hatte der EMP nicht ganz so schlimm gewütet. Ein Großteil der damals eingestöpselten elektrischen Geräte war durchgebrannt, aber von den Glühbirnen hatte es nur etwa die Hälfte erwischt.

Mitch machte es sich mit dem antiken Telefon gemütlich. Wieder und wieder wählte er, doch jedes Mal ertönte nur das Besetztzeichen. In der Zwischenzeit hatte Caitlin den kleinen SputNick in den Schlaf gewiegt und legte ihn jetzt auf ein Sofakissen, das sie zum improvisierten Babybett erklärt hatte.

»Erster Tagesordnungspunkt«, sagte Nickelback, der immer noch hartnäckig versuchte, das Kommando an sich zu reißen, »wir müssen St. Nickolaus ausfindig machen.«

Caitlin sah Zak an, dessen Anwesenheit Nick sich immer noch nicht ganz erklären konnte.

Zak blickte von den Spielkarten auf, die er durchmischte, und starrte Caitlin an. »Wieso muss ich jetzt eigentlich bei euren ganzen schrägen Abenteuern mitmachen? Ich will bloß das Geld finden und meine Mom retten und dann nach Hause gehen und den ganzen Mist wieder vergessen.«

Nick beobachtete, wie Caitlin die Hand ausstreckte und Zak behutsam das Kartenspiel wegnahm. »Glaubst du, alles ist wieder in Butter, wenn du nur die 725 Millionen Dollar findest? Die Zukunft der Welt steht auf dem Spiel, und du hängst da jetzt mit drin, du musst bis zum Ende dabeibleiben. Wie wir alle.«

Für einen Moment drehte Zak den Kopf zur Seite und bedachte die Wand mit einem bösen Blick, dann griff er sich seinen Laptop und klappte ihn auf. »Na schön. Wir wissen, wo wir das Baby gefunden haben. Wenn ihr anderen mir jetzt noch verratet, wo ihr aufgetaucht seid, kann ich eine grobe Schätzung abgeben, wohin der Tunnel von St. Nickolaus geführt haben müsste.« Sein Zeigefinger richtete sich auf Mitch. »Du da! Ist dir schon mal in den Sinn gekommen, dass die Leitung jedes Mal besetzt ist, weil du Tesla zur selben Zeit anrufst wie Caitlin?! So kannst du nicht durchkommen, weil Tesla in seiner Zeitebene gerade mit Caitlin redet! Du musst rauskriegen, wie man die Ringe um die Wählscheibe einstellt, und zu einer anderen Zeit anrufen.«

»Du bist hier doch der Mathefreak«, konterte Mitch. »Krieg du's doch raus.«

»Immer muss man alles selber machen!« Zak stand auf und studierte das Telefon, während Mitch den Laptop übernahm und sich von den verschiedenen Nicks erklären ließ, wo sie jeweils das Licht der Welt erblickt hatten.

Alle Gegenden von Colorado Springs waren abgedeckt – bis auf eine: das Stadtzentrum.

»Vielleicht war das zu viel für den alten Mann, er hatte einen Herzinfarkt und hat ins Gras gebissen«, mutmaßte Mitch.

Diverse Nick-Versionen feuerten einen strafenden Blick auf ihn ab. »Bleiben wir doch lieber positiv«, meinte Nickelback, und es war, als würde ihm die übertrieben heitere Einrichtung des Wohnzimmers eifrig beipflichten.

Der kleine Nicky hatte in der Zwischenzeit einige der interessanteren Kristallfiguren aus dem Regal genommen und stellte sie nun in zwei Armeen auf, die sogleich eine epische Schlacht austragen würden.

Konnte ich mich früher echt mit so was amüsieren?, fragte Nick sich. Anscheinend schon, denn Nicky war sein altes Ich. Er überlegte, wie viele Figuren der Kleine wohl zerstören würde und ob Vince' Mutter sie vermissen würde, wenn beziehungsweise falls sie aus Schottland zurückkehrte. *Natürlich würde sie sie vermissen*, dachte Nick. So wie er Vince' Mom kannte, zählte sie ihre Figuren täglich durch.

Nick eilte zu Nicky, um die Figuren in Sicherheit zu bringen, doch Nicholas, der wohl denselben Gedanken gehabt hatte, kam ihm zuvor und wand die Kristallteile aus Nickys Klebehänden. Das Kind beschwerte sich nur der Form halber.

»Es muss doch eine Möglichkeit geben, das Ding andersrum zu polen oder so«, meinte BeatNick, zog die Elektronenröhre aus der Samthülle, hielt sie vor die Augen und begutachtete das Prisma in ihrem Inneren.

»Nicht!«, rief Caitlin. »Wenn Licht auf das Prisma fällt, produziert es am Ende noch mal sieben Nicks!«

Schnell ließ BeatNick die Röhre sinken und verbarg sie vor der Sonne. Nick fragte sich, ob das Prisma vielleicht exponentiell wirkte. Sollte er erneut vom gebrochenen Sonnenlicht erfasst werden, könnten dabei 49 Nicks herauskommen …

»Eins ist mal klar«, sagte BeatNick. »Den Accelerati geben wir das Teil nicht.«

»Was redest du da für einen Stuss?«, entgegnete Nickelback. »Wer soll das Ding denn sonst analysieren, die Funktionsweise umkehren und uns wieder zusammensetzen? Die Accelerati haben uns ausgenutzt und jetzt wollen wir eine Gegenleistung.«

Bisher lauschte Nick der Diskussion schweigend. Er wusste, dass er nichts anderes hörte als die unterschiedlichen Stimmen seiner Gedanken: Pro und Kontra, Ängste und Hoffnungen. Alles davon hatte seine Berechtigung. Nickelback ging ihr Problem nüchtern und sachlich an, BeatNick war ein unverbesserlicher Idealist, und Nicholas, der sich ständig grüblerisch den Bart strich, stand irgendwo in der Mitte. Aber wo stand Nick selbst?

»Also die Accelerati dürfen das Prisma auf gar keinen Fall bekommen«, sagte Caitlin. »Und Nick bekommen sie auch nicht zurück. Stimmt doch, Nick?«

Nick musste feststellen, dass er Caitlin nicht in die Augen schauen konnte – weil er nicht ausschließen konnte, dass er doch ins Labor zurückkehren würde. Er hatte Caitlin noch gar nicht von Edison erzählt, er hatte niemandem von ihm erzählt. Wo hätte er anfangen sollen?

»Ich kann mich nicht gegen die Accelerati stellen«, erwiderte Nick. »Sie haben meinen Dad und Danny in ihrer Gewalt.«

Seit ihrer ersten Begegnung mit Nick hatte Caitlin sich sehr gewandelt, sie schien ein sehr viel besseres Gespür für sich und andere entwickelt zu haben. Jetzt machte sie einen Schritt auf Nick zu und blickte ihm tief in die Augen, unerträglich tief. »Aber das ist nicht der einzige Grund, oder? Die Accelerati haben dich verändert.«

Das regte Nick auf. »Sie haben mich nicht *verändert*.«

»Und wie sie dich verändert haben. Ich erinnere mich doch auch noch dran«, sagte BeatNick. *Dieser Verräter!* »Edison hat uns ganz schön das Gehirn gewaschen.«

»Edison?« Zak blickte vom Telefon hoch. »Der Edison?«

»Du meinst doch nicht Thomas Edison?«, fragte Caitlin. »Das kann nicht sein. Der muss doch längst tot sein … außer …« Sie schnappte nach Luft. »… außer es gibt eine zweite Batterie.«

Zwei bis drei Nicks stöhnten auf.

»Denk nach«, sagte Nick zu Caitlin. »Wie sollen wir die Accelerati noch bekämpfen, wenn alles Leben auf Erden ausgelöscht ist? Und die Accelerati sind nun mal die Einzigen, die halbwegs gute Chancen haben, den Asteroiden zu entladen.«

Langsam schüttelte Mitch den Kopf. »Ich fasse es nicht. Nick ist der dunklen Seite der Macht verfallen.«

»Aber das stimmt doch gar nicht!«, erwiderte Nick. »Das ist alles nicht so einfach, wie ihr es euch macht!«

Eine Zeit lang herrschte Totenstille. Bis ein Klirren aus der Ecke drang, wo Nicky gerade ein winziges Kristalleinhorn zerbröselt hatte.

»Hab's!«, rief Zak. Er trug das Telefon herüber und platzierte es auf dem Esstisch. »Die Ringe um die Wählscheibe funktionieren so ähnlich wie eine Uhr. Die fünf äußersten stehen für Jahre, Tage, Stunden, Minuten und Sekunden. Die nächsten beiden, die mit den Buchstaben, braucht man, um die alten Vermittlungsstellen anzugeben, und die nächsten fünf Ringe stellen die eigentliche Telefonnummer ein.« Zak deutete auf die innersten drei Ringe. »Diese hier wurden noch nie verwendet – aber Tesla hat offensichtlich vorausgeahnt, dass Telefonnummern eines Tages aus zehn Stellen bestehen würden. So wie heute.« Er ließ den zweiten Ring von außen eine Kerbe weiter rechts einrasten. »Wenn ich richtig liege, sollten wir Tesla genau einen Tag nach unserem ersten Gespräch erwischen.«

Zak drehte an der Kurbel, um Strom zu generieren, nahm den Hörer ab und streckte ihn Caitlin hin.

Aber Caitlin sah Nick an. »Du solltest ihn anrufen.«

Niemand widersprach, auch kein anderer Nick.

Nick nahm den Hörer entgegen und drückte ihn ans Ohr, steckte den Zeigefinger ins einzige Fingerloch und wählte mit angehaltenem Atem.

»Bleiben Sie am Apparat, Sie werden durchgestellt«, sagte die Telefonistin am anderen Ende der Leitung.

Einmal hörte Nick das Telefon läuten, doch schon vor dem zweiten Klingeln wurde der Hörer abgehoben.

»Hallo?«, meldete sich eine Männerstimme mit serbischem Akzent.

»Hallo, Mr Tesla?« Nick versuchte, eines seiner älteren Ichs zu imitieren und vor allem das Zittern seiner Stimme zu unterdrücken.

»*Da*. Hier spricht Nikola Tesla.«

»Ich heiße Nick Slate, und ich …«

»Rufen Sie wegen der Kolumbus-Weltausstellung an? Wenn nicht, werden Sie ein andermal zurückrufen müssen. Bis ich die Ausstellung mit Strom versorgt habe, müssen alle anderen Geschäfte warten.«

»Es geht um etwas anderes«, erwiderte Nick. »Wissen Sie, ich rufe aus der Zukunft an. Sie müssen uns mit dem F.R.E.E. helfen. Mit Ihrem Far Range Energy Emitter.«

Am anderen Ende der Leitung wurde es still. »Halten Sie sich für witzig?«, sagte Tesla dann. »Ich bin ein viel beschäftigter Mann! Ich habe keine Zeit für solche Scherze! Sollten Sie mich noch einmal belästigen, werde ich die Polizei verständigen.« Der Erfinder legte auf.

»Und, was hat er gesagt?«, fragte Mitch voller Zuversicht. »Hilft er uns?«

Nick hängte den Hörer auf die Gabel. »Er klang jetzt nicht so hilfsbereit.«

Eine Telefonleitung durch die Zeit bringt relativ wenig, wenn man ihren Erfinder Jahre vor der Erfindung ebendieser Telefonleitung anruft.

Ihren genauesten Berechnungen zufolge hatten Nick und Co. den Erfinder im März 1893 erreicht, als er gerade am Stromsystem der Kolumbus-Weltausstellung werkelte, einem Riesenspektakel in Chicago. Tesla war noch ein recht junger Mann, viele seiner Errungenschaften lagen noch vor ihm. Der Stromkrieg nahm gerade Fahrt auf, erst in einigen Jahren würde er sich seinen Traum von einem Wasserkraftwerk an den Niagarafällen erfüllen, erst in einem Jahrzehnt sollte der Wardenclyffe Tower errichtet sein. Kein Wunder, dass Tesla den Anruf für einen Telefonstreich gehalten hatte.

Wenn Tesla ihnen sinnvoll zur Seite stehen sollte, müssten sie ihn haargenau in der richtigen Phase seines Lebens abpassen –

was sich jedoch als problematisch erwies. Schon als sie die Zeit um bescheidene fünf Jahre nach vorne drehten, wurden sie mit einem Eislieferanten namens Boris verbunden, dem es ziemlich auf den Senkel ging, andauernd Anrufe für Nikola Tesla entgegennehmen zu müssen.

»Das ist nicht mehr seine Nummer! Seine neue weiß ich nicht! Ich will sie gar nicht wissen!«, schrie Boris sie an. »Lasst mich in Frieden!«

Auch intensivste Nachforschungen konnten keine aktuellere Telefonnummer von Nikola Tesla zutage fördern. Alle waren sie im Lauf der Jahrzehnte verschüttgegangen.

Doch während sie mit diesem Problem rangen, entwickelte sich in Nicks Hinterkopf eine Idee, wozu man das Telefon außerdem noch verwenden könnte. Eine Idee, die er nicht mit den anderen teilen wollte, auch nicht mit seinen anderen Ichs – obwohl er überzeugt war, dass einige von ihnen schon auf denselben Gedanken gekommen waren.

Da Zak für die Jagd nach den gestohlenen Millionen einen leistungsfähigeren Computer benötigte, wurde entschieden, dass er und Mitch zur Universität von Colorado fahren sollten, um dort auf den Großrechner zuzugreifen.

»Gleich morgen früh geht's los«, sagte Zak.

Mitch lud Zak ein, bei seiner Familie zu Abend zu essen und zu übernachten, weil bei Vince sowieso schon eine größere Gästeschar logierte.

»Meine Mom hat bestimmt nichts dagegen«, meinte Mitch. »Ich sag ihr einfach, du bist ein sehr groß geratener Achtklässler.«

Zögerlich stimmte Zak zu. »Was soll's. Ist nur eine weitere Demütigung in einer langen Reihe von Demütigungen.«

»Wenn wir den Accelerati die Millionen abnehmen«, merkte Nickelback nach ihrem Abschied an, »setzen wir die Erde einem großen Risiko aus. Nur die Accelerati können die Maschine fertigstellen, bevor der Asteroid den Planeten zerstört.«

»Nicht zwangsläufig«, entgegnete Nicholas. »Wir können genauso gut abwarten, bis sie die Maschine fertiggestellt haben, und ihnen *dann* einen Knüppel zwischen die Beine werfen, indem wir ihnen die Millionen wegnehmen …«

»… und wenn wir sie dann in die Knie gezwungen haben«, spann BeatNick den Faden weiter, »machen wir sie platt und holen uns unsere Erfindungen zurück!«

»Sehr optimistisch gedacht«, murmelte Nickelback.

Kurz nach Sonnenuntergang wachte SputNick auf und brüllte, wie nur ein Baby brüllen kann.

»Er hat Hunger«, sagte Caitlin.

»Ich auch«, antworteten alle Nicks wie aus einem Mund.

Nicholas meldete sich freiwillig, Milchersatz und Fast Food einkaufen zu gehen – vorausgesetzt, Caitlin ließ ein bisschen Geld springen, denn nur sie hatte Geld.

»Und ich schaue mich in der Innenstadt nach St. Nickolaus um, bevor's stockdunkel wird«, meinte Nickelback.

»Ich komme mit!« BeatNick schlenderte ihm hinterher.

Auf einmal waren sie nur noch zu viert: Nick, Caitlin, das Baby und der kleine Nicky, der glücklich und zufrieden war, solange er auf dem einzigen Fernseher, der nicht vom EMP gebrutzelt worden war, Zeichentrickserien schauen durfte. Es war eine peinliche Situation, ein bisschen, als spielten sie Familie.

Nachdem Caitlin das Baby beruhigt hatte, streckte sie es Nick entgegen. »Du solltest ihn halten.«

»Wenn ich ihn halte, heult er.«

»Aber er *ist* du«, sagte Caitlin. »Ist doch nur logisch, dass du ihn hältst.«

Also setzte Nick sich auf das Sofa und ließ sich SputNick in die Arme legen, und zu seinem Erstaunen weinte das Baby nicht, sondern blickte ihn bloß aus tiefblauen, unendlich vertrauten Augen an.

So habe ich meinen Dad angesehen, wenn er mich im Arm gehalten hat, dachte Nick. *So habe ich meine Mom angesehen …* Durch die schmerzhafte Erinnerung an seine Mom drückte Nick das Baby fester an sich und SputNick entspannte sich in seiner Umarmung.

»Alles gut, kleiner Mann«, flüsterte Nick. »Alles wird wieder gut.«

Da setzte sich Nicky neben ihn und schmiegte seinen Kopf an Nicks Seite und Nick legte ihm seinen freien Arm um die Schultern. Für einen Augenblick fühlte er sich, als wären die beiden wieder ein Teil von ihm.

Es war gerade dunkel geworden, als Nicholas mit Milchpulver für SputNick und einem Monstereimer Chicken Wings inklusive diverser Beilagen für alle anderen zurückkehrte. Eigentlich hätte Nicholas sich denken können, dass sich alle Nicks um die gleichen Beilagen balgen würden, während der Nudelsalat und das gedünstete Gemüse von niemandem angerührt wurden. Nick verabscheute Nudelsalat und gedünstetes Gemüse.

»Was seid ihr nur alle für Kinder«, sagte Caitlin, griff selbst aber ebenfalls zu den beliebteren Beilagen.

SputNick wirkte schon etwas zu groß, um sich allein von Ersatzmilch zu ernähren, und da der EMP den Standmixer in der Küche verschont hatte, kam Nick auf die brillante Idee, das gedünstete Gemüse zu Babynahrung zu verarbeiten. Caitlin erklärte sich bereit, die Operation zu überwachen.

»Das hab ich schon mal für meinen kleinen Cousin gemacht«, erzählte sie. »Man muss ein bisschen Wasser mit reintun und den Mixer auf ›Pürieren‹ stellen.«

»Ich weiß doch, wie man einen Mixer benutzt«, sagte Nick. Doch als Caitlin kurz abgelenkt war, kippte er heimlich einen Schluck Wasser hinein.

»Und übertreib's nicht mit dem Pürieren«, fügte Caitlin hinzu. »Völlig flüssig sollte es nicht sein.«

Ob es nun an Nicks mangelnder Konzentration lag oder daran, dass Caitlin ihm genauestens auf die Finger schaute – Nick schaltete den Mixer vorschnell ein, und so spritzte halb zerkleinertes Gemüse durch die ganze Küche.

»Beim nächsten Mal«, sagte Caitlin, »solltest du vielleicht vorher den Deckel drauftun.«

Ihr sarkastischer Tonfall wäre Nick ziemlich auf die Nerven gegangen, hätten seine Gedanken nicht in diesem Augenblick einen überraschenden Haken geschlagen.

»Da war kein Deckel dabei«, murmelte Nick.

Caitlin griff direkt neben ihm auf die Küchentheke und hielt den Deckel hoch. »Hallo? Und was ist das?«

»Nein«, sagte Nick. »Ich meine einen anderen Mixer …«

Er dachte an den Standmixer, der in Edisons Labor herumstand, an den Kupfermixer, der zu Teslas Apparatur gehörte. Als Nick mit Edison die einzelnen Erfindungen durchgegangen war, hatte er sich nicht genau erinnern können, doch jetzt war er sich sicher: Beim Flohmarkt hatte er den Standmixer ohne Deckel verkauft. Ja, ihm fiel sogar wieder ein, dass er sich damals gefragt hatte, was man mit einem deckellosen Mixer überhaupt anfangen sollte.

Davon erzählte er Caitlin, während sie die Küche putzten und eine frische Portion Gemüsemansch für SputNick zubereiteten.

Caitlin erinnerte sich nicht an den Standmixer – Nick hatte ihn bereits an den Mann gebracht, bevor sie beim Flohmarkt eingetroffen war.

»Aber wenn der Deckel schon auf dem Dachboden gefehlt hat, braucht man ihn für die Maschine vielleicht gar nicht«, folgerte Caitlin.

Doch Nick spürte, dass der Deckel irgendeine Bedeutung hatte. Auch wenn er noch nicht sagen konnte, welche genau.

Als Nickelback von seiner Suche nach Senioren-Nick zurückkehrte, waren vom Abendessen nur noch ein paar abgenagte Hähnchenknochen und der allseits verschmähte Nudelsalat geblieben. Unter Protest schaufelte Nickelback die Reste in sich hinein, pausenlos über die Rücksichtslosigkeit der jüngeren Nicks meckernd.

»Wo ist BeatNick hin?«, fragte Caitlin.

Nickelback zuckte mit den Schultern. »Der Kerl ist dem Ruf des Nachtlebens gefolgt. Er ist über einundzwanzig. Man kann ihm nichts vorschreiben.«

»Irgendeine Spur von St. Nickolaus?«, fragte Nick.

Ein Kopfschütteln. »Nicht mal eine winzige. Und zu lange wollte ich auch nicht draußen bleiben – wenn's dunkel ist, treiben sich in der Innenstadt die zwielichtigsten Gestalten herum. Da bekommt man an dunklen Straßenecken das irrste Zeug angeboten. Ein Landstreicher wollte mir einen sprechenden Mantel verkaufen.«

Kurze Zeit später kehrte auch BeatNick zurück, nachdem ihm der Zutritt zu sämtlichen Clubs verwehrt worden war – er besaß nichts Ausweisartiges, das seine Volljährigkeit belegt hätte, und selbst wenn er hineingekommen wäre, hätte er wie alle Nicks keinen Cent in der Tasche gehabt.

»Das ist so unfair«, grummelte BeatNick, denn vom Abendessen waren nur noch Fett und Plastikbesteck übrig, und so musste er sich ein Diät-Fertiggericht der widerlichsten Sorte aus einer Ecke der weitgehend leer geräumten Speisekammer angeln und in die Mikro schieben. Die größte Herausforderung, die mit Nicks Versiebenfachung einherging, bestand ganz klar darin, alle Mann satt zu kriegen.

»Wenn ich morgen früh wiederkomme, bringe ich euch einen Haufen Essen von zu Hause mit«, versprach Caitlin, die sich gerade zum Gehen fertig machte. »Ich erzähle meinen Eltern einfach, dass wir an der Schule Lebensmittel für Bedürftige sammeln oder so.«

Nick brachte sie zur Tür, und als Caitlin auf der Schwelle stehen blieb, entstand eine unangenehme Pause.

»Ich bin froh, dass du wieder da bist und dass es dir gut geht«, meinte sie. »Also einigermaßen gut.« Kurz lehnte Caitlin sich nach vorne, als wollte sie Nick umarmen, blickte sich dann aber um und ließ es doch bleiben. Hätte sie den einen Nick umarmt, hätte sie auch alle anderen umarmen müssen, und das wäre einfach nur schräg gewesen.

»Bis morgen, ihr alle!«, rief Caitlin, wandte sich ab und schloss die Tür.

Damit waren die Nicks unter sich – was den vierzehnjährigen Nick nervös machte. Den ganzen Nachmittag hatte es ihm davor gegraut, mit sich selbst allein zu sein. Er dachte an den Mann, der das Prisma gekauft hatte, daran, wie kaputt und mutlos er gewesen war. Was für ein Gefühl war es, wenn das ganze Leben als tägliche Endlosschleife an einem vorbeizog? Die falschen Entscheidungen eines ganzen Menschenlebens vor sich zu sehen wie in einer Kristallkugel voller Wehmut und enttäuschter Hoffnung?

»So schlimm ist es auch wieder nicht«, meinte BeatNick mit einem Blick auf Nicholas, der versuchte, SputNick ein Bäuerchen zu entlocken. »Nicholas sieht aus, als wäre er halbwegs in der Spur, und bei Nickelback hat man sogar den Eindruck, er hätte Erfolg im Leben gehabt, auch wenn ich seinen Ansichten nicht zu hundert Prozent zustimmen kann.«

Dagegen konnte Nick wenig einwenden. Aber ihm ging es so ähnlich wie jenen Menschen, die sich auf jedem Foto scheußlich finden: Betrachtet man sich selbst zu genau, sieht man nur noch die vielen kleinen Fehler.

»In dem Haus hier gibt's nur noch zwei andere Zimmer und Vince' Kellerhöhle«, verkündete Nickelback. »Man könnte meinen, da unten riecht's nach Tod und Verwesung, aber es riecht nur nach Vince. Oh doch, das ist ein Unterschied.«

Alle Nicks amüsierten sich über den Scherz – ein merkwürdiger Moment, denn ihr Gelächter klang künstlich, wie das Konservengelächter bei alten Sitcoms, alle johlten gleichzeitig los und hörten gleichzeitig wieder auf. Klar, sie hatten alle denselben Humor. Man konnte ihnen schlecht vorwerfen, dass sie über ihre eigenen Witze lachten.

In den verschiedenen Zimmern, im Keller und auf diversen Sofas fand jeder irgendeinen Schlafplatz. Nick landete auf der Couch im Hobbyraum, einem Ding mit furchtbar rauem, kratzigem Bezug, aber vor Erschöpfung schlief er trotzdem schnell ein.

Bei Sonnenaufgang war Nick augenblicklich hellwach. Er erinnerte sich an keine Träume. Vielleicht mussten sich die sieben Nicks auch ihre Träume teilen – und 14,29 Prozent waren einfach zu wenig, um im Gedächtnis hängen zu bleiben.

Als Erstes sah Nick nach den anderen. Im Schlafzimmer von Vince' Mom hatte das Baby an Nicholas' Seite die Nacht durchgeschlafen, und es schlief immer noch; Nickelback schnarchte im Gästezimmer; Nicky war im Lauf der Nacht vom Zweiersofa im Wohnzimmer gepurzelt und schlummerte nun unter seiner zerknäulten Decke auf dem Teppich; und BeatNick fläzte im Keller auf Vince' Bett, offensichtlich noch weit entfernt davon, das Bewusstsein wiederzuerlangen.

Bald würden sie alle aufwachen, allgemeine Hektik würde ausbrechen, und die Last der vielen Fragen und Entscheidungen, die Nick zu bewältigen hatte, würde sich mit Karacho auf seine Schultern werfen.

War Nick ein Verräter, weil er Edisons Sichtweise nachvollziehen konnte? Oder dachte er bloß praktisch?

Wäre es eine edle Tat, sich wieder Caitlins Kampf gegen die Accelerati anzuschließen, oder wäre es töricht, weil die Zukunft der Erde – und die seines Vaters und Bruders – von Nicks Mitarbeit an der Maschine abhing?

Und sollte er tatsächlich zu Edison zurückkehren, um die Welt zu retten, könnte er die Accelerati dann wirklich von innen her verändern?

Zu diesen Fragen hatte jede Nick-Version eine eigene Meinung und Nick selbst zerrte es zwischen all diesen Polen hin und her.

Aber in einer Sache, das wurde Nick in diesem Moment bewusst, konnte er handeln. Einen wichtigen Schritt konnte er machen. Und dazu musste er einer bestimmten Frage auf den Grund gehen …

25. Denk nicht mal dran ...

Nick schnappte sich das klobige Teslafon, ging damit ins Badezimmer und schloss sich ein. Der eigentliche Meister der Zahlen und Geheimcodes mochte Zak sein, aber auch Nick war eine Art Genie – da waren sich jedenfalls verschiedene Intelligenztests und Thomas Edison einig. Nick nahm die vielen Ringe rund um die Wählscheibe unter die Lupe und versuchte, ihre Bedienung zu entschlüsseln.

Bei ihren beiden bisherigen Anrufen hatte sich Tesla jeweils in seinem Laboratorium aufgehalten, die Tageszeit war also korrekt justiert. Der nächstgrößere Ring war nicht mit Zahlen gekennzeichnet, nur mit Kerben. Ein paar Hundert Kerben. Vielleicht 365 Kerben? Der endgültige Beweis war eine einzelne Kerbe, die als gestrichelte Linie dargestellt war – das musste Nummer 366 sein! Die gestrichelte Linie stand für den 29. Februar der Schaltjahre! Diesen Ring hatte Zak um eine Kerbe nach rechts gedreht.

Nick stellte den Ring zunächst auf den 29. Februar und klickte ihn dann im Uhrzeigersinn um zehn Kerben weiter, zum 10. März. Seine Hand wanderte zum äußersten Ring, der für die Jahre zuständig war, und drehte diesen um zwei Kerben nach rechts. Noch eine Kerbe weiter, und er hätte sich ziemlich sicher mit Eismann Boris unterhalten müssen.

Danach steckte Nick den Finger ins Fingerloch und wählte. Wie jedes Mal wurde er mit einer retromäßigen Telefonistin verbunden, die ihn wiederum zu Teslas Labor durchstellte, wo der Hörer diesmal erst nach dem fünften Läuten abgehoben wurde.

»*Da*«, sagte die Männerstimme. »Hier spricht Tesla.«

Nick räusperte sich. »Mr Tesla, in drei Tagen wird bei Ihnen ein Feuer ausbrechen. Ihr Laboratorium wird vollständig niederbrennen und Ihre ganze Arbeit wird verloren gehen.«

»Was sagen Sie da?« Tesla klang einerseits entsetzt, andererseits fuchsteufelswild. »Wollen Sie mir drohen? Wer spricht da? Für wen arbeiten Sie?«

Diese Fragen überhörte Nick. Nach den bisherigen Telefonaten hatte er schon mit einer solchen Reaktion gerechnet. »Ihr Laboratorium wird niederbrennen. Das weiß ich, weil ich aus der Zukunft anrufe. Wie ich Ihnen auch schon bei meinem Anruf vor zwei Jahren erklärt hatte.«

»Das ist ja unerhört!«, wütete Tesla. »Ich werde euch Halunken ausfindig machen und euch mitsamt eurem Auftraggeber ins Gefängnis werfen lassen!«

»Sie müssen Ihre Erfindungen und Aufzeichnungen in Sicherheit bringen«, ermahnte Nick ihn. »Sie müssen alles aus dem Laboratorium schaffen, bevor das Feuer ausbricht.«

»Ich lasse mich nicht einschüchtern!«, schrie Tesla.

Aber Nick blieb cool. »Noch was anderes. Am 8. November wird ein Kerl namens Wilhelm Conrad Röntgen beweisen, dass die merkwürdige Strahlung, die Sie entdeckt haben, wirklich existiert. Man wird sie Röntgenstrahlung nennen. Vielleicht glauben Sie mir dann?«

Nach diesen Worten legte Nick auf.

Im Hobbyraum stand ein Computer. Das Teslafon in der Hand, verließ Nick das Badezimmer und ging ins Internet, um zu überprüfen, ob er erfolgreich in den Lauf der Geschichte eingegriffen hatte. Er hatte sämtliche Artikel über Tesla gelesen, er wusste alles über den Erfinder. Sollte sein Anruf etwas bewirkt haben, müsste es ihm sofort auffallen.

Enttäuscht stellte er fest, dass sich die alten Zeitungsartikel über das Feuer keinen Deut verändert hatten: Bei dem Brand war alles verloren gegangen. Nick hatte null Komma nichts bewirkt. Er hämmerte die Faust auf den Tisch und stieß seinen Stuhl zurück – gegen die Oberschenkel von Nicholas, der unbemerkt hinter ihm aufgetaucht war.

»Du hast ihn angerufen, was?«, fragte Nicholas.

»Kann schon sein«, antwortete Nick.

Nicholas lächelte. »Nix da *Kann schon sein*. Ich kenne dich zu gut. Nach dem Aufwachen kam mir selber die Idee, ihn vor dem Brand zu warnen. Du warst nur schneller.«

Nick zuckte mit den Schultern. »Hat sowieso nichts gebracht. Hat sich nichts verändert.«

»Dann hatte Petula wohl recht: Was schon passiert ist, kann man nicht mehr ändern«, meinte Nicholas und verabschiedete sich, um SputNick ein Fläschchen zu machen.

Einen Moment lang rätselte Nick, was Nicholas damit gemeint haben könnte, bis ihm wieder die Sache mit der Boxkamera einfiel. Ein paar Monate zuvor war Petula in heller Aufregung angerannt gekommen – sie hatte ein Foto der Zukunft geschossen und wusste deshalb, dass in Nicks Haus ein Mensch sterben würde, und zwar schon in wenigen Minuten. Aber statt zu versuchen, den Schicksalsschlag zu verhindern, wollte sie Nick aus dem Haus schaffen, damit es einen anderen treffen würde. Dieser andere war Vince.

Damals hatte Nick eine Riesenwut auf Petula gehabt. Von seinem Standpunkt aus hatte sie Vince auf dem Gewissen, weil sie nichts getan hatte, um seinen Tod aufzuhalten. Nur wegen Petula musste Vince sich seitdem mit der Tesla-Batterie am Leben halten.

Doch vielleicht war Petulas Sicht der Dinge richtig gewesen. So gerne Nick ihr die Schuld geben wollte und so schwer es ihm fiel, seinen Irrtum zuzugeben, vielleicht hatte Petula das große Ganze am deutlichsten gesehen.

Was geschieht, geschieht.

Man konnte die Geschehnisse nur so weit beeinflussen, wie es nichts am bekannten Resultat änderte. Tatsache war: Irgendjemand musste in Nicks Haus sterben. Tatsache war auch: Teslas Laboratorium musste niederbrennen.

Aber trotzdem. War damit wirklich schon bewiesen, dass Petula richtig lag? Oder konnte man die Vergangenheit doch verändern? Am Ende sogar ein bestimmtes Ereignis verhindern? Musste Nick sich eventuell bloß mehr Mühe geben? Er wünschte sich nichts sehnlicher, denn dann …

Die Augen auf das Teslafon gerichtet, hing Nick gefährlichen Gedanken nach.

Da schreckte ihn eine Stimme von der Tür auf. »Denk nicht mal dran«, sagte BeatNick.

»Keine Ahnung, was du meinst«, erwiderte Nick. Aber er wusste so gut wie BeatNick, dass ihnen beiden dasselbe durch den Kopf ging. Bei diesem Thema tickten alle Nicks genau gleich.

Colorado Springs quoll über vor Accelerati, und alle machten sie Jagd auf Nick. Der Original-Nick wusste also, dass er sich gut versteckt halten musste, die anderen Nicks hatten aber mehr Bewegungsfreiheit. Nach ihnen hielt niemand Ausschau, niemand wusste auch nur von ihrer Existenz.

Als Mitch und Zak auf dem Weg zum Computerraum der Universität vorbeikamen, fragte BeatNick, ob er sie begleiten könne. Auf diese Weise wollte er wenigstens einen winzigen Teil des Unilebens nachholen, das er seinem Gefühl nach verpasst hatte.

Caitlin brachte wie versprochen Lebensmittel vorbei, musste aber gleich wieder weiter. »Ob du's glaubst oder nicht, ich habe jetzt Mathe-Abschlussprüfung«, sagte sie zu Nick. »Schätze, das Leben geht irgendwie immer weiter. Dabei würde ich gerade am liebsten die Pausetaste drücken.«

Dann brach Nickelback auf, fest entschlossen, den alten St. Nickolaus zu finden. »Ich klappere die Suppenküchen und Krankenhäuser ab«, meinte er und rieb sich reflexartig die kleine Narbe an seiner Stirn, die dank seiner ausgedünnten Haarpracht deutlich zu sehen war. Diese Narbe trugen alle Nicks seit ihrem ersten Tag in Colorado Springs, als Nick den Tesla-Toaster auf den Kopf bekommen hatte. Nur der Säugling und der kleine Nicky hatten noch eine makellose Stirn.

Jetzt waren nur noch vier Nicks im Haus.

»Ihr müsst hier nicht alle rumhängen«, sagte Nick zu den anderen und schlug Nicholas vor, mit SputNick und Nicky in den Park zu gehen, was Nicky zu begeisterten Luftsprüngen veranlasste.

Nicholas sah Nick auffällig lange in die Augen. »Okay«, meinte er. »Wir werden eine gute Stunde unterwegs sein. Das sollte reichen.«

»Reichen wofür?«, stellte Nick sich dumm. Aber Nicholas wusste, was er vorhatte, natürlich wusste er es.

»Mach was draus«, sagte Nicholas zum Abschied und verließ mit SputNick und Nicky das Haus.

Volle fünf Minuten stand Nick in der Mitte des Wohnzimmers. Und als er sich dann endlich zwingen konnte, einen Fuß vor den anderen zu setzen, fühlte er sich, als trage er das Gewicht der ganzen Welt auf den Schultern, der Vergangenheit, Gegenwart und Zukunft. In erster Linie der Vergangenheit.

Nick ging in den Hobbyraum, wo das Teslafon stand, wo es auf ihn wartete, auf ihn und diesen einen unausweichlichen Moment. Nick kam es vor, als wäre das Teslafon sein Feind – und auch sein Freund. Nicht das eine oder das andere, sondern beides zugleich.

Langsam und sorgfältig justierte er die Ringe um die Wählscheibe, wozu er diesmal an jedem einzelnen Ring drehen musste. Auch an den Ringen für die Telefonnummer.

Nick atmete fünfmal tief durch, wie ein Tiefseetaucher vor dem Sprung ins Wasser, steckte den Finger in das Fingerloch und wählte.

Beim dritten Läuten wurde am anderen Ende der Hörer abgenommen.

»Hallo?«

Was treibt die größten Geister dieser Welt an? Zu gerne würde man glauben, sie verfolgten stets edle und selbstlose Ziele, sie strebten nach Weisheit um der Weisheit willen. Doch auch die brillantesten Denker tragen in der Mehrzahl die gleichen Wünsche im Herzen wie jeder andere. Etwa den Wunsch nach Ruhm, vielleicht auch nur den Wunsch, den Pausenhoftyrannen aller Jahrhunderte zu beweisen, dass die Intelligenz mächtiger ist als die Muskelkraft. Manche motiviert ein hässliches Gefühl wie die Gier, andere ein wunderschönes wie die Liebe.

Und wieder andere werden vielleicht von der ewig unerfüllten Sehnsucht angetrieben, etwas – oder jemanden – den stürmischen Wassern der Zeit zu entreißen, die so vieles auf Nimmerwiedersehen verschlingen.

»Hi, Mom«, sprach Nick in die Telefonleitung, die sich gerade fast fünf Monate tief in die Vergangenheit gebohrt hatte.

»Nicky?«, sagte sie. »Hier steht, dass deine Nummer unterdrückt ist … rufst du von einem anderen Telefon an?«

»Hab mir das Handy von einem Kumpel ausgeborgt«, antwortete Nick ganz ruhig, auch wenn er sich fühlte, als würde ihm jeden Moment das Herz zerfließen. Das Herz und alle anderen inneren Organe.

»Was ist denn?«, fragte seine Mom. »War das Training früher aus? Soll ich dich abholen?«

»Nein. Nein, musst du nicht. Es ... es geht um was anderes. Ich muss mit dir reden.«

»Ist alles in Ordnung mit dir?«, fragte Nicks Mom. »Du klingst so komisch.«

»Alles okay. Aber ich muss dir ... ich ...«

»Heute Abend gibt's was ganz Besonderes!«, schnitt sie ihm das Wort ab. »Ein Überraschungsessen!«

Nick spürte, wie sich seine Augen mit Tränen füllten. »Mit Parmesan überbackene Auberginen«, sagte er.

»Woher weißt du das?«

An diesen Tag erinnerte Nick sich. Sogar an dieses Abendessen. Er wusste noch, wie hungrig er gewesen war und wie er sich in der Hektik an einer Riesengabel glühend heißer Käseaubergine die Zunge verbrannt hatte.

»Hör mir zu, Mom. Dieses Wochenende wird etwas Schlimmes passieren. Etwas sehr Schlimmes.«

»Schatz, die Verbindung wackelt ein bisschen. Was ist mit diesem Wochenende?«

»Ich wollte dir sagen, dass etwas Schlimm-«

»Sekunde mal«, meinte seine Mom. Nick hörte, wie sie Danny mit lauter Stimme aufforderte, »da runter« zu kommen, bevor er sich noch das Genick brach. Wo auch immer »da oben« war.

Kurz darauf war Nicks Mom wieder am Telefon und lauschte aufmerksam. Hörte ihm zu.

Aber Nick schwieg.

»Bist du noch dran, Schatz?«

Nick schwieg weiter.

»Schatz?«

»Ich bin noch dran«, antwortete Nick endlich.

»Kannst du heute bei irgendwem mitfahren oder soll ich dich abholen?«

»Hol mich ab. Zur gleichen Uhrzeit wie immer.«

»Okay«, sagte sie. »Dann mach ich mal mit dem Abendessen weiter, damit es auch pünktlich fertig wird.«

»Mom?«

»Ja?«

»Mom?«, wiederholte Nick.

»Was ist denn, Schatz?«

Nick brachte die Worte kaum über die Lippen. Seine Kehle schnürte sich zusammen wie ein Wurmloch durch die Zeit, das sich unwiderruflich schloss.

»Ich hab dich lieb, Mom.«

»Oooch, Nicky«, sagte sie. »Ich hab dich auch lieb.«

Sein Flüstern war schon fast nicht mehr zu hören. »Mach's gut.« Dann legte er auf.

Nick saß vor dem Telefon und ließ seinen Tränen freien Lauf, machte sich nicht mal die Mühe, sie wegzuwischen. Er hätte seine Mom vor dem Feuer warnen können, doch sie hätte ihm genauso wenig geglaubt wie Tesla. Er hätte ihr erklären können, dass er aus der Zukunft anrief – aber dann hätte sie ihm erst recht nicht geglaubt. Kein Wort aus seinem Mund konnte die Geschehnisse aufhalten. Das wusste er jetzt ohne jeden Zweifel.

Denn er erinnerte sich an diesen Tag. Er erinnerte sich an alles. Nicht nur daran, wie er nach Hause gekommen war und sich beim Abendessen die Zunge verbrannt hatte. Auch daran, dass seine Mom seinen Telefonanruf erwähnt hatte, obwohl er sie an diesem Tag natürlich gar nicht angerufen hatte. Aber seine Mom hatte sich nicht davon abbringen lassen, und irgendwann hatte Nick einfach mit den Schultern gezuckt und sich gesagt, dass seine Mom heute wohl ein bisschen merkwürdig drauf war, wie Moms eben manchmal so sind. Jetzt kannte er die Wahrheit.

Diesen Anruf hatte seine Mom gemeint. Der Anruf war schon immer Bestandteil der Vergangenheit gewesen – was bedeutete, dass die verfluchte Petula am Ende doch recht behielt: Was geschieht, geschieht. Man konnte es nicht ändern. Man konnte nur zu einem Teil dessen werden, was schon immer passiert war. Nicks Anruf konnte das Feuer nicht abwenden. Er konnte sein Zuhause nicht retten. Seine Mom nicht retten. Egal, was Nick zu ihr gesagt hätte, es hätte nichts bewirkt. Und wenn er gebrüllt und geschrien hätte, es wäre sinnlos gewesen.

Trotz alledem wurde Nick das Gefühl nicht los, dass er etwas übersehen hatte. Dass ihm irgendetwas entgangen war.

Da war jemand hinter ihr.

Diese ganzen Gedanken überforderten Nick. Sie taten ihm zu sehr weh. Im Augenblick konnte Nick nur trauern, die Arme um seinen Oberkörper schlingen und sich vor und zurück wiegen, innerlich umhergeschleudert zwischen Kummer und Wut, Selbstmitleid und noch mehr Wut. Nick war nur noch ein Siebtel seines alten Ichs, doch er spürte die Gefühle aller sieben Nicks und weinte, bis ihm irgendwann die Tränen ausgingen. Dann wischte er sich über die Augen, stand auf und nahm den Tag in Angriff, richtete seine ganze Konzentration auf die Aufgaben, die vor ihm lagen.

Jetzt wusste er, was er zu tun hatte. Er hatte keine Zeit, noch länger hin und her zu überlegen.

Als Nicholas mit den beiden jüngeren Versionen seiner selbst zurückkehrte, bemerkte er offenbar Nicks gerötete Augen. »Alles klar mit dir?«, fragte Nicholas.

Nick nickte.

»Es hat nicht geklappt, was?«

Nick schüttelte den Kopf.

Da verkündete der kleine Nicky, dass er Hunger habe, und die versammelten Nicks versuchten, die trübe Stimmung mit ein bisschen Junkfood aufzuhellen. Viel brachte es nicht, aber es war besser als nichts.

»Ich gehe zurück zu Edison«, sagte Nick zu Caitlin, als diese am frühen Nachmittag vorbeikam. »Ich bringe ihm das Prisma und baue die Maschine für ihn zusammen.«

Caitlin verschränkte die Arme und sah ihn an. Es war kein feindseliges Starren, bloß ein eindringlicher Blick. Als hätte sie geglaubt, Nick zu kennen, und jetzt feststellen müssen, dass sie sich in ihm geirrt hatte. »Du willst es dir wahrscheinlich nicht noch mal überlegen?«

»Nein«, erwiderte Nick. »Solange ich hier bin, seid ihr alle in Gefahr. Außerdem müssen wir den Asteroiden entladen. Das kriegen wir auch ohne den Globus hin, wie letztes Mal auf dem Dachboden – es wird nicht besonders elegant, aber es wird klappen. Und ohne den Globus wird Edison nie viel aus der Maschine herausholen können.«

»Und wenn sie den Globus finden?«

Nick atmete tief ein. »Sollten sie ihn finden, werden wir schon irgendwie mit ihnen fertig.«

Er hatte gedacht, Caitlin würde ihm lautstark widersprechen. Oder ihm die Prismaröhre aus den Händen reißen und damit davonlaufen. Aber sie tat nichts davon.

Caitlin sagte bloß: »Warte noch eine Stunde.«

»Wieso?«

»Da musst du mir einfach vertrauen. Aber ich verspreche dir, dass ich dich nicht davon abhalten werde, zu Edison zurückzukehren.«

Nick dachte darüber nach. Ja, er vertraute Caitlin, selbst wenn es sie im Moment in entgegengesetzte Richtungen zog. Hätte er Caitlin nicht mehr vertrauen können, hätte er alles verloren gehabt.

»Okay«, antwortete Nick. »Eine Stunde.«

Ohne weitere Worte verschwand Caitlin.

Exakt eine Stunde später verabschiedete Nick sich per Handschlag von Nicholas, umarmte den kleinen Nicky und küsste SputNick auf die Wange. »Wir sehen uns bestimmt alle wieder«, sagte er zu seinen anderen Ichs, bevor er aus der Haustür marschierte und sich auf den Weg machte zum ehrbaren Orden der Accelerati.

26. Die Gravitation des Dampfplauderriesen

Rechnerisch gesehen war Caitlin nur ein Siebtel ihres Freundes Nick abhandengekommen, doch sie fühlte sich, als hätte sie viel mehr verloren. Dieses eine Siebtel war ihr vertraut, und auch wenn sie es nie offen zugegeben hätte, die anderen Nicks machten sie nervös. Sie sprachen mit Caitlin, als würden sie sie kennen, aber Caitlin kannte sie nicht, nicht so richtig. Noch schlimmer war, dass sie ihr vorkamen wie Gespenster aus Nicks Zukunft und Vergangenheit. Vor den Nicks versuchte Caitlin natürlich, ihre Unruhe zu verbergen, was ihr aber wohl nicht besonders gut gelang. Andererseits machte sie die Nicks wahrscheinlich auch verlegen – und mit dieser Erkenntnis, dass die Situation bestimmt für alle Seiten unangenehm war, wurde es etwas leichter. Sie saßen alle im selben Boot. Nur trieb dieses Boot gerade aufs offene Meer hinaus, und Tesla hatte leider vergessen, es mit Rudern auszustatten.

War Thomas Edison wirklich noch am Leben, wie Nick behauptet hatte? Falls ja, musste Caitlin sich fragen, was der Erfinder ihm für Märchen erzählt hatte. Wie war es ihm gelungen, Nick davon zu überzeugen, dass er sich zum Wohl aller mit ihm verbünden musste? Wie konnte Nick glauben, dass er bei den Accelerati auf irgendeine Weise glücklich werden könnte? Die Accelerati verfolgten seit über einhundert Jahren mehr oder weniger dieselbe Strategie. Dachte Nick wirklich, er könnte sie in eine neue Richtung lenken? Oder redete er sich das bloß ein, damit ihm die Rückkehr leichter fiel?

Wie auch immer, eines wurde Caitlin schnell klar: Sollte sie nicht rasch handeln, würden sie und die anderen auf dem Abstellgleis landen. Nick glaubte, er müsste sie beschützen, und vielleicht war das gar nicht so weit hergeholt. Doch sie hatten diesen Kampf als Team aufgenommen und im Team über einen Gegner triumphiert, der sie wie Fliegen hätte zerquetschen müssen. Caitlin musste weiter darauf setzen, dass Aristoteles' Weisheit auch für ihr Team galt: Das Ganze ist größer als die Summe seiner Teile. Vielleicht galt dieser Satz auch für Nick selbst.

Edison war wie ein glühend heißer Himmelskörper, und Nick war wie Ikarus, dessen Schwingen jederzeit in Flammen aufgehen könnten. Caitlin selbst war noch weit entfernt vom zerstörerischen Sog dieser Sonne, doch auch in deren weiterer Umlaufbahn lauerten noch genügend Gefahren. Sie erinnerte sich, dass Raumsonden auf ihrem Weg ins tiefe All die immense Gravitation ferner Planeten nutzen, etwa von Gasriesen, um sich mit Schwung auf einen neuen Kurs zu schleudern …

Und das brachte Caitlin auf eine Idee.

Es wäre ein heikles Manöver. Der Planet, den sie im Sinn hatte, war weniger Gasriese als Dampfplauderriese, aber deswegen nicht minder gefährlich. Aber sollte es funktionieren, würde sie auf eine vielversprechende Flugbahn gelangen.

»Warte noch eine Stunde«, hatte sie zu Nick gesagt. Danach ging Caitlin zügig nach Hause, kramte die Teebeutel hervor, die sie Zaks Mutter abgeluchst hatte, und kochte sich eine leckere Kanne OoLongLife.

Bei Caitlins Eintreffen war Jorgenson gerade am Putzen. Er hatte die dritte Mittagsschicht hinter sich.

Es wäre schon pure Folter gewesen, diesen undankbaren Menschenmaden eine einzige Runde Mittagsmenüs zu servieren, aber Jorgenson musste sogar drei Schichten hintereinander absolvieren, weil die Mensa die Schülerhorden nicht auf einmal fassen konnte. Eine ganz eigene Definition der Hölle.

Die anderen Angestellten der Schulgastronomie machten einen weiten Bogen um Jorgenson und hüteten sich davor, mit ihm zu sprechen. Ein Zustand, den Jorgenson natürlich mit voller Absicht herbeigeführt hatte – nur um mit der Zeit festzustellen, dass ihm seine Isolation stärker zu schaffen machte als erwartet. Es lebte sich nicht leicht als einsame Halogenlampe in einer Kiste voller Energiesparfunzeln.

Und um der Katastrophentorte das Sahnehäubchen aufzusetzen, nahte nun auch noch Caitlin Westfield.

»Mittagessen ist vorbei«, blaffte Jorgenson sie an und schabte die letzten Rückstände einer wahrhaft ungenießbaren Lasagne aus der Warmhalteschale.

»Ich will nichts zu essen«, sagte Caitlin. »Ich will mit Ihnen reden.«

»Im gesamten Spektrum von Raum und Zeit existiert keine Realität, in der wir beide uns irgendetwas zu sagen hätten«, entgegnete Jorgenson.

Caitlin hob die Augenbrauen, zog sie wirklich übertrieben weit nach oben. Wollte sie ihn am Ende lächerlich machen? »Sie klingen ein bisschen verbittert. Vielleicht kann ich Ihnen weiterhelfen.«

Jorgenson brach in wieherndes Gelächter aus. Was für ein irrsinniger Gedanke, dass dieses Mädchen ihm irgendwie nützlich sein könnte! Oder dass sie ihm – in Anbetracht ihrer bisherigen Begegnungen – freundlich gesonnen sein sollte! Was führte sie bloß im Schilde?

In den letzten Tagen waren Jorgensons Pläne zur Vernichtung Evangeline Plancks keinen Schritt vorangekommen. Er hatte sogar seinen einzigen Komplizen Theo verlegt, eingesperrt hinter dem Reißverschluss eines Mantels, der unglücklicherweise nicht mehr aufzufinden war. Sobald Jorgenson sein Missgeschick bemerkt hatte, war er zurück in den Park geeilt, aber da war der Mantel selbstverständlich bereits verschwunden gewesen.

Sollte er schon so tief gesunken sein, die Almosen dieses Mädchens anzunehmen, seiner erklärten Feindin? Doch aus einer anderen Perspektive betrachtet, gehörte auch sie glasklar zur Anti-Planck-Fraktion – und waren manche nicht der Meinung, der Feind des eigenen Feindes sei ein Freund? Alan Jorgenson hatte sich diese Ansicht allerdings nie zu eigen gemacht, in seinen Augen war der Feind seines Feindes ein Feind im Quadrat. Deshalb begegnete er Caitlin Westfield interessiert, aber auch zutiefst misstrauisch.

»Wie willst du mir bitteschön weiterhelfen?«, fragte er. »Und wieso?«

»Ich kann Ihnen Informationen anbieten«, erwiderte Caitlin. »Informationen, mit denen Sie wichtige Punkte bei Edison sammeln können.«

Jorgenson horchte auf. Dass sie Edison erwähnte, konnte nur bedeuten, dass sie mit Nick Slate gesprochen und Nick Slate ihr von dem alten Herrn erzählt hatte – was den alten Herrn zweifellos zur Weißglut bringen würde. Und die Schuld daran würde er allein Planck geben, da Nick in Plancks Verantwortungsbereich gehörte! Schon sah die Welt etwas freundlicher aus, wer hätte das gedacht!

»Und was hättest du gerne für diese Informationen? Wie wär's mit ein paar patentierten Accelerati-Prototypen?«, schlug Jorgenson vor. »Ein Traumfänger, der nahendes Unheil vorhersagen kann? Oder vielleicht ein Webstuhl, der die Ohrbehaarung von Schweinen zu Seide spinnt?«

»Nichts dergleichen. Ich will einen fairen Handel«, erwiderte Caitlin ruhig und überlegt. »Information gegen Information.«

Jorgenson blickte sich um. Die Mensa war leer, weder an der Theke noch bei den Sitzplätzen lungerte noch jemand herum. »Du zuerst. Sollten deine Informationen tatsächlich von Interesse sein, darfst du mir eine Frage stellen, die ich wahrheitsgetreu beantworten werde.«

Natürlich hegte Jorgenson keinerlei Absichten, sein Versprechen einzuhalten. Wahrheitsgetreue Antworten gingen gegen seine Natur, besonders im Umgang mit Nick Slates Freunden.

Aber das Mädchen zauberte eine Thermosflasche hervor. »Wir werden beide brav die Wahrheit sagen.« Sie griff sich zwei Pappbecher von der Theke und schenkte sich und Jorgenson einen Tee ein, der ein erfrischendes, wohlvertrautes Aroma verströmte.

»OoLongLife«, sagte Jorgenson, leicht beeindruckt und auch verstört von Caitlin Westfields Einfallsreichtum.

»Vor zwei Monaten haben Sie mich zu einer netten Teestunde eingeladen«, meinte sie ganz unschuldig. »Wird Zeit, dass ich mich revanchiere.«

Jorgenson zögerte. Als Caitlin den Becher hochhielt, griff er vorerst nicht zu. Der eigens von den Accelerati entwickelte Tee brachte nicht nur eine erhöhte Klarheit des Denkens und eine leicht verlängerte Lebensspanne mit sich, er hatte überdies die einzigartige Nebenwirkung, den Trinkenden zu bedingungsloser Ehrlichkeit zu nötigen, ein wundervolles Werkzeug zur Durchführung effektiver Verhöre. Doch gemeinsam mit Caitlin Westfield davon zu trinken, kam einer riskanten Schachpartie gleich, und letztes Mal war das Spiel in einem ärgerlichen Patt geendet. Könnte es dieses Mal zu Jorgensons Gunsten verlaufen?

»Welcher Art sind die Informationen, die du mir anbietest?«, fragte Jorgenson.

Caitlin antwortete ohne Verzögerung. »Ich kann Ihnen sagen, wo Nick ist und was er vorhat. Ich könnt's Ihnen auch gleich sagen, aber Sie würden mir nicht glauben. Wenn wir den Tee trinken, wissen Sie, dass ich die Wahrheit sage.«

Jorgenson nahm den Teebecher entgegen. »Also gut.«

Das Mädchen und er prosteten einander zu.

»Runter damit«, sagte Caitlin.

Sie tranken. Der Tee war schön warm, aber nicht zu heiß, sodass man ihn in wenigen Schlucken in die Kehle kippen konnte.

Binnen Sekunden schwang sich Jorgensons inneres Wohlbefinden in ungeahnte Höhen auf, und er erinnerte sich, wo er vor zwanzig Jahren seinen Autoschlüssel verlegt hatte. Es war so weit.

»Nun denn«, fing er an. »Du willst Nick Slate also in den Rücken fallen?«

»Nein«, antwortete Caitlin verträumt. »Für Nick spielt es keine Rolle, ob Sie von seinen Plänen wissen oder nicht … aber für Sie kann es eine große Rolle spielen.«

»Er weiß, dass du hier bist und mit mir sprichst?«

»Das habe ich nicht gesagt.«

Das Mädchen sprach in Rätseln.

»Also, wo ist Nick Slate?«, fragte Jorgenson. »Und was hat er vor?«

Caitlin sah nicht aus, als unternähme sie irgendeinen Versuch der Täuschung. »Nick wird sich sehr bald freiwillig stellen. Er will zurück zu Edison. Er will die Maschine für Edison zusammenbauen.«

Da blieb Jorgenson doch tatsächlich die Spucke weg.

»Und sollten Sie Edison als Erster darüber informieren«, fuhr Caitlin fort, »können Sie die Lorbeeren dafür einheimsen. Sie behaupten einfach, Sie hätten Nick zur Rückkehr überredet. Dafür wird Edison Sie zwar nicht gleich zum Großen Acceleratus befördern, aber vielleicht nimmt er Sie wieder in seinen engeren Kreis auf … oder rettet Sie zumindest aus der Schulmensa.«

Jedes Wort davon entsprach der Wahrheit, das wusste Jorgenson. Könnte er sich mit Nick Slates Rückkehr brüsten, hätte sein Schmoren in diesem Höllenpfuhl ein Ende! Nie wieder müsste er den pubertierenden Massen von Colorado Springs ihren Mittagsschleim auf die Teller klatschen, ja, vielleicht dürfte er sogar zurück an die Universität … darüber würde Planck sich regelrecht schwarzärgern!

»Jetzt bin ich dran«, sagte Caitlin. »Ich will wissen, was die Accelerati vorhaben. Was sind Ihre nächsten Pläne?«

Jorgenson wollte sich unwissend stellen, doch aus seinen Lippen drang bloß ein Stottern. Er wollte dem Mädchen weismachen, die Accelerati gingen außerhalb von Colorado keinerlei Aktivitäten nach, aber aus seinem Mund floss nur ein bisschen Speichel. Der Tee hatte lange gezogen und wirkte intensiv. Er konnte Caitlin nicht mit einer Lüge abspeisen. Er musste wahrheitsgetreu antworten.

»Sie ...«, hob er an und räusperte sich. »Wir ... wir haben mit dem Bau des bedeutendsten Projekts begonnen, an das wir uns jemals herangewagt haben. Die Accelerati haben ein Stück Land in Shoreham, New York, erworben«, sagte er, »um dort den Wardenclyffe Tower wiederaufzubauen.«

Der Wardenclyffe Tower hätte Teslas Erfinderkarriere krönen sollen. Mit diesem Turm wollte er sich seinen Lebenstraum erfüllen: die Welt gratis mit drahtlos übertragenem Strom zu versorgen. Doch für manche hat das Wort *gratis* einen gefährlichen Beiklang. Es jagt nicht nur dem einfachen Kioskbesitzer von nebenan Angst und Schrecken ein, es kann auch Aktienkurse zum Absturz bringen und sehr reiche Menschen sehr schnell in sehr arme Menschen verwandeln.

Tesla machte sich nichts aus Geld, er stand über den Verlockungen des schnöden Mammons. Er wollte die Welt mit seiner Erfindung beschenken. Doch jene, die das Kapital zur Verwirklichung seiner Pläne aufgebracht hatten, verteilten keine Geschenke. Sie wollten selbst reich beschenkt werden, vorzugsweise mit Barem.

Im Jahr 1901 hätte ein Turm, der die Menschheit kostenlos mit Strom versorgte, zugleich die Taschen der reichsten Männer der Welt durchlöchert. Wäre der Turm in Betrieb gegangen, wäre ihr Vermögen ins Nichts gerieselt.

Statt Tesla zu ermöglichen, sein Versprechen in die Tat umzusetzen, ließen sie den Turm deswegen abreißen und verscherbelten die Einzelteile an Schrotthändler. Elektrischer Strom kostete weiterhin teures Geld, mächtige Geschäftsleute verdienten sich weiterhin eine goldene Nase, und in den Firmennamen praktisch aller Stromversorger tauchte nicht Teslas Name auf, sondern Edisons.

Doch den Geldgebern, die vor so vielen Jahren den Wardenclyffe Tower zu Fall gebracht hatten, hatte es an Weitsicht gemangelt. Das erkannte nun auch Edison. Er hatte begriffen, dass die weltweite, drahtlose Übertragung von elektrischem Strom das Leben auf Erden tief greifend verändern würde.

Und müsste dieser Strom wirklich kostenlos sein? Nicht unbedingt, solange die Übertragung von einem einzigen Wissenschaftlerbündnis gesteuert wurde, das sich notfalls sogar darauf verstand, Schweineohren zu Seidenhandtäschchen zu verarbeiten. Mit einem größeren, verbesserten Wardenclyffe Tower besäßen Edison und die Accelerati die Kontrolle über die zentrale Energiequelle der Erde.

Faktisch die Kontrolle über die Erde selbst.

27. Die verschiedenen Enden der Welt

Hätte Vince wenigstens schlafen können, wäre ihm seine Gefangenschaft in Schottland nicht gar so langweilig geworden.

Der Fischer und die Frau, deren ehemaliges Haus seit einiger Zeit am Grund von Loch Ness ruhte, hatten ihm den Globus abgenommen und Vince in ihr hinterstes Zimmer eingesperrt. Als unerfahrene Kriminelle hatten sie sich nicht anders zu helfen gewusst.

Sie konnten Vince schlecht laufen lassen, müssten sie doch befürchten, dass er aller Welt von ihrem Überfall erzählen würde. Sie konnten Vince nicht töten, weil sie einfach keine Mörder waren. Bis sie irgendeinen Plan ausgeheckt hätten, musste deshalb das hinterste Zimmer herhalten.

Mit Knoten kannte man sich als Fischer natürlich aus. Das Seil um Vince' Handgelenke schmerzte nicht, saß aber bombenfest. Ohne fremde Hilfe könnte er sich niemals davon befreien.

Mehrmals am Tag sahen die beiden nach Vince, brachten ihm etwas zu essen und ließen ihn freundlicherweise sogar ab und an auf die Toilette gehen.

»Dieser Eumel in deinem Rucksack ist so was Ähnliches wie der Globus, aye?«, fragte der Fischer bei einer seiner Stippvisiten. »Das Ding hält dich am Leben wie so 'ne elektrische Seele.«

Da fühlte Vince sich beinahe beleidigt. Seiner Vorstellung nach war seine Seele immer noch die Alte, während die Batterie bloß als Zündung diente, die sozusagen seinen inneren Motor am Laufen hielt.

»Meine Mom wohnt übrigens gleich drüben am anderen Ufer«, sagte Vince und nickte in Richtung des Fensters, das einen Blick auf Loch Ness gewährte. In der Ferne war zu erkennen, wie Polizeiboote den See durchstöberten. »Sieht aus, als hätte sie die Suchaktion schon angeleiert.« *Aber wenn die Behörden nicht mal ein Ungeheuer aufspüren können*, dachte er, *wie wollen sie dann einen Vierzehnjährigen finden?* »Kann nicht mehr lang dauern, bis die Polizei vor der Tür steht.«

»Mag sein«, sagte der Fischer, »aber das kratzt mich wenig, weil wir bald ganz woanders sind.« Woraus Vince schließen musste, dass das Paar vorhatte, mit dem Globus bis an die verschiedenen Enden der Welt zu reisen.

Die Neugier der Frau machte ihm noch am meisten Hoffnung.

»Ich wette, du weißt, was es mit dem Globus auf sich hat und wo das Ding herkommt«, sagte sie zu Vince, als sie ihm am dritten Tag seiner Kerkerhaft das Frühstück brachte.

»Könnte schon sein«, erwiderte Vince. »Binden Sie mich los, dann können wir reden.«

Aber die Frau löste seine Fesseln nicht. Lieber fütterte sie ihn löffelweise mit einem Fleischeintopf, der verheerende Auswirkungen auf seinen untoten Verdauungstrakt haben würde.

»Erst dachte ich ja, das Ding wäre irgendwie magisch oder irgend so eine Militärentwicklung«, meinte die Frau. »Aber jetzt denke ich, es ist was ganz anderes.«

»Es ist was ganz anderes«, bestätigte Vince. »Und es ist gefährlicher, als Sie glauben.«

Das hörte die Frau gar nicht gerne. »Was soll das heißen, gefährlich? Es ist doch nicht radioaktiv?«

»Nicht dass ich wüsste. Aber da draußen laufen ein paar Leute herum, die sich den Globus unbedingt unter den Nagel reißen wollen. Die dafür töten würden. Sie können von Glück sagen, dass ich Sie schneller gefunden habe als die.«

Darüber lachte die Frau bloß verächtlich, aber ihre Beunruhigung war nicht zu übersehen.

»Ich kapiere sowieso nicht, was Sie noch mit dem Globus wollen«, fuhr Vince fort. »Sie brauchen ihn doch gar nicht mehr.«

»Aber natürlich brauchen wir ihn«, erwiderte die Frau. »Der Globus hat mich zu Bertie geführt, und Bertie ist mein Seelenverwandter, verstehst du? Wir wollen zusammen reisen und die Welt sehen.«

»Ja, Bertie hat da bestimmt große Lust drauf.« Vince wagte eine Vermutung. »Aber Sie haben keine so große Lust drauf, oder? Sie sind hier, Sie haben Bertie gefunden. Sie haben alles, was Sie wollen, der Globus hat Ihnen Ihre Wünsche erfüllt. Wär's nach Ihnen gegangen, hätte er für immer am Grund des Sees liegen bleiben können. Stimmt's?«

»Ist doch jetzt egal.« Die Frau wich seinem Blick aus. »Der Globus liegt nicht mehr am Grund des Sees, er steht bei uns im Haus, und deshalb wollen wir ihn auch benutzen.«

Vince hatte den Köder ausgeworfen und die Frau hatte angebissen. Jetzt musste er den Fang nur noch an Land ziehen.

»Ich frage mich halt, ob Bertie sich noch groß für Sie interessieren wird, wenn die ganze Frauenwelt nur noch ein Fingerschnippen entfernt ist.«

»Willst du endlich den Mund halten?« Die Stimme der Frau hatte einen gereizten Unterton angenommen. »Dein Gerede geht mir auf die Nerven.«

»Andere Frauen müssen sich höchstens Sorgen machen, wenn ihr Mann rüber in den Pub geht. Aber Berties Pub ist vielleicht in Japan und an der Theke sitzen lauter hübsche Geishas.«

An diesem Gedanken hatte die Frau eine Weile zu knabbern. Sie starrte Vince regungslos an.

»Geben Sie mir den Globus«, sagte Vince, »und Ihre Sorgen sind vergessen.«

»Du hast's wirklich faustdick hinter den Ohren, was?«, erwiderte die Frau.

Just in diesem Moment betrat Bertie das Zimmer. »Habe unsere Flitterwochen von vorne bis hinten durchgeplant!«, rief er und fächerte den Broschürenstapel in seiner Hand auf. »Jeden Tag woandershin, wo wir doch keinen müden Heller für Flugtickets berappen müssen! Erst geht's nach Paris, dann rüber nach Venedig, runter zu den Pyramiden und von dort zur Chinesischen Mauer.« Er strahlte die Frau an. »Und zum Schluss gibt's Sushi in Tokio, meine Hübsche.«

Die Frau warf Vince einen schnellen Blick zu, fast zu schnell fürs menschliche Auge. »Das klingt ganz wunderbar, Liebster«, entgegnete sie. »Aber ich fände es fast noch schöner, wenn wir einfach hierbleiben.«

Bertie schnaubte. »Hierbleiben? Hier gibt's doch nur Fisch, Fisch und noch mehr Fisch.«

»Du sagst es«, erwiderte sie. »Wenn du Sushi essen willst, bist du hier genau richtig.«

Grunzend wedelte Bertie mit der Hand, als könnte er so die sonderbaren Anwandlungen seiner Partnerin abwehren. »Was ist denn nur in dich gefahren, Frau? Wo wir doch auf Knopfdruck an jeden Fleck der Welt reisen können! Also ich werde hier ganz gewiss nicht festwachsen.« Die Broschüren legte er auf den Tisch. »Kannst dir gerne aussuchen, wohin es geht. Aber hier bleiben wir nicht.« Mit diesen Worten verließ Bertie das Zimmer, damit seine Frau in Ruhe die bunten Fotos exotischer Orte bestaunen konnte, die sie plötzlich nicht mehr die Bohne interessierten.

Vince sagte keinen Ton. Manchmal ist Schweigen das beste Argument.

Auch als die Frau ihm später das Abendessen brachte, herrschte Stille. Sie blickte Vince kein einziges Mal in die Augen.

Aber sie ließ ihn mit gelockerten Fesseln zurück und verzichtete darauf, die Tür zu verriegeln.

Vince wartete ab, bis das Paar zu Bett gegangen war, wartete noch eine ganze Weile ab und trat in Aktion.

Er krümmte die Finger in den Fesseln und konnte das Seil schließlich abschütteln.

Im Haus war es dunkel, nur das am Himmel schimmernde Polarlicht, das von Nacht zu Nacht ein wenig intensiver wurde, spendete etwas Helligkeit. Vince hörte den Fischer schnarchen und bildete sich ein, auch die gleichmäßigen Atemzüge der Frau zu erahnen, die sich schlafend stellte und dabei auf die Schritte des Flüchtigen lauschte.

Wie sich zeigte, war dem Globus ein Ehrenplatz zugewiesen worden: Er thronte mitten auf dem Esstisch, als könnte man ihn verspeisen wie ein Festmahl. Leider hatte sich die Frau geweigert,

Vince zu erklären, wie man ihn bediente, doch Vince verließ sich auf seine rasche Auffassungsgabe. Er würde es schon herausbekommen.

Vince schnappte sich den Globus. Trotz der Kälte im Zimmer war das Metall warm und in seinen Tiefen schienen untergründige Schwingungen zu pulsieren. Dann rannte Vince aus der Haustür und hinein in die stürmische Nacht.

Den Rucksack mit der Batterie über der Schulter sprintete Vince los, immer darauf bedacht, sich nicht im entscheidenden Moment die Kabel herauszureißen. Wie blöd wäre es gewesen, direkt vor der Haustür tot umzufallen?

Auf einmal stand der Fischer hinter ihm in der Tür, lediglich bekleidet mit einem Nachthemd. »Stehen geblieben, Bursche! Oder du kannst dich auf was gefasst machen!«

Vince entschied sich für Letzteres – weil der Mann eindeutig keine Schrotflinte unter dem Nachthemd versteckt hatte, musste er sich bloß darauf gefasst machen, von einem älteren Herren in Pantoffeln verfolgt zu werden.

Hastig lief Vince hinunter zum Ufer, weg von der großen Straße und zu einem bescheidenen Anlegesteg, wo zwei kleine Boote mit Außenbordmotor vertäut waren. Vince sprang in das eine hinein, riss am Startseil des Motors und machte das Boot vom Steg los, als hinter ihm gerade der pantoffeltragende Fischer eintrudelte.

»Rück das Ding raus, oder du wirst dir wünschen, du hättest niemals das Licht der Welt erblickt!«

»Das habe ich mir schon tausendmal gewünscht«, entgegnete Vince. »Da müssen Sie sich schon was Besseres einfallen lassen.«

Vince richtete die Pinne aus, kuppelte den Motor ein und brauste davon.

Unbeirrt setzte sich der Fischer in das andere Boot und verfolgte Vince über das dunkle, winddurchfurchte Wasser des Sees.

Noch hatte Vince einen ordentlichen Vorsprung, doch er hatte sich das Boot mit dem kleineren Außenborder ausgesucht. Der Fischer holte auf, in geschätzten zwei Minuten würde er Vince erwischt haben … wäre Vince nicht rechtzeitig klar geworden, dass ihm ein sehr viel effektiveres Transportmittel zur Verfügung stand.

Vince' Augen hatten sich inzwischen an das Halbdunkel gewöhnt, und das Polarlicht strahlte gerade so hell, dass er die Kontinente auf dem Globus erkennen konnte. Großstädte waren mit Punkten markiert, die aussahen wie winzige Diamanten. Auch Colorado Springs war gekennzeichnet, wohl aufgrund seiner besonderen Bedeutung für Tesla.

Am Standfuß des Globus befand sich ein Schieberegler mit einem Minus auf der einen und einem Plus auf der anderen Seite, wahrscheinlich um den Wirkungsbereich des Teleporters zu verkleinern oder zu vergrößern. Vince schob den Regler in die Mitte der Skala. Ganz oben auf der Globuskugel, direkt auf dem Nordpol, war ein kleiner roter Knopf. Vince, der schon mit einigen teslanoiden Objekten zu tun gehabt hatte, wusste genau: Wenn etwas nach einem Knopf aussah, dann war es auch ein Knopf.

Vince atmete unendlich tief ein, hielt die Luft an, schloss die Augen, drückte den Knopf – und verschwand. Und nahm dabei knapp zwei Millionen Liter des Wassers unter seinem Hinterteil mit – sowie eine einzelne Schuppe eines nicht näher zu identifizierenden Seebewohners.

Der Quasibinnentsunami von Colorado Springs, wie man das seltsame Ereignis später nennen sollte, war nur eine von vielen irritierenden Absonderlichkeiten in den dunklen Zeiten der geplagten Stadt.

Die Bevölkerung war gleichzeitig überrascht und kein bisschen überrascht. Sie war schockiert, aber im Grunde durch nichts mehr zu schockieren. »Es ist, wie es ist«, sagte man sich mal wieder – die bestmögliche Einstellung, um im Colorado Springs der letzten Monate zu überleben.

Die Sintflut brach um 16.15 Uhr über die Stadt herein, in Schottland war es also gerade 23.15 Uhr. Da Loch Ness mehr Wasser enthält als alle englischen und walisischen Seen zusammengenommen, ging das Verschwinden von knapp zwei Millionen Litern Wasser dort völlig unbemerkt vonstatten.

Der Durchmesser des kugelrunden Teleportfeldes war auf zehn Meter eingestellt, mit Vince im Mittelpunkt – der deshalb exakt fünf Meter über dem Erdboden materialisierte, unter sich eine Säule aus Wasser, die gleich darauf in alle Richtungen zerfloss. Binnen Sekunden wurde der Acacia Park samt den angrenzenden Straßen überschwemmt, spielende Kinder wurden aus dem Onkel-Wilber-Brunnen gespült, und es kam zu schweren Verkehrsproblemen.

Von all dem bekam Vince so gut wie nichts mit, denn die Flutwelle ließ das Boot kentern, die Kabel rissen ab, und Vince landete mit dem Gesicht nach unten im Wasser, eine Leiche in einem Teich, der eben noch ein Parkplatz gewesen war.

Ein hochbetagter Mann, der seit über einem Tag ziellos durch die Innenstadt streifte, hatte alles beobachtet.

Obwohl der tote Junge mit dem Gesicht nach unten im Wasser dümpelte, erkannte der Greis ihn auf Anhieb.

Während andere Bewohner von Colorado Springs noch damit beschäftigt waren, die Springflut ratlos zu bestaunen, platschte der Achtzigjährige durch das kniehohe Wasser und machte den Rucksack ausfindig. Er wusste, was zu tun war, er hatte es schon häufig getan … aber war das nicht schon etliche Jahre her? Der alte Mann war sich nicht sicher. So oder so nahm er die beiden Kabel, die aus dem Rucksack hingen, und verband sie mit den Klebeelektroden hinter den Ohren des toten Jungen.

Sofort öffnete der Junge die Augen.

»Wo kommst du denn her, Vince?«, fragte der alte Mann vergnügt. »Muss ganz schön nass sein da.«

Vince starrte ihn an. »Wer sind Sie?«

»Ich bin's.« Der Greis lächelte von einem Ohr zum anderen. »Nick.«

Entsetzen breitete sich über Vince' Gesicht aus. »Nick? Wie lange war ich tot?«

28. Eines Tages wirst du überflüssig sein

Etwa zur Zeit der Überflutung des Acacia Parks kehrte Nick in sein zerstörtes Zuhause zurück. Die Accelerati entdeckten ihn im Tohuwabohu des einstigen Wohnzimmers, wo er zwischen den zersplitterten Deckenbalken auf dem Sofa saß und friedlich ein Buch las. Sie hielten Nick unnötigerweise mit ihren Waffen in Schach und verständigten die Große Accelerata.

Einige Minuten später traf Ms Planck ein, die in ihrem vanillefarbenen Businesskostüm so gar nicht mehr nach Essensausteilerin aussah. Begleitet wurde sie von Petula, die aussah wie eine geschrumpfte und bezopfte Ms Planck.

»Ich will eine Erklärung«, sagte Ms Planck.

»Ich schulde niemandem eine Erklärung«, erwiderte Nick. »Außer Edison.«

Um ihn herum zuckten mehrere Accelerati zusammen. Niemand wagte es, der Großen Accelerata derart respektlos entgegenzutreten.

Nick wartete auf Ms Plancks Reaktion. Aber was konnte sie anderes tun, als seine Unverschämtheit zu schlucken? Einen großen Vorteil hatte es, Edisons Lieblingsschüler zu sein: Nick musste nicht vor Ms Planck um Gnade winseln.

»Wo ist das Prisma?« Ms Plancks Stimme brodelte vor Wut, wie ein Vulkan kurz vor dem Ausbruch, worüber Nick innerlich grinsen musste.

»Da tischen Sie mir wochenlang mit dem Mittagessen Ihre tollen Ratschläge auf«, sagte er, »und spionieren mich dabei hintenrum aus. Und ich konnte Sie sogar richtig gut leiden.«

»Das Prisma«, wiederholte Ms Planck.

Seufzend holte Nick die Röhre unter sich hervor. »Was man nicht alles unter alten Sofakissen findet.«

Als Ms Planck danach grapschte, zog Nick ihr die Röhre weg und stand auf. »Lassen Sie den Jet nach New Jersey startklar machen.« Er gab sich Mühe, im barschen Befehlston zu sprechen. »Ich will es Edison persönlich übergeben.«

Auf Ms Plancks Nicken eilten ihre Untergebenen davon und trafen Vorbereitungen, und Nick warf einen Blick auf Petula – sie sah aus wie eines dieser Gummitierchen, die man zusammendrücken kann, um die Augen aus den Höhlen ploppen zu lassen. *Ich kann nicht fassen, wie du mit Ms Planck sprichst*, sagten ihre hervortretenden Augen.

Ms Planck machte einen Schritt nach vorne und entgegnete in geschmeidigem, kontrolliertem Ton, als hätte sie die Lava wieder tief unter die Oberfläche verbannt: »Eines Tages wirst du überflüssig sein.« Ein Satz, der Nick einen Schauer über den Rücken jagte. Jorgenson war ein großer Freund von Drohungen gewesen, aber dies war keine Drohung. Es war eine schlichte Feststellung.

Nick musste die Daumen drücken, dass Evangeline Plank früher überflüssig werden würde als er selbst.

In Wirklichkeit traten Petulas Augen nicht aus Entsetzen über Nicks Unverschämtheit gegenüber Ms Planck aus den Höhlen. So schaute Petula immer drein, wenn sie sich sehr konzentrierte, und Petula studierte Nick intensiv. Nick hatte irgendetwas an sich, irgendetwas … extrem Merkwürdiges, ohne dass Petula hätte sagen können, was es war. Er hörte sich an wie Nick. Er verhielt sich wie Nick. Er sah haargenau so aus wie bei seinem Verschwinden einen Tag zuvor. Und trotzdem …

Petula wusste, dass sie über ein besonderes Gespür für die Schwingungen des Kosmos verfügte. Als sie an den kosmischen Strings der Harfe gezupft hatte, war in ihr etwas zum Leben erwacht, das ihr bis heute ein Rätsel war. *Du musst den Schaltkreis vollenden*, diese Botschaft hatte ihr das Universum in einem innigen Moment transzendentaler Klarheit übermittelt. Aber dann hatte doch Nick den Schaltkreis vollendet und den F.R.E.E. in Betrieb gesetzt.

Daraus musste Petula schließen, dass das Universum ein Lügner war, genau wie der Großteil der Menschen, die es bevölkerten – während sie gleichzeitig an der Hoffnung auf eine tiefere Bedeutung der Botschaft festhielt, die sich erst später offenbaren würde. Wahrscheinlich erst auf ihrem Sterbebett, weil das Universum nun mal hundsgemein war.

Ganz unabhängig von diesen Überlegungen hatte das Zupfen an der Harfe auf jeden Fall die dauerhafte Nebenwirkung gehabt, Petulas ureigene kosmische Antennen neu auszurichten. Nick mochte aussehen und sich anhören wie immer, aber für

Petula *fühlte er sich nicht an* wie immer. Er war irgendwie … weniger.

Besser konnte Petula es nicht in Worte fassen, und sie erzählte niemandem davon, da sie wusste, dass nicht mal Ms Planck ihr Bauchgefühl ernst genommen hätte. Sie behielt die Sache lieber für sich und schwor sich, selbst herauszufinden, was genau mit Nick geschehen war.

An diesem Tag kamen nur Mitch und Zak im Kampf gegen die Accelerati einen Schritt voran – wenn auch mit gewissen Startschwierigkeiten.

BeatNick war ihnen überhaupt keine Hilfe. Nach ihrem Eintreffen an der Universität von Colorado schlurfte er sofort davon und plauderte mit ein paar Studentinnen, die so ähnlich aussahen wie Caitlin, nur zehn Jahre älter.

Und der Großrechner der Universität? Der hatte zwar einiges auf dem Kasten, war jedoch nicht annähernd so leistungsfähig wie sein Computerkollege an der Mathefakultät von Princeton. Wovon Zak sich aber nicht abschrecken ließ. »Im Grunde kommt's mehr auf den Speicherplatz an als auf die Prozessorgeschwindigkeit«, erklärte er Mitch und machte sich ans Werk.

Kaum hatte Zak begonnen, seine digitale Magie zu wirken, beschwerten sich immer mehr andere Besucher des Computerraums über in Zeitlupe laufende Programme. Zak grinste. Die anderen User fielen dem Zufallszahlenalgorithmus zum Opfer, dem Zak eine höhere Dringlichkeit zugewiesen hatte als allen übrigen Kalkulationen.

»Pech gehabt, Leute«, flüsterte Zak voll diebischer Freude und sah Mitch an. »Bin ich ein Genie oder was?«

Doch auch nach drei Stunden platinenstrapazierender Rechenarbeit hatte Zak die Millionen immer noch nicht eingeholt – er lag bei jedem Versuch knapp hinter der aktuellen Kontonummer. »Neun Komma drei Sekunden!«, jammerte er. »Ich kriege höchstens das Konto raus, wo das Geld vor neun Komma drei Sekunden gelegen hat. Näher komme ich nicht heran!«

»So ein Mist«, sagte Mitch.

»Es ist wie bei der Beschleunigung auf Lichtgeschwindigkeit ...« Über der Tastatur spreizte Zak die Finger, den Blick auf den Monitor fokussiert. »Je dichter man rankommt, desto schwieriger wird es, und irgendwann steckt man vollkommen fest.«

Trotz Zaks offensichtlicher Genialität kam am Ende Mitch auf die Lösung des Problems. »Wie wär's, wenn wir gar nicht versuchen, das Geld einzuholen, sondern einfach dran vorbeihüpfen?«, schlug er vor. »Dann müssen wir nur noch abwarten, bis es bei uns eintrudelt.«

Ärgerlich starrte Zak ihn an. »Riesenidee, Einstein. Und wie sollen wir das bitteschön anstellen?«

Mitch wollte gerade antworten, als sein Handy läutete. Er nahm den Anruf entgegen. »Ja? Okay, ich höre ...« Mitch schnappte sich einen Stift vom Tisch und kritzelte sich eine Ziffernfolge auf die Handfläche. »Hab's. Danke auch.« Damit legte er auf und hielt Zak seine Handfläche hin. »Probier's mal mit der Kontonummer hier.«

»Wer hat da angerufen?«, fragte Zak.

Mitch schob ihm die Hand dicht vors Gesicht. »Probier's mal mit der Kontonummer, habe ich gesagt.«

Zak waren sowieso die Ideen ausgegangen, also machte er Mitch die Freude. Für einen Hacker, der sich schon in die Weltbank eingeklinkt hatte, gab es nichts Leichteres, als auf ein digitales Konto zuzugreifen. Zak drückte Enter ... und einen Millisekundenbruchteil später war alles anders.

Wird an einem einarmigen Banditen in Las Vegas der Jackpot

geknackt, bricht augenblicklich ein Bimmeln, Pfeifen und Blinken los, das glatt einen epileptischen Anfall auslösen kann. Der Sicherheitsdienst rückt an, der Spielautomat wird vorübergehend stillgelegt, und auf der gigantischen Anzeigetafel an der Casinofront erscheint ein lächelnder Mensch mittleren Alters unter der Überschrift: BERTHA JOHNSON HAT GERADE 500.000 DOLLAR GEWONNEN – SIND SIE DER NÄCHSTE GEWINNER?

In der Welt des Onlinebankings dagegen fließt Geld in Todesstille und schnell wie das Licht. Sprachlos vor Staunen beobachtete Zak, wie sich das Konto, das er soeben aufgerufen hatte, mit virtuellem Geld füllte, als würde es aus heiterem Himmel herabregnen. Dabei strömte es bloß aus der digitalen Wolke herüber, insgesamt rund 725 Millionen Dollar.

Zak glotzte auf den Bildschirm, absolut regungslos.

»Na los!«, rief Mitch. »Schaff die Kohle da raus, bevor sie wieder woanders hin verschwindet! Du hast nur zwanzig Sekunden!«

Aus seiner Erstarrung gerissen, rief Zak rasch das vorhin erstellte »Falltür-Konto« auf und schaufelte das enorme Guthaben herüber – bis auf einen einzigen Cent. Nach Ablauf von zwanzig Sekunden aktivierte sich erneut der Accelerati-Algorithmus und flipperte den einzelnen Penny auf das nächste Konto.

Das übrige Geld gehörte Zak und den anderen, versteckt auf einem Konto, worauf nur sie zugreifen konnten. Und dort würde es auch bleiben. Sie hatten den Accelerati ihr geklautes Vermögen geklaut.

9,3 Sekunden später spuckte Zaks Algorithmus die Nummer aus, die auf Mitchs Hand gekritzelt stand. Dann fror der Bildschirm ein, der Server stürzte ab, und im Computerraum war großes Heulen und Zähneklappern.

Mitch grinste stolz, während Zak ihn anstarrte wie den auf die Erde zurückgekehrten Jesus Christus.

»Wer hat da eben angerufen?«, fragte Zak noch einmal, obwohl er sich beinahe vor der Antwort fürchtete.

»Ich selbst«, sagte Mitch fröhlich. »Eine Stunde aus der Zukunft.«

Im Gegensatz zu Zak war Mitch kein Gefangener der linearen Logik. Im selben Moment wie die Idee, einfach an den Millionen vorbeizuhopsen, war ihm noch ein anderer Gedanke gekommen: *Wäre es nicht witzig, wenn ich mich selbst mit dem Teslafon anrufen und uns die richtige Kontonummer durchgeben würde?* So gut wie gleichzeitig hatte sein Telefon geklingelt, und Mitch war kein bisschen überrascht gewesen, als sich seine eigene Stimme gemeldet und ihm die Nummer durchgegeben hatte. Jetzt mussten sie nur noch zu Vince' Haus zurückkehren, damit Mitch sich in einer Stunde von dort aus selbst anrufen konnte.

Mitch sah Zak an. »Bin ich ein Genie oder was?«

Aber Zak war noch zu erschüttert für irgendwelche Kommentare.

29. Der schaurige Zeigefinger des Verderbens

Vince konnte nicht ahnen, dass sein Zuhause neuerdings von Hausbesetzern bewohnt wurde. Er hatte vielmehr damit gerechnet, die Tür aufbrechen zu müssen, weil er keinen Schlüssel dabeihatte – doch kaum traten er und sein greiser Begleiter auf die Fußmatte, öffnete sich die Tür von selbst, und ein Mann mit dunklem, akkurat gestutztem Vollbart begrüßte sie.

»Vince!«, rief der Mann und lächelte überrascht, ehe sein

Blick auf den deutlich älteren Herrn fiel. »Und du hast den alten St. Nickolaus gefunden!«

»St. Nickolaus?«, fragte Nick, der Älteste. »Gefällt mir!«

Im Haus tummelten sich noch mehrere andere Leute, die zum größten Teil aussahen, als entstammten sie ein und demselben Genpool.

»Schaut her!«, rief ein mittelalter Kerl. »Vince hat den Globus dabei!«

Vince ließ sich nicht so leicht aus der Ruhe bringen. Mit seinem Tod und seiner Wiederauferweckung war er spielend fertig geworden, auch während seiner Geiselhaft in Schottland hatte er sich immer seine Coolness bewahrt. Aber mir nichts, dir nichts von einem Rudel Fremder eingemeindet zu werden, als wären sie alle alte Freunde, ging ihm doch etwas gegen den Strich.

»Wer seid ihr alle und was habt ihr bei mir zu Hause zu suchen?«

Ein Kind, dessen Schneidezähne noch nicht vollständig herausgewachsen waren, lächelte ihn von unten herauf an. »Wir sind Nick!«

»Ah …«, sagte St. Nickolaus, gedanklich offenbar bereits einen Schritt weiter als Vince. »Das Prisma.«

»Ganz genau«, bestätigte ein möchtegerncooler Mittzwanziger-Nick mit Kinnbart. »Willkommen in der Familie, Alter.«

Ausnahmsweise hatte Vince überhaupt nichts dagegen, als Unwissender unter lauter Wissenden dazustehen. Sein inneres Bizarrometer schlug schon jetzt gefährlich weit aus.

Als er den Blick durch das Zimmer schweifen ließ, sah Vince, dass ein Nick definitiv fehlte: der vierzehnjährige Nick, den er kannte. Dafür war auch Mitch da, der gerade den Hörer eines merkwürdig anmutenden Retrotelefons aufgelegt hatte, und ein unbekannter Teenager.

»Du erzählst mir jetzt sicher gleich, du wärst der schwarze Nick«, wandte sich Vince nur halb im Scherz an den Neuen.

»Nee, ich bin Zak«. Der Teenager schüttelte ihm die Hand. »Du bist aber erstaunlich munter für einen Untoten.«

»Danke«, erwiderte Vince. »Aber jetzt geht der Untote erst mal runter und dröhnt sich mit Death Metal zu, bis er sich den ganzen Quatsch hier aus dem Schädel geknallt hat.«

Nach ungefähr einer Stunde traf Caitlin ein und ging in den Keller, um mit Vince zu reden. Ihre letzte Begegnung lag erst ein paar Wochen zurück, doch Vince kam es deutlich länger vor. So vieles hatte sich seitdem verändert.

»Wie war's in Schottland?«, fragte Caitlin.

»Ay bießiäng war's schaun«, antwortete Vince und genoss Caitlins offenkundige Verwirrung. »Der Globus ist ein Teleporter«, fuhr er fort. »Ich sollte mal meine Mom anrufen und ihr sagen, dass sie sich das Geld für meinen Rückflug erstatten lassen kann. Aber meine Mom ist wahrscheinlich immer noch dabei, den See nach meiner Leiche abzusuchen.« In Vince' schiefem Grinsen spiegelten sich die verschiedensten Gefühle. »Na, das reißt sie vielleicht endlich aus ihrer Dauerheiterkeit …«

»Du kannst sie gestern anrufen, dann muss sie sich nicht so viele Sorgen machen.« Caitlin sah Vince an, als würde sie seine offenkundige Verwirrung genießen, und wechselte das Thema. »Jetzt sind alle Objekte aus Nicks Dachboden wieder aufgetaucht. Nur der Globus hat noch gefehlt. Das heißt, die Accelerati haben jetzt alles beisammen bis auf den Globus … und deine Batterie.«

Den Anflug von Nervosität schluckte Vince herunter. »Und dabei soll es auch bleiben, okay?«

Caitlin schenkte ihm ein dünnes Lächeln. »Ganz deiner Meinung. Auch, weil davon nicht nur dein Leben abhängt.«

Danach erzählte sie ihm, wie es zu Nicks Siebenteilung gekommen war, und von der Rückkehr des vierzehnjährigen Nick-Siebtels zu den Accelerati.

»Ich weiß wirklich nicht mehr, was in Nick vorgeht«, sagte Caitlin schließlich. »Aber irgendwas ... irgendwas stimmt nicht mit ihm.«

»Na ja«, antwortete Vince, »er hat halt nicht mehr alle sieben Tassen im Schrank.«

Über diesen Scherz konnte Caitlin nicht lachen. Sie rief die anderen nach unten, und so drängelten sich bald alle in Vince' Kellerzimmer, das Vince' Mom zum Glück vor der Abreise nach Schottland noch sauber gemacht hatte.

Für Vince war es eine Herausforderung, das Kaleidoskop der Nicks nicht ständig unverschämt anzustarren. Er fragte sich, wie seine eigenen sieben Lebensalter aussähen, und war letztendlich heilfroh, dass er es wohl nie erfahren würde. Mitch schien sich derweil schon richtig dicke mit dem Neuen angefreundet zu haben, mit Zak, wodurch Caitlin noch einsamer wirkte – nicht nur, weil sie das einzige weibliche Wesen im Haus war. Vince kannte sich mit Einsamkeit aus, aber für Caitlin war es vermutlich eine ganz neue Erfahrung.

»Ich habe herausgefunden, was die Accelerati vorhaben«, verkündete Caitlin. »Sie wollen den Wardenclyffe Tower wiederaufbauen.«

Zunächst schnappten alle Nicks vollkommen synchron nach Luft, dann antworteten sie auf ihre jeweils eigene Art.

»Als Basis für den F.R.E.E.!«

»Dort wird er hundertmal stärker sein als auf dem Dachboden.«

»Nein, tausendmal!«

»Boah!«

»Und das ist alles unsere Schuld! Wären wir bloß nie auf die Idee mit dem Flohmarkt gekommen …«

Darauf konnten sich alle Nicks einigen. Selbst das Baby äußerte sich mit einem schwermütigen Rülpsen.

»Also müssen wir jetzt alle nach Shoreham?«, fragte Mitch. »Weil wenn ich noch eine Abschlussprüfung verpasse, kann ich mich auch gleich einsargen.«

»Mann, Mitch«, sagte Vince. »Du musst doch das große Ganze sehen.«

Mitch seufzte. »Ich weiß, ich weiß. Aber mir ist halt schon das kleine Ganze eine Nummer zu groß.«

»Wir müssen auf jeden Fall nach Shoreham«, sagte Caitlin zu den Nicks. »Wenn wir euch irgendwo wieder zusammensetzen können, dann dort. Wo das Prisma ist.«

»Und wie sieht jetzt unser konkreter Plan aus?«, wollte Zak wissen. »Ich meine, das Geld haben wir eingesackt – und ich glaube kaum, dass die Accelerati schon kapiert haben, wie pleite sie sind. Damit sind wir doch klar im Vorteil?«

Vince versuchte, sich die 725 Millionen Dollar bildlich vorzustellen. Bis ihm wieder einfiel, dass man sich eine derartige Summe nicht bildlich vorstellen sollte. Man sollte wie ein Seehund hineinspringen und wie ein Maulwurf darin herumwühlen.

»Yeah!«, rief BeatNick. »Mit der Kohle können wir die Accelerati zu Fall bringen!«

Nickelback verschränkte die Arme. »Und wie soll das gehen?«

»Keine Ahnung«, erwiderte BeatNick schulterzuckend. »Wir könnten eine Söldnerarmee anheuern oder so.«

Ein bitteres Lachen. »Na sicher«, sagte Nickelback. »Als wüsstest du, wie man eine groß angelegte Offensive gegen die Accelerati angehen muss.«

»Aber du hast natürlich die totale Peilung, was?«

Nickelback drückte den Rücken durch. »Ich habe die größere Lebenserfahrung.«

Darüber musste Nicholas lachen. »Hast du nicht.« Er verlagerte das Baby auf die andere Schulter. »Keiner von uns ist schlauer als der andere. Unsere letzte ›Erfahrung‹ ist, wie wir durch das Prisma aufgespalten wurden – und danach haben wir praktisch zwanzig, vierzig oder siebzig Jahre lang geschlafen. Keiner von uns weiß mehr als mit vierzehn.«

»Also eins weiß ich auf jeden Fall«, warf Nicky ein. »Nämlich dass ihr alle immer nur redet und redet und nichts tut.«

Daraufhin verstummten alle anderen Nicks beschämt, denn der kleine Nicky hatte absolut recht.

»Einen Pluspunkt hat das Ganze«, sagte Vince. »Zusammen könnt ihr siebenmal so viel bewirken wie ein einziger Nick.«

»Oder siebenmal so viele Probleme verursachen«, grummelte Zak.

»Nein«, erwiderte Caitlin. »Nick ist Nick ist Nick.« Sie wandte sich an Nicks versammelte Lebensalter. »Ihr schafft das schon. Ich glaube an euch.«

»Sogar an mich?«, fragte der kleine Nicky.

Lächelnd sah Caitlin ihn an. »Ja, sogar an dich.«

»Das ist ja alles ganz wundervoll, enorm herzerwärmend und so«, sagte Zak, »aber hier steht immer noch das Leben meiner Mom auf dem Spiel. Haben wir jetzt einen Plan oder nicht? Weil Söldnerarmee hin oder her, ohne Plan werden hier bald sehr viele Leute sehr viel weniger lebendig sein.« Er nickte Vince zu. »Bitte nicht persönlich nehmen.«

»Würde ich doch nie.«

Caitlin atmete tief durch. »Ich habe einen Plan.«

Da drehten sich alle Mann zu ihr und warteten gespannt auf die Verkündung ihrer brillanten Strategie.

Vor diesem Augenblick hatte Caitlin sich gefürchtet. Langfristiges Planen zählte nicht zu ihren Stärken. Ihre Strategie fürs Leben entsprach ihrer Kunst: Sie zerschmetterte, was ihr nicht mehr nützlich erschien, begutachtete die Einzelteile und setzte diese dann mit großem Geschick zu einem neuen Muster zusammen, das sie vor der Zerschmetterungsaktion nie erkannt hätte.

Aber war in der jetzigen Situation nicht genau dieses Talent gefragt? Alles war in seine Einzelteile zerfallen, nicht zuletzt Nick selbst. Deshalb musste Caitlin die Teile nun neu arrangieren und sie wieder zu einem glorreichen Ganzen formen. Hatte sie Nick nicht immer ein bisschen darum beneidet, wie mühelos er das Muster hinter der Maschine erkennen und die Teile zusammenfügen konnte? Eigentlich tat sie doch schon immer exakt dasselbe – auf ihre Weise. Vielleicht waren Nick und sie deshalb so ein hervorragendes Team.

Caitlin sah sich um, rief sich alles ins Gedächtnis, was sie wusste, und begann mit der Schöpfung ihres neuesten Meisterwerks. Nur zwei Objekte befanden sich noch in ihrem Besitz, mal abgesehen von Vince Batterie: das Telefon und der Globus. Das brachte Caitlin auf eine Idee.

»Frage«, sagte sie in die Runde. »Was kommt dabei heraus, wenn man ein Telefon, das quer durch die Zeit telefonieren kann, mit einem Globus kombiniert, der Objekte quer durch den Raum teleportieren kann?«

Betretenes Schweigen. Dann hob Mitch vorsichtig die Hand. »Eine Zeitmaschine?«

Caitlins Zeigefinger zielte auf ihn. »Das dachte ich mir auch.«

Zak erlag einem unkontrollierbaren Kicheranfall. »Alles klar. Jetzt willst du uns aber echt veralbern.«

»Will sie nicht«, entgegnete Vince. »Das ist ja das Beängstigende.«

Caitlin sah Vince und Zak an. »Herzlichen Glückwunsch zu eurem neuen Physikprojekt. Viel Spaß euch beiden.«

Zak kicherte immer noch wie ein aufgekratztes Kind, das seine Zubettgehzeit um mehrere Stunden verpasst hat.

Caitlin hatte keine Ahnung, ob ihre Idee tatsächlich Wirklichkeit werden könnte, und wenn ja, was sie überhaupt mit einer Zeitmaschine anfangen sollten. Aber eine solche Maschine wäre eine wilde Collage aus grundverschiedenen Objekten, und wilde Collagen waren doch ihre Spezialität.

Als Nächstes wandte sie sich an den kleinen Nicky. »Und du … als Siebenjähriger bist du besonders gut darin, anderen auf die Nerven zu gehen. Du hast die Aufgabe, Mitch so sehr in den Wahnsinn zu treiben, dass er anfängt, irgendwelche hilfreichen Hinweise auszuspucken.«

»Cool!«, rief Nicky und legte augenblicklich los.

Einmal in Schwung gekommen, machte Caitlin gleich mit BeatNick weiter. »Du nimmst ein Flugzeug nach New York. Genauer gesagt nach Shoreham, Long Island, wo du dich mit deiner charmanten Art in den Bautrupp reinschleimst, der den Wardenclyffe Tower wiedererrichtet. Du bist unser Agent innerhalb der Accelerati. Aber sollte Nick dort auftauchen, pass auf, dass er dich nicht sieht. Nur für den Fall, dass Edison ihn wirklich umgedreht hat.«

»Ein Undercover-Einsatz?«, fragte BeatNick. »Hammer! Wann geht der Flieger?«

Nickelback erhielt den Auftrag, nach Princeton zu fahren und Nicks Vater nach Möglichkeit davon zu überzeugen, dass er einen zweiten Sohn hatte.

»Die Erinnerung muss noch irgendwo in ihm stecken«, sagte Caitlin. Nickelback willigte ein und versuchte, sich nicht anmerken zu lassen, dass er bei dem Gedanken an ein Wiedersehen mit seinem Vater eine Träne verdrücken musste.

Caitlin wandte sich an Nicholas. »Du gehst gleich morgen früh beim Atomic Lanes bowlen – und behältst dabei das Kommen und Gehen der Accelerati im Auge.«

»Ich melde mich, sollte ich etwas Interessantes beobachten«, versprach Nicholas. »Verlass dich auf mich.«

»Ich komme wohl gar nicht in deinem Plan vor?«, fragte der Älteste der Nicks.

Nach kurzem Überlegen nahm Caitlin den winzigen SputNick aus Nicholas' Armen und legte ihn auf den Schoß des greisen Nick. »Du musst dich um SputNick und Nicky kümmern, bis ihr alle wieder zusammengesetzt werdet. Glaubst du, du kriegst das hin?«

»Aber selbstverständlich kriege ich das hin«, antwortete St. Nickolaus. »Ich bin vielleicht alt, aber noch lange nicht verblödet.«

»Und was ist mit dir?«, erkundigte Vince sich. »Was machst du, Caitlin?«

Auch darauf wusste Caitlin eine Antwort. Für gewöhnlich trat die Künstlerin selbst einen Schritt zurück, um das Ganze ihres Werks zu überblicken, aber diesmal nicht. Diesmal war sie genauso Teil des Werks wie alle anderen.

»Niemand hat ein Recht auf ein ewiges Leben«, meinte Caitlin. »Ich werde Edison den Stecker ziehen.«

Der menschliche Körper ist nicht auf eine übermäßig lang andauernde Benutzung ausgelegt.

Bei allen Legenden über annähernd unsterbliche Wesen in sämtlichen Kulturen war die älteste Person, die jemals ein nachprüfbares Geburtsdatum vorweisen konnte, doch »nur« eine 122-jährige Französin. Niemand wird der Dame verübeln, dass sie in späteren Jahren etwas schrullig wurde.

Die derzeit ältesten Menschen der Welt bewegen sich lediglich in ihrer zweiten Teenagerphase, also zwischen 113 und 116 Jahren, wobei Japan und die USA die Spitzenplätze dominieren. Das hält die Leute aber nicht davon ab, weiter nach Wegen zur Unsterblichkeit zu suchen – von den Anhängern der Mikrodiät, die ihr Leben durch verschwindend kleine Mahlzeiten angeblich um Jahre verlängern (was man sich freilich auch bloß einbilden kann), bis zu Technik-Milliardären, die Arzneimittelkonzerne mit Millionen von Dollar überschütten, weil sie hoffen, dass am Menschen wiederholt werden könnte, was bei Mäusen gelungen ist.

Wie üblich lag die Menschheit als Ganzes noch meilenweit hinter Teslas Errungenschaften. Dank Teslas Batterie hatte Edison schon jetzt länger gelebt, als er es sich jemals hätte erträumen können, und es war kein Ende in Sicht.

Es sei denn, Caitlins Plan hätte Erfolg.

Caitlins Collagenpläne nahmen jedenfalls zunehmend Gestalt an – bis ihr mit einem Mal die Leinwand weggerissen wurde.

Sie hätte einfach nicht an die Tür gehen sollen. Doch auf eine läutende Türglocke reagieren wir Menschen mit einer Art Pawlowschem Reflex, und noch dazu war Nicholas zum Essenholen aufgebrochen. Jetzt, da sie Zugriff auf das Geld der Accelerati hatten, hatte er ihnen ein wahres Festmahl versprochen.

»Heute Abend speisen wir wie die Könige«, hatte er zum Abschied gerufen. »Heute kommen mir keine Chicken Wings auf den Tisch!«

Beim Läuten dachte Caitlin, Nicholas wäre zurück – weshalb ihr die Person, die stattdessen vor der Tür stand, einen Mörderschrecken einjagte. Als hätte ihr eine fiese Halloweenmaske entgegengegrinst.

»Dad!«

Ihr Vater trug einen Gesichtsausdruck zur Schau, den man nur selten sah. Eine derart zornige Strenge, dass Caitlin ihre Augen mit der Hand abschirmen musste.

»Ins Auto mit dir«, befahl Caitlins Dad. »Sofort!«

»Aber Dad …«

»Ich sag's nur einmal!«

Als Caitlin nicht reagierte, trat ihr Vater ein und blickte sich um. »Das sind also deine sogenannten Freunde? Was sind das alles für Leute?«

»Wir sind Nick!«, rief St. Nickolaus, arg gut gelaunt in Anbetracht der Umstände.

Da fixierte Mr Westfields Blick den armen Vince. »Du! Ich kenne dich! Du bist doch der Grufti-Sohn der Frau, die uns unser Haus verkauft hat.«

»Schuldig im Sinne der Anklage«, murmelte Vince.

»Und du!« Er zeigte auf Mitch. »Dein Vater sitzt lebenslänglich im Gefängnis!«

Mitch blickte bloß zu Boden.

»Mit solchen Leuten verbringst du neuerdings deine Zeit?«, fauchte Mr Westfield seine Tochter an.

Inzwischen war auch Caitlins Mutter in der Tür aufgetaucht. Nervös linste sie ins Haus, als stünde sie am Rand einer Schlangengrube. »Caitlin, was machst du hier?«

»Äh … Hausaufgaben?« Natürlich war es eine dämliche Ausrede, aber etwas Schlaueres hatte Caitlin nicht zu bieten.

»Wir haben uns mit deinem Schulrektor unterhalten«, sagte ihr Vater. »Mr Watt hat uns die Augen geöffnet – du seist seit Tagen nicht mehr zum Unterricht erschienen, du seist in schlechte Gesellschaft geraten! Wie ich sehe, hatte er recht.«

Nickelback stand auf. »Ich kann das erklä-«

Caitlins Vater unterbrach ihn mit einem klassischen Anwaltsmanöver. »Noch ein Wort, und ich verklage Sie wegen Belästigung und Beleidigung! Seit meine Tochter Ihren Enkelsohn oder Neffen kennengelernt hat, oder in welchem Verwandtschaftsverhältnis Sie auch immer zu dem jungen Mann stehen, hat sich ihr Leben zu einer einzigen Abwärtsspirale entwickelt!«

»Das ist nicht wahr!«, widersprach Caitlin.

»Rektor Watt hat uns alles erzählt, Schatz«, schaltete sich ihre Mutter ein. »Dass Nick dir gedroht hat. Dass er dich manipuliert hat. Und dass seine Schlägerkumpels den armen Theo überfallen haben, der doch nur auf dich aufpassen wollte.«

»Das ist alles gelogen! Und was hat Theo überhaupt damit zu tun?«

»Aber jetzt ist Schluss damit!«, rief Mr Westfield, und sein schauriger Zeigefinger des Verderbens richtete sich auf die anderen, die angesichts seines Zorns sofort mit Stummheit geschlagen wurden. »Sollte ich irgendeinen von euch erwischen, wie er sich meiner Tochter noch einmal auf unter einhundert Meter nähert, überziehe ich euch mit Klagen, bis ihr kollektiv daran erstickt!«

Sekunden später saß Caitlin auf der Rückbank des väterlichen Audi, wo sie einem Vortrag über den richtigen Weg durchs Leben und über Schuld durch Komplizenschaft lauschen musste, der darin gipfelte, dass »du, junge Dame, Hausarrest hast, und zwar bis ans Ende aller Tage«.

Auf einen Streich waren all ihre Pläne zunichtegemacht, und Caitlin musste einsehen, dass die Accelerati verglichen mit ihren Eltern nur eine winzig kleine Nummer waren.

30. Geist im Mantel

Hinter Theo Blankenship lag eine wundersame Reise – er war wie ein Penny, der mehrmals von Hand zu Hand weitergereicht wurde, nur um am Ende wieder in der Tasche der Person zu landen, die ihn ursprünglich in den Brunnen geworfen hatte.

Der Landstreicher, der den pinkfarbenen Mantel aus Madagaskar-Spinnenseide über der Parkbanklehne gefunden hatte, erfreute sich an der Wärme, die dieser spendete, und an den amüsanten Gesprächen, die er mit dem Kleidungsstück führen konnte (meist Fachsimpeleien über Baseball).

Da der Mann derzeit ohne festen Wohnsitz war, passten seine Plaudereien mit dem Mantel perfekt in das Bild, das seine Mitmenschen von ihm hatten, niemand wunderte sich darüber. Eine Zeit lang hielt er Theo für eine Art Flaschengeist und wollte ihn daher nicht aus dem Futter entlassen, ehe Theo ihm die üblichen drei Wünsche gewährt hätte. Doch als die Wunscherfüllung immer länger auf sich warten ließ, verlor der Obdachlose das Interesse und tauschte den Mantel schließlich bei einem Secondhand-Laden gegen ein Paar robuster Schuhe ein.

Als Nächstes musste Theo die Qualen der chemischen Reinigung über sich ergehen lassen, die in zwei Dimensionen aber vermutlich etwas erträglicher ausfielen als in dreien. Als er dann an den Kleiderständer gehängt wurde, um auf einen Käufer zu warten, hatte Theo sich bereits mit seiner Lage abgefunden. Ja, er fand Gefallen daran. Er war eins mit dem Mantel. Durch ein Loch im

Futter linsend foppte er Kunden und erschreckte kleine Kinder. »Mommy, da ist ein Gespenstermantel!«, riefen die Gören, und Theo kicherte.

Eines Tages erspähte Theo seinen alten Schulrektor. Der respektable Rektor Watt stöberte im Angebot des Secondhand-Ladens, als berüchtigter Geizhals kaufte er nämlich ausschließlich Kleidung aus zweiter Hand. Als er sich dem Mantel näherte, machte Theo erneut auf Flaschengeist – was ihm zu seinem eigenen Erstaunen sehr überzeugend gelang. Watt fiel darauf herein und für Theo begann ein neues Leben. Auf einmal befand er sich in der bestmöglichen Position, die Machtverhältnisse an der Rocky Point Middle School nachhaltig zu beeinflussen.

»Pink ist das neue Beige«, erklärte Rektor Watt seinen Mitarbeitern, als er den Mantel erstmals zur Arbeit trug.

Theo wäre zwar nicht im Traum eingefallen, seinem Rektor irgendwelche Herzenswünsche zu erfüllen, doch er konnte ihn davon überzeugen, Caitlins Eltern einzubestellen und Nick und Caitlin nach allen Regeln der Kunst in ihre Beziehung zu pfuschen – auch wenn Watt seltsamerweise darauf bestand, dass Nick offiziell gar nicht existierte.

Bald musste Theo feststellen, dass Watt kein sehr inspirierender Zeitgenosse war. Zu seinen Lieblingsbeschäftigungen zählte es, Shakespeare zu zitieren, ungefragt die Fernsehnachrichten zu kommentieren und sich bei seiner Frau über Schüler zu beklagen, die sein Leben mit Klang und Wut erfüllten und doch nichts von Bedeutung beizutragen hatten.

Auch morgen würde Theo der immer gleichen Leier lauschen müssen, und auch übermorgen und überübermorgen. Langsam sehnte er sich zurück zu dem Landstreicher.

Rektor Watt dagegen traute dem Mantel noch immer einiges zu. Spielten sich in dieser Welt derzeit nicht die unglaublichsten Dinge ab? Was ihm noch vor wenigen Monaten als absurdes Hirngespinst erschienen wäre, wollte er jetzt auf keinen Fall vorschnell ausschließen. »Es gibt mehr Ding' im Himmel und auf Erden«, sinnierte er, »als Eure Schulweisheit sich träumt, Horatio.«

»Worauf du Gift nehmen kannst«, stimmte Theo ihm zu. »Aber nenn mich bitte nicht Horatio.«

Allerdings weigerte sich der Mantel stur, ihm seine Wünsche zu erfüllen, und so wuchs in Watt der Verdacht, dass die geheimnisvolle Stimme nicht aus dem Futter drang, sondern nur in seinem Kopf existierte. Oder, schlimmer noch, dass ein Dämon Besitz von dem Kleidungsstück ergriffen haben könnte! Einen Teufelsaustreiber anzuheuern, wäre dem Rektor furchtbar peinlich gewesen, und so entschied er sich für die nächstbeste Lösung: Zuerst würde er den Mantel nach althergebrachtem Ritual verbrennen, dann würde er sich eine Selbsthilfegruppe suchen.

Sobald seine Frau zu ihrer Bridgerunde verschwunden war, fachte Rektor Watt das Kaminfeuer an und begann mit der Rezitation des Gesanges aus dem dritten Kapitel von *Exorzismus für Dummies*. Theo wusste nicht, wie es einem 2D-Teenager in einem 3D-Feuer ergehen würde, aber aller Wahrscheinlichkeit nach würde es wehtun. Ziemlich wehtun.

»Das sollten Sie lieber bleiben lassen«, bettelte Theo, kurz bevor er bei lebendigem Leib geröstet werden würde.

Worauf Watt antwortete: »Mein Leben ist's, das meinen Namen ruft!«

»Dein Leben? Quatsch, ich bin's! Dein Mantelgeist! Und du machst mich gerade richtig wütend!«

Trotzdem knäulte Rektor Watt den Mantel zusammen und erstickte dadurch Theos Protestlaute, und Theo wappnete sich dafür, sogleich von Flammen umhüllt zu werden. Doch Watt brachte es nicht über sich. Er schleuderte stattdessen das Exorzismus-Handbuch ins Feuer und fiel auf die Knie.

Theo wollte ihn mit einem Shakespeare-Zitat aufmuntern. »Nun ward der Winter unseres Mistelpflügens«, erinnerte er sich, woraufhin Watt aber erst recht in Tränen ausbrach.

Also beschloss Theo, dem Mann doch noch einen Wunsch zu erfüllen, wie es sich für einen guten Mantelgeist gehörte.

»Ich werde dich für den Rest deines Lebens in Frieden lassen«, sagte er, »wenn du mich zu Caitlin Westfield bringst und mich um ihre Schultern legst.«

Nur so lässt sich erklären, dass am Abend von Caitlins offizieller Verurteilung zum Hausarrest bis ans Ende aller Tage Rektor Watt vor der Tür der Westfields auftauchte.

»Es ist von größter Wichtigkeit, dass ich Ihrer Tochter diesen Mantel übergebe«, sagte er zu Mrs Westfield, und weil der Mann immerhin Schulrektor war und wo ihm doch so viel daran lag, rief Mrs Westfield Caitlin aus ihrem Zimmer herunter.

»Was soll das denn werden?«, fragte Caitlin, als Watt ihr den Mantel um die Schultern legte.

Ihre Mutter zuckte mit den Schultern. »Glaube nicht, dass der Mantel dir gehört. Der ist dir doch viel zu groß.«

»Gut, gut«, sagte Rektor Watt. »Damit sollte alles seine Ordnung haben.« Er drehte sich um und floh hinaus in die Nacht, als wäre ihm ein Puma auf den Fersen.

»Seltsame Sache«, murmelte Caitlin und stapfte zurück auf ihr Zimmer.

Im Mantelfutter verwandelte sich Theo Blankenships Winter des Missvergnügens in einen strahlenden Sommer.

Auf ihrem Zimmer schüttelte Caitlin den Mantel gleich wieder ab – und als sie ihn zum ersten Mal in den Händen hielt, bemerkte sie, dass sich das Material von jedem Stoff unterschied, den sie bisher berührt hatte. Sie rang nach Atem. Fühlte sich so Madagaskar-Spinnenseide an?

Caitlin hängte den Mantel an die Schranktür, starrte ihn an und zermarterte sich das Gehirn über die Frage, wieso Rektor Watt ihr dieses Ding gebracht haben könnte.

Gehörte Watt zu den Accelerati? Nein, das konnte sie sich nicht vorstellen. Ein Kleingeist wie Rektor Watt taugte nicht zum diabolischen Wissenschaftler.

Noch ein Rätsel, das ich nie lösen werde, dachte Caitlin.

Es war absolut ausgeschlossen, ihren Eltern einfach zu erzählen, was hier vor sich ging, ebenso ausgeschlossen wie es war, dass ihre Eltern ihr auch nur ein Wort davon glauben würden. Als Caitlin vorsichtig versucht hatte, ihnen die Spitze des Eisbergs zu offenbaren, hatte sie Schiffbruch erlitten wie die *Titanic*. »Das ganze seltsame Zeug, das hier in Colorado Springs passiert ist«, hatte sie gesagt, »das war alles kein Zufall. Ich will bloß dafür sorgen, dass es sich nicht wiederholt.«

Ihre Eltern hatten höhnisch geschnaubt. »Du bist ein vierzehnjähriges Mädchen«, hatte ihr Dad gesagt, als müsste er sie extra daran erinnern. »Du solltest dir nur über deine Schulnoten Gedanken machen und über deine Klamotten.«

Hielten ihre Eltern sie wirklich für so oberflächlich? Für so zweidimensional?

Caitlin lag auf ihrem Bett und hämmerte frustriert auf ihr Kissen ein … bis sie von einer Stimme in ihrem Rücken aufgeschreckt wurde.

»Caitlin«, sagte die Stimme hinter ihr. »Ich bin's. Hab keine Angst.«

»Wer ist da? Wer ist da?« Caitlin drehte sich einmal um die eigene Achse, aber es war niemand im Zimmer.

»Ich bin's, Theo.«

Als hätte alles nicht schon finster genug ausgesehen! Jetzt war auch noch Theo hier? Aber wo versteckte er sich?

»Ich weiß, das hört sich jetzt sehr merkwürdig an«, sagte Theos Stimme. »Aber ich bin in dem pinken Mantel.«

Misstrauisch näherte Caitlin sich dem Mantel. War das ein Trick der Accelerati? Steckte ein Lautsprecher in der Tasche? Caitlin sah darin nach, fand aber nichts.

Da ertönte Theos Stimme erneut, diesmal dicht an ihrem Ohr. »Ich stecke im Futter«, sagte er. »So ein Typ hat mich in den Mantel eingesperrt und dann auf einer Parkbank liegen lassen. Jorgenson hieß er.«

»Jorgenson?«, fragte Caitlin. »Alan Jorgenson?«

»Ja, genau. Das ist der neue Mensafritze an der Schule, aber eigentlich gehört er zu einem Geheimbund. Die haben ein total nices Geheimversteck unter dem Atomic Lanes.«

»Sei einfach mal ruhig«, meinte Caitlin, »und lass mich machen.«

Als sie den Mantel auf links drehte, entdeckte sie entlang des Innensaums einen verborgenen Reißverschluss. Langsam und zaudernd öffnete Caitlin ihn – und kaum hatte sie ihn geöffnet, kroch Theo heraus.

Theo glitt über den Boden und zog sich an der Tür hoch.

Man hätte ihn als »flach« beschreiben können, aber damit wäre man seinem Zustand nicht gerecht geworden. Theo war dünner als Zwiebelhaut, dünner als Caitlins Poster an der Wand. Früher hätte Caitlin schreiend die Flucht ergriffen, doch seit ihrem Erstkontakt mit den Accelerati hatte sie so viel absurdes Zeug erlebt, dass ihre Verblüffung bloß im hellroten Bereich lag.

»Wie ist das passiert?«, fragte Caitlin.

»Das war so unfair«, antwortete Theo. »Ich habe ganz friedlich einen katzenspuckenden Tornado gefilmt, und plötzlich klebe ich flach an der Wand!«

»Und Rektor Watt weiß davon?«

Theo schüttelte seinen 2D-Kopf. »Der dachte, ich bin ein besessener Mantel. Aber hey, wo ich schon mal hier bin, kann ich nicht bei dir bleiben? Ich mache auch keine Arbeit, ich brauche nichts zu essen und ich nehme keinen Platz weg.«

Bei der Vorstellung, sich ihren Exfreund als lebendiges Wandposter zu halten, wurde Caitlin ein wenig flau im Magen. Und im nächsten Moment fiel ihr etwas auf: Sie selbst saß seit Neuestem in ihrem Zimmer fest wie eine Vorort-Rapunzel, aber Theo konnte sich frei bewegen …

In diesen Gedanken wollte Caitlin ihn gerade einweihen, als sich die Tür öffnete. Es war ihr Dad, der Caitlin früher nie größeres Misstrauen entgegengebracht hatte, sie jetzt aber mit skeptischem, leicht schmerzlichem Blick beäugte – der Schmerz eines Vaters, der sich plötzlich vom Leben seiner Tochter ausgeschlossen fühlte.

»Mit wem redest du da?«, fragte er. »Ich habe Stimmen gehört.«

»Du hast mir mein Handy weggenommen«, erwiderte Caitlin. »Also kann ich nur noch Selbstgespräche führen, was?«

»Du bekommst dein Handy zurück, sobald du dich wieder verantwortungsvoll verhältst.«

Caitlins Dad blickte sich um, um sich zu vergewissern, dass seine Tochter keine unerlaubte Gesellschaft hatte, und schloss die Tür – ohne Theo zu bemerken, der sich direkt dahinter versteckte, perfekt an die Wand geschmiegt.

»Theo«, flüsterte Caitlin. »Denkst du, du könntest Jorgenson wiederfinden? Wenn es sein muss?«

»Nur über meine Leiche! Keine zehn Särge bringen mich zurück zu dem Kerl!«

Innerlich stöhnte Caitlin auf. »Aber du wüsstest, wo du ihn finden könntest?«

Theo zuckte mit den Schultern. »Denke schon.«

Caitlin atmete tief ein. Kaum zu glauben, dass ausgerechnet Jorgenson sie aus dem Hausarrest retten könnte. Auf der anderen Seite hatte sie sich erst neulich auf einen Handel mit Jorgenson eingelassen, und wer einmal einen Pakt mit dem Teufel geschlossen hatte, war wohl dazu verdammt, die Geschäftsbeziehung auf ewig fortzusetzen.

»Theo«, flüsterte Caitlin. »Du musst dich hier rausschleichen und Jorgenson suchen gehen. Sag ihm …« Caitlin dachte nach. Was in aller Welt könnte Jorgenson dazu bewegen, hierher zu kommen? »Sag ihm, ich habe seinen Mantel und außerdem ein paar zusätzliche Infos für ihn. Aber wenn er sie haben will, muss er mich hier rausholen.«

Theo runzelte die Stirn. »Und was springt dabei für mich heraus?«

»Ich werde einen Weg finden, dir deine dritte Dimension zurückzugeben«, entgegnete Caitlin.

»Das hatte Jorgenson mir auch versprochen, und dir vertraue ich auch nicht mehr als ihm.« Theo seufzte. »Aber ich mach's trotzdem – unter einer Bedingung: Wenn ich fertig bin, darf ich hierbleiben.«

»Aber …«

»Bitte. Wo soll ich sonst hin? Ich kann mich doch im Schrank einquartieren. Oder unter deinem Bett wohnen.«

»Igitt«, sagte Caitlin.

»Okay, vielleicht doch lieber im Schrank.«

Caitlin zögerte, was Theo offensichtlich als wortlose Zustimmung auffasste. Er schlüpfte durch das einen Spaltbreit geöffnete Fenster und verschwand in der Nacht.

Jorgenson war tatsächlich hocherfreut, als Theo Blankenship unter seiner Tür hindurchgeglitten kam.

»Aber wo ist mein Mantel geblieben?«, fragte er. Kleidungsstücke aus Spinnenseide waren – ganz unabhängig von der Farbe – extrem teuer und schwer zu beschaffen.

»Wenn Sie den Mantel wiederhaben wollen, müssen Sie ihn bei Caitlin abholen«, erwiderte Theo.

Jorgenson fuhr hoch. »Caitlin Westfield hat meinen Mantel?«

»Ja«, sagte Theo. »Aber sie gibt ihn sicher gerne zurück. Das Ding ist ihr eh viel zu groß.«

Am späteren Abend läutete Dr. Alan Jorgenson bei den Westfields und präsentierte Mrs Westfield, die kurz darauf vor ihm stand, das herzlichste Lächeln, das einem Menschen wie ihm möglich war.

»Kann ich Ihnen helfen?«, fragte Caitlins Mutter.

»Ich wollte meinen Mantel abholen«, erwiderte Jorgenson und zog einen Gegenstand aus der Hemdtasche, der nach einem goldenen Füller aussah. »Oh, schauen Sie mal da!« Er deutete über die Schulter der Frau.

Als sie sich umdrehte, drückte er einen Knopf auf dem »Füller«, wodurch ein Lichtfleck auf die gegenüberliegende Wand projiziert wurde.

»Ahhhh«, machte Mrs Westfield. »Was ist das?« Und als hätte sie Jorgenson vollkommen vergessen, lief sie davon, um das Licht an der Wand einzufangen.

Mr Westfield, der soeben dazugestoßen war und ebenfalls den leuchtenden Punkt an der Wand entdeckt hatte, ließ das Sandwich fallen, das er gerade verspeiste, und hechtete dem Licht hinterher.

»Was ist das?«, fragte er seine Frau. »Hast du so was schon mal gesehen?«

»Wo ist es hergekommen?«, fragte seine Frau zurück.

Ein Weilchen leuchtete Jorgenson mit dem Füller kreuz und quer durch den Raum und sah zu, wie das Ehepaar das Licht verfolgte.

»Da ist es!«

»Du musst es einfangen!«

Theo drückte sich um den Türpfosten herum und beobachtete das muntere Treiben, wurde aber nicht recht schlau daraus. »Die sind ja wie Katzen, die einem Laserpointer hinterherjagen.«

»Du triffst den Nagel auf den Kopf«, sagte Jorgenson. »Der FGD-Projektor funkt auf einer präzise kalibrierten Wellenlänge, die das menschliche Gehirn zu größtmöglicher Neugier anregt. Die beiden haben mich restlos vergessen. Und jetzt bringst du mich zu Caitlin.«

Er knipste den Faszinierendes-Glitzerdings-Projektor aus und folgte Theo die Treppe hinauf.

»Moment«, sagte Mr Westfield. »Wo ist es hin?«

»Ich glaube, es ist hinter dem Sofa verschwunden«, antwortete Mrs Westfield.

»Worauf warten wir noch? Das Sofa muss weg von der Wand!«

Als Jorgenson Caitlins Tür öffnete, sah er das Mädchen rastlos in ihrem Zimmer auf und ab gehen. Er griff sich seinen Mantel, den sie über einen Stuhl geworfen hatte.

»Bin ich froh, dass Sie hier sind«, sagte Caitlin.

Jorgenson grinste bis über beide Ohren. »Wie amüsant, dass ich dich aus deinem eigenen Zuhause befreien soll. Aber ich frage mich, was ich eigentlich davon hätte …«

»Hat Edison Sie schon aus der Schulmensa gerettet?«

Widerwillig räumte Jorgenson ein, dass Caitlins Informationen in der Tat von Nutzen gewesen waren. »Sagen wir mal so: Ein gewisser Lebensabschnitt versinkt derzeit ruck, zuck in der Vergangenheit.« Er machte einen Wink in Richtung Theo, der ungelenk versuchte, sich auf einem Sitzsack niederzulassen. »Mr Blankenship meinte, du könntest mich mit weiteren Insiderinfos versorgen? Sollte etwas Interessantes dabei sein, will ich versuchen, dich aus deinem goldenen Käfig zu entführen.«

»Ich ergebe mich«, antwortete Caitlin. »Nick gehört jetzt zu euch und ich will nicht gegen ihn kämpfen. Ich will auf derselben Seite sein wie er.«

»Was?« Theo versuchte, schnellen Schrittes zu Caitlin hinüberzumarschieren, rutschte aber doch nur über den Boden, was natürlich nicht die gewünschte Wirkung hatte.

Während Jorgenson unbeeindruckt blieb. »Was sollten wir denn mit dir anfangen? Du eignest dich offensichtlich nicht für eine Mitgliedschaft bei den Accelerati.«

»Edison will doch, dass Nick so effektiv wie möglich arbeitet, oder? Wenn ich dabei bin, ist Nick am besten.«

Auch das konnte Jorgenson noch nicht davon überzeugen, dass Caitlin den Aufwand wert wäre.

»Und wenn Sie mich persönlich bei Edison abliefern«, fügte Caitlin hinzu, »sammeln Sie einen weiteren Schleimpunkt.«

Jorgenson tippte sich nachdenklich aufs Kinn. Das Mädchen wirkte aufrichtig, aber es hatte sich schon einmal als falsche Schlange erwiesen. Zur Sicherheit griff er in die Tasche, holte den Netzreif eines Albtraumfängers heraus und ließ ihn vor Caitlins Augen baumeln.

»Was machen Sie da?«, fragte das Mädchen.

»Ich teste dich«, antwortete Jorgenson ehrlich. »Der Albtraumfänger reagiert auf die kleinsten Schwingungen einer nahenden Chaosfront. Bei drohendem Unheil wird ein pulsierendes Alarmsignal ausgelöst.«

Doch der Albtraumfänger blieb reglos – woraus Jorgenson schließen musste, dass Caitlin Westfield im Augenblick keine hinterhältige Pandora war.

»Na schön«, sagte Jorgenson und schob den Albtraumfänger wieder in die Innentasche. »Aber du begleitest mich als meine Gefangene und wirst auch entsprechend behandelt werden.«

»Soll mir recht sein«, erwiderte Caitlin.

Der Albtraumfänger gab Caitlin zu denken. Hatte er nicht angeschlagen, weil ihr Vorhaben, Edison den Stecker zu ziehen, zum Scheitern verurteilt war? Oder würde ihre Tat der Welt einfach mehr Ordnung als Chaos bescheren?

Auf diese Fragen würde sie jetzt keine Antwort erhalten. Caitlin konnte nur mit ihrem Plan fortfahren.

Als sie mit Jorgenson auf den Flur trat, kamen ihre Eltern gerade die Treppe hoch, endlich befreit von den Nachwirkungen der FGD-Projektion.

»Wer zur Hölle sind Sie?«, brüllte ihr Vater nach oben.

Seufzend zog Jorgenson erneut den Projektor aus der Tasche und richtete ihn auf eine Wand im Erdgeschoss.

»Ahhhh!«, rief Caitlins Mutter. »Es ist wieder da!«

»Schnell!«, drängelte Caitlins Vater, »diesmal darf es uns nicht entwischen!« Seite an Seite hetzten sie die Treppe hinunter, ohne noch einen Gedanken an Jorgenson zu verschwenden.

Caitlin wandte sich an Theo. »Bleib du hier, Theo. Wenn meine Eltern sich wieder eingekriegt haben, sag ihnen, dass mit mir alles in Ordnung ist und dass ich bloß was Wichtiges zu erledigen habe.«

»Wenn sie mich sehen, flippen die doch total aus«, stellte Theo fest.

»Stimmt«, sagte Caitlin. »Aber dann glauben sie dir vielleicht.«

Danach verließ Caitlin mit Jorgenson das Haus, stieg in einen schillernden Geländewagen und wurde zur Gefangenen der Accelerati.

31. Haarscharf

Auch in Caitlins Abwesenheit drehten sich die Rädchen ihres Plans an diesem Abend stetig weiter.

Ganz wie von Caitlin prophezeit, konnte der kleine Nicky extrem anstrengend sein, wenn er es darauf anlegte. Er piekste Mitch mit einer solchen Ausdauer in die Rippen, schnitt Grimassen und reagierte auf jede Kritik mit »Selber doof/nervig/bescheuert«, dass Mitch ihn am liebsten ungespitzt in den Boden gerammt hätte.

Und sobald Mitch zu emotionaler Schlagsahne verrührt war, stellten ihm die anderen abwechselnd Fragen.

BeatNick machte den Anfang. »Wir können Thomas Edison aufhalten, indem wir …«

»*… bei seinem Rollstuhl die Bremsen einlegen*«, vollendete Mitch den Satz.

»Evangeline Planck …«, begann Nickelback.

»*… hatte am 22. Februar eine Wurzelbehandlung.*«

Nicholas übernahm. »Der Schlüssel zum Sieg über die Accelerati …«

»*… passt in kein Standardzündschloss.*«

»Mitch«, sagte Vince, »das bringt uns alles nichts.«

»Kann ich doch nichts dafür«, wehrte Mitch sich. »Was rauskommt, kommt raus. Ihr müsst halt den richtigen Satz anfangen.«

»Wir können uns wiedervereinigen …«, fing Nicholas an.

»… *mithilfe von geisterhaftem Licht*«, sagte Mitch.

BeatNick warf die Arme hoch. »Was soll das jetzt wieder heißen?«

»Weiß nicht«, meinte Nicky. »Aber es klingt nicht so schön.«

Alle Antworten, die Mitch gab, waren entweder komplett nutzlos oder viel zu verrätselt, um ihnen weiterzuhelfen. Irgendwann ging Mitch nach Hause und träumte die ganze Nacht davon, gepiekst und gestupst und gehänselt zu werden.

Zak und Vince kamen unterdessen rasch zu der Erkenntnis, dass es nicht leicht war, zwei Geräte, die gegen alle bekannten Regeln der Wissenschaft verstießen, zu einem einzigen Gerät zu verbinden, das gegen noch mehr Regeln verstieß.

»Wir können sie nicht einfach auseinandernehmen«, meinte Zak, »weil wir sie dann vielleicht nie wieder zusammengebaut kriegen.«

»Aber wie sollen wir sie kombinieren, wenn wir sie nicht erst mal auseinandernehmen?«, entgegnete Vince.

Am Ende wagten sie sich nur so weit vor, die Gehäuse zu öffnen und die Stromkreise und Drähte und Röhren im Inneren zu studieren wie zwei hypernervöse Mitglieder eines Bombenentschärfungskommandos, die sich nicht entscheiden konnten, welches Kabel sie kappen sollten.

Zak und Vince arbeiteten die Nacht durch und hatten am nächsten Morgen handgezeichnete Schaltpläne beider Geräte angefertigt. Dabei entdeckten sie nur einen vielversprechenden Ansatzpunkt: Im Inneren beider Geräte fanden sich je exakt zwölf Kabel, die mit absolut nichts verbunden waren. Die Frage war, ob man diese Kabel jeweils miteinander koppeln konnte – oder lieber nicht.

»Sollen wir's riskieren?«, fragte Zak, dessen Augen sich vor lauter Schlafmangel nicht mehr scharfstellen wollten.

Normalerweise stürzte Vince sich mit vollendeter Todesverachtung in jedes Wagnis. Doch selbst er musste einsehen, dass es sehr, sehr naiv gewesen wäre, die Kabel so ganz ohne weitergehende Informationen zu verknüpfen.

»Was wollen wir überhaupt mit einer Zeitmaschine?«, fragte Zak. »In Filmen führen Zeitreisen doch in neun von zehn Fällen direkt ins Verderben.«

Die anderen hatten die Nacht bequem durchgeschlafen. BeatNick sollte am Morgen nach Shoreham aufbrechen und Nickelback nach Princeton – unterstützt von Vince, der ihnen half, ein größeres Reisehindernis aus dem Weg zu räumen.

»Ich kenne einen Typen, der einen Typen kennt, der euch zu einem entsprechenden Preis gefälschte Ausweise zur Sofortabholung macht«, raunte Vince. »Und Geld haben wir jetzt doch genug, oder? Denkt euch einfach irgendwelche Namen aus.«

Vince gab ihnen die Adresse des Typen, den der Typ kannte, die praktischerweise auf dem Weg zum Flughafen lag, und nachdem er ihnen noch ein Taxi gerufen hatte, verabschiedeten sich BeatNick und Nickelback.

Nicholas wollte zuvor noch gemütlich frühstücken, weil das Atomic Lanes sowieso erst um zehn Uhr öffnete.

Hätte die Bowlingbahn früher geöffnet, hätten die Dinge sich möglicherweise grundlegend anders entwickelt.

Petula war die Einzige der in Colorado Springs stationierten Accelerati, der die verdächtigen Aktivitäten in Vince LaRues Haus aufgefallen waren. Die übrigen Agenten waren entweder vollkommen ausgelastet mit dem Wardenclyffe-Projekt oder aufgrund einer eilig vertuschten Finanzkrise, über die sich kein Mensch näher äußern wollte, auf die Ersatzbank verbannt worden.

Dadurch befand Petula sich in der angenehmen Lage, ungestört auskundschaften zu können, was sich hier unter aller Augen abspielte. In Vince' Haus hatte sich ein Pulk Menschen zusammengerottet, eine Art Familienversammlung, hatte es den Anschein. Aber so ähnlich die meisten davon einander sahen, niemand hatte Ähnlichkeit mit Vince.

Ms Planck hatte Petula nur ein paar wenige Accelerati-Apparaturen mitgegeben, um sich bei ihren Unternehmungen den Weg zu ebnen. Petula hatte ihren Temporalschubser oder »Nackedeisator« dabei – mit einer solchen Waffe hatte Nick das Prisma zurückerobert –, und in ihrer Tasche steckten obendrein ein Albtraumfänger, der aber immer nur vibrierte, wenn Petula nach Hause ging (was ihr absolut einleuchtete, schließlich hatte sie ihre Familie schon immer als personifizierten Albtraum empfunden), und ein Zeitdehner, der im Fall des Falles die Zeit verlangsamen konnte.

An das richtig gute Zeug war Petula nicht herangekommen.

Und noch dazu war es nicht leicht, mit Gips ninjamäßig durch die Gegend zu schleichen. Immerhin war mittlerweile nur noch Petulas Handgelenk eingegipst.

Die Stimmen drangen bloß leise und gedämpft aus Vince' Haus, doch ein Wort hörte Petula eindeutig heraus: *Zeitmaschine*. Da spitzte sie erst recht die Ohren.

Sie musste sich ducken, als zwei in ein kindisches Streitgespräch verstrickte Männer, ein Mittzwanziger mit Kinnbart und ein mittelalter Kerl mit Koteletten, aus der Tür traten und in ein Taxi stiegen. Die beiden kamen Petula bekannt vor, aber sie konnte ihre Gesichter nicht zuordnen.

Kaum waren die beiden außer Sichtweite, aktivierte Petula den Zeitdehner.

In die Zwischenräume der einzelnen Sekunden gezwängt, öffnete Petula das Fenster und stieg ins Haus ein. Von jetzt an blieben ihr drei Minuten für ihre Erledigungen, während in der Außenwelt nur drei Sekunden verstreichen würden. Als die Zeit wieder auf Normalgeschwindigkeit beschleunigte, waren alle Anwesenden mit Kabelbindern an Stühle und andere klobige Objekte gegurtet. Petula pflegte immer einige Kabelbinder bei sich zu tragen. Man konnte nie wissen, wann man mal jemanden fesseln musste.

Völlig verdattert schauten sich die fünf Opfer in ihrer plötzlichen Zwangslage um. Dann schwenkte der Blick des kleinen Jungen auf Petula und er stieß ein lautes Stöhnen aus. »Petula! Warum ausgerechnet Petula …«

Petula starrte auf ihn hinab. »Kennen wir uns?«

Der Knirps glotzte sie bloß böse an. Ein Glotzen, das ihr merkwürdig vertraut war.

»Mach uns wieder los, Petula!«, sagte ein vollbärtiger Typ zwischen dreißig und vierzig, der sich hilflos gegen die Fesseln stemmte. »Mach uns los, oder ich schwöre dir, ich …«

»Woher kennt ihr mich denn alle?« Petula warf einen Blick auf Vince, doch der zuckte bloß mit den Schultern, was ihr auch nicht weiterhalf. Sie wandte sich wieder an den Bärtigen. »Ich kenne Sie nicht. Also woher kennen Sie mich?«

Doch während Petula dem Mann eisern in die Augen blickte, dämmerte ihr etwas. Sie drehte sich zu dem Knirps, dann wieder zu dem Bärtigen, dann zu dem Greis – und die Wahrheit traf sie wie ein Blitzschlag.

»Ihr seid alle Nick!«, rief sie. »Nick hat eine Zeitmaschine gebaut und ist in die Vergangenheit gereist und sein eigener Großvater geworden! Und, äh … auch sein eigener Vater.«

»Nein, du Blödi«, sagte der Grundschul-Nick. »Das doofe Prisma war's. Es hat uns in sieben Teile zerlegt.«

»Nicky!«, schimpfte der Bärtige.

Nicky blickte zu Boden. »Tschuldigung.«

Alles passte zusammen. Jetzt wusste Petula, wieso sie neulich in der Ruine von Nicks Zuhause das Gefühl gehabt hatte, Nick wäre nicht vollständig anwesend. In gewisser Weise war er tatsächlich unvollständig gewesen.

Der alte Mann schlug ihr ein Geschäft vor. »Tu das nicht, Petula«, sagte er. »Ich gehe auch mit dir aus! Also ich meine natürlich, wenn ich wieder zusammengesetzt und vierzehn Jahre alt bin, dann gehe ich mit dir aus.« Er setzte ein sehr zahnloses Lächeln auf.

»Igitt«, sagte Petula. »Igittigittigitt*igitt*!« Dabei beließ sie es dann, denn kein *Igitt* der Welt konnte ihrer Abscheu angemessen Ausdruck verleihen.

Irgendwo im Haus plärrte ein Baby.

»Wenn wir hier weiter gefesselt rumsitzen müssen«, sagte der schwarze Teenager, »musst du wohl SputNicks Windel wechseln.«

Damit weckte er nicht Petulas Ekel, sondern ihre Neugier. Sie fand den Säugling in einem improvisierten Kinderbett im großen Schlafzimmer. Er hatte dieselben blauen Augen wie die anderen – noch ein Nick. Und so wehrlos! Es war ein wundervolles Gefühl, einen hilflos ausgelieferten Nick vor sich zu haben. Als Petula das Baby aufhob, kotzte es ihr postwendend die Bluse voll.

»Oh ja«, sagte Petula. »Du musst ein Nick sein.«

Doch in den Augen des Kleinen entdeckte sie nicht die kleinste Feindseligkeit, keine Spur des Grolls, der Nicks und Petulas Nichtbeziehung belastete. Das Baby war die reine Unschuld, sein Bewusstsein kreiste allein ums Essen, Schlafen und In-die-Windel-machen. Dieser eine Nick hasste sie nicht! Petula zog ihm eine frische Windel an und legte ihn mit einem Schnuller schlafen, an dem er selig lutschte.

Dann rief sie Ms Planck an.

Ms Planck, die in ihrem Büro unter der Bowlingbahn saß, hatte wenig Lust, Petulas Anruf entgegenzunehmen. Den ganzen Vormittag über hatte sie sich mit immer ärgeren Problemen herumschlagen müssen, und angefangen hatte alles mit einem aufgebrachten Anruf des alten Herren.

»Können Sie mir bitte erklären, wieso mein Gärtner mit einem ungedeckten Scheck vor der Tür steht?«, hatte Edison gefragt. »In meinem ganzen unnatürlich langen Leben ist es mir noch nie vorgekommen, dass einer meiner Schecks wegen mangelnden Guthabens geplatzt ist!«

»Da liegt sicherlich ein Irrtum vor«, antwortete Planck leicht irritiert.

»Ich dachte, wir hätten eine Dreiviertelmilliarde Dollar auf einem verschlüsselten Tagesgeldkonto liegen? Oder haben Sie das schon alles auf den Kopf gehauen?«

Weit gefehlt. Die Millionen waren kaum angetastet worden, allein die Zinsen deckten den Großteil der laufenden Ausgaben. Für die Bergungsarbeiten beim Slate-Haus und die Errichtung des neuen Wardenclyffe Towers hatten sich die Accelerati natürlich relativ dramatisch verschulden müssen, aber ihre Geldmittel sollten locker für die Kreditraten reichen. Also wieso platzten ihre Schecks?

»Ich kümmere mich darum«, sagte Planck – keine fünf Minuten vor einem Anruf aus der Accelerati-Cafeteria. Offensichtlich hielt der Lebensmittellieferant seine Lieferung zurück, weil es mit einer Kontoabbuchung am Vorabend Probleme gegeben hatte. Es brachte Planck zur Weißglut, dass sie sich selbst jetzt, wo sie endlich nicht mehr die überqualifizierteste Essensausteilerin der Welt mimen musste, mit diesem Gastronomiemist herumschlagen sollte.

Der dritte Schlag erwischte sie am heftigsten. Planck forderte eine Aufstellung der aktuellen Finanzdaten an. Einige Zeit später betrat ein Buchhalter im limonadengrünen Spinnenseidenanzug ihr Büro, dessen Gesicht übrigens auch recht grünlich wirkte, als stünde er kurz vor der Ohnmacht. Mit zittriger Hand hielt er ihr ein Blatt Papier hin.

»Das wird Ihnen nicht gefallen«, sagte der Mann und wich nach der Übergabe des Papiers einen Schritt zurück, als könnte das Ding in Plancks Händen explodieren.

Diesem Zettel zufolge betrug das gesamte Bankguthaben der Accelerati genau einen Cent.

Plancks Gesicht muss einen wahrhaft Furcht einflößenden Ausdruck angenommen haben, denn der Buchhalter sagte mit einem beinahe lautlosen Flüstern: »Bitte töten Sie mich nicht.«

Da verengten sich Plancks Augen noch weiter. »Hauen Sie einfach ab.« Dachte dieser unverschämte Kerl wirklich, sie wäre so grausam, einen Menschen zu töten, nur weil er ihr eine schlechte Nachricht überbracht hatte? Später, sagte Planck sich, würde sie den Mann als Versuchsobjekt für Genexperimente anmelden. Er musste dafür bestraft werden, dass er ihr eine solche Barbarei zugetraut hatte.

Hier handelte es sich zweifellos um irgendeinen leicht zu behebenden Bankenfehler, aber lästig war Planck die Sache allemal, und abgesehen davon zweifelte Edison nun an ihren Führungsqualitäten. Trotz aller Macht, die sie zurzeit auf sich vereinte, müsste der Alte nur mit dem Finger schnippen, um sie ebenso schnell zu ersetzen wie Jorgenson.

In diesem Moment wurde Planck von ihrem Sekretär informiert, dass Petula Grabowski-Jones am Apparat sei.

»Sagen Sie ihr, ich bin beschäftigt.«

»Sie meint, es sei ein Notfall.«

Planck seufzte. Petulas Leben bestand *ausschließlich* aus Notfällen und auf noch mehr schlechte Nachrichten konnte sie im

Moment wirklich verzichten. War es ein Fehler gewesen, Petula in den Bund der Accelerati einzuladen? Eventuell, dachte Planck, wäre auch Petula eine hervorragende Kandidatin fürs Genlabor.

»Wie geht es dir, liebste Petula?«, flötete sie.

»Ich habe den Globus gefunden!«, antwortete das Mädchen. »Ich halte ihn schon in den Händen.«

Vor Aufregung sprang Planck unwillkürlich auf. »Wo bist du?«

»Bei Vince LaRue. Sie müssen so schnell wie möglich herkommen! Ach, und noch was: Es sieht so aus, als hätten die anderen aus dem Globus eine Zeitmaschine bauen wollen.«

In dieser einen Sekunde mutierte Petula vom wandelnden Problem zur Retterin Evangeline Plancks.

»Rühr bloß keinen von den Knöpfen an!«, rief Vince, als Petula den Globus studierte.

»Auch den hier nicht?« Neckisch schob Petula ihren Zeigefinger auf einen der Knöpfe.

»Erst recht nicht den!«

Petula lachte. Ihre bisherigen Erfahrungen mit Teslas Schöpfungen hatten sie gelehrt, dass eine fehlerhafte Bedienung zu großen Schmerzen oder gar zum Tod führen konnte. Die Analyse dieser Apparatur überließ sie liebend gerne den Kollegen von der Forschungs- und Entwicklungsabteilung.

Danach besah sie sich das Telefon. »Das ist dann wohl die Zeitmaschine?«

»Wir haben versucht, eine zu bauen«, meinte der schwarze Teenager. »Aber woher willst du wissen, ob wir's auch hingekriegt haben?«

»Red nicht mit ihr, Zak«, riet Braunbart-Nick. »Je weniger sie weiß, desto besser für uns.«

Es war seltsam, aber je länger Petula den Mann betrachtete, zu dem Nick eines Tages heranwachsen würde, umso vertrauter erschien er ihr. Aus Nick sollte mal ein attraktiver Kerl werden, seine Augen würden sich ihren tiefen Blauton bewahren. Ansonsten sah man wegen des dichten Bartgestrüpps natürlich nicht viel …

Bis zu Ms Plancks Eintreffen hatte Petula ohnehin keine Beschäftigung, also wieso sollte sie nicht ihre Neugier stillen? Im Badezimmer fand sie einen Rasierer – einen Damenrasierer, aber Klinge war Klinge.

Ungeachtet seiner Proteste schmierte sie den bärtigen Nick mit Rasierschaum ein und rasierte drauflos.

»Was soll das? Ich mag meinen Bart!«

»Mund zu und stillhalten«, pflaumte Petula ihn an. »Sonst schneide ich dir noch in eine Pulsader.«

Nach getaner Arbeit wich sie einen Schritt zurück und bewunderte ihr Werk. Die Erkenntnis ließ etwas auf sich warten, doch dann schwappte sie über Petula hinweg wie eine Schockwelle, die sie beinahe von den Beinen riss.

Vince sah offenbar dasselbe wie sie. »Das«, flüsterte er. »Kann. Nicht. Sein.«

Zum ersten Mal in ihrem Leben hatte Petula das Gefühl, dass sogar Vince ehrlich überrascht war.

»Da laust mich doch der Affe«, sagte der greise Nick.

»Das bilde ich mir nur ein«, murmelte Zak. »Bitte sagt mir, dass ich mir das nur einbilde.«

Der kleine Nicky starrte den Enthaarten bloß kopfschüttelnd an.

»Was habt ihr denn alle?«, fragte der Glattrasierte.

»Am besten zeige ich's dir einfach.« Petula zog ihr Handy aus der Tasche, knipste ein Foto und hielt es ihm unter die Nase.

»Sehr witzig. Wieso zeigst du mir jetzt ein Foto von Nikola Tesla?«

In seinen Augen konnte Petula auf die Sekunde genau beobachten, wann der Groschen fiel.

Und nebenan plärrte mal wieder das Baby.

32. Die Vorstellung, auf Dauer tot zu sein

In der gesamten Menschheitsgeschichte wurde keine praktischere oder überzeugendere Tarnung ersonnen als die eigene Gesichtsbehaarung. Sogar die Wissenschaft der Gesichtserkennung, die sich freilich noch in den Kinderschuhen befindet, lässt sich von einem geschickt platzierten Vollbart oder Schnurrbart aus dem Konzept bringen, sogar von Koteletten – all dies ist dazu angetan, charakteristische Kieferpartien, markante Lippen oder vorspringende Wangenknochen zu verbergen.

Im Lauf der Jahrhunderte kamen Vollbärte, Schnurrbärte und kunstvolle Backenbärte immer mal wieder in Mode und gerieten einige Zeit später wieder aus der Mode. Zu allen möglichen Zeiten, an allen möglichen Orten wurden Bärte von der Gesellschaft als Symbol der Kraft und Reife geschätzt.

Auch heutzutage lagen verschiedene Ausprägungen der Gesichtsbehaarung im Trend, weshalb Nicks ältere Versionen jeweils einen irgendwie gearteten Bart trugen – der die Wahrheit nicht nur vor ihnen selbst verhüllt hatte.

Bis jetzt.

Jetzt war alles anders.

Petula betrachtete sich als durchaus treues Mitglied der Accelerati, doch diese Wendung setzte alle Treueschwüre außer Kraft. Nick hatte nicht nur zufällig Teslas alten Kram auf dem Dachboden gefunden. Nun wusste Petula, dass seine Verbindung zu dem Erfinder viel tiefer ging.

Sie stampfte mit dem Baby auf dem Arm durchs Zimmer und strengte sich an, klar zu denken. Das Atomic Lanes war nicht weit entfernt, Ms Planck würde binnen Minuten eintreffen. Sollte Petula ihr von der Neuigkeit berichten? Sie hatte sich die Frage noch kaum gestellt, da vibrierte bereits der Albtraumfänger in ihrer Tasche. Aber Petula hätte auch ohne die Hilfe einer übersinnlichen Vorrichtung geahnt, dass sie lieber schweigen sollte.

Zum jetzigen Zeitpunkt wusste Ms Planck nur von dem wiederaufgetauchten Globus. Wer sollte Petula zwingen, ihr auch noch den Rest zu erzählen?

Petula musterte ihre Gefangenen und zückte den Nackedeisator. »Ihr werdet jetzt alle für zwanzig Minuten verschwinden«, erklärte sie ihnen. »Wenn ihr wieder hier seid, findet ihr eure Klamotten im Schrank.«

»Warte mal«, sagte Zak. »Was ist mit unseren Klamotten?«

Für weitere Erklärungen hatte Petula keine Zeit. Kurz entschlossen blitzte sie Zak und die drei Nicks weg. Die vier lösten sich in Luft auf, ließen aber ihre Kleidung zurück. Dann legte Petula den Säugling aufs Sofa und blitzte ihn ebenfalls weg.

Sie sammelte die verstreuten Klamotten ein, warf sie wie versprochen in den Schrank und räumte dann die Stühle in die Küche, da die drei Nicks und Zak sonst nach der Rückkehr wieder gefesselt gewesen wären. So würden sie natürlich auf den Boden plumpsen, als hätte man ihnen die Stühle unterm Hintern weggezogen, aber irgendwas war ja immer.

All das beobachtete Vince wie benommen, so sehr überraschte ihn Petulas abrupter Sinneswandel. Von seinen Verbündeten war nur er übrig geblieben und er fragte sich wieso.

»Ich glaube, du hast da was vergessen«, sagte Vince. »Mich.«

»Habe ich nicht«, erwiderte Petula.

Da fiel es ihm wie Schuppen von den Augen. Verzweiflung machte sich breit. »Du hast mich hierbehalten, weil du den Accelerati meine Batterie geben willst, oder?«

Einen Moment lang sah Petula ihn an, als fände sie den Gedanken gar nicht uninteressant, aber dann überlegte sie es sich doch anders. »Wenn sie den Globus haben, fehlt ihnen nur noch deine Batterie – und es wäre wirklich zu viel des Guten, wenn ich dich *noch mal* kille.«

Petula griff sich den Globus, postierte sich neben Vince und fummelte an den Einstellungen herum.

»Nein!«, rief Vince. »Warte!«

Zu spät. Petula drückte auf den roten Knopf.

Noch im selben Augenblick fanden sie sich in irgendeiner weit, weit entfernten Felsenlandschaft wieder, neben sich einen halben Sofatisch und unter sich ein kreisrundes Stück Fußboden.

Nur gut, dass das Teleportfeld nicht noch größer eingestellt gewesen war. Andernfalls hätte sich schon wieder ein Haus aus Vince' Wohnviertel verabschiedet.

Petula trat gegen Vince' Stuhl, wodurch er samt Rucksack nach hinten kippte. Vince befürchtete schon, der Aufprall würde die Batterie ausstöpseln, aber er hatte Glück.

Die stets auf alles vorbereitete Petula warf ihm ein Schweizer Taschenmesser zu, das auf seiner Brust landete. »Damit kannst du dir die Kabelbinder durchschneiden.«

»Du willst mich einfach hierlassen?«

»Solange du in Colorado Springs bist«, erwiderte Petula, »werden dich die Accelerati früher oder später finden. Hier finden sie dich nicht.« Sie begutachtete den Globus. »Ich schätze, der Knopf mit dem Ausrufezeichen bringt mich zurück zum Ausgangspunkt?«

Die Vorstellung, hier zu stranden, gefiel Vince überhaupt nicht. Die Vorstellung, auf Dauer tot zu sein, gefiel ihm allerdings noch weniger. »Ja«, sagte er deshalb. »Aber wenn du ankommst, musst du sofort zur Seite springen – oder du fällst durch ein Loch im Keller und brichst dir auch noch den anderen Arm.«

»Danke für den Tipp«, sagte Petula, drückte auf den Knopf und löste sich in Luft auf.

Einige mühselige Minuten später hatte Vince seine Fesseln gekappt. Endlich konnte er sich aufrichten und sich genauer in seiner neuen Umgebung umschauen.

Er stand auf einem Felsvorsprung über einer zerklüfteten Küste. Von unten drang das Krachen berstender Wellenberge herauf. Es schien kühl zu sein, doch für Temperaturen hatte Vince kein Gespür mehr. Wo befand er sich? Sicher konnte er sich nicht sein, aber er hatte da einen Verdacht.

Denn um ihn herum watschelten lauter Pinguine. Eine Riesenschar Pinguine.

Als Ms Planck eintraf, stand Petula im Wohnzimmer, den Globus in die gesunde Armbeuge geklemmt.

Im Wohnzimmerboden klaffte ein Loch und die Hälfte des Sofatisches fehlte.

»Ich musste das Ding unbedingt mal ausprobieren«, gestand Petula ihr. »Es ist ein Teleporter.«

»Das hatten wir schon vermutet.« Ms Planck nahm ihr den Globus ab. »Unsere Hypothese hat sich bestätigt.« Sie blickte sich um. »Was ist mit der Zeitmaschine?«

»Ich glaube, sie wollten den Globus und das Telefondings da drüben zu einer Zeitmaschine zusammenbauen.«

Ein Acceleratus aus dem Begleitteam wurde angewiesen, das Telefon mitzunehmen. »Erstklassige Arbeit, Petula«, meinte Ms Planck. »Ich bin sehr stolz auf dich. Auch Edison wird sehr stolz auf dich sein.«

Dann stieg die ganze Truppe in Plancks schillernden Bentley und fuhr davon.

Rund acht Minuten später trudelte Mitch Murló ein und sah, dass die Tür von Vince' Haus weit offen stand. Schnell ging er hinein, das Schlimmste ahnend.

»Hallo?«, rief Mitch. »Wo seid ihr alle hin?«

Er sah in sämtlichen Zimmern nach, entdeckte aber keine Menschenseele.

Doch bei seiner Rückkehr ins Wohnzimmer hockten überraschenderweise Zak und mehrere Nicks auf dem Boden, als wären sie soeben aus dem Nichts aufgetaucht.

»Da seid ihr ja«, sagte Mitch. »Aber, äh … wieso seid ihr alle nackt?«

33. Welch schmackhaften Aal Ihr uns serviert

Die Häufigkeit der Blitzschläge stieg wieder. Aber die Erdbewohner gewöhnten sich bereits an die elektrostatische Aufladung der Atmosphäre, schließlich hatte man das Ganze schon einmal hinter sich gebracht, ohne dass dabei die Welt dran glauben musste. Was lag näher, als davon auszugehen, dass die Erde auch bei der zweiten Runde mit minimalen Schäden davonkommen würde? Lästig war die allgegenwärtige Elektrizität schon, na klar, aber mehr auch nicht. In einer Woche, so dachte man allgemein, würde sich die Energie einfach wieder irgendwo auf dem Planeten entladen und elektrische Geräte durchbrennen lassen sowie Glühbirnen sprengen, wie zuletzt in Colorado Springs. In Las Vegas wurden sogar Wetten auf den diesmaligen Einschlagsort angenommen. Bisher war Oslo klarer Favorit, auch wenn niemand wusste wieso.

Dem allergrößten Teil der Erdbewohner mangelte es an einer entscheidenden Information. Lediglich eine Handvoll Menschen wusste, dass es nur dank der Tesla-Maschine auf Nicks Dachboden zu der lebensrettenden Entladung in Colorado Springs gekommen war. Ohne Tesla-Maschine wäre der ganze Planet geröstet worden.

So raste die Erde im Blindflug auf die endgültige Erfüllung ihres Schicksals zu, und wie es schien, konnten diesmal nur die Accelerati das Unheil abwenden.

Daher konnte sich das Leben auf Erden glücklich schätzen, dass die Rettung der Welt aus Sicht der Accelerati einträglichere Geschäfte versprach als deren Zerstörung. Hätte man aus einem globalen Massenaussterben den größeren Profit schlagen können, hätten sich die Accelerati ohne Zweifel mit aller Kraft dafür eingesetzt.

Solange man seine Ziele teilte, war Thomas Edison ein extrem wertvoller Verbündeter – das hatte Nick mittlerweile begriffen. Zum Konflikt würde es exakt fünf Minuten nach der nächsten Entladung kommen. In diesem Augenblick würden sich Edisons Motive wandeln: Noch wollte er der Welt dienen. Danach sollte die Welt gefälligst ihm dienen.

Zurück in Edisons Herrenhaus, wo über allem der friedvolle Schleier der viktorianischen Ordnung lag, konnte Nick viel zu leicht verdrängen, was auf dem Spiel stand. Als er auf seinem Bett lag und an die mit aufwendigen Einlegearbeiten verzierte Holzdecke starrte, rief er sich deshalb in Erinnerung, wieso er eigentlich hier war.

Um seine Familie und Freunde vor dem Zorn der Accelerati zu beschützen. Um sicherzustellen, dass die rekonstruierte Maschine die Energie in sich aufnehmen würde. Und um Edison im Auge zu behalten. Falls Nick keinen Weg fand, die Ansichten des Greises zu ändern, müsste er zumindest für eine Ablenkung sorgen, die ihm genügend Zeit verschaffte, Edison einen Strich durch die Rechnung zu machen. Was auch immer Edison mit der Maschine vorhatte.

Nicks Strategie war noch nicht voll ausgereift. Sie war genauso unvollständig wie Nick selbst, und er wusste nicht, ob er jemals wieder ein ganzer Mensch sein würde.

Es klopfte an der Tür. Mrs Higgenbotham trat ein, einen Smoking in der ausgestreckten Hand. »Zum Dinner hast du heute in Abendgarderobe zu erscheinen, Liebster. Auf Anordnung von Edison. Wir haben Gäste.«

Kurz zuvor hatte Nick beobachtet, wie drüben im Kutschenhaus, wo Edisons Kurzbesucher untergebracht waren, Lichter angegangen und Schatten durch die Fenster gehuscht waren.

Das hatte Nick gerade noch gefehlt – ein Abendessen mit lauter langweiligen Labertaschen. Aber was für Gäste hatte ein Typ wie Edison eigentlich? Die Oberhäupter anderer Geheimbünde? Andere Berühmtheiten, die ihren Tod vorgetäuscht hatten?

»Wer kommt denn alles?«, fragte Nick die Haushälterin.

»Kann ich dir nich sagen. So was verrät er mir nich. Ich weiß nur, dass ich den Tisch für sechs Personen decken soll.« Mrs Higgenbotham hängte den Smoking in den Schrank. »Die Fliege is zum Anstecken. Wollt's dir schön einfach machen.«

Nach dem Umziehen bewunderte Nick sich widerwillig im Spiegel. Früher hatte es ihm nie Spaß gemacht, sich in Schale zu werfen, aber er hatte auch noch nie einen Smoking getragen. Er sah gut aus. *Ein echter Mann von Welt*, hätte seine Mom gesagt.

Man kann die Vergangenheit nicht ändern.

Tief einatmend versuchte Nick, die Melancholie zu verscheuchen, die mit der Erinnerung an seine Mom in ihm aufgestiegen war. *Ist mein Leben denn so verkehrt?*, fragte er sich, den Blick auf sein Spiegelbild gerichtet. *Ich habe todschicke Klamotten an und ich bin der Erbe einer Elektro-Dynastie.*

Dieser Gedanke jagte ihm am meisten Angst ein. Es war die Angst davor, sein neues Leben irgendwann so sehr zu lieben, dass er es nie mehr aufgeben wollte.

Auf ihrem Zimmer im ersten Stock des Kutschenhauses tigerte Caitlin fieberhaft auf und ab, in ein Kleid gehüllt, das vermutlich vor achtzig Jahren von irgendeiner Stummfilmberühmtheit zur Oscarverleihung getragen worden war.

Es war mehr als unverschämt, sie zu zwingen, diesen Fummel anzuziehen. Aber der Gipfel der Unverschämtheit war, dass sie direkt nebenan von Alan Jorgenson einquartiert worden war und durch die Wand mit anhören musste, wie er unter der Dusche Musicalsongs trällerte.

Jorgenson wollte sie unbedingt persönlich zu Edison bringen, doch das würde Caitlin nicht zulassen. Sie würde Edison allein gegenübertreten, und wenn es nach ihr ging, müsste sie ihm nicht mal die Hand schütteln.

Schon einmal hatte Caitlin den Tod eines Menschen verschuldet – den des Juweliers Svedberg. Sie hatte einen Accelerati-

Anstecker gefunden, und hätte sie Svedberg nicht dazu gedrängt, ihnen die Wahrheit über das Schmuckstück zu verraten, wäre der Mann noch am Leben gewesen. Doch mit Absicht hatte Caitlin noch nie getötet.

Aber wäre es überhaupt ein echter Mord, wenn sie Edison den Stecker zog? Konnte man einen Mann ermorden, der nach allen Gesetzen der Natur vor einem knappen Jahrhundert hätte sterben müssen? Indem sie den Greis von der Batterie nahm, würde sie bloß einen Fehler korrigieren.

An diesen Gedanken klammerte Caitlin sich, als sie das Kutschenhaus verließ, wo Jorgenson weiter jaulend die *Music of the Night* besang, zum Herrenhaus ging und läutete.

Die Tür wurde von einer britischen Haushälterin mit undefinierbar seltsamer Ausstrahlung geöffnet, die Caitlin in den »Salon« führte. Es hätte Caitlin nicht überrascht, wäre sie dort von einem Pfeife schmauchenden Sherlock Holmes in Empfang genommen worden, aber leider nein.

Stattdessen wurde Caitlin von einem abstrus alten Mann begrüßt, der in einem sonderbaren Rollstuhlkonstrukt hereinfuhr.

»Miss Westfield«, knarrte Edison. »Es ist mir ein Vergnügen, deine Bekanntschaft zu machen. Ich muss schon sagen, Clara Bows Abendkleid ist wie für dich gemacht.«

»Aber ich bin nicht dafür gemacht«, erwiderte Caitlin.

Als der Greis die Hand ausstreckte, zögerte Caitlin, schüttelte sie dann aber doch und versuchte, ihren Ekel vor den käsigen, skelettartigen Fingern zu überspielen. Hinter Edisons Rücken war ein hohes, zylinderförmiges Objekt am Rollstuhl angebracht, verhüllt von einer Art samtenem Eierwärmer.

Die Batterie, dachte Caitlin. Sie war deutlich größer als Vince' Exemplar. Aus Caitlins Blickwinkel waren keine Kabel zu erkennen, aber irgendwo mussten sie verlaufen …

»Fürs Dinner bist du etwas früh dran«, meinte Edison. »Aber ich freue mich, dich zu sehen. So können wir uns in Ruhe austauschen. Wir zwei haben nämlich etwas gemeinsam.«

Caitlin konnte sich beim besten Willen nicht vorstellen, was das sein sollte. »Und das wäre?«, fragte sie aus purer Neugier.

Edison lächelte wie eine Kreuzung aus dem Grinch und dem mumifizierten Ramses. »Wir beide bewundern Nick Slate.«

»Ja, apropos Nick. Wo ist Nick?«

Zur Antwort winkte Edison bloß ab. »Ach, den siehst du sowieso beim Dinner. Aber wie überrascht er sein wird, dich zu sehen!« Edison rollte seinen Stuhl ein Stück nach hinten, um Caitlin besser mustern zu können. »Zugegeben, ich hatte meine Zweifel, als Jorgenson mir von deiner Selbstauslieferung erzählt hat. Aber jetzt stehst du vor mir, und ich bin froh, dass du endlich erkannt hast, dass ich nicht dein Feind, sondern dein Freund bin.«

Die Vorstellung, mit Edison befreundet zu sein, brachte Caitlin beinahe zum Würgen. Mit einem Räuspern trat sie einen Schritt auf ihn zu. »Nick hat mir erzählt, dass Sie eigentlich ganz in Ordnung sind. Am Anfang dachte ich, er lügt mich an. Dann dachte ich, Sie hätten ihn einer Gehirnwäsche unterzogen.« Caitlin machte einen weiteren Schritt nach vorne.

»Was denkst du jetzt?«, fragte Edison.

Was sie wirklich dachte, würde Caitlin ihm nie verraten. »Dass ich Sie wohl oder übel selber kennenlernen muss, um mir ein eigenes Urteil zu bilden.«

»Tja«, seufzte Edison. »Ich fürchte, ich sehe genauso aus, wie man sich einen Oberbösewicht vorstellt. Aber du wirst schon sehen, dass ich keiner bin. Nick hat es doch auch erkannt.«

Noch ein Schritt nach vorne. Jetzt konnte Caitlin die Kabel erkennen, die hinten in Edisons Smoking mündeten. Sollte sie ihren Plan tatsächlich durchziehen, müsste sie schnell handeln. Schneller, als Edison die Wachen rufen könnte, die sicherlich überall im Haus stationiert waren.

Caitlin müsste die Kabel abstöpseln und dann die gläserne Batterie zerschlagen, damit Edison später nicht einfach wiederauferstand. Für Letzteres wusste sie schon ein passendes Hilfsmittel: Nur ein paar Meter entfernt befand sich ein Schürhaken, der genügend Wumms haben sollte, um das Gehäuse zu zertrümmern.

»Wie ich gehört habe, betätigst du dich als Künstlerin?«, sagte Edison. »Ich hoffe, du erschaffst auch während deines Aufenthalts hier das eine oder andere Kunstwerk.«

Aber gerne doch, dachte Caitlin. *Aus den Trümmern Ihrer Batterie könnte man viele tolle Sachen basteln …*

Da wandte Edison den Kopf ab, er wollte sich eine Zigarre anstecken …

… und Caitlin streckte die Hand aus, um ihm die Kabel herauszureißen …

… doch eine andere Hand fixierte ihr Handgelenk. Keine alte, knochige Hand. Es war eine junge, kräftige Hand. Nicks.

»Caitlin!«, rief er. »Ich freue mich so, dich zu sehen.«

Nick zog sie nach hinten, ihr Handgelenk gerade fest genug gepackt, um eine wortlose Botschaft herüberzubringen: Er wusste genau, was sie vorgehabt hatte.

Wie der Hausherr trug auch Nick einen Smoking, der ihm außerordentlich gut stand – was Caitlin aber nicht darüber hinwegtrösten konnte, dass er im denkbar ungünstigsten Moment aufgetaucht war.

Endlich ließ Nick sie wieder los. »Du hast Mr Edison also schon kennengelernt?«

»Ja«, sagte Edison und drehte sich mit seiner Zigarre zu ihnen, vergnügt vor sich hin paffend. »Noch eine junge Dame, die von sich behauptet, deine Freundin zu sein …«

Wären Caitlins Pläne nicht sowieso schon entgleist gewesen, spätestens dieser Satz hätte sie ins Kiesbett brettern lassen. »Was soll das heißen, *noch eine junge Dame*?«, fragte sie Nick.

Nick schüttelte den Kopf. »Petula«, sagte er. »Die einzig wahre Liebe meines Lebens ...«

Gegen ihren Willen musste Caitlin lachen, gefangen in einem Durcheinander aus widersprüchlichen Gefühlen. Sie war immer noch stinkwütend wegen Nicks Eingreifen in ihren Plan, freute sich aber trotzdem unglaublich, ihn zu sehen, während es ihr andererseits peinlich war, in Clara Bows Abendkleid vor ihm zu stehen, ganz zu schweigen davon, dass ihre Begegnung unter Edisons widerlich starrendem Blick stattfand, der so viel besagte wie: *Ach, die junge Liebe ...*

»Also«, brach der alte Mann das Schweigen, »ist Caitlin im Gegensatz zu Petula keine Hochstaplerin?«

»Das werden wir sehen«, erwiderte Nick mit einem nicht übertrieben freundlichen Blick auf Caitlin.

Doch bevor Nick noch etwas hinzufügen konnte, tauchte Jorgenson auf, mit noch feuchtem Haar und halb aus der Hose hängendem Hemd. Als er Caitlin erspähte, wirkte er einerseits stocksauer, andererseits erleichtert.

»Ich dachte schon, du wärst uns ausgebüxt«, sagte er zu Caitlin und wandte sich an Edison. »Al«, begann er mit großer Geste, »darf ich Ihnen Ihren neuesten Gast vorst-«

»Sparen Sie sich die Mühe.« Edison winkte ab. »Wir haben uns schon kennengelernt.«

Im selben Augenblick kam Mrs Higgenbotham herein. »Die übrigen Gäste sind eingetroffen. Wenn ich dann zu Tisch bitten darf?«

Die Weltgeschichte lässt sich als Abfolge unerträglich verkrampfter Abendessen schildern.

Man nehme nur das erste Thanksgiving, als die amerikanischen Ureinwohner die ganze Küchenarbeit bewältigen mussten, weil mit den Pilgervätern in der (nur für sie) Neuen Welt noch nicht viel anzufangen war. Entgegen der landläufigen Meinung kam damals kein Truthahn auf den Tisch – und wie sollten die Neuankömmlinge ihre neuen Freunde glaubhaft für ihre fremdartigen Kochkünste loben? Etwa so? »Ach, welch schmackhaften Aal Ihr uns serviert!«

Oder man denke an die sogenannte »Donner Party«, eine Gruppe von Siedlern, die im winterlichen Gebirge der Sierra Nevada strandete und nur – und nur zum Teil – überleben konnte, indem sie sich gegenseitig aufaß. Man kann sich ausmalen, wie unangenehm das Tischgespräch damals ausfiel.

In Edisons Herrenhaus stand an diesem Abend kein Menschenfleisch auf der Speisekarte, aber die einzigartige Zusammenstellung der Gäste konnte dennoch jedem den Appetit verderben.

Zum einen waren Jorgenson und Planck anwesend, die einander mit jeder Faser ihres Körpers hassten. Zum anderen Nick und Caitlin, die dem Anschein nach beide schon unter Verdauungsproblemen litten, noch bevor sie an der Tafel Platz genommen hatten. Außerdem war Z dabei, die es bei Caitlins Anblick mit der Angst zu tun bekam und sich am liebsten sofort nach Zaks Wohlergehen erkundigt hätte, was vor ihren Kollegen aber unmöglich war. Und natürlich Edison selbst, dem die Beklommenheit aller anderen sichtlich Freude bereitete.

»Es ist mir eine Ehre«, sagte Edison und prostete Nick zu, »mit der nächsten Generation der Accelerati zu tafeln.« Dann bedachte er Planck und Z mit einem Nicken. »Sowie mit meinen beiden hochrangigsten Führungskräften.« In wegwerfendem Ton schob er hinterher: »Und mit Ihnen, Alan.«

Jorgenson bewahrte Haltung. »Sie hätten mir keinen größeren Gefallen tun können, als mich ins Gebet zu nehmen, Al. Sie haben mich aus meiner Bequemlichkeit gerissen. Was man schon daran sieht, dass ich Ihnen Nick Slate und seine Freundin zugeführt habe. Zwei Personen, die, wenn ich mir die Bemerkung erlauben darf, Ihrer neuen Großen Accelerata zuvor durch die Lappen gegangen waren.«

Planck streckte die Hand nach ihrem Weinglas aus, wobei sie Jorgenson demonstrativ den Ring an ihrem Finger präsentierte. »Ich hatte Wichtigeres zu tun, als kleine Kinder zu jagen.«

Währenddessen wanderte Mrs Higgenbotham ununterbrochen mit einer Fliegenklatsche durchs Speisezimmer und donnerte diese wiederholt auf den Tisch, um ein nervtötendes Insekt zur Strecke zu bringen. Bedauerlicherweise war die Haushälterin ein eher träger Apparat und so entkam die Fliege ein ums andere Mal.

»Lassen Sie's gut sein«, wies Edison sie an. »Bringen Sie einfach die Vorspeise.«

Die Fliege wiederum fand großes Vergnügen daran, den Tafelnden um die Ohren zu summen und zwischendurch ihren Möglichkeiten entsprechend an der Mahlzeit teilzunehmen. Als sie gerade auf dem Rand von Edisons Suppenschüssel hockte und sich die Spargelcremesuppe schmecken ließ, erhob Edison die Stimme. »Nick hatte neulich Bedenken bezüglich eines der Objekte im Laboratorium angemeldet.«

»Der Standmixer«, riet Planck und wedelte mit dem Löffel, was die Fliege als Aufforderung verstand, sich bei der Großen Accelerata niederzulassen. »Wir sind zu dem Schluss gekommen, dass es sich um einen Spannungsregler handelt, und dafür braucht es keinen Deckel.«

»Können wir uns da so sicher sein?«, sagte Nick.

»Es könnte sich lohnen, dieser Frage nachzugehen«, meinte Z.

An diesem Punkt wäre die Fliege um ein Haar in Jorgensons linkes Nasenloch gesogen worden, so empört atmete dieser ein. »Was interessieren uns die Ansichten dieses Jungen? Der Knabe hat nicht die geringste Ahnung von den Objekten. Er hat sie bloß in der Garageneinfahrt verscherbelt.«

»Er hat viel mehr Ahnung davon als Sie«, sprang Caitlin Nick zur Seite.

Beim Hauptgang verwandelte sich die Fliege dann in einen glückstrunken umherschwirrenden Soloschwarm. Es gab im eigenen Saft geschmortes skandinavisches Stubenküken! Da kümmerte es die Fliege wenig, dass über den Tisch hinweg fortwährend fiese Verbalattacken abgefeuert wurden – vor allem von Jorgenson und Planck, die es sich offenbar zur Lebensaufgabe gemacht hatten, einander zu ärgern.

»Wie steht's im Hauptquartier, Evangeline?«, fragte Jorgenson. »Ich hoffe, du hast die Renoirs und Monets nicht durch traurige Clowns und pokernde Hunde ersetzt?«

»Ich würde dir ja ein paar hübsche Bilder für deinen Arbeitsplatz zukommen lassen«, erwiderte Planck. »Aber ich glaube, in Mensaküchen sind Ölgemälde nicht zugelassen.«

»Dort bin ich nicht mehr tätig. Hattest du noch nicht davon gehört? Diese Stufe der Karriereleiter habe ich in unter einem Monat hinter mir gelassen. Wie lange hattest du noch mal in der Gastronomie gearbeitet, Evangeline?«

So ging es weiter, bis das Dessert aufgetragen wurde: Eiscreme mit flambierten Kirschen sowie Dessertwein in gekühlten Gläsern, die auf dem Tisch dampfig beschlugen, als wären sie gefüllt mit Trockeneis.

Seit sie auf dem Flaschenhals gelandet war und festgestellt hatte, wie herrlich süß der Dessertwein schmeckte, zeigte die Fliege reges Interesse an dem Getränk. Und summte von da an etwas unkoordiniert durch die Gegend.

Diese Tatsache ermutigte Mrs Higgenbotham, erneut zur Fliegenklatsche zu greifen, nachdem sie allen Gästen Wein eingeschenkt hatte – nur Nick und Caitlin nicht.

»Im Ernst?«, fragte Caitlin. »Wir kriegen nicht mal ein winziges Schlückchen?«

»Ich bin nich darauf programmiert, Minderjährigen Alkohol einzuschenken, meine Liebste«, sagte Mrs Higgenbotham und blies zur Jagd auf die besoffene Fliege. »Außer im Rahmen religiöser Rituale, versteht sich. Du musst dir schon von jemand anderem einschenken lassen.« Aber dazu fand sich natürlich niemand bereit.

»Ein Madeira von Blandy's, '95er Jahrgang!«, rief Jorgenson ungewohnt euphorisch. »Den musst du probieren, Evangeline. Von dem guten Stöffchen haben unser Gastgeber und ich schon etliche Gläser miteinander getrunken.«

»So viele auch wieder nicht«, grummelte Edison.

Als Ms Planck gerade zum Weinglas greifen wollte, ließ Mrs Higgenbotham, endlich den triumphalen Sieg vor Augen, ihre Fliegenklatsche niedersausen … erwischte anstelle des Insekts aber Plancks Glas, das umkippte und zu Bruch ging.

»Ich muss doch sehr bitten, Mrs Higgenbotham!«, herrschte Edison sie an.

»Ojemine, ojemine, ojemine«, jammerte Mrs Higgenbotham. »Ich hab wirklich zwei linke Servoantriebe! Aber keine Sorge, ich hole Ihnen schnell ein neues Glas.«

Durch das Missgeschick der Haushälterin verfiel Jorgenson wieder in die gewohnte Rolle des Unsympathen. »Man sollte die Frau endlich auseinandernehmen und die Einzelteile zum Schrotthändler schaffen.«

»Hüten Sie Ihre Zunge, Al«, entgegnete Edison. »Oder haben Sie vergessen, dass ich eine Schwäche für alte Apparate habe?«

Danach ging das Dinner ohne weitere Vorkommnisse zu Ende, nicht mal die Fliege sorgte noch für Ärger. Sie hatte einen großen Schluck von dem verschütteten Wein getrunken und war prompt auf der Tischplatte verendet. Diagnose: Blausäurevergiftung.

34. Es werden Köpfe rollen

Jorgenson war fuchsteufelswild. Weniger aufgrund des mangelnden Respekts, der ihm entgegengebracht wurde, als aufgrund der Tatsache, dass Evangeline Planck noch am Leben war. Dabei hatte er große Mühen auf sich genommen, um das Innere ihres Glases mit einem tödlichen Gift zu benetzen, das die Symptome eines natürlichen Herzinfarkts hervorrief.

Nur eine Variable hatte er in seinem Plan nicht berücksichtigen können: Mrs Higgenbotham mit ihrer vermaledeiten Fliegenklatsche!

Doch Alan Jorgenson hatte sich noch nie auf einen einzigen Plan verlassen. Er hatte immer noch einen Plan B in der Hinterhand.

Wenngleich er nicht mehr über die allmächtige Sicherheitsfreigabe des Großen Acceleratus verfügte, war es Jorgenson durch geschickte Winkelzüge gelungen, eine im praktischen Taschenformat gehaltene Neuentwicklung zu erbeuten, die aus der Analyse der Antigravitationsmaschine hervorgegangen war. Das Gerät verschob den Schwerpunkt des Zielobjekts, destabilisierte es also – richtete man es auf eine Person, konnte man diese ins Stolpern bringen. Was an sich nicht der Rede wert gewesen wäre, es sei denn, die Person befand sich auf den obersten Stufen einer Treppe.

Der größte Teil der Abendgesellschaft war schon zu Bett gegangen, als Jorgenson sich am Fenster seines Zimmers im Kutschenhaus postierte. Von dort aus hatte er freie Sicht auf das Flurfenster im Obergeschoss des Herrenhauses.

Ähnlich einer Radarpistole konnte das Gerät einen Gravitationsstrahl aussenden, den die leidenschaftlicheren Nerds unter den Accelerati bereits »Traktorstrahl« getauft hatten. In der Luftfahrtindustrie waren vielfältige höchst profitable Anwendungen denkbar, doch im Augenblick interessierte Jorgenson sich einzig und allein dafür, Evangeline Planck von der obersten Stufe zu stupsen, auf dass sie tölpelhaft ins Erdgeschoss polterte und sich dabei ihr machtbesessenes Genick brach.

Jorgenson wartete in seinem Zimmer, bis endlich eine weibliche Gestalt das Flurfenster passierte, und drückte ab. Selbst aus einer Entfernung von knapp dreißig Metern waren der Schrei und das wohlklingend anschwellende Donnern auf den steilen Treppenstufen klar zu vernehmen.

»*Sic semper tyrannis*«, murmelte Jorgenson. »So soll es allen Tyrannen ergehen.«

Er schlenderte hinüber zum Herrenhaus, um sich an seinem Erfolg zu weiden. Als er eintrat, wuselten am Fuß der Treppe bereits mehrere aufgeschreckte Diener herum.

»Was ist passiert?«, erkundigte Jorgenson sich im Ton der reinsten Unschuld. »Ich hatte einen Schrei gehört?«

Bei näherem Hinsehen stellte er fest, dass am Fuß der Treppe tatsächlich eine leblos hingestreckte Gestalt ruhte.

Aber es war nicht Evangeline Planck.

»Ojemine«, schallte es aus Mrs Higgenbothams Kopf, der ein paar Meter entfernt von ihrem Körper zum Liegen gekommen war. »Wie peinlich!« Funken stoben aus ihrem Hals, wo gerissene Drähte und Schaltkreise freilagen, und ein Augenlid blinzelte pausenlos, als zwinkerte sie Jorgenson zu. »Treppen sind aber auch eine lästige Erfindung!«

Edison kam aus seiner Suite im Erdgeschoss gerollt, warf einen Blick auf seine Haushälterin und seufzte. »Informiert die Robotertechniker«, befahl er, und die Diener machten sich eilig auf den Weg.

Dann fuhr Edison zurück in seine Suite und schloss die Tür.

Jorgenson trottete zum Kutschenhaus und verbrachte den restlichen Abend damit, im eigenen Saft zu schmoren.

Als Mrs Higgenbotham ihren bemitleidenswerten Kopfverlust erlitt, unternahm Nick mit Caitlin einen Mondscheinbummel über Edisons Anwesen – eigentlich eine romantische Angelegenheit, hätte zwischen ihnen nicht so frostige Stimmung geherrscht.

»Wieso bist du überhaupt hierhergekommen?«, fragte Nick nach einigen Minuten angespannten Schweigens. »Du hättest beinahe alles kaputt gemacht!«

»*Ich?* Du hast mich doch daran gehindert, ihm den Stecker zu ziehen!«, zischte Caitlin wütend. »Wären wir Edison losgeworden, wären wir auch unsere Probleme los.«

»Von wegen«, knurrte Nick. »Edison baut Teslas Maschine wieder zusammen und nur die Maschine kann die Erde vor der Überladung retten. Glaubst du ernsthaft, die Accelerati würden das auch ohne Edison hinkriegen? Während Jorgenson und Ms Planck ihren idiotischen Kleinkrieg austragen?« Einen Moment lang sah Nick Caitlin zornig an, dann glätteten sich seine Gesichtszüge. »Außerdem hättest du ihm eh nur die sichtbaren

Kabel rausgerissen. Zur Sicherheit hat er noch ein paar Kabel unter dem Stuhl, wo man sie nicht sieht.«

Caitlin öffnete den Mund. Aber was sollte sie sagen?

Also redete Nick weiter. »Was denkst du, wieso Edison sich gleich unter vier Augen mit dir unterhalten hat? Weil er dir traut? Nein, weil er dir eben nicht traut. Er wollte wissen, ob du ihm die Kabel rausreißen willst.«

Caitlin verschränkte die Arme. »Okay, und was willst du jetzt von mir hören?«

»Wie wär's mit ›Danke, Nick, dass du mir das Leben gerettet hast‹?« Das sagte Caitlin natürlich nicht und Nick ging weiter. »Aber egal«, fuhr er fort, »jetzt bist du schon mal hier. Vielleicht wär's besser, du wärst nicht hier, aber ich find's trotzdem schön, dich zu sehen.«

Das brachte Caitlin zum Nachdenken – und sie begriff, dass sie sich beide Mühe geben mussten, wenn sie einander wieder vertrauen sollten wie früher. Um einen Anfang zu machen, erzählte sie Nick alle Neuigkeiten seit seinem Abschied aus Vince' Haus: dass Vince wiederaufgetaucht war, klatschnass, aber mit dem Globus; dass der Wardenclyffe Tower wiedererrichtet werden sollte; und dass sie zum Hausarrest auf Lebenszeit verurteilt worden war.

»Deine anderen Ichs haben übrigens alle gut zu tun«, sagte Caitlin zum Schluss.

»Was machen sie denn?«, fragte Nick.

Caitlin zuckte mit den Schultern. »Was sie können. Sie wollen dasselbe wie du – die Welt retten. Aber natürlich streiten sie darüber, wie man das am besten anstellt.«

Nick schüttelte den Kopf. »Typisch ich.«

Damit hatten Caitlin und Nick endlich etwas gefunden, worauf sie sich einigen konnten.

»Hast du Ms Plancks Ring gesehen?«, meinte Nick. »Scheint mir kein ganz normaler Ring zu sein.«

Caitlin nickte. »Stimmt. Außerdem kommt er mir irgendwie bekannt vor.«

»Wenn wir ihr den Ring abnehmen könnten«, überlegte Nick, »könnten wir vielleicht herausfinden, ob er irgendeine größere Bedeutung hat.«

Caitlin musste grinsen. »Die Zeit bei den Accelerati hat dich zu einem richtig bösen Buben gemacht, Nick Slate.«

»Ja«, sagte Nick lächelnd. »Aber zu einem bösen Buben mit den richtigen Zielen.«

Dann nahm er ihre Hand. Caitlin wollte sich nicht anmerken lassen, wie froh sie darüber war. Darüber, dass ihr gegenseitiges Vertrauen wiederhergestellt war, und möglicherweise noch viel mehr als das.

Bei Nicks und Caitlins Rückkehr ins Haus saß Mrs Higgenbothams Körper auf einem Polsterstuhl, während ihr Kopf in einer kristallenen Bowleschüssel auf dem Beistelltisch daneben lag.

Vor Schreck hätte Caitlin beinahe laut gekreischt, aber sie konnte den Schrei noch herunterschlucken.

»Kümmert euch nicht um mich«, sagte Mrs Higgenbotham. »Ich stehe grad nur ein bisschen neben mir. Ihr versteht doch, dass ich euch heute keine Kekse und Milch zum Schlafengehen bringen kann?«

»Ist das schwer zu reparieren?«, fragte Nick und schaute zwischen dem Torso und dem Kopf hin und her.

»Aber nein, Liebster. Für solche kleinen Missgeschicke hat Mr Edison doch seine 24-Stunden-Servicestelle im Haus. Und ich tu derweil einfach so, als wüsste ich von nichts.«

»Gute Idee«, meinte Nick.

Die Diener hatten sich schon alle in den Feierabend zurückgezogen. Auf dem Weg durch das stille Haus bemerkten Nick und Caitlin gedämpfte Stimmen, die gleich nebenan von Edisons Suite aus einem Heizungsgitter im Flurboden drangen. Sie gingen in die Hocke und horchten.

»Wir haben's hingekriegt, Al«, hörten sie Ms Planck sagen. »Sie funktioniert.«

»Sie haben einen Affen durchgeschickt«, erwiderte Edison. »Das beweist noch lange nicht …«

»Und wenn es eine Einbahnstraße ist – immer noch besser, als gar nicht vom Fleck zu kommen. Auch eine Einbahnstraße führt mich ans Ziel. Was die Heimreise angeht, macht es mir nichts aus, den weiten Weg zu nehmen.«

Edisons Unmut war deutlich herauszuhören. Caitlin lauschte, wie er irgendetwas Unverständliches brummte, gefolgt von: »Ich glaube immer noch nicht, dass dieser … dieser drastische Schritt notwendig ist.«

»Wir haben einen Beweis«, entgegnete Planck.

Caitlin sah Nick an. »Worüber reden die?«, flüsterte sie, doch Nick legte sich den Finger auf die Lippen.

»Ich kann das nicht gutheißen«, meinte Edison. »Sie werden hier gebraucht, Evangeline. Muss ich Sie daran erinnern, dass unsere gesamten Geldreserven entwendet wurden? Und dass wir uns ohne diese Geldmittel in einer fatalen Lage befinden?«

»Das ist ja das Schöne daran«, sagte Planck. »Erst werde ich tun, was ich getan haben muss – und danach werde ich das Geld aufspüren, noch bevor es entwendet wird. Wenn ich zurück bin, kann ich Ihnen ganz genau sagen, wo es hingekommen ist.«

Edison stieß ein mächtiges Seufzen aus. »Es ist viel zu spät und meine Nerven sind viel zu strapaziert, um mir jetzt den Kopf über Zeitparadoxa zu zerbrechen, Evangeline.«

Caitlin riss die Augen auf. »Die Zeitmaschine!«, zischte sie. »Sie haben die Zeitmaschine fertig gebaut!«

Nick musterte sie, als hätte er eine Wahnsinnige vor sich. »Zeitmaschine?«

»Zak und Vince wollten eine bauen, aus dem Telefon und dem Globus!«

Nicks Mund klappte auf. »Das klingt nach einer superschlechten Idee.«

»Aber Moment mal … wenn die Accelerati den Globus und das Telefon haben, dann …« Caitlin brachte es nicht über die Lippen. Waren ihre Verbündeten in Vince' Haus von Ms Plancks Leuten gefangen genommen worden? Hatten sie Vince die Batterie entrissen?

Als hätte er ihre Gedanken gelesen, schüttelte Nick den Kopf. »Wenn sie die Batterie hätten, wüsste ich davon. Edison hätte es mir brühwarm erzählt.«

»Aber hätte er's dir wirklich erzählt? Wenn er dir damit auch erzählt hätte, dass Vince tot ist?«

Nick zögerte, dachte nach und sagte schließlich: »Die Batterie ist das einzige Teil des F.R.E.E., das ihnen noch fehlt. Edison hätte vielleicht nichts durchsickern lassen, aber bei allen anderen hätte es die Runde gemacht. Ich kann mir nicht vorstellen, dass sie die Batterie haben. Und das bedeutet, dass Vince und die anderen noch mal davongekommen sein müssen.«

Wirklich überzeugt war Caitlin nicht, doch sie beschloss, sich auf Nicks Instinkt zu verlassen.

Die Stimmen wehten weiter durch das Gitter – ein ausführlicher Zank über die Gefahren, die es mit sich brächte, die Zeitmaschine ohne ausführliche Testphase unter Verwendung leicht ersetzbarer Versuchspersonen zu benutzen, und über die diversen Schwachstellen, die Edison in Plancks wie auch immer geartetem Plan ausgemacht hatte. Irgendwann knarrte Edisons Rollstuhl, als hätte er sich darin zurückgelehnt, und Caitlin hörte erneut ein Seufzen, das klang, als wäre der Greis dieser Welt überdrüssig.

»Sie glauben also, Ihre Reise in die Vergangenheit führt sie zu den gestohlenen Millionen? Diesbezüglich haben Sie meinen Segen«, sagte Edison. »Aber diese eine Widerlichkeit, die Sie sich in den Kopf gesetzt haben – sollten Sie das tun, tragen allein Sie die Verantwortung.« Eine Pause. »Andererseits ist es bereits geschehen, also kann ich Sie wohl ohnehin nicht davon abhalten …«

Caitlin drehte sich zu Nick. »Aber wenn Planck in die Vergangenheit reist, könnte sie alles Mögliche anst-«

Nick schüttelte den Kopf. »So funktioniert das nicht. Planck kann keine *neuen* Ereignisse erschaffen. Sie kann nur an Ereignissen teilnehmen, die schon passiert sind.«

Langsam begriff Caitlin. »Und wenn es schon passiert ist, dann … dann können wir sie sowieso nicht aufhalten. Wie Edison gesagt hat.«

Aus Caitlins und Nicks Sicht hatte es nichts als Vorteile, wenn die Große Accelerata einen Riesensatz in die Vergangenheit machte. So müssten sie sich eine Weile nicht mehr mit Ms Planck herumärgern – was könnten sie sich Schöneres wünschen?

35. Himmlisch minzige Frische

Zeitparadoxa sind die größten Nervensägen des Universums. Ob im Umfeld von Schwarzen Löchern und Neutronensternen, wo die Gesetze der Physik in sich zusammenbrechen, oder bei uns auf Erden, überall lauern sie auf Gelegenheiten, größtmögliche

Verwirrung zu stiften. So auch im Fall des irritierenden Paradoxons, das den Accelerati-Forschern in der Konstruktions- und Testphase der Zeitmaschine begegnete.

Sie hatten das Gerät noch kein einziges Mal eingeschaltet, da bildete sich im Labor ein Zeittunnel, und aus dem Tunnel trottete ein Schimpanse, dessen Blick in etwa ausdrückte: *Habt ihr ein Problem mit mir, oder was?*

Die Forscher versanken in Unruhe und Ratlosigkeit – bis ihnen aufging, dass haargenau dieses Tier für den ersten planmäßigen Testlauf der Maschine am folgenden Tag vorgesehen war. Jetzt hatten sie zwei dieser Schimpansen.

Damit war bewiesen, dass es ihnen gelingen würde, das Versuchstier um einen Tag in die Vergangenheit zu schicken, und für sie gab es nichts weiter zu tun, als die Maschine tatsächlich funktionstüchtig zu machen … was wiederum die nächste Frage aufwarf:

Die Forscher wussten, dass der Schimpanse erfolgreich in die Vergangenheit reisen würde. Aber was, wenn sie jetzt beschlossen, ihn doch nicht in die Zeitmaschine zu stecken? Könnten sie dadurch die Realität verunmöglichen und ihr ganz persönliches Zeitparadoxon erschaffen?

Diese Frage erschien ihnen deutlich spannender als das eigentliche Reisen durch die Zeit. Als die Maschine lief, weigerten sich die Forscher deshalb, den Schimpansen als Versuchstier zu verwenden, und warteten lieber ab, ob ihre Weigerung zur Implosion des Universums führen würde.

Nachts – die Forscher schliefen schon – machte es den Schimpansen dermaßen kirre, sein im Nachbarkäfig hockendes Ebenbild anstarren zu müssen, dass es ihm nach langem Probieren gelang, den Riegel zu öffnen. Der Schimpanse stieg aus, hämmerte unkontrolliert auf die Bedienelemente der Telefon-Globus-Kombination ein, stolperte in den Zeittunnel und katapultierte sich dadurch um einen Tag in die Vergangenheit, wo er wieder gezwungen war, sein Ebenbild anzustarren, nur diesmal vom anderen Käfig aus.

Am nächsten Morgen entdeckten die Forscher klare Hinweise auf die Aktivierung der Zeitmaschine durch den Schimpansen, was sie als hinreichenden Beleg dafür betrachteten, dass Dinge, die bekanntlich in der Zukunft geschehen *müssen*, nicht verhindert werden können.

Das war auch Evangeline Planck nicht entgangen. Sie besaß einen ausgeprägten Sinn für solche Phänomene – wie sie schon zwei Monate zuvor bewiesen hatte, als sie ein vergrößertes Foto des Weltuntergangs vor die Linse einer prophetischen Boxkamera gehalten hatte. Nur deshalb war die Welt nicht gezwungen gewesen, tatsächlich unterzugehen, um der Boxkamera zu gestatten, ebendieses Foto aufzunehmen.

Jetzt führte Planck eine bestimmte Erledigung in die Vergangenheit. Planck war zu einhundert Prozent überzeugt, dass sie erfolgreich durch die Zeit reisen und ihr Vorhaben in die Tat umsetzen würde, besaß sie doch einen handfesten Beweis für die Einmischung der Accelerati. Konkret gesagt: Ein Mitgliedsanstecker war aufgetaucht, wo er nicht hingehörte. Dieses Mysterium verriet Planck, dass sie vor Ort ihren Anstecker verlieren würde, und wenn sie bei ihrer Unternehmung noch so große Vorsicht walten ließ.

Gegen Ende der Unterredung in Edisons Suite lenkte der alte Herr zu Plancks Genugtuung endlich ein. Ihre Genugtuung wäre wohl etwas eingeschränkt gewesen, hätte Planck geahnt, dass die Unterredung belauscht worden war.

»Andererseits ist es bereits geschehen, also kann ich Sie wohl ohnehin nicht davon abhalten …«, sagte Edison und streckte Planck abwartend die gewölbte Hand hin. Er musste nicht aussprechen, worauf er wartete, sie wusste es so gut wie er. Planck zog den Ring vom Finger und legte ihn in Edisons runzlige Handfläche.

»Hmmm«, machte Edison. »Ich hatte ihn mir schwerer vorgestellt.« Er steckte sich selbst den Ring an, brachte ihn aber nur mit Mühe über seinen wulstigen Fingerknöchel.

Planck dachte, Edison würde sie noch zum Labor begleiten, aber er rührte sich nicht von der Stelle. »Wenn Sie das tun, Evangeline«, warnte er sie nochmals, »sind Sie auf sich allein gestellt. Ich will damit nichts zu tun haben.«

»Verstanden.«

Doch als Planck sich zum Gehen wandte, hielt Edison sie noch einmal auf. Er rang die Hände, als versuchte er krampfhaft, sein gealtertes Gehirn auf die Prinzipien der vierten Dimension einzustellen.

»Aber sollten Sie Erfolg haben, müssten Sie dann nicht längst hierher zurückgekehrt sein und Bericht erstattet haben?«, gab er zu bedenken. »Auch wenn Sie – um es mit Ihren Worten zu sagen – ›den weiten Weg‹ nach Hause nehmen, hätten Sie doch schon vor Tagen wie dieser Schimpanse ins Laboratorium spazieren und uns von Ihrer erfolgreichen Mission erzählen müssen? Ja, schon vor Wochen! Aber Sie sind noch nicht zurückgekehrt. Das bereitet mir Sorgen.«

Mit einem Schulterzucken tat Planck seinen Einwand ab. »Vielleicht habe ich in der Vergangenheit Besseres zu tun? Sodass ich mich erst morgen bei Ihnen bemerkbar mache?« Im Stillen war Planck schon vollends überzeugt davon, dass sie Besseres zu tun haben würde, und sie verließ das Zimmer, ohne noch einen Blick zurückzuwerfen.

Daraus, dass sie nie hierher zurückgekehrt war, schloss Edison auf das Scheitern ihrer Mission in der Vergangenheit. Das sah

Evangeline Planck grundlegend anders. Da sie erstens von dem Diebstahl der Millionen wusste und zweitens in eine Zeit vor dem Diebstahl reisen würde, erschien es ihr nur logisch, dass *sie* das Geld geklaut haben musste. In diesem Augenblick weilte Plancks Zukunfts-Ich (nach einem kurzen Umweg über die Vergangenheit) bereits irgendwo auf einer Privatinsel und ließ es sich mit den erbeuteten 725 Millionen gut gehen.

War das nicht die einzig realistische Erklärung?

Vor ihrem Raubzug musste Planck aber noch einen kurzen Abstecher unternehmen und eine kleine Erledigung machen – eine Erledigung, mit der Edison nichts zu tun haben wollte, von der der Alte sie aber auch nicht abhalten würde.

Alan Jorgenson war nicht mehr auf dem Laufenden und wusste deswegen nichts von der Zeitmaschine in Edisons Labor. Doch als er von seinem Fenster im Kutschenhaus aus beobachtete, wie Planck mutterseelenallein zum Labor aufbrach, spürte er, dass sich in diesem Moment seine wohl letzte Chance auftat, Plancks elendiger Existenz ein Ende zu bereiten.

In einigem Abstand folgte Jorgenson ihr auf ihrem Weg über das Anwesen. Ins Laborgebäude zu gelangen, sollte dank der Schlüsselkarte, die er sich beim Dinner vorsorglich von Z geliehen hatte, kein Problem darstellen. Jorgenson, der es unerhört fand, dass ihm seine Sicherheitsfreigabe nicht mal mehr Zutritt zu den Accelerati-Toiletten gewährte, hatte geahnt, wie nützlich ihm die Karte eines Tages sein könnte. Aber dass er sie schon heute Abend brauchen würde …

Unhörbar huschte Jorgenson hinter Planck bis zu einem Laborraum in der ersten Etage.

Jorgenson trug eine mit grünem Unterdruckgel gefüllte Wasserpistole bei sich. Was mit diesem Gel überzogen wurde, wurde von einer extremen Überdruckzone ummantelt – und implodierte. In diesem Fall würde Evangeline Plancks Kopf implodieren. Wie jedermann weiß, verursachen implodierte Köpfe deutlich weniger Verschmutzungen als explodierte.

Aber es stellte sich heraus, dass Jorgenson gar nicht auf das tödliche Gel angewiesen war: Praktischerweise stand Planck bereits vor einem gefräßigen Todesstrudel. Es grämte Jorgenson, dass die Accelerati in seiner Abwesenheit einen Todesstrudel erschaffen hatten, wo er doch jahrelang keine Kosten und Mühen gescheut hatte, um selbst einen zu entwickeln.

Überrascht blickte Planck auf. »Alan? Was machst du hier? Und wieso bedrohst du mich mit einer Wasserpistole? Wenn ich's nicht besser wüsste, würde ich fast glauben, du willst mich mit Unterdruckgel beschießen.« Ein Lächeln. »Wie gut, dass ich das Unterdruckgel in allen Behältern gegen Minzgelee ausgetauscht habe. Also runter mit der Kanone, okay?«

Jorgenson gehorchte, seine Verärgerung so gut wie möglich kaschiert. »Ich dachte bloß, es hätte sich ein Eindringling ins Labor geschlichen.« Er deutete auf den pulsierenden Todesstrudel. »Darf man fragen, was das ist?«

»Das ist der Ultimative Nexus des Geht-dich-nichts-an«, erwiderte Planck. »Und wenn du jetzt nicht verschwindest, lasse ich dich mit Gewalt vor die Tür setzen. Einen Körperteil nach dem anderen.«

Mit einem Mal wusste Alan Jorgenson ohne jeden Zweifel, was er zu tun hatte. Er riss die Wasserpistole hoch und sprühte Planck eine Ladung Minzgelee ins Gesicht.

Kreischend kratzte sie sich über die Augen. »Yaarrghh! Das Zeug brennt! Wie die Hölle!«

Als Planck ins Stolpern geriet, zögerte Jorgenson keine Sekunde. Er marschierte auf sie zu, packte sie an den Schultern und stieß sie in den Todesstrudel. Seltsam war nur, dass Planck sich überhaupt nicht dagegen wehrte.

Der Todesstrudel verschwand – und riss Planck mit sich. So einfach war das.

Voller Freude wischte Jorgenson die verräterischen Geleekleckse vom Boden auf und verließ das Labor. Evangeline Planck war Geschichte.

Er ahnte nicht, wie recht er damit hatte.

36. Wenn ein Zwei-Tonnen-Elektromagnet um deinen Kopf kreist

Im rund 65 Kilometer entfernten Princeton, New Jersey, trug Wayne Slate seinen ächzenden Sohn in die Notaufnahme.

»Hilfe!«, rief er. »Mein Sohn ist mit dem Fahrrad gestürzt und hat sich den Kopf angehauen!«

Äußerlich waren keine Prellungen oder Hautabschürfungen zu erkennen, doch die in den Schädel verdrehten Augen des Jungen ließen auf ein Schädel-Hirn-Trauma schließen. Und wie verrückt müsste ein Vater sein, um sich so etwas auszudenken?

Während Mr Slate über die Wichtigkeit von Fahrradhelmen aufgeklärt wurde, wurden Vorbereitungen für eine Computertomografie von Dannys Gehirn getroffen.

»Nein!«, schritt der Vater ein. »Er braucht eine Kernspintomografie!«

Die zuständige Krankenschwester, die in der Notaufnahme häufig mit überängstlichen Eltern zu tun hatte, wollte ihn mit sanfter Vernunft zur Räson bringen. »Die Computertomografie ist ein absolut gängiges Verfahren, das …«

»Mir doch egal, was bei Ihnen gängig ist und was nicht!«, wurde sie von Mr Slate unterbrochen. »Sie werden meinen Sohn keiner Röntgenstrahlung aussetzen.«

»Es besteht keinerlei Gesundheitsgefahr, das kann ich Ihnen versichern«, erwiderte die Schwester mit stoischer Ruhe. »Die Strahlenbelastung bei einer Computertomografie liegt deutlich unter dem Grenzwert.«

»Nein! Mein Junge kommt in den Kernspintomografen!«

Die Schwester atmete tief ein. »Falls nach der Computertomografie weitere Untersuchungen nötig sind, wird der Arzt sicher eine Kernspintomografie anordnen.«

Mr Slate verschränkte die Arme. »Ich kenne meine Rechte! Sie können meinen Sohn nicht gegen meinen Willen zu einer Computertomografie zwingen. Mein Sohn bekommt eine Kernspintomografie.«

Erneut atmete die Schwester tief ein. Und als sie langsam wieder ausatmete, begriff sie, dass dieser Streit nur unnötig Kraft kostete.

»Na meinetwegen«, sagte sie. »Aber sollte Ihre Krankenversicherung nicht dafür zahlen …«

»Das lassen Sie mal meine Sorge sein«, erwiderte Mr Slate.

Die Schwester sah sich nach einem Arzt um, der die Untersuchung abnicken würde.

Die Kernspintomografie, auch Magnetresonanztomografie genannt, ist ein übliches medizinisches Verfahren, welches durch die Kombination von Hochfrequenzimpulsen und kräftigen Magnetfeldern einen kurzen Blick ins Innere des menschlichen Körpers gewährt.

Berühmt-berüchtigt ist der Kernspintomograf für die lauten, nervtötenden und manchmal wirklich beängstigenden Klopfgeräusche, die er während der Untersuchung ausstößt.

Weniger bekannt ist die Maßeinheit, in der die (Magnet-) Feldstärke eines Kernspintomografen angegeben wird. Sie heißt- »Tesla«.

Ein handelsüblicher Kernspintomograf besitzt eine Feldstärke von 1,5 Tesla. Die Frage war also: Wie viel magnetische Teslas sind nötig, um eine Accelerati-Erinnerungsblockade zu bezwingen?

Es versteht sich von selbst, dass Danny Slate nicht mit dem Fahrrad gestürzt war. Danny würde sich zwar nie zum weltbesten Schauspieler entwickeln, doch sein Dad hatte ihm kluge Regieanweisungen erteilt.

»Du führst dich einfach genauso auf, wie wenn du mir einreden willst, du wärst zu krank für die Schule.«

Dannys Metalldetektorerlebnis am Strand hatte seinen gedanklichen Horizont dramatisch erweitert – aber kaum hatte sich der Metalldetektor entfernt, waren die durch das Magnetfeld freigesetzten Erinnerungen wieder hinter Schloss und Riegel verschwunden. Die Lösung lag auf der Hand: Sie brauchten ein Magnetfeld mit so viel Kraft, dass es die Gedächtnistür nicht nur aufstoßen, sondern aus den Angeln sprengen würde.

Der einzige Anhaltspunkt, den Danny und sein Vater bisher hatten, waren ein paar gekritzelte Worte auf einer Papierserviette: *Ich habe einen Bruder und der heißt Nick.* Diese Serviette hätte noch heute am heimischen Kühlschrank gehangen, hätten Danny und sein Vater nicht vor ein paar Tagen alle Kühlschrankmagneten eingesammelt und sie sich in der Hoffnung, ein ausreichend starkes Magnetfeld zu erzeugen, mit Klebeband an den Kopf gepappt.

Nachdem Mr Slate erkannt hatte, dass dieses Vorgehen weder besonders Erfolg versprechend noch modisch akzeptabel war, hatte er einen anderen Plan entwickelt.

»Im Körper Ihres Sohns befinden sich doch keine Stents oder anderen metallischen Implantate?«, fragte der Kernspintechniker bei Mr Slate nach, als Danny auf die Untersuchung vorbereitet wurde. »Das Baby hier erzeugt nämlich ein unfassbar starkes Magnetfeld.«

»Nein, nein, kein Metall«, versicherte Mr Slate ihm.

»Dad? Ich habe Angst«, sagte Danny – was ausnahmsweise nicht geschauspielert war. Es gibt Spaßigeres, als mit dem Kopf voraus in einen riesigen Stahldonut geschoben zu werden.

»Musst du nicht«, erwiderte der Techniker fröhlich. »Es tut überhaupt nicht weh oder so. Da kreist einfach nur ein Zwei-Tonnen-Elektromagnet um deinen Schädel.«

Danny wimmerte.

»Aber es wird ziemlich laut.« Der Techniker reichte ihm einen geräuschunterdrückenden Plastikkopfhörer, auf dem Country-Musik lief. In den Ohren eines Jungen, der wie Danny mit Classic-Rock aufgewachsen war, klang das Gedudel schlimmer als jeder Maschinenlärm.

Im selben Moment, in dem der Kernspintomograf aktiviert wurde, fluteten die ersten Erinnerungsbilder Dannys Gehirn, als wäre in seinem Kopf eine magnetisch versiegelte Tür aufgeflogen. Alles kam zurück. Alles.

Der Flohmarkt in der Garageneinfahrt. Nicks Dachbodenzimmer. Wie Nick Danny vor dem Meteoriten gerettet hatte, den er auf dem Baseballfeld vom Himmel gezerrt hatte. Zuletzt die Erinnerung daran, wie der Dachboden über das Haus gestiegen und vom Blitz getroffen worden war.

All diese Erinnerungen hatten noch in Danny geschlummert. Sie waren nicht ausgelöscht, sie waren nur unterdrückt worden … vermutlich von diesem Typen im vanillefarbenen Anzug. Danny wünschte, er könnte sich alles aufschreiben, doch in der Maschine konnte er sich nicht rühren.

Als die Untersuchung vorbei war, wurde Danny auf seiner Liege aus der Röhre gespuckt – und der Bann der Accelerati war gebrochen. Das intensive Magnetfeld hatte die Gedächtnisblockade ausgelöscht.

Danny erinnerte sich immer noch.

Kaum befreit von den Gurten um seinen Kopf, schnellte Danny hoch und schrie nach seinem Vater, der gleich vor der Tür wartete. »Dad! Ich erinnere mich wieder! Die haben Nick! Sie haben ihn entführt! Wir müssen ihn da rausholen!«

Der Techniker musterte Danny, tendenziell irritiert vom Verhalten seines Patienten, und seine Verwirrung minderte sich nicht, als Vater und Sohn die Beine in die Hand nahmen, aus dem Kernspinraum flohen und kurz darauf aus dem Haupteingang des Krankenhauses stürmten.

Zehn Minuten später kreuzten die beiden in einem anderen Krankenhaus am anderen Ende der Stadt auf. Diesmal hatte Mr Slate ein Schädel-Hirn-Trauma erlitten und nur eine Kernspintomografie konnte ihn noch retten.

37. Aufeinandertreffen in Wardenclyffe

Nachdem der Großunternehmer J. P. Morgan dem Erfinder im Jahr 1903 den Geldhahn zugedreht hatte, unterwarfen Teslas Gläubiger den Wardenclyffe Tower und das umliegende Land der Zwangsvollstreckung. Der Turm wurde abgerissen und Teslas Laborgebäude stand jahrelang leer, bis es endlich verkauft wurde und ein halbes Jahrhundert lang als Produktionsstätte für Fotopapier diente, die schließlich wieder aufgegeben wurde, wonach das gesamte Grundstück hinter dichtem Dornengestrüpp verschwand wie Dornröschens Schloss … wäre Dornröschens Schloss von stinkenden Ratten bewohnt worden und mit Graffiti vollgeschmiert gewesen.

Im Jahr 2013 wurde Nikola Teslas Laboratorium durch eine gemeinnützige Organisation, die dort ein Wissenschaftsmuseum einrichten wollte, vor dem Abriss bewahrt. Doch das Vorhaben, auf diese Weise Teslas Andenken in Ehren zu halten, wurde von den Accelerati vereitelt, die der Organisation das Land unter der Nase wegkauften, um dort eigenen, nicht näher benannten Plänen nachzugehen.

Von all dem nahmen die Bewohner der idyllischen Siedlung rund um das brachliegende Grundstück wenig Notiz. Nur ein paar Nachbarn wussten, dass Tesla just hier seinen kühnsten Versuch einer weltweiten Gratis-Energieversorgung gewagt hatte – und gescheitert war.

Erst der Beginn der Bauarbeiten reizte die Neugier der Nachbarn, vor allem als sich die Stahlträger bald immer höher in den Himmel streckten und der wiederauferstandene Wardenclyffe Tower zum höchsten Bauwerk des Städtchens anwuchs.

Eigentlich seltsam, dass die Bauarbeiten in der Lokalzeitung mit keinem Wort erwähnt wurden.

Die Accelerati besaßen nicht die absolute Kontrolle über die Presse, aber es gelang ihnen, sie zu manipulieren. Wie geübte Akupunkteure piesackten sie die richtigen Personen an den richtigen Körperstellen mit spitzen Nadeln und überzeugten sie so davon, den Aktivitäten des Geheimbunds entweder übertrieben viel Aufmerksamkeit zu schenken oder davon abzulenken, wo es nötig war.

In den Augen des Städtchens Shoreham, New York, wurde der neue Wardenclyffe Tower so zu einem jener Dinge, um die man sich nicht zu kümmern hatte, weil sie einen einfach nichts angingen.

Innerhalb der Tore lief der Betrieb rund um die Uhr und sieben Tage die Woche auf Hochtouren. Ein Lastwagen mit sorgsam gepackten Frachtkisten traf ein, voller Objekte, die man ebenso gut als billigen Plunder hätte verkaufen können und die einst in der Tat als solcher verkauft, nun aber zusammengetragen, studiert und hierher transportiert worden waren, wo sie ihren Platz in der grandiosesten Apparatur der Menschheitsgeschichte einnehmen sollten.

Die erste Kostprobe, hatte Edison beschlossen, würde er – ganz im Sinne Teslas – gratis verteilen. Und wenn dann alle anderen Stromversorger eingegangen waren und die Erde hoffnungslos abhängig war von seiner Energiequelle, würde er von jedem einzelnen Abnehmer hohe Gebühren verlangen. Was bliebe ihnen anderes übrig, als brav zu zahlen?

Dies war der Lauf der Dinge, befand Edison. Geschäft war Geschäft. »Gratis« war immer eine Lüge. Gratisgaben waren lediglich ein Mittel zu einem lukrativen Zweck.

Wenn man so will, hatte Edison den Wardenclyffe Tower zum neuen Kraftzentrum der Erde erkoren. Da dem Prinzip der Energieerhaltung zufolge die globale Gesamtsumme der Energie konstant bleiben muss, verwundert es nicht, dass sich zu dieser Zeit diverse Urkräfte – man könnte fast sagen: diverse Naturgewalten – nach Wardenclyffe aufmachten, um dem Turm ein wenig von ihrer Energie abzugeben. Insgesamt waren es vierzehn Urkräfte an der Zahl, sieben davon verschiedene Nick-Versionen. Die erste Urkraft kauerte schon jetzt hoch über Shoreham auf dem Turm: BeatNick, dem aufgetragen worden war, die Baustelle zu infiltrieren und auszuspähen, hatte einen kleinen Vorsprung vor allen anderen. Unter falschem Namen arbeitend, blickte er hinaus auf den Long Island Sound, das vom Festland und der lang gestreckten Insel eingerahmte Stück Atlantik, und fragte sich, wann die anderen wohl zu ihm stoßen würden.

Neben dem beinahe fertiggestellten Turm unter BeatNicks Füßen gab es anderswo in Shoreham noch mehrere andere, kleinere, daran angeschlossene Bauten. Vom Turm aus konnte BeatNick nur ein paar davon erkennen, doch er wusste, wie viele es insgesamt waren: sieben. Sieben geduckte Steinbauten, jeder klein wie ein Gartenschuppen. Schon über hundert Jahre alt, waren sie mittlerweile praktisch mit der Landschaft verschmolzen. Die Anwohner gingen in den meisten Fällen davon aus, dass es sich um alte Umspannstationen handelte, die entweder immer noch taten, was sie sollten, und deshalb getrost ignoriert werden konnten, oder in der heutigen Zeit völlig überflüssig geworden waren und daher erst recht ignoriert werden konnten. Jetzt wurden die unscheinbaren Bauten jedoch restauriert, denn beim Wardenclyffe-Rekonstruktionsprojekt spielten sie eine Schlüsselrolle.

Vor den Bautrupps wurde ihr Sinn und Zweck geheim gehalten, und die Bautrupps fragten nicht nach, für sie war das Projekt ein Job wie jeder andere. Trotzdem wusste BeatNick, der kürzlich an den Schweißarbeiten bei Gebäude 7 beteiligt gewesen war, was sich darin verbarg: Die sieben Häuschen waren nichts anderes als Eingänge zu sieben Tunneln, die unter dem Wardenclyffe Tower zusammenliefen wie die Tunnel unter Nicks altem Haus in Colorado Springs.

»An die Arbeit, Farnsworth!«, rief der Polier, als er BeatNick verträumt in die Ferne blicken sah. »Fürs Sightseeing wirst du hier nicht bezahlt!«

BeatNick klappte den Schutzschirm vor die Augen und verschweißte die nächste Bodenplatte der Plattform. Laut seinen gefälschten Papieren war er staatlich geprüfter Schweißfachingenieur. Von den Accelerati, die selbstverständlich allesamt amtliche Genies waren, besaß natürlich niemand die nötige praktische Erfahrung, um ein Bauprojekt wie die Wiedererrichtung des Turms richtig zu managen und zu beaufsichtigen – weshalb sie gezwungen gewesen waren, das Projekt auszuschreiben wie jedes andere Bauprojekt auch. Und bei den örtlichen Bauunternehmen stand BeatNicks vorgeschwindelter Berufsabschluss hoch im Kurs.

An seinem ersten Arbeitstag hatte BeatNick noch ein Riesenglück gehabt, dass er sich kein Loch in den Körper geschweißt hatte. Es war nicht leicht gewesen, seine allumfassende Unwissenheit zu verbergen, schließlich war er nie für diesen doch einigermaßen gefährlichen Job ausgebildet worden, aber bald hatte er den Bogen so gut heraus, dass er als waschechter Schweißer durchgehen konnte. Sollte die Wiedervereinigung mit seinen anderen Ichs fehlschlagen, überlegte BeatNick, und sollte die Erde nicht vor Fertigstellung des F.R.E.E. untergehen, könnte er vielleicht mit diesem Handwerk in die Zukunft starten.

Als der Polier auf der Hebebühne Richtung Erdboden fuhr, blickte BeatNick erneut auf die kleinen Steinbauten, die die Tunneleingänge vor unerwünschten Blicken schützten. Das verrostete, verschimmelte Innere der Häuschen wurde derzeit mit Edelstahlwänden aufgemöbelt und vor den Tunneln wurden Rolltore angebracht.

Allein BeatNick wusste, wie schlampig das Rolltor vor Tunnel 7 geschweißt worden war. Man müsste nur leicht daran ziehen, um es im gewünschten Moment zu öffnen – und BeatNick und den sechs anderen Nicks so den Weg unter den Wardenclyffe Tower frei zu machen, zum Schnittpunkt der sieben Tunnel.

Als zweite Urkraft traf Petula in Wardenclyffe ein. Neuerdings vollwertiges Mitglied der Accelerati-Offiziersriege, überwachte sie den letzten Bauabschnitt des Turms in ihrem brandneuen, herrlich schimmernden Spinnenseide-Businesskostüm im Farbton Lavendel.

Vor Ms Plancks unerklärlichem Verschwinden hatte diese Petula als Lohn für die Bergung des Globus befördert und Petula damit einen Lebenstraum erfüllt: Endlich hatte Petula eigene Lakaien.

»Bringt mir ein kühles Getränk.«

»Ja, Miss Grabowski-Jones.«

»Fahrt zum nächsten Fünf-Sterne-Restaurant und bestellt mir irgendwas, was nicht auf der Karte steht.«

»Ja, Miss Grabowski-Jones.«

»Mir ist langweilig. Amüsiert mich.«

»Ja, Miss Grabowski-Jones.«

Unermüdlich erfüllten Petulas Untergebene selbst ihre unverschämtesten Wünsche – worüber Petula sich maßlos ärgerte. Sie vermisste die rauschhafte Entrüstung der alten Zeiten, in denen sie nicht immer bekommen hatte, was sie wollte.

Doch Petulas größter Ärger galt dem Umstand, dass es mit

all dem, insbesondere mit ihrem Leben, ein Ende haben würde, sobald Edison herausfand, dass sie Vince nach Feuerland an der Südspitze Südamerikas geschickt hatte, statt ihm die Batterie vom Nacken zu reißen und diese den Accelerati auszuhändigen. Aber was hätte sie tun sollen? Seit Kurzem sah Petula die Dinge eben aus einem ganz neuen, bedauerlichen Blickwinkel:

Nick Slate war Nikola Tesla.

Irgendwie gewissermaßen.

Etwas zu wissen, das nicht einmal Edison wusste, rief in Petula ein beschwipstes Schwindelgefühl hervor. Überdies war ihr noch nicht ganz klar, welchen Nutzen sie aus ihrem Wissen ziehen könnte. Zunächst müsste sie herausfinden, wie der Fall genau lag. Petula konnte sich nur vier mögliche Erklärungen vorstellen:

1. Nick war aus einem beliebigen Stückchen Tesla-DNA geklont worden.
2. Nach seiner Wiedervereinigung würde Nick in die Vergangenheit reisen und zu Nikola Tesla werden.
3. In Wirklichkeit war Nick ein nach dem Vorbild des Erfinders konstruierter Androide; oder …
4. … das war alles ein Traum und Petula würde jeden Moment in ihrem Zimmer aufwachen und sehr, sehr angefressen sein.

Theorie 1 erschien ihr nicht sehr realistisch. Tesla war so gut wie besitzlos gestorben und eingeäschert worden, also wo hätte man das nötige Erbgut für einen Klon auftreiben sollen? Theorie 2 wirkte genauso weit hergeholt, denn die Beweislage, sowohl Fotografien als auch Schriftstücke, besagte eindeutig, dass Tesla in Serbien aufgewachsen war, und Nick sprach kein Serbisch. Daher könnte Nick sich nie im Leben überzeugend als Tesla ausgeben, selbst wenn er gewollt hätte.

Theorie 3 ergab auch keinen Sinn. Ein Roboter, wie etwa Mrs Higgenbotham einer war, hätte nie in seine sieben Lebensalter zerlegt werden können.

Blieb noch Theorie 4, der Traum. Diese Vorstellung war zu deprimierend, um länger darüber nachzudenken.

Vor lauter Frust über ihre mangelnden Fortschritte juckte es Petula in den Fingern, ihre Lakaien mit einem besonders unverschämten Auftrag davonzujagen.

Direkt vor Petulas Augen ragte der Turm in die Höhe. Die Stahlstreben waren schon montiert, die kreisrunde Plattform an der Spitze war beinahe fertiggestellt. In Kürze würde der Käfigaufzug im zentralen Schacht jedes einzelne Teil des F.R.E.E. hinauf zur Plattform befördern, wo die Maschine wieder zusammengesetzt werden sollte. Jedes einzelne Teil – bis auf die Batterie.

Ich muss den Schaltkreis vollenden, dachte Petula. Hieß das, dass sie am Ende trotz allem Vince herbeischaffen müsste, um das Ding zum Laufen zu bringen?

Bei diesem Gedanken wünschte sie dann doch, sie würde bloß träumen. Aber das dürfte ihr kaum vergönnt sein.

Die nächste Gruppe von Urkräften reiste im Sechserpack an – und in einer Weise, die nur durch das Zusammenspiel einer gewagten E-Mail und einer bombastischen Online-Überweisung möglich gemacht wurde.

> Seien Sie herzlichst gegrüßt. Ich schreibe im Auftrag seiner Hoheit Prinz Zakia Thuku von West-Zenobia.
>
> Seine königliche Hoheit und eine kleine Gruppe von Freunden wünschen zu fliegen von der Colorado Springs zu der Long Island von New York. Wir erbitten deshalb die Anmietung eines Ihrer Privatjets.

Zu diesem Zweck wir haben Ihnen bereits überwiesen sechzigtausend Dollar ($ 60.000) auf Ihr Geschäftskonto, was das Doppelte ist des Betrages in Ihrer Preisliste. Wir erwarten das Flugzeug mit Besatzung heute zum dritten Glockenschlag nach der Mittagsstunde (um 15:00 Uhr in Ihrem seelenlosen westlichen Zeitsystem) an Ihrem Hangarplatz am städtischen Flughafen von der Colorado Springs abflugbereit vorzufinden, ausgestattet mit einer Auswahl an Erfrischungen und einem mittelgroßen Mittagsbüffet und einer Vielzahl wunderschöner Frauen.

In größter und ergebenster Dankbarkeit,
Murmitch Ló
Gesandter des Königshauses von West-Zenobia

»Hmm«, machte Zak. »Das mit den schönen Frauen lässt du vielleicht lieber weg.«

»Muss ich wirklich?«, fragte Mitch.

»Na ja, den Rest sollten sie bis drei Uhr schon irgendwie zusammenkriegen. Aber ein Harem? Da bräuchten sie mindestens bis fünf Uhr und die Zeit haben wir nicht. Und wir bräuchten ein größeres Flugzeug. Und außerdem ist das sowieso frauenfeindlich.«

Mitch Murló musste sich erst daran gewöhnen, ein Vermögen von 725 Millionen Dollar auf dem Konto zu haben. Was stellt man mit so viel Geld an? Natürlich wusste er, dass es nicht wirklich *sein* Geld war, aber er durfte es raushauen. Zumindest vorübergehend.

Als Erstes hatte Zak vorgeschlagen, zwei Rolls-Royce zu kaufen und zu sechst – er selbst, Mitch, Nicholas, St. Nickolaus, Nicky und SputNick – in einer vor Style strotzenden Kolonne nach Shoreham zu rollen.

»Nicholas könnte den Deal durchziehen«, hatte Zak erklärt, »und dann den einen Wagen fahren. Ich würde den anderen übernehmen.«

Doch wie Mitch richtig erkannt hatte, wären sie mit einem Privatjet schneller am Ziel, und die Anmietung konnte komplett online abgewickelt werden. Gut möglich, dass die Leute von Air-Play Jet Charters ihre E-Mail erst mal als Spam aussortieren würden – aber wenn dann die 60.000 auf ihrem Konto auftauchten und ganz egal, wie fragwürdig die E-Mail wirkte … sagen wir es so: Geld regiert die Welt.

Mitch schickte die E-Mail ab, schweren Herzens ohne die Bitte um wunderschöne Frauen, und siehe da: Als sie am städtischen Flughafen von Colorado Springs eintrafen, stand AirPlay Jet Charters mit Erfrischungen, einem üppigen Buffet und einem Learjet 40XR samt Besatzung bereit.

Zak gab einen verdammt überzeugenden Prinzen ab. Das wallende afrikanische Gewand aus dem Kostümladen in der Innenstadt schoss zwar etwas übers Ziel hinaus, was Zak aber durch seine tolle Performance ausglich. Er schritt so würdevoll-majestätisch daher, dass Mitch gar nicht anders konnte, als ihn mit »Eure Hoheit« anzusprechen, auch später, als es überhaupt nicht mehr nötig gewesen wäre.

»Kaum zu glauben, wie ihr Jungs das geschaukelt habt«, sagte Nicholas, als sie am Hangar ankamen.

Mitch sah ihn nicht an. Es war einfach zu schräg, mit einem Mann zu sprechen, der genauso aussah wie Tesla auf den ganzen alten Fotos, und gleichzeitig zu wissen, dass dieser Typ ein Siebtel seines besten Freundes war.

Beim Anblick des Privatjets brach St. Nickolaus in unkontrollierbares Kichern aus und schaufelte sich dann Kostproben der kunstvoll angerichteten Speisen auf seinen Teller.

Der kleine Nicky rümpfte die Nase über die verschiedenen Delikatessen, er wollte nicht mal einen Bissen probieren. Einmal zupfte er Mitch am Ärmel und zeigte auf Nicholas. »Findest du den genauso gruselig wie ich?«

»Er ist du«, rief Mitch ihm in Erinnerung.

»Sag das nicht. Da grusel ich mich doch noch mehr.«

Nicholas selbst schien sein teslamäßiges Aussehen einfach nicht wahrhaben zu wollen.

Mitch konnte an kaum etwas anderes denken. Noch hatte er nicht herausgefunden, was diese Entdeckung zu bedeuten hatte, aber er hatte schon vier Theorien:

Sie lebten alle in einer riesigen Simulation und waren zufällig über einen Fehler in der Matrix gestolpert.

1. Tesla war in Wirklichkeit ein Außerirdischer, der verschiedene Versionen seiner selbst im Lauf der Geschichte platziert hatte.
2. Nick war die Antimaterie-Version von Tesla, weswegen es nur gut war, dass Tesla und er sich nie begegnet waren, denn ihr Aufeinandertreffen hätte dem Universum den Garaus gemacht.
3. Das war alles ein Traum und Mitch würde jeden Moment in seinem Zimmer aufwachen und sehr, sehr erleichtert sein.

Länger über diese Fragen zu grübeln, so viel war Mitch klar, führte geradewegs ins Reich des Wahnsinns. Deshalb gab er sich Mühe, stattdessen das Büfett zu genießen: die erwartungsgemäß schleimigen Austern, den erstaunlich salzigen Kaviar und die einfach nur widerliche Foie gras.

Danach bestiegen Mitch, Zak und das Nick-Quartett den Jet – gelangten aber nur bis Nebraska, wo der Flieger von Magnetfeldproblemen im Zusammenhang mit dem Asteroiden und dem übermächtigen Polarlicht auf den Boden geholt wurde.

Sie mussten sich mit großen Hopsern vorwärtsarbeiten, um die gröbsten Turbulenzen zu umgehen, und so nahm der Flug alles in allem einen vollen Tag in Anspruch. Auf ihrem umständlichen Weg nach Long Island musste die Reisegruppe ganze fünf Zwischenlandungen einlegen: Von Omaha ging es nach Milwaukee und weiter nach Detroit, nach Cincinnati und nach Richmond, ehe sie endlich in New York ankamen – eine Route, deren Verlauf zufällig das Sternbild des Großen Wagens nachzeichnete.

Während sich der Privatjet noch an der Deichsel von Ursa Major entlanghangelte, machten sich vier andere Urkräfte auf den Weg von Edisons Herrenhaus nach Wardenclyffe. Der vierzehnjährige Nick (der noch nicht von der Erkenntnis belastet wurde, dass sein glatt rasiertes Mittdreißiger-Ich ein Doppelgänger Nikola Teslas war) setzte sich zu Edison, Caitlin und Z in Edisons Luxuskutsche mit dem extragroßen Stauraum für die riesige Batterie des alten Herrn.

Der Fahrer legte gerade den Gang ein, als Jorgenson am Beifahrerfenster erschien. »Guten Morgen allerseits! Ich wurde nicht darüber unterrichtet, dass wir so zeitig aufbrechen«, begrüßte er die anderen leutselig und ließ seinen Blick über die Gesichter im Wagen schweifen. »Oh, Evangeline ist nicht mit von der Partie?«

»Sie ist verhindert«, erwiderte Edison ausdruckslos. »Die gute Z fungiert vorübergehend als Große Accelerata.«

Diese Neuigkeit schien Jorgenson sehr zu missfallen. Er öffnete die Wagentür, wurde vor dem Einsteigen aber von Edison gestoppt.

»Tut mir leid, Al. Meine Batterie nimmt so viel Platz weg, da passt einfach kein fünfter Mitfahrer rein.« Und wie um Jorgenson noch zusätzlich zu verhöhnen, zückte er seinen Geldbeutel und reichte ihm ein paar Scheine. »Für den Bus.«

Dann knallte Edison dem verdutzten Jorgenson die Tür vor der Nase zu und lachte herzhaft, als der Wagen abfuhr.

»Wie gemein«, flüsterte Z dem alten Erfinder ins Ohr, der immer noch vor sich hin kicherte.

»Lassen Sie mir doch meinen Spaß, Z«, erwiderte Edison. »Irgendein Laster hat doch jeder, oder?«

Nick und Caitlin wechselten während der Fahrt nur wenige Worte. Nick schwankte zwischen aufkeimender Panik und aufkeimender Vorfreude – gleich würde er sehen, wie der Wardenclyffe Tower, Teslas größtes Werk, genau dort wiedererrichtet wurde, wo er einst gestanden hatte.

Laut Accelerati-Weltuntergangsuhr blieben ihnen noch etwa eineinhalb Tage, bis die elektrische Ladung des Asteroiden erneut tödliche Ausmaße erreichen würde. Alles war vorbereitet. Jetzt müsste nur noch Nick die Maschine zusammensetzen und es wäre geschafft.

Offensichtlich hatten die Accelerati nach Caitlins Abschied Vince' Haus gestürmt und so den Globus erobert. Aber besaßen sie auch die Batterie, wie Caitlin vermutet hatte? Und welche Folgen hätte das für Vince? Die Accelerati hätten keinen Grund gehabt, seine Verbindung mit der Batterie aufrechtzuerhalten, sie hätten die Batterie mitgenommen und Vince in die ewigen Jagdgründe befördert.

Aber sollten sie die Batterie nicht in die Finger bekommen haben – würde Edison dann seine eigene Batterie zur Verfügung stellen? Sich selbst opfern, um die Welt zu retten? Daran hatte Nick erhebliche Zweifel.

Sicher war nur, dass die Erde sich in zwei Tagen entweder von Grund auf wandeln oder von Grund auf auslöschen würde.

Thomas Alva Edison ließ niemanden an den Gedanken teilhaben, denen er auf der langwierigen Fahrt nach Shoreham nachhing. Straßen, die sich an den Charakter einer Stadt anpassten, waren Edison deutlich lieber als solche, die ihn einfach unter sich begruben – und so brauchten sie für eine Strecke, die auf der Schnellstraße in wenigen Stunden hätte bewältigt werden können, fast einen vollen Tag, auch wegen der Pausen für Snacks und Nachmittagstee. Da konnte die Weltuntergangsuhr ticken, wie sie wollte, ein Mann wie Edison ließ sich nicht hetzen.

Zumal die nötige Arbeit ohnehin in seiner Abwesenheit erledigt wurde. Der Turm war fast fertig, die Einzelteile des F.R.E.E. standen bereit und mussten nur noch zusammengesetzt werden, außerdem suchten mehrere Teams den ganzen Planeten nach Vince LaRue und seiner Batterie ab. Und sie würden ihn finden, das wusste Edison, denn am Ende gelangte er immer ans Ziel. Eine andere Weltsicht hatte er sich nie angewöhnen müssen.

Und doch spukte ihm immerzu ein Gedanke durch den Kopf: Wo steckte Evangeline Planck? Hätte sie wirklich nichts anderes im Sinn gehabt, als eine Einbahnstraße in die jüngere Vergangenheit zu nehmen, hätte sie schon wieder zurück sein müssen, wohl mit ein, zwei zusätzlichen grauen Haaren, aber ansonsten ganz die Alte. Also wo blieb sie?

Für den Bus? Da hört sich doch alles auf!

Dr. Alan Jorgenson, die elfte und vielleicht gefährlichste Urkraft, hätte bereits den bloßen Gedanken, sich zu einer Busfahrt herabzulassen, als ehrenrührig empfunden. Er nahm lieber den Zug. Auch wenn er es kaum ertrug, sich mit dem Pendlergesindel gemein zu machen.

Diese neueste Entwicklung machte überdeutlich, dass Edison nicht beabsichtigte, ihn jemals wieder als Großen Acceleratus einzusetzen. Die Ehre sollte offenbar Professor Zenobia Thuku zufallen, dieser besseren Mathelehrerin! Aber mit der würde er schon noch fertigwerden.

Jorgenson lehnte sich auf seinem Sitzplatz zurück. So unangenehm ihm die Zugfahrt war, einen Vorteil hatte sie: Dank Edisons sonderbaren Reisegewohnheiten würde er früher in Shoreham eintreffen als der Alte. Traurig, dass ein Mann wie Edison, der seiner Zeit so weit voraus gewesen war, noch so sehr dem Denken des 19. Jahrhunderts verhaftet war.

Aber stiller Nutznießer war Jorgenson, dem auf diese Weise mehrere Stunden bleiben würden, um sich noch vor Edisons Ankunft ein Bild von der Lage am Turm zu machen. Falls nötig, könnte er auf die Schnelle ein Problem inszenieren, wofür nur er eine Lösung parat hätte, und so seine immense Bedeutung für die Accelerati unterstreichen.

Wayne und Danny wären nie auf die Idee gekommen, sich nach Shoreham zu begeben. Sie wollten in die entgegengesetzte Richtung, von Princeton aus gesehen nach Westen, nicht nach Osten. Hektisch packten sie ihre Taschen für die Fahrt zu ihrem alten Wohnort Colorado Springs.

»Wir finden ihn«, sagte Mr Slate zu Danny. »Das verspreche ich dir. Wir finden ihn.«

Ihr Plan sah vor, bei ihrem ehemaligen Haus mit der Suche zu beginnen. Irgendjemand musste wissen, was Nick zugestoßen war, und Mr Slate hatte sich geschworen, nicht zu ruhen und nicht zu rasten, bevor er den Sohn gefunden hatte, den sie aus seinem Gedächtnis löschen wollten.

Wer auch immer *sie* waren.

Doch als Vater und Sohn gerade aufbrachen, klingelte es an der Tür.

Mr Slate öffnete die Tür und sah einen Kotelettenträger mittleren Alters vor sich stehen, dessen Gesicht ihm irgendwie sehr bekannt vorkam. Woher nur …

Einen Moment lang schien der Mann mit den Tränen zu kämpfen. »Äh, Mr Slate …«, sagte er und wischte sich über das Gesicht. »Ich heiße … ist eigentlich egal, wie ich heiße. Ich muss mit Ihnen über Ihren Sohn sprechen.«

Mr Slate musterte ihn wachsam. »Über welchen Sohn?«

In den Augen des Mannes beobachtete Mr Slate eine Art Glitzern. »Sie erinnern sich, dass Sie zwei Söhne haben?«

Fast hätte Mr Slate den Kerl an seinen Koteletten durchgeschüttelt. Aber noch wusste er nicht, ob er es mit einem Freund oder einem Feind zu tun hatte. »Wo ist Nick?«

»Das ist viel komplizierter, als Sie wahrscheinlich denken. Aber wenn Sie Nick helfen wollen, müssen Sie sofort mit mir nach Shoreham fahren.«

Kurz darauf machten sich die letzten drei Urkräfte auf die Reise.

Damit näherten sich summa summarum vierzehn Urkräfte mit teils gegensätzlichen Sehnsüchten, Zielen und Strategien zur Verwirklichung ihrer Ziele einem nichts ahnenden Städtchen am Nordrand von Long Island.

Es stand außer Frage, dass sich in Shoreham etwas Bedeutsames zutragen musste. Aber die größte Unbekannte war, ob hinterher noch irgendjemand am Leben sein würde, der davon berichten könnte.

Weit, weit weg von Shoreham – viel weiter ging es kaum – in Feuerland an der südlichsten Südspitze Südamerikas war Vince LaRue unterdessen zum Stadtgespräch geworden.

Die »Stadt« war in diesem Fall bloß ein uriges Fischerdorf mit rund vierzig Einwohnern, doch Vince genoss es sehr, ein großer Fisch in einem kleinen Teich zu sein.

Die Dorfleute nannten ihn *El Niño Eléctrico*, den »elektrischen Jungen«, weil sie ihn für ein NASA-Roboterexperiment hielten, das in ihrer eisig kalten Mitte eine Bruchlandung hingelegt hatte. Vince konnte sich nicht dazu aufraffen, sie über ihren Irrtum aufzuklären.

Er wurde von einer Familie aufgenommen, die ihm zu essen gab und Unterschlupf gewährte. In zwei Jahren Schulspanisch hatte Vince die Sprache kaum besser gelernt, als man sie einem Hund beibringen könnte, aber mit Wortbrocken und Gesten gelang die Kommunikation einigermaßen. Als er sich einen imaginären Telefonhörer ans Ohr hielt, erfüllten seine Gastgeber ihm seinen Wunsch sehr gerne.

Vince wählte die Handynummer seiner Mutter und schon bei seinen ersten Worten brach sie in Tränen aus. Offenbar war sie immer noch in Schottland und suchte den See nach Vince' Überresten ab, ganz wie von ihm vermutet.

»Jetzt übertreib's mal nicht, Mom«, sagte Vince. »Mir geht's gut.«

»Wo bist du?«, fragte sie.

»In Chile. Genauer gesagt in Feuerland.«

»Chile?«, tönte es ungläubig aus dem Hörer. »Was in aller Welt machst du in Chile?«

Die ganze Geschichte zu erzählen, wäre Vince jetzt zu aufwendig gewesen. »Ich esse zu Mittag«, sagte er deshalb.

Vince riet seiner Mom, nicht nach Hause zu fliegen, weil es dort momentan ein paar Schwierigkeiten gebe, und versprach, sich bald wieder bei ihr zu melden. Dann legte er auf und widmete sich wieder der Schüssel mit dem Hammeleintopf, der seinen untoten Verdauungstrakt später übel tyrannisieren würde. Aber er schmeckte einfach zu gut.

In diesen südlichen Breiten schien ein spektakuläres Polarlicht – und einige der Einheimischen glaubten neuerdings, der elektrische Junge sei irgendwie dafür verantwortlich. Andere glaubten natürlich, dass die Erscheinung vom nahenden Weltuntergang künde, und wer hätte das gedacht? Beide Lager hatten recht.

Ohne Vince' Batterie blieb Teslas Maschine unvollendet, was die Welt in der Tat dem Untergang weihen würde. Es konnte einen schon ziemlich aus den Socken hauen, dass ausgerechnet er, Vince LaRue, zwischen der Vernichtung allen Lebens auf Erden und dessen Rettung zu entscheiden hatte. Besonders nett war das Leben ja nicht zu ihm gewesen … aber dass plötzlich die Zukunft der Welt davon abhing, ob er den Daumen hob oder senkte, war trotzdem etwas zu viel der Verantwortung für einen einfachen Untoten.

Irgendwas, sinnierte Vince, *müsste man da eigentlich machen.*

Doch erst mal löffelte er in Ruhe seinen Hammeleintopf.

38. Ein Quantum Accelerati

In der einsetzenden Abenddämmerung erreichten Edison und sein Gefolge ihr Ziel. Nick, der auf der langen Fahrt eingedöst war, öffnete die Augen, als der Wagen auf das schmiedeeiserne Tor des Wardenclyffe-Grundstücks zurollte und mit laufendem Motor stehen blieb.

Am Tor klebte ein großer Zettel: ZWANGSVERSTEIGERUNG WEGEN ZAHLUNGSVERZUG.

Nick sagte kein Wort, aber Caitlin konnte sich nicht zurückhalten. »Sieht aus, als hätte man Sie vor die Tür gesetzt«, stellte sie fest und fügte vergnügt hinzu: »Oh Gott, die Accelerati haben doch keine Geldprobleme? Nicht dass Sie noch Konkurs anmelden müssen …«

Edison reagierte gereizt. Nick hätte schwören können, dass die Batteriesäure unter der Samtabdeckung zornerfüllt brodelte. »Sollen sie doch versuchen, mich rauszuwerfen«, schnaubte Edison und wies seinen Fahrer an, die offizielle Bekanntmachung herunterzureißen.

Der Wagen durchquerte das Tor und setzte die Gruppe vor dem stattlichen Backsteinbau ab, der einst Teslas Laboratorium in Wardenclyffe beherbergt hatte. Nun war das Innere wieder in seinen alten Glanz versetzt worden, Messing blitzte, Mahagoni schimmerte, und riesige Fenster gewährten freie Sicht auf den Turm, dessen Kommandozentrale im Laboratorium untergebracht war.

Hinter Z, die Edisons Rollstuhl schob, betraten Nick und Caitlin das Laboratorium und gingen in den Kontrollraum, wo mehrere Accelerati-Wissenschaftler und Techniker um ein lang gestrecktes, elegant geschwungenes Pult herumstanden. Einige davon blickten hinab auf ihre Instrumente, andere spähten durch die Bogenfenster hinauf zum beinahe fertiggestellten Turm.

»Wieso machen Sie sich nicht schon mal mit den Abläufen vertraut, Z?«, sagte Edison mit einem Wink in Richtung des Kontrollpults und drückte den Knopf, der den Motor des Rollstuhls einschaltete. »Ich komme dann allein zurecht.«

Den Blick bereits auf die Instrumente auf dem Pult gerichtet, nickte Z.

Edison fuhr los und blieb vor dem unteren Rand eines der großen Fenster stehen, Nick und Caitlin folgten ihm.

Der Turm war ein eindrucksvolles Konstrukt, sogar nach modernen Maßstäben: ein graziles Geflecht aus silbrig-weißem Metall, das sich fast sechzig Meter hoch in den Himmel schwang und von einer Kupferplattform gekrönt wurde.

»Ich wurde darüber unterrichtet, dass der Bau so gut wie abgeschlossen ist«, sagte Edison. »Morgen früh laden wir die Bestandteile des F.R.E.E. nacheinander in den Käfigaufzug und fahren sie zur Plattform.« Er lächelte Nick an. »Wo du, junger Mann, die Maschine wie versprochen zusammensetzen wirst.«

»Ja, ich setze sie zusammen«, entgegnete Nick. »Aber die Batterie ist der Anlasser. Ohne die Batterie bringen wir die Maschine nie zum Laufen.«

Nick hatte die Batterie mit voller Absicht erwähnt – er hoffte, Edisons Reaktion würde irgendetwas durchblicken lassen. Doch das Gesicht des alten Mannes gab nichts preis.

»Du hast dich nur mit dem Zusammensetzen der vorhandenen Teile zu befassen«, sagte Edison. »Die Batterie ist meine Angelegenheit.«

Er wendete seinen Rollstuhl und blickte vorbei an Nick und Caitlin zum Eingang. »Da sieh an. Was verschafft uns die Ehre?«

Sie drehten sich um – vor ihnen stand keine andere als Petula, die in ihrem lavendelfarbenen Spinnenseide-Businesskostüm mehr Accelerati-Flair denn je versprühte. Dieser Aufzug passte besser zu ihr als jedes andere Kleidungsstück, das Nick bisher an ihr gesehen hatte.

»Ehre, Mr Edison?«, fragte Nick. »Sie meinen wohl: Womit haben wir das verdient?«

Als Petula ihn mit einem bösen Starren strafte, tauschte das Quantum Accelerati in ihrem Gefolge nervöse Blicke aus, als wären es die Leute gewohnt, das Ventil für Petulas Zorn zu spielen. *In ihrem Gefolge?* Ja, Petula hatte offensichtlich seit Neuestem ein Gefolge. Das konnte nichts Gutes bedeuten, insbesondere für die Mitglieder ihres Gefolges. Aus ihren Augen sprachen stumme Schreie: *Hilfe!* oder *Rettet mich!*, vielleicht auch: *Tötet mich einfach!*

Edison verabschiedete sich, er musste sich um Jorgenson kümmern – der steigerte sich drüben gerade in einen Wutanfall hinein, nachdem seine Hose versehentlich von einem Schweißer in Brand gesetzt worden war.

»Farnsworth konnte nichts dafür!«, sagte der Polier mit Nachdruck, als Edison neben ihm davonrollte. »Was hatte dieser Jorgenson überhaupt auf der Plattform zu suchen?«

Petula blieb, um Nick und Caitlin Gesellschaft zu leisten, oder besser gesagt: um ihre Überlegenheit heraushängen zu lassen. Sie schickte ihr Gefolge fort und führte die Gäste in einen großen, hervorragend ausgestatteten Arbeitsraum. Jetzt, da langsam die Nacht hereinbrach, hüllte sich der bei Tag so majestätische Turm im Licht der Scheinwerfer in ein gespenstisches Schimmern. Die Arbeiter mussten bis zum Morgen schuften, wenn der Bau rechtzeitig abgeschlossen werden sollte, und damit sich ja niemand auf die faule Haut legte, waren überall tickende Weltuntergangsuhren angebracht worden: noch 25 Stunden.

»Das ist Edisons Büro?«, fragte Nick.

»Nein.« Petula ließ sich in einen ledernen Chefsessel sinken. »Es ist mein Büro. Es hat seine angenehmen Seiten, ein Liebling der Accelerati zu sein.« Sie hob eine Augenbraue. »Aber wem sage ich das?«

»Ich bin nur hier, weil ich muss«, erwiderte Nick.

»Ach ja, stimmt. Du musst ja die Welt retten«, meinte Petula. »Das ist jetzt wohl dein neues Spezialgebiet.«

Caitlin ging dazwischen. »Ist schon klar, Petula, wir können dich auch nicht leiden. Aber jetzt müssen wir nun mal alle zusammenarbeiten. Also wieso tun wir nicht wenigstens so, als würden wir miteinander zurechtkommen?«

Nach ein paar Sekunden wortlosen Starrens sagte Petula: »Aber ich arbeite doch längst mit euch zusammen, du Idiotin.« Sie beugte sich vor und senkte die Stimme. »Den anderen Nicks geht's gut. Und Vince auch. Ich habe ihn – und die Batterie – gut versteckt, die Accelerati werden ihn niemals finden. Das heißt, dass Edison gezwungen sein wird, seine eigene Batterie rauszurücken, wenn es so weit ist.«

Der Schreck ging Nick durch Mark und Bein, es war, als hätte Petula ihn aus heiterem Himmel mit dem F.R.E.E. gegrillt. *Petula hatte ihnen geholfen?* Der Gedanke war so fremdartig, er schien aus einem Paralleluniversum zu stammen. Nick und Caitlin waren sprachlos.

Petula sah Nick merkwürdig an, sie studierte sein Gesicht, als hätte sie darin etwas entdeckt, das ihr bisher entgangen war. Ihr Mund öffnete sich und schloss sich wieder – was auch immer sie ihnen mitteilen könnte, sie behielt es für sich. Wenigstens darin blieb sie sich treu.

»Wieso sollten wir dir trauen?«, fragte Nick. »Nach allem, was du getan hast?«

»Was habe ich denn getan?« Petula stand auf und starrte Nick an. Sie konnte wirklich eindrucksvoll starren, das musste man ihr lassen. Hätte man die Kraft dieses Starrens einfangen und in eine Waffe einbauen können, man hätte damit ganze Städte zerschmelzen können. »Ich habe versucht, dir das Leben zu retten – und dann ist Vince gestorben. Ich habe dich zum Hauptquartier der Accelerati geführt, damit du die Harfe klauen und die Welt davor bewahren konntest, geröstet zu werden wie eine Scheibe Toast.

Und erst neulich habe ich wieder vier Siebtel deines Lebens gerettet und außerdem Vince in ein extrem gutes Versteck gebracht, was wirklich extrem nett von mir war, weil ich Vince nämlich absolut überflüssig finde. Sogar jetzt, wo er ein Zombie ist! Also pass bloß auf, dass du mich ab sofort behandelst wie den wunderbarsten Menschen überhaupt, denn ich bin der wunderbarste Mensch überhaupt! Oder ich reiße dir mit bloßen Händen das Herz aus der Brust und zerquetsche es unter meinem Schuhabsatz!«

»Versuch's doch!«, erwiderte Caitlin.

Im Gegensatz zu ihr bemühte Nick sich lieber, die Wogen zu glätten. Nicht zuletzt, weil hier von *seinem* Herzen die Rede war.

»Ich bin dir dankbar, Petula«, sagte er zu Caitlins maßlosem Erstaunen, »für alles, was du getan hast. Aber …«

»Aber wenn du wirklich für die gute Sache kämpfen willst, musst du Nick helfen, sich wiederzuvereinigen«, beendete Caitlin seinen Satz.

Nick schüttelte den Kopf. »Das können wir doch immer noch später erledigen.«

Im Nu schwenkte Caitlins Wut auf ihn um. »Können wir eben nicht! Und das weißt du genau! Wenn die Maschine erst mal zusammengebaut ist, kommst du nie mehr an das Prisma ran, und ohne Prisma kannst du nicht zusammengesetzt werden. Aber vielleicht willst du's ja so?«

Natürlich wollte Nick das nicht. Aber der Super-GAU stand in etwa 24 Stunden bevor und er konnte sich doch nicht wichtiger nehmen als die Rettung der Welt?

»Das Prisma!«, rief Petula. »Jetzt kapier ich's endlich! Sieben Spektralfarben, ein in sieben Teile gebrochener Nick!« Sie wandte sich an Caitlin, als wäre Nick gar nicht mehr da. »Ich helfe dir, unseren Strahlemann wieder zusammenzubasteln – unter einer Bedingung.«

»Und die wäre?«, fragte Caitlin.

»Ich muss den Schaltkreis vollenden.«

Caitlin und Nick glotzten sie verständnislos an. »Was soll das bedeuten?«, sagte Caitlin.

Petula zögerte. »Weiß ich selbst noch nicht. Aber wenn ich's rausfinde, lasse ich es euch unverzüglich wissen.« Eine Pause. »Möglicherweise.«

»Aber selbst wenn wir mich wieder zusammengebaut kriegen«, meinte Nick, »haben wir immer noch ein großes Problem. Ich glaube, Edison hängt an seinem ewigen Leben. Denke nicht, dass er seine Batterie freiwillig hergibt.«

Mit einem Lächeln legte Petula den Kopf schief. So schief, dass ihre Zöpfe in einem schrägen Winkel abstanden. »Dann müsst ihr ihm das Teil wohl mit Gewalt abnehmen.«

Die obere Etage der Kommandozentrale war für Edison und seine Mitreisenden zu einer Reihe von Gästezimmern im viktorianischen Stil umgebaut worden.

»Wenn die Accelerati Geldprobleme haben, können sie die Zimmer ja an Touris vermieten«, meinte Nick.

»Echtes Urlaubsfeeling mit den Accelerati«, kommentierte Caitlin. »Zimmer mit Turmblick, Frühstück und Gehirnwäsche inklusive.«

Dafür erntete sie ein höfliches Lachen des Handlangers, der damit beauftragt worden war, Nick und Caitlin zu ihrer Unterkunft zu eskortieren. Man hielt es wohl für zu riskant, die werten Gäste ohne Aufsicht herumlaufen zu lassen – sodass Nick und Caitlin keine Chance hatten, BeatNick aufzuspüren und über seine Erkenntnisse als Undercover-Schweißer auszufragen.

Über Nacht wurden sie in ihre Zimmer eingesperrt und draußen dröhnte immer weiter der Baulärm.

Doch um Mitternacht wurden alle Bautätigkeiten eingestellt. Nicht etwa, weil der Turm fertig gewesen wäre. Nein, dem Polier war zu Ohren gekommen, dass die Accelerati einen ungedeckten Scheck ausgestellt hatten, um die Rechnung für bereits geleistete Arbeiten zu begleichen. Dementsprechend befahl er der Nachtschicht, keinen Finger mehr zu rühren, bis ihre Bezahlung eintrudelte.

Es war an Alan Jorgenson, die Lage auf seine unnachahmliche Weise zu retten. Er zückte einfach einen Degenerator, eine der vielen patentierten Accelerati-Erfindungen, und verwandelte den Polier mit einem einzigen Treffer in einen blubbernden Klumpen Urschleim, der sich erst sehr viel später wieder zu intelligentem Leben entwickeln würde. Die Arbeiter verstanden den Wink mit dem Zaunpfahl und nahmen ihre jeweiligen Tätigkeiten wieder auf.

Aufgrund dieser Verzögerung wurde der Turm erst gegen Mittag fertiggestellt. Den ganzen Vormittag über saß Nick in seinem Zimmer fest, erst um ein Uhr nachmittags wurde er von einem Accelerati-Techniker abgeholt. Es war so weit. Nick musste seine ureigene Aufgabe erledigen: eine Ansammlung von Flohmarktgerümpel zum F.R.E.E. formen.

Als er den größten Raum des Gebäudes betrat, sah er die einzelnen Teile zu einem Gittermuster angeordnet auf dem Boden liegen. Daneben stand ein Acceleratus mit Habichtblick, ein Klemmbrett vor die Brust gedrückt wie einen Schutzschild, der Nick alles erzählte, was Nick sowieso schon über die Objekte wusste.

»Achte darauf, Objekt Nr. 12 nicht zu berühren und nicht den roten Knopf von Objekt Nr. 32 zu drücken«, sagte der Mann, während er auf die Harfe und den Globus zeigte. »Bei Objekt Nr. 29 scheint der Deckel zu fehlen.« Seine Hand zuckte zum Standmixer, als hätte Nick das Fehlen des Deckels nicht als Erster bemerkt. »Aber nach unseren Erkenntnissen sollte dies den Montageprozess nicht entscheidend behindern.« Der Typ wirkte schwer beleidigt, dass er Nick assistieren sollte und nicht Nick ihm. »Wir dachten, du könntest die Maschine in Teilen schon hier unten zusammensetzen. Dann könnten wir sie in größeren Einheiten im Lastenaufzug nach oben bringen.«

Nick schüttelte den Kopf. »Nein. Man muss sie in einem Rutsch zusammenbauen. Nur dann fällt sie nicht wieder auseinander.«

»Aber unsere Studien besagen …«

»Ihre Studien liegen daneben«, erwiderte Nick und verdonnerte den Mann dazu, ein Team zusammenzustellen, das die Einzelteile zur Turmspitze schaffen würde. Da der Käfigaufzug unsagbar langsam fuhr, dauerte es eine volle Stunde, alles zur Plattform zu befördern.

Als das Telefon abtransportiert werden sollte, meinte Nick, es könne ruhig bleiben, wo es war. »Es gehört nicht zur Maschine«, sagte er dem habichtäugigen Klemmbrettmenschen. Dieser bestand darauf, dass Nick sich irrte, doch wegen seiner begrenzten Befugnisse konnte er wenig ausrichten. Er konnte nur beleidigt schniefen und ohne Verabschiedung davonstampfen.

Schließlich waren alle anderen Objekte verschwunden. Nur das Telefon stand einsam in der Mitte des Raums, als wäre es vergessen worden, als hätte es keine Rolle zu spielen – was Nick Sorgen bereitete. Wenn Tesla etwas erschaffen hatte, hatte es auch einen Sinn und Zweck.

39. Der Raum, der uns trennt

Betrachtete man die großen Zusammenhänge, war Nicks Wiedervereinigung nur Nebensache. Das war jedem einzelnen Nick bewusst. Trotzdem grauste es ihnen vor der Vorstellung eines getrennten Lebens, davor, nach und nach zu einem kläglichen Spektrum unvollständiger Seelen zu werden.

Der Mann, der das Prisma auf dem Flohmarkt erworben hatte, war zu einer typischen Problemfamilie zerfallen. Hatte sein zersplittertes Ich nicht anders gekonnt, als sich mit sich selbst zu zerstreiten? Die Tatsache, dass die Nicks bei jeder Zusammenkunft irgendeinen Zank vom Zaun brachen, ließ auf eine beunruhigende Zerfaserung schließen, als stünde ihnen ein Leben der bitteren Gehässigkeiten bevor, in dem jedes Alter auf die anderen schimpfte. Und noch schlimmer war das nagende Bewusstsein, kein ganzer Mensch zu sein. In jedem Nick rumorte der Hunger danach, mehr zu sein, als er war – ein Gefühl, das jede und jeder von Zeit zu Zeit erlebt, das aber unerträglich wird, wenn man nur noch ein Siebtel seines alten Ichs innehat. Kein Nick hätte es jemals laut ausgesprochen, schon gar nicht gegenüber den anderen Siebteln, aber die Sehnsucht nach einem wiedervereinten Geist und Körper erdrückte jeden von ihnen. Sie war immer präsent, bei jeder Tätigkeit.

Auch als sich der vierzehnjährige Nick mit der Zusammensetzung des F.R.E.E. abmühte. Er war abgelenkt. Unkonzentriert.

Trotz der Hilfe der Accelerati-Techniker, die schwere Teile an ihren zugewiesenen Platz wuchteten, brauchte Nick Stunden. Um fünf Uhr nachmittags war er endlich fertig und trat schweißgebadet zurück, um sein Werk zu bewundern. So nahe an der Vollendung war die Maschine noch nie gewesen. Aber die fehlende Batterie ließ eine klaffende Lücke.

Nick stand vor der Apparatur und versuchte, die allumfassende Übereinstimmung mit dem Universum zu erspüren, die ihm zu Hause immer so viel Trost gespendet hatte …

… aber es wollte nicht klappen. Irgendetwas fehlte noch, irgendetwas anderes als die Batterie.

Der Mixerdeckel?

Ja, der Deckel war vielleicht Teil des Problems, aber Nicks Bauch sagte ihm, dass das Problem größer war, viel größer … im Räderwerk der Maschine lag ein schwerwiegender Defekt vor, und es scheiterte nicht an mechanischen Bestandteilen, sondern an menschlichen.

Wie Nick schon lange wusste, bestand Teslas geniale Erfindung aus weit mehr als Metall und Elektronik. Ihre Funktionsweise basierte auf dem fein abgestimmten Zusammenwirken verschiedener Menschen, wie bei einem Musikinstrument, das von einer Vielzahl an Musikern gespielt werden musste. Jeder hatte seine Rolle, jede Handlung ließ eines der unsichtbar ineinander verzahnten Rädchen rotieren.

Und im Augenblick fehlte etwas.

Im Angesicht der Maschine spürte Nick nicht die innige Verbindung zu jedem ihrer Teile und zur Welt im Ganzen, die ihn früher erfasst hatte. Er spürte einen quälenden Riss zwischen sich und allem anderen – und aus diesem Abgrund gellte der stumme Vorwurf, etwas Entscheidendes unvollendet gelassen zu haben. Lag es an seiner eigenen Zersplitterung oder an etwas anderem, das er noch nicht begriffen hatte?

Nick blickte auf das weite Panorama der Häuser unter sich. Sollte er seine Aufgabe nicht bewältigen, würde die ganze Landschaft bis zur Unkenntlichkeit verbrennen. Die Welt war auf ihn angewiesen, doch er besaß nur ein Siebtel seiner Tapferkeit, ein Siebtel seiner inneren Stärke, und heute, in diesem wichtigen Moment, genügte ein Siebtel einfach nicht.

Von den Gesprächen, die einige Accelerati in Hörweite führten, bekam Nick kein Wort mit. In seinen Ohren dröhnten das entsetzliche Flehen der Welt und das Wissen, dass irgendetwas Wesentliches unerledigt geblieben war.

Schließlich setzte Nick sich neben die Maschine, schloss die Augen und hielt sich die Ohren zu. Und so blieb er sitzen, sehr zum Leidwesen der anwesenden Accelerati.

Die anderen Nicks spürten seine Seelenpein. Unsichtbar schoss sie vom Turm aus in alle Richtungen, und als Ersten traf sie BeatNick, der ganz in der Nähe, am Fuß des Turms, dafür getadelt wurde, »aus Versehen« Jorgensons Hose in Brand gesetzt zu haben. Als er den Schmerz seines vierzehnjährigen Ichs empfand, konnte er sich nur knapp davon abhalten, schreiend davonzulaufen.

Nickelback, der Mr Slate und Danny immer noch nicht seine wahre Identität offenbart hatte, wurde auf seinem Hotelzimmer von Atemnot gepackt. Im Augenblick konnte er nur darauf warten, von BeatNick über ihre nächsten Schritte informiert zu werden, aber er wusste, dass die Panikattacke einen konkreten Grund hatte. Fragte sich nur welchen.

Und in der Limousine, die vom Long Island MacArthur Airport zum Turm fuhr, begann St. Nickolaus ungehemmt zu schluchzen, SputNick tat es ihm gleich, Nicholas zitterte, und Nicky rollte sich zu einem Ball zusammen und lutschte am Daumen, als wäre er ins Kleinkindalter zurückgefallen.

»Was ist los?«, fragte Zak angesichts dieses abrupten Umschlagens der Stimmung.

Nicholas war der Einzige, der seinen Schmerz in Worte fassen konnte. »Der Raum, der uns trennt …«, sagte er. »Er tut weh.«

Oben auf dem neuen Wardenclyffe Tower versuchte gleichzeitig der eine Nick-Splitter, der nach wie vor vierzehn Jahre alt war, seine überwältigende innere Zerrissenheit in den Griff zu bekommen. *Caitlin hatte recht*, sagte er sich. *Ich kann so nicht weitermachen. Ich muss wieder zu einem ganzen Menschen werden.*

Wenn er nur irgendetwas gehabt hätte, das die Macht besaß, seine verschiedenen Teile zusammenzuführen …

Und wie in einem Comic leuchtete über seinem Kopf eine Glühbirne auf. Eine echte Glühbirne.

Am Anfang stand ein Lichtschalter. Nicks Privatflohmarkt an jenem dunklen, trüben Tag wäre ein Schlag ins Wasser geworden, hätte er nicht in seiner Garage den altertümlichen Scheinwerfer eingeschaltet. Kaum hatte das Licht gestrahlt, waren die Leute trotz sintflutartigen Regens herbeigeströmt wie Motten zu einer Terrassenlampe.

Jeder dieser Menschen hatte einen bestimmten Wunsch mitgebracht, und nachdem sie die Erfüllung ihres Wunschs gefunden hatten, waren sie wieder nach Hause gegangen.

Tesla hatte nicht wissen können, welche Personen auftauchen und welche individuellen Bedürfnisse sie haben würden, doch er war ein Mann mit Visionen. Als solcher besaß er stets den Überblick über das große Ganze – und über das im Hintergrund arbeitende Räderwerk. Er musste nicht sehen, wie sich jedes einzelne Rädchen drehte, um die Folgen zu kalkulieren; ihm genügte die Gewissheit, dass sie sich drehen würden. Auch die Idee des Elektromotors war Tesla in einer Vision eingegeben worden, und noch vor Fertigstellung des ersten Prototypen hatte er gewusst, dass der Motor funktionieren würde. Genauso beim F.R.E.E. Jedes Bauteil diente einem bestimmten Zweck, und setzte man sie zusammen, war das Ganze größer als die Summe seiner Teile.

Eines dieser Teile war ein alter Bühnenscheinwerfer, wie sie auch als »Geisterlicht« bezeichnet wurden. Am Tag des Privatflohmarkts hatte er in der Garage gestanden wie ein leuchtendes Elektro-Wattestäbchen, hatte verschiedenste Menschen angezogen und auf unbegreifliche Weise zusammengeschweißt. Nun ragte die Lampe aus dem Zentrum des F.R.E.E. auf der Plattform des neuen Wardenclyffe Tower.

Nach Nicks Verschwinden dauerte es ein Weilchen, bis den Accelerati das Fehlen der Glühbirne auffiel.

Als Nick ihr erzählte, was er aus dem F.R.E.E. entwendet hatte, wusste Caitlin, dass er einen gewagten Schachzug unternommen hatte. Sie wusste auch, dass er keine Wahl gehabt hatte. Jetzt musste Nick vorerst von der Bildfläche verschwinden, weil nicht auszuschließen war, dass der Diebstahl bemerkt werden würde, bevor Nick ihn rückgängig machen konnte – als hoffentlich wieder ganzer Mensch. Deswegen war Caitlin dafür zuständig, die anderen zu informieren.

Nach längerem Suchen fand sie BeatNick, der gerade vom Gelände geleitet wurde. Wie es aussah, war er gefeuert worden.

»Musste das sein?«, fragte Caitlin ihn, als sie gemeinsam draußen auf der Straße standen.

»Was kann ich dafür, wenn Jorgenson mir vor den Schweißbrenner rennt?« BeatNick grinste. »Außerdem habe ich ihm sofort einen Eimer Wasser über den Kopf gekippt. Ich habe ihn gerettet! Das muss man doch auch berücksichtigen.«

Caitlin sah, wie drüben auf der anderen Seite des Tors, das hinter ihnen verriegelt worden war, ihre persönliche Aufsichtsdame nach ihr fahndete – eine für Accelerati-Verhältnisse ziemlich angenehme, aber etwas leichtgläubige Person. Sie müsse mal auf die Toilette, hatte Caitlin ihr gesagt, und war dann mit Leichtigkeit entwischt. Jetzt zog Caitlin sich mit BeatNick in die Deckung zurück, bevor sie noch von der Frau erspäht wurde.

»Wenn ihr euch jetzt noch wiedervereinigen wollt«, sagte Caitlin mit einem Blick auf den lodernden Nachthimmel, »läuft uns langsam die Zeit davon.«

BeatNick versicherte ihr, er könne die Nick-Truppe problemlos in das unterirdische Tunnelsystem einschleusen. »Ich bin im Einklang mit meinen Selbsts«, meinte er. »Sag meinem vierzehnjährigen Ich, unser konspiratives Treffen findet um 19.30 Uhr am Eingang zu Tunnel 7 statt. Aber ich frage mich schon, was das bringen soll, wenn wir gar keinen Plan haben, wie wir uns wieder zusammensetzen können …«

»Keine Sorge, Nick hat einen Plan.«

Daraufhin wirkte BeatNick leicht beleidigt. »Du weißt schon, dass ich auch Nick bin?«

Caitlin schaute ihn an, blickte ihm in die Augen – die natürlich Nicks Augen waren. Es war gut zu wissen, wie Nick in circa zehn Jahren aussehen würde.

Sie lächelte. »Mein fünfundzwanzigjähriges Ich wäre bestimmt sehr verliebt in dich.«

Nach BeatNicks Abschied lungerte Caitlin noch hinter der hohen Hecke herum, bis sich das Tor für einen Trupp Bauarbeiter auf dem Heimweg öffnete. Sie schlüpfte aufs Gelände, ging ihre Aufsichtsdame suchen und beschwerte sich bei ihr über die fehlerhafte Wegbeschreibung zur Toilette.

Auf einem anderen, in einigen Kilometern Entfernung gelegenen Grundstück, an dessen Tor ebenfalls die Ankündigung einer Zwangsversteigerung pappte, wachte Thomas Alva Edison über eine entscheidende Phase der Operation.

Edison und sein Rollstuhl warteten in der Mitte einer kreisrunden Betonplattform mit einem Durchmesser von etwas mehr als dreißig Metern. Die Plattform bestand aus einem Sockel aus abgebundenem Wasserbauzement unter einer 45 Zentimeter dicken Decke aus Kalkzementputz, geschützt von 35 Zentimetern hochfestem und stahlverstärktem Beton. In anderen Worten: Sie war so stabil, dass sie problemlos als Landeplatz für außerirdische Fluggeräte hätte herhalten können. Ihr Zweck war allerdings ein ganz anderer.

Z trat hinter Edison. »Und Sie sind sicher, dass das funktioniert?«

Edison atmete geräuschvoll aus. »Wenn ich mich mit irgendetwas auskenne, dann mit elektrischem Strom.« Er hob die Hand, zog den glänzenden Titanring von seinem Finger und übergab ihn an Z. »Erweisen Sie mir die Ehre?«

Im exakten Mittelpunkt der großen Plattform befand sich eine Kupferscheibe, die direkt mit dem Stromnetz verdrahtet war. Es war kein Zufall, dass die Stromversorgung Long Islands von einem Unternehmen namens Consolidated Edison Energy, Inc. kontrolliert und betrieben wurde, besser bekannt als Con Ed.

Z platzierte den Ring im exakten Mittelpunkt der Kupferscheibe, auf einem kleinen eingravierten *X*. Danach schob sie Edison im Rollstuhl von der Betonplattform in den Kontrollstand, der von mehreren Schichten aus eigens von den Accelerati entwickeltem Panzerglas abgeschirmt wurde. Nur zur Sicherheit.

Dort wartete bereits ein Accelerati-Eilbote mit einer wichtigen Nachricht. »Die Lieferung ist eingetroffen«, informierte er den alten Erfinder.

Edison klatschte ein einziges Mal in die Hände. Es klang, als wäre ein uraltes Buch mit spröden Seiten zugeschlagen worden.

»Vortrefflich«, sagte er. »Aber eins nach dem anderen.« Seine Hand streckte sich nach dem Bedienpult, einem echten Stück Retrotechnik mit einem wuchtigen Schalthebel, der noch per Muskelkraft umgelegt werden musste. Das war ganz nach Edisons Geschmack. Diese neumodischen Computermonitore mit ihren virtuellen Knöpfen und Menüs, an denen man mit lachhaften kleinen Mausklicks herumdokterte! Wo blieb da die Freude am Schließen eines Schaltkreises? Edisons Finger krallten sich um den Elfenbeingriff des Hebels.

»Deshalb«, sagte Edison, »nennt man mich den Zauberer von Menlo Park.« Er legte den Hebel um. Für ein paar Sekunden trübten sich sämtliche Lichter auf Long Island ein – und der kleine Ring im Zentrum der großen Betonplattform begann, sich auszudehnen.

40. Sein oder Nicksein, das ist hier die Frage

Unter dem flammenden Polarlicht am östlichen Abendhimmel näherten sich das vierzehnjährige Nick-Siebtel, Caitlin und Petula dem Eingang zu Tunnel 7. Dieser befand sich in einem kleinen Steinbau am Rand eines Parkplatzes hinter einer verlassenen, bröckelnden Ladenzeile.

Als Belohnung für die Inszenierung ihrer Flucht aus der sorgfältig abgeriegelten und bewachten Wardenclyffe-Anlage hatte Petula darauf bestanden, Caitlin und Nick begleiten zu dürfen.

Aber Caitlin konnte Petula immer noch nicht trauen. »Ich schwör's dir, Petula, wenn du hier für die Accelerati spionierst, dann …«

»Würde ich für die Accelerati spionieren«, erwiderte Petula, »hätte man dich schon vor Stunden in die Menschenversuchsabteilung überstellt.«

Das klang so plausibel, dass Caitlin von da an den Mund hielt.

Einige Nicks warteten bereits am Eingang, als die Gruppe dort eintrudelte, und BeatNick war dabei, sich mit Fastfood vollzustopfen. »Hey«, sagte er schulterzuckend, »kann doch gut sein, dass unser vierundzwanzigjähriges Ich jetzt zehn Jahre lang nix mehr zu essen kriegt.«

Neben ihm standen St. Nickolaus, der heiter wie immer wirkte, Nicholas mit SputNick auf dem Arm und der kleine Nicky, der sich nervös an Nicholas' Hemdsaum klammerte.

Auch Mitch und Zak waren vor Ort, Letzterer noch immer in seine Pseudo-Prinzenrobe gewandet, obwohl es schon lange keinen Grund mehr gab. Während Zak sich passend dazu in aristokratischer Zurückhaltung übte, rannte Mitch auf Nick zu und drückte ihn freudig an sich, ein etwas peinlicher Gefühlsausbruch, der sich nie wiederholen durfte.

»Sie haben dich doch nicht umgebracht!«, rief er. »Wir haben uns solche Sorgen gemacht!«

»Wie sieht unser Plan aus?«, fragte Zak.

Nick griff in seinen Rucksack und zog die Schutzhülle mit der Prismaröhre hervor sowie die überdimensionierte Glühbirne des Geisterlichts.

Als die anderen Nicks die gedankliche Verbindung herstellten, schnappten sie kollektiv nach Luft.

»Aber klar!«, sagte BeatNick. »Wieso bin ich da nicht selber draufgekommen?«

»Bist du doch«, erwiderte Nick. »Wenn man so will.«

Da geriet Nicholas, der bisher im Schatten gestanden hatte, in den Lichtkegel einer Taschenlampe – und bei Nicks erstem ausführlichen Blick auf Nicholas' glatt rasiertes Gesicht wären neben Nicks Unterkiefer fast auch die Glühbirne und das Prisma auf den Boden geknallt.

In seinen vierzehn Jahren hatte Nick Slate schon viele ungewöhnliche und unheimliche Erlebnisse verkraften müssen, die meisten davon innerhalb der letzten Monate. Hätte man ihm vor einem Jahr prophezeit, dass er eines Tages am Eingang zu einem Geheimtunnel stehen und fassungslos auf eine Mittdreißiger-Version seiner selbst starren würde, die zufälligerweise haargenau so aussah wie Nikola Tesla – Nick hätte nicht nur kein Wort davon geglaubt. Er hätte sofort die Polizei verständigt.

»Es ist nicht so, wie du denkst«, meinte Nicholas.

»Ich weiß nicht, was ich denke«, entgegnete Nick.

»Oh«, sagte Nicholas. »Ich auch nicht. Dann ist es wahrscheinlich genau so, wie du denkst.«

Mitch wandte sich an Petula. »Wie? Du hast ihm nichts davon erzählt?«

Petula ignorierte ihn. Sie weigerte sich, mit Mitch zu sprechen, denn es empörte sie, dass er Nick umarmt hatte, aber nicht sie. Dabei war sie doch seine Freundin. Oder war zumindest seine Freundin gewesen, bis sie alle ihre Freunde an die Accelerati verraten hatte. Aber jetzt hatte sie die Accelerati verraten, und das war doch nicht nichts! Sie war dermaßen wütend auf Mitch, bloßes Anschweigen könnte ihrem Zorn nie Genüge tun. Deswegen scheuerte sie ihm eine.

»Aua!«, rief Mitch. »Warum machst du das?«

Mit seiner Ahnungslosigkeit handelte er sich die nächste Ohrfeige ein.

»Aua!«

Petula holte zum dritten Schlag aus.

Doch diesmal fing Mitch ihre durch die Luft rauschende Hand ab. »Noch einmal, und ich schneide dir die Zöpfe ab.«

»Versuch's doch«, sagte sie. »Im Ernst, Mitch, du kannst es sehr gerne versuchen.«

»Schon gut«, meinte Mitch. »Vielleicht ein andermal.«

So trat Mitchs und Petulas stürmische Beziehung in den Zustand eines widerwilligen Waffenstillstands ein.

Ihre Reibereien konnten Nick nicht vom eigentlichen Thema ablenken. »Wieso sehe ich aus wie Nikola Tesla?« In der Hoffnung, irgendjemand könnte die Situation aufklären, stellte er die Frage einfach mal in den Raum.

»Ernsthaft, Nick?«, sagte Petula. »Du willst das hier und jetzt ausdiskutieren? Seid ihr alle sieben so blöde oder nur du?«

Damit animierte sie St. Nickolaus zu einem Lachanfall, der vielleicht sogar ansteckend gewesen wäre, wären die anderen nicht gar so humorlos gestimmt gewesen.

Autoscheinwerfer schwenkten um die Ecke des Gebäudes und hielten auf sie zu. Waren sie von den Accelerati aufgespürt worden? Nein, es war kein schillernder Geländewagen, sondern Wayne Slates glanzloser Subaru.

»Was? Dad und Danny machen hier auch mit?«, fragte Nick.

Zak wandte sich an Caitlin. »Wie? Du hast ihm nichts davon erzählt?«

»Na, ich konnte doch nicht wissen, ob Nickelback die beiden wirklich zum Mitkommen überreden kann.«

Offensichtlich war es ihm gelungen – und das konnte nur bedeuten, dass Nicks Vater und Bruder sich wieder an ihn erinnerten! Der rätselhafte Psychobann, mit dem die Accelerati seine Familie belegt hatten, war gebrochen!

Als Erster stieg Nickelback aus dem Wagen, der siebte und letzte noch fehlende Nick-Splitter. »Habe ich was verpasst?«, fragte er.

Statt zu antworten, richtete Zak seine Taschenlampe auf Nicholas' glatt rasiertes Gesicht.

»Oh«, sagte Nickelback. »Das kommt jetzt etwas unerwartet.«

Als Wayne Slate ausstieg, schob Nick die Glühbirne und das Prisma in Caitlins Hände und sprintete auf ihn zu. Ein herzzerreißendes Wiedersehen bahnte sich an, wurde aber vom kleinen Nicky vereitelt, der den Fuß ausfuhr, Nick ein Bein stellte und sich selbst in die Arme seines Dads warf, wodurch er ihn fast zu Boden riss.

»Daddy! Daddy! Daddy!«, heulte Nicky vor Freude, während auch alle anderen Nicks auf den Mann zuliefen.

Restlose Verwirrung wäre noch eine sehr zurückhaltende Umschreibung für Mr Slates Gemütszustand gewesen. »Nick?«, fragte er, betrachtete den kleinen Jungen in seinen Armen und drehte sich zu der vierzehnjährigen Variante. »Nick?«, fragte er abermals und drehte sich zu dem Säugling in Nicholas' Armen, der beim Anblick seines Vaters angefangen hatte, selig vor sich hin zu murmeln. »Nick?«

»Wie?«, wandte sich Zak an Nickelback. »Du hast ihm nichts davon erzählt?«

»Was hätte ich ihm erzählen sollen?«, sagte Nickelback. »Dass ich ein Siebtel seines Sohnes bin? Was denkst du, wie das angekommen wäre?«

Danny blieb derweil am Wagen stehen und beobachtete von dort aus die Szene, die sich im Scheinwerferlicht abspielte. Ein gewisser Sicherheitsabstand, hatte er klug entschieden, war wohl am gesündesten. Zwar gefiel ihm der Gedanke, eine größere Familie zu haben, gar nicht so schlecht, vor allem einen kleinen Bruder, der vielleicht noch mieser Baseball spielte als Danny selbst. Doch die

Freude wurde durch die jähe Erkenntnis getrübt, dass sein neuer kleiner Bruder in Wirklichkeit sein großer Bruder war, der gleichzeitig irgendein älterer Kerl war, der gleichzeitig ein noch älterer Kerl war, der aus unerfindlichen Gründen seit Ewigkeiten dabei war, Nikola Tesla auszulachen, der ein Baby in den Armen hielt.

Wann immer er in seinem zukünftigen Leben jemanden sagen hörte, »Das würde ich meinem schlimmsten Feind nicht wünschen«, würde Danny an diesen einen Moment denken.

Und da war er nicht der Einzige.

Bei der Vielzahl an unglaublichen Enthüllungen, die sich in diesem Augenblick häuften, konnte man wahrhaft von einem Was-zur-Hölle-Moment der allerersten Ordnung sprechen – der womöglich noch ein wenig länger angedauert hätte, hätten nicht in ein paar Hundert Metern Entfernung die Alarmglocken des Wardenclyffe Towers geschrillt wie bei einem spektakulären Gefängnisausbruch. Die vielen Fragen, die Nick immer noch hatte, rückten schlagartig in den Hintergrund. Hinter den wahren Sinn ihrer Zusammenkunft.

»Edison hat rausgefunden, dass wir abgehauen sind!«, rief Caitlin.

»Und«, fügte Nick hinzu, »dass dem F.R.E.E. noch ein paar mehr Teile abgehen.«

»Dann machen wir mal lieber los«, meinte Petula.

Sie betraten die scheinbare Umspannstation, schoben das schlampig geschweißte Tor hoch und legten so den Eingang zu Tunnel 7 frei, den Weg zur geheimen Kammer unterhalb des Turms.

»Nach unserer Aufteilung«, sagte Nick, »sind wir jeweils am Ende eines der sieben Tunnel aufgetaucht. Das heißt, auch jetzt muss jeder an ein Tunnelende gehen.«

»Ich bleibe am Ende dieses Tunnels«, meinte Nicholas.

»Und ich bewache den Eingang«, meldete sich Mr Slate freiwillig. »Könnte doch sein, dass dieser Jorgenson hier auftaucht. Mit dem habe ich noch ein Hühnchen zu rupfen.«

Nicholas gab SputNick an St. Nickolaus weiter, und das Baby erfreute sich daran, an dessen buschigem weißen Bart herumzuspielen.

Nicky blickte in den Tunnel. »Ich hab Angst.«

»Brauchst du nicht«, tröstete Danny ihn, der sich endlich auch ins Getümmel gewagt hatte. »Du musst auch am Ende von einem Tunnel warten, oder? Dann warte ich mit dir.« Um seinen neuen Kumpel zu begrüßen, streckte Danny dem Kleinen seine Faust hin, und Nicky stieß sichtlich erleichtert seine Knöchel dagegen.

»Danke, Danny«, sagte Nicky.

»Aber immer doch, Kollege«, erwiderte Danny, leicht berauscht von der Tatsache, wenigstens einmal im Leben der coole große Bruder zu sein.

Mr Slate und Nicholas blieben am Eingang von Tunnel 7, die anderen eilten den langen Gang entlang.

Schließlich gelangten sie in die zentrale Kammer.

»Das kommt mir verdammt bekannt vor …«, murmelte Zak.

Sein Déjà-vu war nur verständlich. Die Kammer hatte wirklich große Ähnlichkeit mit derjenigen unter Nicks Haus, sie war ebenfalls in den rohen Fels gehauen worden. Mit dem Unterschied, dass hier keine Spinnweben hingen, die Tunneleingänge mit Beton verstärkt und ordentlich von eins bis sieben nummeriert waren. Außerdem war der zentrale Schacht hinauf zum Turm schmaler als sein Gegenstück in Nicks altem Zuhause, nur fünfzehn Zentimeter breit. Im Augenblick drang kein Lichtstrahl hindurch, doch der Schacht leitete den Alarmlärm in die Tiefe und ließ ihn in der Kammer widerhallen.

In gleichmäßigem Abstand an der Decke angebrachte Industrieleuchten erhellten den Raum. Nick deutete auf die Lampe, die dem Mittelpunkt der Kammer am nächsten war. »Mitch, kannst du mal die Birne rausschrauben?«

Um an die Lampe heranzukommen, musste Mitch auf den 1,20 Meter hohen Metallkegel in der Mitte der Kammer klettern. Nick erinnerte sich, dass auch in der Kammer unter seinem Haus ein solcher Kegel gestanden hatte – aber im Gegensatz zu diesem hier, der sich in makellosem Zustand befand, war jener fast vollständig weggerostet gewesen.

Nachdenklich betrachtete Mitch die leuchtende Glühbirne über seinem Kopf. »Die ist sicher sehr heiß!«

Nick streifte seinen Spinnenseide-Kapuzenpulli ab, ein besonderes Geschenk von Edison, und warf ihn Mitch zu. »Nimm den hier.«

Dann nahm Nick den Metallkegel, auf dem Mitch unsicher balancierte, genauer unter die Lupe. Tatsächlich war es eine siebenseitige Pyramide, jede Seite von glattem, spiegelndem Metall überzogen. Ihren Sinn erfasste Nick genauso instinktiv, wie er auf dem Turm die Maschine zusammengesetzt hatte.

»Aber natürlich!«, rief er. »Die Kammer hier unten und die Tunnel sind für die überschüssige Energie gedacht! Wenn das Prisma oben in der Maschine steckt, teilt es den Energieüberschuss auf und lenkt ihn hinunter in die Kammer, wo er durch die Tunnel abfließen kann.«

»Verstehe«, sagte Zak. »So ähnlich wie bei den Abgaskanälen unter dem Starttisch einer Rakete.«

»Wow!«, jubelte der kleine Nicky. »Voll cool!«

»Könnt ihr bitte mal mit dem Rumnerden aufhören?«, mischte sich Caitlin ein. »Dafür haben wir keine Zeit!«

Doch Nicks Gedanken rasten schneller und schneller, sie waren nicht mehr einzufangen. »Jetzt weiß ich, wie Tesla sich das alles vorgestellt hat!«, verkündete er aufgeregt. »Wie alles zusammenhängt und ineinandergreift! Aber irgendwas stimmt immer noch nicht, irgendwas fehlt …«

»Ich weiß«, sagte Caitlin sanft. Sie wollte Nick behutsam zurück in die Jetztzeit holen. »Die Batterie. Darum kümmern wir uns, wenn du wieder in einem Stück bist.«

»Nein«, erwiderte Nick, »es ist nicht die Batterie, es ist was anderes. Ich muss noch irgendwas anderes machen, sonst kann ich den Schaltkreis nicht vollenden.«

Bei diesen Worten blickte Petula auf und zog pikiert die Stirn kraus, sagte aber nichts.

Nick stand offensichtlich unter dem Bann von Teslas genialem Mechanismus, also musste Caitlin die Organisation in die Hand nehmen. »Nickelback – Tunnel 1«, legte sie fest. »BeatNick – Tunnel 2. Nicky – Tunnel 3 …«

Niemand widersprach ihr. Alle wussten, was sie zu tun hatten.

»Macht's gut, Leute«, sagte BeatNick wehmütig.

»Dich sehen wir doch bald wieder«, meinte Nickelback. »Sehr viel früher als mich, wie ich anmerken will.«

Danny legte den Arm um Nickys Schultern und führte ihn in Tunnel 3. »Das wird halb so wild«, beruhigte er den Kleinen. »Wahrscheinlich wird's so ähnlich wie eine Achterbahnfahrt. Oder eine Teilchenbeschleunigerfahrt.«

Petula trat einen Schritt vor. »Ich gehe mit dem Baby in Tunnel 4.«

»Eigentlich wollte ich das machen«, entgegnete Caitlin.

Petula funkelte sie an. »Wie kannst du nur so egoistisch sein? Das Baby ist meine einzige Chance, Nick im Arm zu halten! Die einzige Chance meines Lebens, die älteren Nicks hassen mich ja alle! Und das willst du mir wegnehmen?« Sie drehte sich zu St. Nickolaus. »Her mit dem Säugling.«

Nick, der Älteste, zögerte kurz, gab ihr das Baby dann aber doch. Und zur allgemeinen Überraschung brach SputNick auf Petulas Arm nicht sofort in Tränen aus. Er spielte jetzt einfach mit Petulas Zöpfen statt mit St. Nickolaus' Bart.

»Siehst du?«, sagte Petula mit verblüffend milder Stimme. »Dieser Nick mag mich wirklich.«

»Er weiß es halt nicht besser«, meinte Caitlin.

Mit einem halbherzigen Hohnlächeln wandte Petula sich von Caitlin ab und nickte St. Nickolaus zu. »Aus dem Weg. Tunnel 4 gehört mir.«

»Soll mir recht sein.« St. Nickolaus zuckte mit den Schultern und zockelte in Tunnel 5 hinein. »Ach, eigentlich war vierzehn kein übles Alter …«, lachte er. »Die Gelenkschmerzen bin ich jedenfalls bald wieder los!«

»Schau nur zu, dass du uns nicht unterwegs abkratzt«, sagte Zak – und seufzte. »Was soll's. Ich gehe lieber mit, damit der alte Knacker auch heil am Ende vom Tunnel ankommt.« Er trabte dem Greis hinterher.

Nicholas stand schon am Ende von Tunnel 7. Damit war nur noch eine Version von Nick übrig.

»Du musst los, Nick«, sagte Caitlin.

Endlich zerrte Nick seine Gedanken zurück ins Hier und Jetzt. Er reichte Mitch die Glühbirne des alten Geisterlichts. »Schraub sie rein. Aber vorsichtig.«

Als Mitch fertig war, wandelte sich das Licht in der Kammer. Ein warmes Strahlen umfing all die anderen leuchtenden Glühbirnen wie eine Umarmung.

Jeder spürte es. Am Ende ihrer Tunnel fühlten die sechs anderen Nicks, wie es sie zum Zentrum rief.

Caitlin erinnerte sich, wie sie bei Nicks Flohmarkt das Tonbandgerät entdeckt hatte. Eine unerklärliche Kraft hatte sie angezogen … kurz bevor sie beinahe von einem außer Kontrolle geratenen Auto überfahren worden wäre. An diesem Tag hatte Nick ihr das Leben gerettet. Unfreiwillig streckte Caitlin die Hand nach dem Licht aus.

Mitch, der der Glühbirne am nächsten war, verharrte reglos auf der Pyramide und starrte in ihren hellen Schein. »Ohhhh …«, staunte er, als bewunderte er ein besonders eindrucksvolles Feuerwerk.

»Komm mal wieder runter, Mitch«, sagte Nick. »Du musst noch was für mich tun.«

Nach kurzem Zögern schüttelte Mitch sich und stieg auf den Boden. »Was denn jetzt?«

»Hier.« Nick öffnete die Samthülle gerade so weit, dass Mitch das obere Ende der schützenden Vakuumröhre mit dem Prisma erkennen konnte. »Wenn es so weit ist, nimmst du die Röhre heraus und hältst sie ins Licht.« Er drückte Mitch den Beutel in die Hand.

Mitch starrte auf seine Hand, als hätte Nick ihm eine Dynamitstange überreicht. »I-ich? *Ich* soll das machen?«

Nick lächelte. »Wer sonst? Ich muss mich doch darauf verlassen können, dass es klappt.« Er sah Caitlin an und nahm ihre Hand. »Lust auf einen romantischen Spaziergang durch einen kalten, dunklen Tunnel?«

»Könnte mir nichts Schöneres vorstellen«, antwortete Caitlin.

Nach Nicks Berechnungen müssten sie für den Weg bis zum Ende des Tunnels ungefähr eineinhalb Minuten benötigen. Damit die Zeit auch wirklich reichte, beauftragte er Mitch, genau einhundert Sekunden abzuzählen.

Hand in Hand eilten Caitlin und das vierzehnjährige Nick-Fragment in Tunnel 6 hinein, während Mitch zählte, wie es bei der amerikanischen Jugend Tradition war:

»Ein Mississippi … zwei Mississippi … drei Mississippi …«

Etwa zu der Zeit, als Mitch den 55. Mississippi passierte, trafen Edison und sein Gefolge bewaffneter Accelerati hinter der alten Ladenzeile ein. Schon auf den ersten Blick erkannte Edison den Mann vor dem gemauerten Stromhäuschen: Wayne Slate. »Schafft ihn aus dem Weg«, befahl er seinen Männern.

Wayne sah die Gestalten kommen und signalisierte Nicholas mit einem Wink, im dunklen Tunneleingang zu bleiben, wo er nicht zu erkennen war. In weiser Voraussicht hatte Wayne sich ein kleines Waffenarsenal zurechtgelegt – das sich natürlich nicht auf dem technischen Stand des Accelerati-Kampfgeräts befand, aber trotzdem viel Durchschlagskraft besaß.

Er hob einen Stein auf, holte in aller Ruhe aus und schleuderte das Geschoss mit der Präzision eines ehemaligen Profiwerfers der amerikanischen Baseballliga.

Nachdem der erste Acceleratus zu Boden gegangen war, nahmen die anderen Reißaus und verkrochen sich hinter einem Müllcontainer. Ein alter Mann, der sich in einem übergroßen Rollstuhl aus einem sonderbaren Kleinbus stemmte, schnauzte die Männer wutentbrannt an, wieso sie dem Angriff nicht standgehalten hätten.

Aus der Deckung eröffneten die Accelerati das Feuer, doch ihre Treffsicherheit konnte bei Weitem nicht mit Waynes Attacken mithalten. Einem von ihnen schlug er mit einem gezielten Betonbrocken die Waffe aus der Hand.

Quer über den Parkplatz rollte der alte Mann auf Wayne zu. Anders als seine Untergebenen hatte er keine Angst davor, einen Stein an die Rübe zu bekommen.

Zu recht. Wayne brachte es einfach nicht übers Herz, einen gebrechlichen Greis im Rollstuhl mit Steinen zu bombardieren.

»Mr Slate«, sagte der alte Mann entnervt. »Sie stehen im Weg.« Unter der Wolldecke auf seinem Schoß zog er einen kleinen Apparat hervor, feuerte ihn ab und traf Wayne mitten auf der Brust.

Wayne Slate verschwand. Nur seine Kleidung landete als unordentlicher Haufen auf dem Boden.

»Muss man hier denn alles selber machen?«, tadelte Edison seine Schergen.

Diese zögerten noch, ihre Deckung zu verlassen.

»Er ist weg, ihr Feiglinge!«, bellte Edison. »Der taucht erst in zwanzig Minuten wieder auf.«

Edison rollte seinen Stuhl über das wuchernde Unkraut und manövrierte sich in die vermeintliche Umspannstation, den Eingang zu Tunnel 7.

Im absoluten Zentrum des Geschehens fummelte Mitch nervös an dem samtumhüllten Prisma herum, voller Angst, er könnte plötzlich vergessen, wie man zählt.

»… achtundachtzig Mississippi … neunundachtzig Mississippi …«

Am Ende von Tunnel 1 blickte Nickelback ungeduldig auf seine Rolex, bis ihm wieder einfiel, dass er gar keine Rolex besaß. Er tröstete sich mit der Gewissheit, eines Tages eine Rolex zu besitzen.

Am Ende von Tunnel 2 zog BeatNick ein Snickers aus der Tasche, wickelte es aus und stopfte es sich in den Mund, weil er nicht wissen konnte, ob der Schokoriegel die Wiedervereinigung mit seinen sechs anderen Ichs heil überstehen würde. Wäre doch schade drum gewesen.

Am Ende von Tunnel 3 perfektionierten der kleine Nicky und Danny ihr Begrüßungsritual, eine komplizierte Abfolge von Handschlägen und Abklatschern, während sie auf die Abfahrt von Nickys Achterbahn / Teilchenbeschleuniger warteten.

Am Ende von Tunnel 4 herrschte eine herrliche Stille, fast als wären Petula und SputNick gar nicht da.

Am Ende von Tunnel 5 fasste St. Nickolaus sich ans Herz und schnitt eine Grimasse. »Auweia, meine Pumpe!«, rief er. »Ich hab das Gefühl, das Ding macht gerade die Grätsche!«

»Nichts da!«, erwiderte Zak. »Stirb mir jetzt bloß nicht weg, Alter!«

St. Nickolaus hob den Zeigefinger und grinste. »Reingefallen.«

Am Ende von Tunnel 6 atmete Nick tief durch, als er begriff, dass er Caitlins Hand loslassen musste. In den letzten Tagen hatte Caitlin viel mehr Stärke bewiesen als er – nicht nur, weil von ihm bloß noch ein Siebtel übrig gewesen war. Wenn das alles überstanden war, müsste er sich überlegen, wie er sich bei Caitlin dafür bedanken konnte.

Aber jetzt blickte Nick ihr einfach in die Augen und lächelte. »Wir sehen uns in einer Minute.«

»… vierundneunzig Mississippi … fünfundneunzig Mississippi …«

Am Ende von Tunnel 7 spähte Thomas Edison in die Dunkelheit – und erblickte ein Gesicht aus seiner tiefsten Vergangenheit.

»Nikola?«, fragte er ungläubig. »Das kann nicht sein.«

Nicholas besaß die nötige Geistesgegenwart, um die Situation richtig einzuschätzen: Dies war eine einmalige Gelegenheit. Und Nicholas nutzte sie. Er holte alles heraus, was herauszuholen war.

»Tom …«, sagte er mit gespenstischer Stimme, die im Tunnel wundervoll widerhallte. »Tom … was hast du getan?«

Seit Jahren war Edison nicht mehr gelungen, was er nun tat: Er erhob sich aus dem Rollstuhl und stand schwankend auf seinen eigenen Beinen. »Nikola«, antwortete er. »I-ich … ich wollte doch nie … i-ich wollte doch nie, dass es so weit kommt …«

»Noch kannst du deine Fehler korrigieren, mein Freund …«, erwiderte Nicholas mit vorgetäuschtem serbischem Akzent. »Noch kannst du deine Fehler korrigieren …«

Da erreichte Mitch im Zentrum der Kammer den 100. Mississippi, riss das Prisma aus der Samthülle, reckte es ins Licht – und mit einem letzten geheulten »Korrigiere deine Fehler!« wurde Nikola Teslas Geist fort von Edison in den Tunnel gesogen wie ein Phantom, das verschlungen wurde vom Spektralnexus der Ewigkeit.

41. Struja

Der Spektralnexus der Ewigkeit hätte sich wohl etwas anders angefühlt, eine Achterbahn oder ein Teilchenbeschleuniger auch. Es war, als würde man von einem federnden Sprungbrett abspringen, mehrere unkoordinierte Überschläge vollführen und dann einen monumentalen Bauchklatscher hinlegen.

Nur dass genau gleichzeitig ein ganzer Haufen anderer Turmspringer auf den genau gleichen Fleck Wasser knallte.

Eine Sekunde lang kam es Nick vor, als wäre er gemeinsam mit mehreren anderen, um Platz rangelnden Versionen seiner selbst in einem schrumpfenden Kasten eingesperrt. Im nächsten Augenblick wusste er plötzlich nicht mehr, welche Version er eigentlich war, dann war er alle zugleich und dann nur noch er selbst, der Kasten war verschwunden und vor ihm stand Mitch, der das Prisma in die Luft streckte, das Gesicht vor Anspannung verzerrt und die freie Hand auf die Augen gepresst.

»Gut gemacht, Mitch«, sagte Nick. »Du kannst das Prisma jetzt wieder runternehmen.«

Mitch schob die Röhre in die Samthülle und gab sie Nick zurück. »Hat's funktioniert?«

»Sieht so aus«, antwortete Nick – obwohl er in seinem Inneren immer noch eine gewisse Leere spürte. Keine alles erdrückende Leere wie noch kurz zuvor, aber trotzdem.

Aus einem der Gänge kam Caitlin gerannt, Danny und Zak sprinteten aus ihren Tunneln. Und Nick erinnerte sich an die Zeit, die er mit jedem von ihnen im Tunnel verbracht hatte. Er erinnerte sich, wie ungeduldig er auf die Rolex geblickt hatte, die er noch nicht besaß, und er erinnerte sich an Edisons verstörten Blick im Angesicht von Teslas Geist.

»Du bist wieder ganz!«, rief Caitlin und zerquetschte ihn fast in ihren Armen. Dadurch fiel Nick wieder ein, was Caitlin vorhin zu BeatNick gesagt hatte. Bisher war er sich immer etwas unsicher gewesen, wie er mit seinen Gefühlen für Caitlin umgehen sollte, aber jetzt konnte er sich ein bisschen Selbstvertrauen von seinem älteren Ich borgen.

»Das soll ich dir von BeatNick ausrichten«, sagte er. »Er hätte sich's für die vierundzwanzigjährige Caitlin aufgehoben, aber das ging ja leider nicht.«

Nick küsste sie. Es war kein gewöhnlicher Kuss. Es war ein Kuss, wie es ihn nur selten gibt, einer, der dem Leben eine neue Richtung verleiht, der Welten rettet, der sich in die Erinnerung einbrennt und so zum Maßstab für jeden künftigen Kuss wird.

Kurz dachte Caitlin, sie wäre von einer neuartigen Accelerati-Waffe getroffen worden – sie hätte schwören können, dass sie zu einer hilflosen Pfütze Protoplasma zerschmolz. Als der Kuss endete, wusste sie deshalb nichts Schlaueres zu sagen als: »Hast du ein Snickers gegessen?«

Zak war der Einzige, dem das Offensichtliche auffiel. »Wo ist die Schreckschraube mit den Zöpfen hin?«

Als sich alle Anwesenden zu Tunnel 4 drehten, wusste Nick Bescheid. Er verfügte über die Gedächtnisinhalte aller anderen Nicks, aber er erinnerte sich nicht daran, in St. Nickolaus' Armen gelegen oder mit Petulas Zöpfen gespielt zu haben. Automatisch fing er an, seine Klamotten abzutasten, als hätte er seinen Geldbeutel verlegt. Aber die Antwort steckte nicht in irgendeiner Tasche, sie befand sich am Ende von Tunnel 4. SputNick fehlte immer noch.

»PETULA!«, brüllte Nick und raste in den Tunnel.

Am Ende von Tunnel 7 rollte Edison aus dem kleinen Steinbau. Seinem untoten Gesicht schien eine noch tiefere Blässe anzuhaften als gewohnt, so unwahrscheinlich es auch klingt.

Vor dem Eingang wartete sein erstaunlich nutzloses Gefolge auf weitere Anweisungen. »Sir?«, fragte einer der Männer. »Geht's Ihnen gut?«

Anstelle einer Antwort blickte Edison gedankenverloren auf den Klamottenhaufen am Boden. »Zurück zur Kommandozentrale«, sagte er. »Sofort.«

»Aber was ist mit …«

»Mr Slate ist noch unsere geringste Sorge. Lasst seine Kleidung hier. Lasst den Mann in Ruhe.«

In ungläubiger Verwirrung sahen seine Untergebenen einander an. »Aber Sir …«

»Ihr habt eure Befehle.«

Edison rollte zurück zum Wagen, ließ sich einladen und wies seinen Fahrer an, zum Turm zurückzukehren.

Tunnel 4 endete in einem steinernen Mausoleum. In die Außenmauer des kleinen, moosüberwucherten Bauwerks war ein Name eingemeißelt, der jeden, der des Serbischen mächtig war, auf die richtige Fährte hätte bringen müssen: STRUJA, das serbische Wort für »elektrische Spannung«.

Das Mausoleum lag auf einem alten Friedhof mit Dutzenden ähnlicher Marmorgrabstätten. Im schwindenden Dämmerlicht erfüllten Schatten das Gelände, finster wie offene Gräber. Nick wollte nach Petula rufen, ließ es dann aber doch bleiben. Sollte Petula versuchen, vor ihm zu fliehen, würde er sich damit nur verraten. Also blieb er stehen und lauschte in die Stille ... bis er hörte, wie links von ihm Eisen über Stein schrammte und ein Baby säuselte. Nick sprintete einen der Wege hinunter und sah gerade noch, wie Petula das Tor einer anderen Gruft hinter sich zuzog.

Petula mit einem Baby auf einem Friedhof? Eine beängstigende Vorstellung. In dieser Situation waren Petula die unsäglichsten Dinge zuzutrauen und nichts davon wollte Nick sich genauer ausmalen. Er wusste nicht, worüber er sich am meisten aufregen sollte: über Petulas x-ten Verrat oder über seine eigene Blödheit, ihr vertraut zu haben.

Am Mausoleum angekommen, in dem Petula verschwunden war, rüttelte Nick am Gittertor. Aber es ließ sich nicht öffnen. Petula hatte sich selbst und SputNick mit einem Vorhängeschloss ins Innere gesperrt.

»Petula?«, schrie Nick. »Was soll das werden?«

»Ich vollende den Schaltkreis«, erwiderte sie, eine Antwort, die nicht den geringsten Sinn ergab und sich einfach nur nach irgendeinem typisch irritierenden Petula-Gefasel anhörte.

SputNick erspähte Nick durch das Gitter hindurch und begann zu heulen, streckte die Ärmchen nach ihm aus. Das Baby begriff nicht, was hier ablief, aber es sehnte sich genauso sehr nach der inneren Ganzheit wie Nick.

In diesem Moment sah Nick, was vor Petula aufgebaut war: das Telefon und der Globus, beides auf verzwickte Weise miteinander verdrahtet. Mit dem einen Arm hielt Petula das Baby, mit der freien Hand nahm sie letzte Einstellungen an den zusammengebastelten Geräten vor.

Die Zeitmaschine! Nick und Caitlin hatten gehört, wie Edison und Ms Planck sich darüber unterhalten hatten. Jetzt hatte Petula die Geräte wieder zusammengekoppelt oder, was Nick deutlich wahrscheinlicher erschien, ein paar Accelerati-Wissenschaftler erpresst, sie zusammenzukoppeln.

Petulas Tüfteleien waren abgeschlossen. Sie steckte den Zeigefinger in die Wählscheibe des Telefons und drehte sie einmal rundherum.

Und während die rotierende Scheibe in ihre Ausgangsposition zurückkehrte, bildete sich vor Nicks Augen etwas heraus, das ein weniger intelligenter Mensch für einen gefräßigen Todesstrudel gehalten hätte. Aber Nick wusste Bescheid: Es war ein Portal in eine andere Zeit.

»Petula! Nicht!«

Nick begann, mit aller Kraft auf das Tor einzutreten. Irgendwann gab es nach und er stürmte hindurch.

Diesen Augenblick suchte Petula sich aus, um ihren schwarzen Gürtel in theoretischem Ju-Jutsu endlich in die Praxis umzusetzen: Sie stieß ihren Handballen gegen Nicks Brustbein. Die Luft schoss aus seiner Lunge und er kippte auf den Boden des Mausoleums.

»Es geht nicht anders, Nick!«, rief sie.

Nick rang um Atem, aber er kam einfach nicht vom Boden hoch. »Bist du jetzt … völlig … wahnsinnig geworden?«

Petula wiegte den Säugling in den Armen und antwortete mit ruhiger, abgeklärter Entschlossenheit. »Ich muss den Schaltkreis vollenden, Nick. Nicht du oder irgendwer sonst. Ich.« Sie drehte sich zum wellenförmig wabernden Lichttunnel. »Wenn du an mich zurückdenkst … und ich will hoffen, du denkst oft an mich zurück … dann vergiss nicht, dass ich mich für dich in den Abgrund geworfen habe. Vielleicht hasst du mich dann etwas weniger.«

SputNick fest an sich gedrückt, sprang Petula in das Zeittor.

Petula war kaum verschwunden, da schloss sich das Portal, und Nick blieb mit dem Globus, dem Telefon und sechs Siebteln seiner selbst zurück.

Erst allmählich sickerte in Nicks Gehirn durch, was Petula da angestellt hatte, und etwa zeitgleich tauchten vor dem Eingang der Gruft ein halbes Dutzend Accelerati mit gezückten Waffen auf.

»Keine Bewegung!«, riefen sie. »Hände hoch!«

»Wie soll ich die Hände hochnehmen, wenn ich mich nicht bewegen darf?«, fragte Nick.

Während die Männer fürs Grobe noch darüber grübelten, welche Forderung ihnen stärker am Herzen lag, trat ein weiterer Acceleratus aus ihren Reihen – ein Typ, der Nick in jeder Zeitebene gestohlen bleiben konnte.

Bereits bei seinem ersten Schritt ins Mausoleum erkannte Dr. Alan Jorgenson die Situation glasklar: Der jämmerliche Verräter Nick Slate hatte die Glühbirne, das Prisma und den Globus entwendet, um den F.R.E.E. zu sabotieren.

Offenkundig hatte er versucht, mithilfe des Globus und des altmodischen Telefons den Todesstrudel heraufzubeschwören, in den Jorgenson kürzlich Evangeline Planck gestoßen hatte. Die Aussicht, auch Nick Slate in ebendiesen Todesstrudel schleudern zu können, erwärmte Jorgensons Gemüt, doch im Moment gab es Wichtigeres zu erledigen.

»Deine Selbstsucht und Blödheit spotten jeder Beschreibung«, grollte Jorgenson. »Um den Triumph der Accelerati zu verhindern, lässt du es doch tatsächlich auf den Untergang der Welt ankommen! Wer ist nun die üble Variable in unserer Gleichung, Master Slate? Du oder ich?«

»Sie irren sich«, erwiderte Nick. »Ich bin kein Verräter.«

Über diese Dreistigkeit konnte Jorgenson nur herzhaft lachen. Auf frischer Tat ertappt, erzählte der Junge immer noch freche Lügen! »Und jetzt versicherst du mir bestimmt gleich, du wolltest die Sachen wieder zurückbringen?«

»Ja«, antwortete Nick.

Genug davon. Jorgenson befahl den anderen Accelerati, den Globus vom Telefon zu entkoppeln und samt dem Prisma, das sie aus Nicks Tasche zogen, zur Turmplattform zu schaffen.

»Sie müssen mich mitnehmen«, sagte Nick. »Ich muss die Sachen wieder einbauen.«

»Musst du nicht.« Jorgenson konnte sein schadenfrohes Lächeln nicht mehr zügeln. »Die Kollegen, die dir bei der Arbeit assistiert haben, haben den Zusammenbau mit Fotos und Notizen dokumentiert. Sie wissen genau, wohin die Teile gehören. Sieh's ein: Weder meine Wenigkeit noch Mr Edison haben noch irgendeine Verwendung für dich.«

»Dr. Jorgenson?«, sagte einer der anderen. »Was wird aus dem Telefon?«

»Lasst es hier. Es gehört nicht zur Maschine.« Dann ordnete Jorgenson an, das aufgebrochene Mausoleumstor mit einem Molekularbrenner zu versiegeln, selbstverständlich ohne Nick Slate zuvor ins Freie zu lassen. Dort drinnen würde der Junge reichlich Zeit haben, über die Folgen seiner Unverfrorenheit nachzudenken.

»Warten Sie!« Nicks Hände krallten sich um die Gitterstäbe wie die eines Kriminellen in der Zelle – eine sinnige Parallele. »Sie brauchen Edisons Batterie, um den F.R.E.E. anzuwerfen. Sie müssen ihn dazu bringen, die Batterie herzugeben!«

»Müssen wir nicht.« Jorgenson platzte fast vor Selbstzufriedenheit. »Wir benötigen Edisons Batterie keineswegs. Dieses Problem haben wir inzwischen gelöst.«

Es war wundervoll mit anzusehen, wie jegliche Farbe aus dem Gesicht des Jungen wich. »Gelöst? Aber wie?«

Jorgenson entschied sich, zu diesem Thema zu schweigen. Sollte Nick Slate sich doch den Kopf zerbrechen.

»Wie?«, schrie Nick. »WIE?«

Doch Jorgenson ließ ihn wortlos stehen, in seiner einsamen Zelle, wo ihm nur die schweigenden Bewohner der übrigen Grüfte Gesellschaft leisteten.

42. Unser einzigartiger Zustand

Vince stand in Edisons Büro und blickte durch das große Fenster auf den Wardenclyffe Tower. Schon vor einer Weile war die Nacht hereingebrochen und helles Polarlicht aufgegangen, wenn auch nicht ganz so hell wie in Feuerland.

Die ersten bogenförmigen Funken zuckten über den Himmel, Blitze ohne die dazugehörigen Wolken – ein klares Zeichen, dass sich die Lage zuspitzte. Nicht mehr lange, und die Ladung würde ins kritische Stadium eintreten.

Vince hatte nicht damit gerechnet, diesen Moment noch mitzuerleben. Er hatte gedacht, die Accelerati hätten ihm zu diesem Zeitpunkt bereits seine Batterie entrissen.

Er hatte sich mit dem Tod abgefunden. Eigentlich hatte er sich schon vor Jahren mit dem Tod abgefunden, lange vor seinem ersten echten Tod. Das war nun einmal der Lifestyle, für den Vince sich entschieden hatte.

Vince LaRue war nicht in Gefangenschaft geraten. Er hatte sich freiwillig gestellt.

Die Entscheidung, sich zu ergeben, war ihm sehr leichtgefallen. Rein logisch gesehen sprach alles dafür:

Wenn ich mich stelle, sterbe ich.

Wenn ich mich weiter verstecke, sterbe ich trotzdem und alle anderen auch.

Nicht dass Vince sich daran erinnert hätte, wie es »auf der anderen Seite« war – aber für einen Menschen, der aus purem Egoismus nicht nur den eigenen, sondern auch noch die Löffel aller anderen Menschen abgegeben hatte, war sicherlich eine ganz besondere Strafe vorgesehen.

Entsprechend schnell war Vince' Entscheidung gefallen. Viel schwieriger war es, jemanden zu finden, dem er sich freiwillig stellen konnte. Er konnte einfach keinen einzigen Acceleratus auftreiben.

Klar, die Accelerati suchten derzeit den gesamten Globus nach ihm ab, doch sie waren nun mal eine tief im Verborgenen agierende Geheimorganisation. Deswegen war es ziemlich umständlich, sich ihnen auszuliefern.

Zuerst stellte Vince Fotos von sich selbst und eine Beschreibung des chilenischen Dorfs, das ihn beherbergte, in jedes soziale Netzwerk, in dem er Mitglied war. Aber Vince hatte nur sehr wenige Follower, und so interessierte sich niemand dafür oder bekam es auch nur am Rande mit.

Als Nächstes rief Vince beim Polizeirevier von Shoreham an und versuchte, den Besitzern des Wardenclyffe Towers eine Nachricht mit seinem Aufenthaltsort übermitteln zu lassen. Doch da es sich um keine offizielle polizeiliche Angelegenheit handelte, fühlten sich die Beamten nicht zu übertriebener Eile verpflichtet. Sie notierten seine Nummer und gelobten, sich wieder bei ihm zu melden, was sie sich allerdings anders überlegten, als sie sahen, dass sie dazu im Ausland anrufen müssten. Am Ende bot Vince auf eBay eine Batterie zum Verkauf an, die Tote zum Leben erwecken könne.

Ein paar lächerlich knauserige Gebote kamen herein. Dann fiel die Auktion endlich den Accelerati auf, die sie zu dem Computer zurückverfolgten, den Vince benutzt hatte, und die Schaffarm seiner Gastgeber mit einer derart großen Eingreiftruppe stürmten, dass sie im Vorbeigehen auch noch die chilenische Regierung hätten stürzen können.

Das lag nun einen Tag zurück. Eben hatte Vince in Edisons Büro ein Abendessen eingenommen, das den Ansprüchen eines Veganerkönigs genügt hätte, und jetzt wartete er auf seine erste Audienz mit dem berühmten Hausherren.

Als Edison hereinrollte, blickte Vince staunend auf dessen mumienhaftes Äußeres – und auf das große, verhüllte Objekt auf der Ladefläche des motorisierten Rollstuhls.

Der alte Mann wirkte verstimmt und abgelenkt, als hätte er einen Geist gesehen. »Vincent Bartholomew LaRue, wenn ich nicht irre?«, fragte er.

»Einfach nur Vince, bitte«, meinte Vince. »›Bartholomew‹ war ein elterlicher Hirnfurz, den ich meinen Erzeugern nie verzeihen werde.«

Edison streckte ihm die Hand entgegen, Vince schüttelte sie. Zwei feuchtkalte, nicht wirklich lebendige Hände schlugen miteinander ein.

»Danke für die Fressalien.« Vince deutete auf den reichhaltig gedeckten Tisch. »Nicht übel für Zombieessen.«

»Ja, mein Koch hat weitreichende Erfahrung mit unseren speziellen Ernährungsbedürfnissen.« Edison nahm sich einen Teller, aber seine Hand zitterte so stark, dass er herunterfiel und zerbrach. »Bitte entschuldige«, sagte er. »Ich hatte gerade ein recht aufwühlendes Erlebnis. Bin noch etwas durch den Wind.«

Vince besorgte einen neuen Teller, den er für Edison befüllte. Oder war es unangebracht, seinem eigenen Henker das Abendessen zu servieren?

»Wir beide, Mr LaRue, sind einzigartig auf dieser Welt«, meinte Edison. »Es ist mir eine Freude, endlich jemanden kennenzulernen, der meinen Zustand nachvollziehen kann.«

»Untot zu sein?«

Edison seufzte. »Ich bevorzuge die Bezeichnung ›elektrisch instandgehalten‹.«

Vince' Augen ruhten auf dem Objekt auf der Ladefläche des Rollstuhls, das von einer Art selbst gebasteltem Atomeierwärmer geschützt wurde.

Sein Blick entging Edison nicht. »Wenn du dir die Batterie ansehen willst – nur zu«, ermutigte er Vince. »Gib deiner Neugier ruhig nach.«

Als Vince den Eierwärmer abstreifte, kam ein Zylinder zum Vorschein, der seiner eigenen Batterie ähnelte, aber viel, viel höher und aus Glas gefertigt war. Die Flüssigkeit in ihrem Inneren hatte sich zu schlierigem Braun verdunkelt, in dem nur selten Metallteilchen aufblitzten.

»Eine Erfindung Teslas, wie du dir sicher schon denken konntest«, sagte Edison. »Ist mir durch eine Wette zugefallen. Wusstest du, dass Nikola damit ursprünglich die Durchsetzung von Gesetzen erleichtern wollte? Er war überzeugt, schwere Gewaltverbrechen würden der Vergangenheit angehören, wenn jedes Mordopfer für einen kurzen Zeitraum reanimiert werden könnte – um seinen eigenen Mörder zu identifizieren. Ich hielt dagegen. Die Polizei würde seine Erfindung gar nicht erst annehmen, wettete ich, und zudem weit von sich weisen, dass ein solches Wunderding jemals existiert hatte. Ich gewann die Wette.«

Edison aß einen Löffel Karottenpüree mit Ingwer. Sah aus wie Säuglingsnahrung, schmeckte aber deutlich besser.

»Tesla hatte eine große Schwachstelle«, fuhr der Greis fort. »Er hatte kein Gespür für die Natur des Menschen. Seine Batterie hätte die Mordermittler ihre Arbeitsstelle gekostet. Letztendlich geht es den Strafverfolgungsbehörden dieser Welt nicht in erster Linie darum, Verbrechen aufzuklären. In erster Linie geht es ihnen darum, fürs Aufklären von Verbrechen *bezahlt* zu werden.«

Edison stellte seinen Teller ab und beugte sich zu Vince. »Dürfte ich mal deine sehen?«

Vince wich einen Schritt zurück, als hätte er sich im letzten Moment umentschieden. Aber dann nickte er. Behutsam setzte er den Rucksack ab, achtete darauf, sich nicht die Kabel vom Nacken zu rupfen, und zog die Batterie heraus.

»Bemerkenswert«, flüsterte Edison. »Mein Exemplar ist also bloß der Prototyp. Ich hatte immer den Verdacht, dass Nikola noch eine handlichere Variante konstruiert hat.«

Edison blickte hinaus auf den Turm, der als dunkler Umriss vor dem funkensprühenden Himmel stand. »Im F.R.E.E. dürfte die Batterie die Funktion erfüllen, dem Mechanismus gewissermaßen den Lebensfunken einzuhauchen.« Er drehte sich zu Vince. »Die Menschheit wird nie mit kostenloser Energie umgehen können«, sagte er mit unerschütterlicher Überzeugung. »Was wertgeschätzt werden soll, muss seinen Preis haben. Das ist der Lauf der Dinge. Bei all seinen Bemühungen ging Nikola von falschen Voraussetzungen aus: Er dachte, jedermann wäre genauso selbstlos wie er, jedermann wollte zuallererst den Reichtum der Allgemeinheit mehren, statt nur sich selbst bereichern. Ich dagegen habe begriffen, dass beides Hand in Hand gehen muss.« Da legte sich wieder ein Schatten auf Edisons Gesicht. »Er hat mir nie verziehen, dass ich auf seine Kosten triumphiert habe. Aber seitdem ist so viel Wasser den Bach hinuntergeflossen … wie soll ich nach all den Jahren meine Fehler korrigieren? Wie kann er das von mir erwarten?«

Als ein besonders mächtiger Blitz über das Firmament knisterte, biss Vince die Zähne zusammen. »Also … was jetzt?«

In Edisons Antwort schwang weder Mitleid noch Schadenfreude mit. Er schilderte lediglich die Fakten. »Bald wird der Asteroid über uns hinwegziehen. In diesem Moment öffnet sich ein Zeitfenster von zehn Minuten, in dem wir den F.R.E.E. aktivieren müssen. Die erste Entladung wird massiv ausfallen und zweifellos ein unvergessliches Spektakel bieten. Aber wenn die Maschine ordnungsgemäß funktioniert, wird sich der Asteroid danach bei jeder Erdumkreisung entladen, also mehrmals am Tag.«

»Und meine Batterie?«, fragte Vince.

»Ich fürchte, deine Batterie wird jedes Mal vonnöten sein, um den Prozess anzustoßen. Bedauere sehr, aber bist du erst einmal von ihr abgekoppelt, bleibt es dabei. Die Menschheit wird's dir danken. Wenn sie davon wüsste.«

Vince atmete tief ein und langsam wieder aus. »Wie viel Zeit habe ich noch?«

Doch diese Frage musste Edison ihm nicht beantworten, denn an der Wand tickte eine Weltuntergangsuhr: noch 38 Minuten.

43. Störe ich?

Seinen Seelenqualen ausgeliefert, saß Nick im Mausoleum, in dem sich nach der Hitze des Tages allmählich die feuchte Kühle der Nacht ausbreitete.

Die Geschichte würde ohne ihn zu Ende gehen.

Da hatte er alles gegeben, seinen Freunden und seiner Familie so viel zugemutet … und Jorgenson hatte ihn auf einen Schlag weit hinter die Zuschauertribüne befördert. Nick durfte das Geschehen nicht mal mehr aus der Ferne mitverfolgen, nein, er war komplett weg vom Fenster. Er hatte sozusagen Stadionverbot. War es nicht grausam vom Universum, ihm erst dieses glühende Verlangen einzuimpfen, kombiniert mit der absoluten Gewissheit, im Mittelpunkt der Gleichung zu stehen, das zentrale menschliche Rädchen des Mechanismus zu sein – nur um ihn im letzten Moment aus der Maschinerie zu reißen und wegzuwerfen? Oder vielleicht war doch nicht das böse Universum schuld. Vielleicht hatte Nick sich von Anfang an nur etwas eingebildet. Möglicherweise hatte Jorgenson recht, möglicherweise war Nick wirklich bloß ein bemitleidenswerter Teenager, ein armer Tropf mit schwachem Selbstbewusstsein, das er aufmöbelte, indem er sich als Teil von etwas Größerem sah.

Selbstmitleid war eigentlich gar nicht Nicks Art. Aber wenn man hilflos in einem Mausoleum hockt, nur ein paar Hundert Meter entfernt von einer Apparatur, die bald zur mächtigsten Stromquelle der Erde werden soll, kann man schon einen ausgeprägten

Minderwertigkeitskomplex entwickeln. Die anderen? Waren bestimmt in Gefangenschaft geraten. Und Vince? Hatten die Accelerati seine Batterie? Das hatte Jorgenson auf jeden Fall angedeutet.

Nick stand auf und trat wieder und wieder gegen das Tor, um seinen Frust abzubauen und vielleicht nebenbei das Gitter aufzubrechen. Weder das eine noch das andere gelang ihm. Seine elende Stimmung blieb, das verschweißte Eisen hielt. Nick saß unwiderruflich fest. Er konnte nur noch darauf hoffen, von irgendwelchen Passanten gerettet oder von einer Accelerati-Strahlenkanone geröstet zu werden.

An der Wand ließ er sich auf den Boden sinken und legte den Kopf in die Hände. Nick war allein mit den Toten und dem gottverdammten Telefon.

Das plötzlich läutete.

Das durchdringende Schrillen in der kühlen Gruft ließ ihn zusammenzucken. Auch während der kurzen Stille vor dem zweiten Klingeln gellte es in Nicks Gehörgang nach wie ein Feueralarm.

Nach dem dritten Klingeln streckte Nick die Hand aus, nahm den Hörer von der Gabel und hielt ihn sich ans Ohr.

»Hallo?«, sagte er.

Es antwortete eine vertraute Stimme mit starkem Akzent.

»Hallo. Hier spricht Nikola Tesla. Störe ich?«

Tote sind nicht dafür bekannt, besonders viel zu telefonieren. Unterbrochene Telefonleitungen werden als »tot« bezeichnet, und während besonders unangenehmer Telefonate kommt es häufiger zu einer »Totenstille«, aber die Toten selbst greifen nur selten für einen kleinen Plausch mit den Lebenden zum Hörer.

Insofern kann man davon ausgehen, dass Nikola Tesla am Leben war, als er die Nummer wählte, die er seinem jüngst fertiggestellten Transtemporalen Telefon zugewiesen hatte. Wer seine eigene Nummer wählt, hört in aller Regel bloß ein Besetztzeichen. Andererseits sind Menschen in aller Regel auch nicht in der Lage, ihr Telefon auf einen Anruf mehr als einhundert Jahre in der Zukunft zu programmieren.

Mit sperrangelweit geöffnetem Mund saß Nick auf dem Mausoleumsboden.

»Sind Sie noch dran?«, fragte Tesla. »Hallo? Ich wollte Sie zurückrufen. Wenn Sie noch dran sind, sagen Sie doch bitte etwas.«

»Ich bin dran«, sagte Nick.

»Gut!«, rief Tesla. »Gut! Es funktioniert. Ich hatte meine Zweifel, aber mit dem Wissen, dass Sie mich vor zwei Jahren erreicht haben … tja, da musste ich davon ausgehen, dass ich einen temporalen Geräuschwandler gebaut hatte.«

»Vor zwei Jahren?«, fragte Nick.

»Ja. Aber für Sie könnte es nur Tage oder Wochen zurückliegen, denke ich. Oder erreiche ich Sie vielleicht, bevor Sie den Anruf getätigt haben? Wenn dem so ist, lege ich lieber wieder auf und versuche es später noch einmal.«

»Nein, nein, nicht auflegen!« Nick rutschte näher ans Telefon heran und versuchte, das Spiralkabel des Hörers zu entwirren. Was sagt man zu einem Mann, der einen auf eine Schnitzeljagd geschickt hat, bei der man sich so blöd angestellt hat, dass man am Ende in einem Mausoleum festsitzt?

»Keine Frage, anfangs war ich skeptisch, ob ein solches Telefon überhaupt vorstellbar ist«, erzählte Tesla vergnügt. »Aber als ich in Deutschland war, um das Patent auf meine Elektroturbine zu verteidigen, hatte ich ein anregendes Gespräch mit einem jungen Angestellten des Patentamts. Wie hieß er noch, Arnstein oder Ernstein oder so ähnlich? Ein seltsamer Vogel, aber seine Gedanken zum Zusammenhang von Raum und Zeit waren nicht uninteressant.«

Tesla war offenbar nach Plaudern zumute, aber dazu hatte Nick keine Lust. Hatte Tesla nicht angerufen, weil er ihm helfen wollte? Dann müsste er sich mal ein bisschen sputen. »Die Accelerati haben Ihre Maschine«, stellte Nick klar. »Edison hat sie an sich gerissen und ich sitze hier fest. Was soll ich jetzt machen?«

»*Edison?*«, fragte Tesla ungläubig. »Edison ist in Ihrer Zeit noch am Leben? Erstaunlich! Aber wie ist das möglich?«

Der Erfinder ging Nick zunehmend auf den Geist. »Na, mit Ihrer Batterie. Aber das ist jetzt nicht so wichtig …«

»Hmm«, machte Tesla. »Eine lebenserhaltende Batterie. Faszinierende Vorstellung.«

»Haben Sie mir nicht zugehört? Edison montiert gerade Ihre Maschine. Den Far Range Energy Emitter.«

»Den was?«

Nick geriet ins Stammeln. »Den … Ihr Meisterstück, Ihr … Ihre größte Erfindung überhaupt! Drahtloser Gratisstrom für die ganze Welt!«

»Welch erhabener Gedanke!«, rief Tesla.

Spielte der Mann bloß irgendein Spielchen? Sollte das etwa witzig sein? Nick konnte nicht darüber lachen. »Sie müssen mir sagen, was ich machen soll«, flehte er Tesla an. »Sie und ich, wir … zwischen uns besteht eine Verbindung. Sie haben das alles ins Rollen gebracht, also müssen Sie auch wissen, wie … wie ich uns da wieder rausholen kann. Wie ich das alles wieder in Ordnung bringen kann.« Mit angehaltenem Atem wartete Nick auf die Antwort des Genies.

Und Tesla sagte: »Ich habe keine Ahnung.«

Dass nicht mal Nikola Tesla Antworten auf seine Fragen hatte, raubte Nick die letzte Hoffnung. Der Erfinder hatte doch das gigantische menschlich-mechanische Räderwerk entworfen, das in diesem Augenblick auf seinen Höhepunkt zuratterte! Und wenn er dahintersteckte, dachte Nick, musste er doch auch wissen, was nun zu tun war! Außer …

Außer Tesla war noch nicht so weit.

Der Mann meldete sich aus einer Zeit, in der er noch keine Vorstellung vom F.R.E.E. und den vielen einzelnen Erfindungen hatte, die den F.R.E.E. ausmachten. Teslas Meisterstück musste erst noch geschaffen werden. Diese Erkenntnis ließ Nick sprachlos zurück, verheddert in einer gedanklichen Rückkopplungsschleife. Hatte er die Entwicklung des F.R.E.E. durch dieses Telefongespräch erst selbst angeregt? War das im Endeffekt alles seine Schuld?

»Was auch immer Sie belastet, Sie werden schon eine Lösung finden«, wollte Tesla ihn beruhigen. »Sie scheinen mir ein cleveres Kerlchen zu sein.«

Aktuell kam Nick sich nicht sonderlich clever vor. Er kam sich strohdumm vor. Er zweifelte ernsthaft an der Existenz seines Gehirns.

»Wir sind uns zwar nie begegnet«, fuhr Tesla fort, »und doch fühle ich mich Ihnen auf unerklärliche Weise verwandt – ganz wie Sie sagten. Als bestünde zwischen uns eine Verbindung, ja fast als wären Sie … meine Vollendung.«

Und in Nicks Gedanken fügte sich endlich eines zum anderen.

»Ich muss den Schaltkreis vollenden«, hatte Petula gesagt und war mit dem Baby in den Zeittunnel geflohen. Geflohen? Vielleicht hatte sie etwas zu erledigen …

»Die Arbeit ruft«, meinte der Erfinder. »Aber ich wollte mich noch herzlich für Ihre Hilfe bedanken.«

»Wie? *Ich* habe *Ihnen* geholfen?«

»Aber ja. Dank Ihrer Warnung vor dem Brand in meinem Laboratorium konnte ich meine Entwürfe und Prototypen in Sicherheit bringen und vor der Vernichtung bewahren.«

Nach Luft schnappend sprang Nick auf. »Sie haben das Zeug

in Sicherheit gebracht? Aber …« Das hieß doch, dass er in die Vergangenheit eingegriffen hatte – oder etwa nicht? In den Zeitungen stand immer noch, Tesla habe bei dem Brand alles verloren. Aber was, wenn … »Sie haben das Zeug versteckt!«, rief Nick. »Sie haben Ihre Erfindungen versteckt und kein Mensch hat's mitbekommen!«

»Ja, das schien mir am vernünftigsten. Schließlich kann man die Vergangenheit nicht verändern, nicht wahr? Man kann nur den Blickwinkel ändern, aus dem man sie sieht. Der Geschichtsschreibung zufolge ging meine ganze Arbeit in Flammen auf. Nur wir beide kennen die Wahrheit.«

Vor Nicks Augen drehte sich alles. Es war, als spülte ihn wirbelndes Wasser aus den Tiefen der Verzweiflung empor, in denen er eben noch ertrunken war. In seinen Gedanken spalteten und wandelten sich die Eventualitäten, und trotz seiner aussichtslosen Lage entwickelte sich nach und nach ein Plan, der ihm die tollsten Aussichten eröffnete. Die Lösung kristallisierte sich so deutlich heraus, dass ihm glatt die Luft wegblieb. Der richtige Blickwinkel – das war der Schlüssel, das war die Antwort auf alles! Sogar auf den fehlenden Standmixerdeckel!

Tesla seufzte. »Neulich erst kam mir der Gedanke, es könnte eines Tages nötig werden, meine gesammelten Werke zu verstecken, damit sie nicht in falsche Hände geraten«, sinnierte er. »Ich überlege, nach Colorado Springs umzuziehen. Dort wäre viel Platz für kühne Experimente! Und vielleicht fände sich dort auch eine angemessene Lagerstätte für meine heikelsten Erfindungen.«

Nick musste grinsen. »Klingt nach einer guten Idee.«

»Ich muss mich verabschieden«, sagte Tesla. »Ich habe Vorlesungen zu halten, Turbinen abzunehmen und, wie es aussieht, eine elektrifizierende Zukunft vor mir! Ihnen alles Gute, junger Mann, und einen schönen Tag noch!«

Damit legte der Erfinder auf und unterbrach so einen mehr als einhundert Jahre umspannenden Schaltkreis.

Ohne es zu ahnen, hatte Tesla Nick alles gesagt, was er wissen musste. Tesla hatte die Rädchen des Zahlenschlosses zum Rotieren gebracht, und mit einer mathematischen Präzision, die selbst Zak Respekt eingeflößt hätte, waren sie endlich in dieser unmöglichen, aber einzig richtigen Kombination eingerastet.

»Jetzt weiß ich, was ich tun muss!«, rief Nick, und als er hörte, was er da sagte, musste er lachen, denn kein Wort davon war gelogen. Die Antwort stand ihm strahlend hell vor Augen, wie eine Leuchtkugel am Nachthimmel.

»Gut zu wissen«, erwiderte Caitlin von der anderen Seite des Gittertors aus. »Aber jetzt solltest du erst mal einen Schritt zurücktreten. Oder willst du mit in die Luft gehen, wenn wir das Tor aufsprengen?«

44. Der Ring der Macht

Caitlin verdankte Zak ihr Leben, Mitch und Danny ging es genauso. Beziehungsweise verdankten sie alle ihr Leben der Tatsache, dass Zak der Sohn der Großen Accelerata war.

Nick war gerade erst in Petulas Tunnel gesprintet, da strömten aus drei anderen Tunneln Accelerati in die Kammer wie ein Schwarm pastellfarbener Anzüge, ausgestattet mit einer furchterregenden Bandbreite von Waffen, deren Wirkung von schweren Verschandelungen bis zum Tod reichte.

Aufgeben ist keine Option, so könnte man Caitlins Lebensmotto grob umreißen. Doch die Accelerati hatten schon häufiger bewiesen, wie locker der Abzugsfinger bei ihnen saß, und Caitlin wollte weder platt dastehen noch mit pürierten Organen.

Also hob sie die Hände und Mitch und Danny folgten ihrem Beispiel.

Nur Zak widersetzte sich tapfer – womöglich weil er gesehen hatte, was Caitlin bisher entgangen war: Das Kommando über den Accelerati-Trupp führte seine Mutter.

»Nicht schießen!«, rief Z, fuhr den Arm aus und schlug die Hand eines übereifrigen Acceleratus beiseite, wodurch dessen Waffe ein Loch in die Wand schmolz und nicht in einen der Teenagerköpfe. »Edison braucht sie lebendig.«

Das glaubte Caitlin keine Sekunde.

Z schritt auf Zak zu und fixierte ihn streng. »Runter auf die Knie und Hände hinter den Kopf oder du wirst es bitter bereuen!« Eine Sekunde verstrich, bis Caitlin verstanden hatte: Z gab vor, ihren Sohn nicht zu kennen.

Erst starrte Zak seine Mom wortlos an, dann gehorchte er. Die anderen Teenager taten es ihm gleich.

Ein Acceleratus versuchte, die Glühbirne aus der Fassung zu schrauben, und verbrannte sich dabei prompt die Finger. Was wieder einmal bewies, dass zwischen Genialität und gesundem Menschenverstand erstaunlicherweise nicht der geringste Zusammenhang besteht.

Z wandte sich an Caitlin. »Wo ist Nick Slate? Und wo sind die anderen Objekte, die er an sich genommen hat?«

»Also hier ist er nicht«, erwiderte Caitlin mit größtmöglicher Stumpfheit. »Wie man sieht.«

»Wir haben keine Zeit für Kinderspiele«, schimpfte Z. »Der Asteroid muss entladen werden. Wenn ihr mir nicht sagt, wohin der Junge verschwunden ist …«

»*... schnappt Jorgenson ihn sich trotzdem*«, platzte Mitch heraus.

Mitch presste sich die Hand auf den Mund, aber es war zu spät. Z hatte ihn gehört und sie wirkte keineswegs überrascht. Entweder war sie bereits über Mitchs Neigung zu seltsamen Halbsatzweissagungen in Kenntnis gesetzt worden oder seine Prophezeiung leuchtete ihr schlicht ein.

So oder so nickte Z und sagte: »Jorgenson wurde zum Eingang von Tunnel 4 geschickt.«

»Soll ich ihm mit einem Team folgen, um Unterstützung zu leisten?«, fragte ein Acceleratus.

»Nein«, sagte Z, »Jorgenson kommt schon zurecht.«

Z befahl ihren Untergebenen, an die Erdoberfläche zurückzukehren, doch diese weigerten sich standhaft, sie allein in der Tiefe zurückzulassen, und schlussendlich willigte sie ein, zwei Wachen hierzubehalten.

»Ich weiß nicht, was ihr euch da in den Kopf gesetzt habt«, sagte sie zu den Minderjährigen. »Aber uns geht die Zeit aus.«

Da wandelte sich eine Variable der vorliegenden Gleichung.

»Hey«, sagte einer der verbliebenen Accelerati, »ist der Junge da nicht Ihr Sohn?«

»Das hatte ich kommen sehen ...«, seufzte Z, zog ein kleines Gerät aus ihrer Handtasche und feuerte damit auf ihre beiden Verbündeten.

Augenblicklich wurden die beiden Männer von einem durchsichtigen, kugelförmigen Kraftfeld eingeschlossen. Caitlin sah, wie sie von innen gegen die Wand hämmerten, aber nichts ausrichten konnten. Selbst ihre Rufe drangen nur gedämpft nach außen, und als sie gleichzeitig einen Schritt nach vorne machten, geriet der Ball ins Rollen, als steckten sie in einer Hamsterkugel in Menschengröße.

Beim Anblick von Caitlins verblüfftem Gesicht konnte Z sich ein Lächeln nicht verkneifen. »Nur eine Kleinigkeit, die aus unserer Analyse des Kraftfeld-Mehlsiebs hervorgegangen ist. Die Wirkung hält allerdings bloß ein bis zwei Minuten an. Wir sollten uns also beeilen.«

Gefangen in der Riesenmurmel, rollte das Accelerati-Duo in einen der anderen Tunnel und blieb dort zwangsläufig stecken.

Bei Z klingelte das Handy, sie nahm das Gespräch entgegen. Caitlin belauschte, wie Jorgenson die Rückeroberung des Globus und des Prismas bestätigte.

»Was ist mit dem Jungen?«, fragte Z.

»Nick Slate wurde aus dem Verkehr gezogen«, antwortete Jorgenson.

Das klang nicht sehr ermutigend.

Z beendete das Telefonat und blickte auf die beiden Männer, die sich bemühten, ihre in den Tunnel gepfropfte Kraftfeldkugel durch gleichmäßiges Schaukeln zu lockern. »Dieser Geheimbund ist wirklich kaum auszuhalten«, murmelte Z, fasste sich hinters Ohr, nahm den Accelerati-Ohrring ab und warf ihn auf den Boden. »Das hätte ich schon vor Jahren machen sollen.« Liebevoll betrachtete sie Zak. »Aber ich hatte Angst, dass sie dir etwas antun.«

»Ich pass schon auf mich auf, Mom«, erwiderte Zak.

»Ja, das weiß ich inzwischen.« Z umarmte ihn.

»Hey«, sagte Danny, »wollen wir jetzt meinen Bruder retten oder stehen wir hier einfach weiter rum?«

Zu fünft eilten sie in den Tunnel, aus dem Nick nie zurückgekehrt war.

Caitlin war es, die schließlich das Mausoleum mit dem zugeschweißten Tor entdeckte.

Als sie hörte, wie Nick laut verkündete, er wisse jetzt, was er tun müsse, hatte Caitlin keine Ahnung, wovon er sprach. Sie war einfach nur froh, dass Jorgenson ihn am Leben gelassen hatte.

»Zurück, Nick! So weit wie möglich«, instruierte Caitlin ihn angesichts der Waffe, die Z aus ihrer Handtasche gezogen hatte – eine Waffe, die eigentlich viel zu groß war, um in diese Tasche zu passen? Z richtete nicht den Hamsterkugelgenerator auf das Tor. Die Waffe sah vielmehr aus wie jene, die vorhin ein Loch in eine Wand geschmolzen hatte.

Nick verzog sich in die hinterste Ecke und Z drückte ab. Eisen zerfloss zu weiß glühender Flüssigkeit, der Stein rund um das Tor verwandelte sich in tropfende Lava.

»Boah«, sagte Danny. »Kann ich auch mal?«

Z bedachte ihn mit einem vernichtenden Blick und versenkte die Waffe wieder in der Handtasche.

»Alles okay mit dir, Nick?«, rief Caitlin.

»Denke schon!«, schallte es aus dem Mausoleum, ehe Nick über die Pfützen aus geschmolzenem Stahl und Lava sprang, in der Hand das Teslafon. Wieso das Teslafon?

»Wo hast du das her?«, fragte Caitlin.

»Und wo ist Petula?«, fragte Mitch.

»Weg«, sagte Nick.

Bevor Nick zu weiteren Erklärungen ansetzen konnte, donnerte das ohrenbetäubende Knattern nahender Hubschrauber durch die Luft – genauer gesagt von vier Hubschraubern, die ein riesiges, kreisrundes Objekt schleppten.

»Ist das … ist das ein UFO?«, fragte Danny.

»Na toll«, sagte Mitch. »Aliens. Muss das jetzt auch noch sein?«

»Moment mal«, meinte Caitlin. »Das Teil kommt mir bekannt vor!«

Nick nickte. »Mir auch …«

Ein Quartett aus Schwerlasthubschraubern trug eine gigantische Fracht über die Baumwipfel Shorehams. Allen Anwohnern, die staunend aus ihren Häusern traten und beobachteten, wie sie hoch über ihnen hinwegschwebte, ging dieselbe Frage durch den Kopf: *Scheiße, was ist das denn?*

Es war nichts anderes als ein Ring aus einer bestimmten Titanlegierung, drei Meter hoch und mit einem Durchmesser von dreißig Metern. Ein Ring aus hoch leitfähigem Metall, der darauf ausgelegt war, eine Entladung himmlischer Energie sicher in sich aufzunehmen, die andernfalls den Planeten per Stromschlag töten würde.

Der »Ring der Macht« war in einer gewaltigen Accelerati-Schrumpfmaschine verkleinert worden, um die Überführung von Colorado Springs nach New York zu erleichtern; sowohl Evangeline Planck als auch Edison hatten den Ring eine Zeit lang am Finger getragen. Aber vor Kurzem war der Ring wieder in seine Ursprungsgröße versetzt worden, sodass vier der kräftigsten Hubschrauber der Welt nötig waren, um ihn nach Wardenclyffe zu transportieren. Am Ziel angekommen, würden sie den Ring um den Turm abwerfen wie ein Titan, der sich mit einem Ringwurfspiel vergnügte – was aber nicht heißen soll, dass die Operation mit lässiger Nonchalance durchgeführt werden konnte. Sie erforderte höchste Präzision. Sollte ein Drahtseil abrutschen oder die korrekte Ausrichtung der Fracht minimal misslingen, wären die Folgen verheerend. Schlimmstenfalls würde der Ring nicht rund um die Basis aufsetzen, sondern ins Schlingern geraten und auf einen Streich den Turm fällen.

Zu allem Überfluss musste die Operation schnell vonstattengehen. Aber nicht wegen des Windes oder der Nachbarn, auch nicht wegen der stetig tickenden Weltuntergangsuhr. Das ärgste Zeitlimit rührte daher, dass die Accelerati buchstäblich nicht mehr flüssig waren. Ihr Geld hatte einfach nicht gereicht, um die Tanks der Hubschrauber ordentlich zu befüllen.

Und leider Gottes ging es den Accelerati wie so vielen Großorganisationen: Die rechte Hand hatte nur eine vage Vorstellung davon, was die linke tat, und hegte generell eine leichte Abneigung gegen ihr Gegenstück. Der Ring durfte erst am Bestimmungsort abgesetzt werden, wenn der F.R.E.E. voll und ganz funktionstüchtig war, denn einmal am Boden, würde der Riesenreif den Turm hermetisch abriegeln, niemand könnte ihn mehr betreten oder verlassen. Und kein Mensch hatte kommen sehen, dass Nick Slate sich mit mehreren entscheidenden Elementen des F.R.E.E. aus dem Staub machen würde, oder wenigstens die Hubschrauberpiloten darüber informiert. Als diese eintrafen, mussten sie daher tatenlos über dem Turm schweben und zusehen, wie in ihren Tanks auch noch die letzten Benzinschwaden verdampften.

Edison studierte den in der Luft hängenden Titanring, erfüllt von Ärger über sich selbst, weil er Nick Slate vertraut hatte – und weil er seine Organisation in die Hände von Dr. Zenobia Thuku gelegt hatte, die sich, wie ihm eben zugetragen worden war, als Verräterin entpuppt hatte.

Von der Kommandozentrale fuhr Edison hinüber zum Turm, begleitet von Jorgenson, der Vince dicht neben sich hielt.

»Glaub ja nicht, du könntest uns entwischen«, drohte Jorgenson dem Jungen.

»Leute, ich bin doch freiwillig hier«, erinnerte Vince ihn. »Warum sollte ich jetzt plötzlich die Kurve kratzen?«

»Aus Angst vor der klammen Umarmung des Todes?«

»Das kenn ich eh schon«, meinte Vince. »Juckt mich nicht mehr.«

Oben auf dem Turm waren der Globus, die Glühbirne und die

Prismaröhre wieder eingebaut worden, das Accelerati-Ingenieursteam kehrte bereits im engen Käfigaufzug zum Erdboden zurück. Am Himmel hielten die Hubschrauber weiter ihre Position, aber wie lange wären sie dazu noch in der Lage? Edison wusste es nicht.

Am Fuß des Turms wandte er sich dann an den Jungen. »Tut mir leid, mein Sohn, aber deine Zeit ist abgelaufen.«

»Sekunde noch«, sagte Vince. »Ich wollte noch ein paar letzte Worte loswerden.« Der Junge zog ein Stück feinstes Pergament aus der Hosentasche, das er offenbar für diesen Augenblick vorbereitet hatte, räusperte sich und begann, mit dramatischem Gestus vorzulesen. »Ich, Vince LaRue …«

»Das muss reichen«, sagte Edison und nickte Jorgenson zu, der dem Jungen sofort die Kabel hinter den Ohren wegzupfte. Vince klappte zusammen, seine letzten Worte verendeten auf seinen Lippen, der Wind riss ihm das Pergament aus den Fingern und trug es flatternd davon.

Und in Edisons Gedanken meldete sich abermals die Geisterstimme Nikola Teslas zu Wort: *Korrigiere deine Fehler …* Vince LaRues Batterie an sich zu nehmen, überlegte Edison, hätte Tesla wohl als weiteren Fehler betrachtet, aber hatte er eine Wahl? *Tut mir leid, Nikola*, erwiderte er im Stillen, *aber ich muss tun, was getan werden muss.*

Der Aufzug traf ein, das Ingenieurssteam ging dem hereinzuckelnden Edison hastig aus dem Weg. »Geben Sie mir die Batterie«, sagte er zu Jorgenson.

»Das ist zu gefährlich«, erwiderte Jorgenson. »Sie sollten vom Kontrollraum aus zusehen.« Er deutete auf einen der Ingenieure. »Du da! Bring die Batterie rauf und schließ sie an.«

»Nein«, widersprach Edison. »Ich vollende den Schaltkreis, ich und kein anderer.«

Aber gerade dann, musste Edison einsehen, brauchte er irgendeine Autoritätsperson, die die Dinge hier unten am Boden in die Hand nahm, zumindest bis er wieder zurück war. Notfalls auch eine Autoritätsperson, gegen die er eine akute Abneigung empfand.

Jorgenson hatte das Prisma und den Globus zurückerobert und im Zuge dessen auch noch den abtrünnigen Nick Slate festgesetzt. So unerträglich Jorgensons aufgeblasenes Getue bei seiner Rückkehr gewesen war, dieses *Was-habe-ich-Ihnen-gesagt?*-Grinsen, im Grunde konnte man es ihm nicht verdenken: Jorgenson hatte Nick Slate richtig eingeschätzt, Edison falsch. Es war nur recht und billig, ihn dafür zu belohnen.

»Al«, sagte Edison. »Hiermit betraue ich Sie erneut mit dem Amt des Großen Acceleratus.«

Jorgenson nickte, als hätte er nichts anderes erwartet. »Ich brauche dann einen neuen Anzug.«

»Später. Einstweilen übergebe ich Ihnen das Kommando über unsere Truppen am Boden.«

Mit Vince' Batterie auf dem Schoß schloss Edison das Aufzuggitter hinter sich und fuhr hinauf zur Turmspitze.

45. Uhrwerk oder Schrotthaufen

Die großen Turmuhren Europas sind hochkomplexe Konstrukte, Mechanismen aus riesigen Rollen, Flaschenzügen und Pendeln, aus Federn, kleinen und großen Zahnrädern im Inneren hoher Steintürme. Den Menschen des Mittelalters muss es wie Zauberei erschienen sein, wenn die Glocken mit mysteriöser Regelmäßigkeit und großer Präzision zur vollen, halben und Viertelstunde schlugen, und erst recht, wenn wahrlich ausgeklügelte Uhren zudem eine Ansammlung von Figuren auf einer Plattform zur mechanischen Musik tanzen ließen.

Doch wie oft denken jene, die staunend vor den Glanzleistungen der Ingenieure vergangener Zeiten stehen, an die menschlichen Bestandteile dieser Mechanismen? An die Männer, die das Eisenerz für die Zahnräder aus dem Berg schlugen, an die Arbeiter, die diese hoch auf den Turm wuchteten, an die Maurer, die Stein auf Stein schichteten, oder an die Künstler, welche die Tänzer bunt bemalten?

Nur den wenigsten ist es vergönnt, die wahre Komplexität hinter einer komplexen Maschinerie zu erkennen. Zu dieser exklusiven Gruppe zählte auch Nick Slate.

Nachdem Nick begriffen hatte, wie die einzelnen Teile ineinandergreifen sollten, musste er diese nur noch an ihren jeweiligen Bestimmungsort manövrieren. Wogegen sich die Teile allerdings teilweise wehrten. Und ohne den menschlichen Faktor, das wusste Nick nur zu gut, konnte selbst das brillanteste Uhrwerk als Schrotthaufen enden.

Vom Friedhof sprintete Nick zum Wardenclyffe Tower, das klobige Telefon unter den Arm geklemmt. An seiner Seite lief Caitlin, die sich ungeduldig nach seinen weiteren Plänen erkundigte.

Sie hatte eine Erklärung verdient. »Ich weiß, wo der Mixerdeckel ist, der uns die ganze Zeit gefehlt hat«, sagte Nick. »Er ist wichtiger, als ich dachte. Ich muss ihn mir holen!«

»Ist er im Turm?«

»Nicht wirklich.«

»Aber warum rennen wir dann zum Turm?«, fragte Caitlin.

Nick verlangsamte sein Tempo nicht. Wie hätte er ihr erklären sollen, dass es weniger darauf ankam zu wissen, wo das fehlende

Teil steckte? Viel wichtiger war, wieso es dort steckte. Das *Wieso* war entscheidend, nicht das *Wo*.

Zu diesem Zeitpunkt erhaschte auch Caitlin einen ersten Blick auf die großen Zusammenhänge.

»Du willst zum Globus!«, rief sie. »Soll das heißen, der Mixerdeckel ist irgendwo in der Vergangenheit versteckt?«

»Nicht versteckt«, meinte Nick. »Er ist genau da, wo er hingehört: auf meinem Dachboden!«

Als Nick um einen halben Meter davonzog, legte Caitlin einen Zahn zu, um nicht abgehängt zu werden. Die anderen konnten ihr Gespräch nicht mithören, dafür lagen sie zu weit zurück, und das sollte Nick nur recht sein.

»Nein, der Deckel war nie auf dem Dachboden!«, entgegnete Caitlin. »Das hast du doch selber gesagt. Dass du den Mixer ohne Deckel verkauft hast!«

»Was bedeutet, dass ihn irgendwer stibitzt haben muss, bevor wir ins Haus eingezogen sind!«

»Aber wieso?«

Da strahlte Nick. »Genau das ist die Frage!«

Ein paar Straßen weiter erhob sich der Turm. Nick wusste, wie wichtig das richtige Timing war und wie viele Sandkörner das Getriebe schon jetzt gefährlich knirschen ließen. Das erste Sandkorn war Nicks Dad, der Himmel und Erde in Bewegung setzen würde, um Nick in Sicherheit zu bringen und ihn so von der enorm gefährlichen Aufgabe abzuhalten, die er zu erledigen hatte.

Nicholas' Erinnerung an die Nackedeisierung seines Vaters durch Edisons gezielten Schuss verriet Nick, dass sein Dad in ein paar Minuten wieder auftauchen würde.

Also verlangsamte Nick seine Schritte, bis Danny aufgeholt hatte. »Danny«, sagte er, während sie nebeneinanderher rannten. »Ich brauche deine Hilfe.«

Auf diesen Moment hatte Danny gewartet, ja, er hatte ihn herbeigesehnt. Anders als seinem Bruder fehlte ihm der Blick für das große Ganze, aber er spürte immerhin, dass sich hinter dem unüberschaubaren Chaos irgendein großes Ganzes verbarg, und es entzückte ihn, dabei mitzumischen.

»Du musst mir einen Gefallen tun«, fuhr Nick fort, »Aber du darfst keine Fragen stellen. Du musst es einfach machen.«

»Okay«, sagte Danny.

»In ungefähr fünf Minuten taucht Dad auf dem Parkplatz hinter der alten Ladenzeile auf.«

»Äh … okay?«

»Wenn er auftaucht, gibst du ihm erst mal seine Klamotten«, sagte Nick. »Die liegen da irgendwo herum.«

Darüber musste Danny etwas gründlicher nachdenken. »Dad … Dad hat seine Klamotten nicht mehr an?«

»Ist 'ne lange Geschichte. Aber wenn er wieder angezogen ist, musst du dafür sorgen, dass er bleibt, wo er ist. Tu so, als hättest du dir den Knöchel verstaucht, wirf dich auf den Boden und schrei rum – und schrei noch lauter, wenn er dich tragen will. Er darf sich keinen Zentimeter vom Fleck bewegen. Und er darf dich nicht allein lassen.«

»Krieg ich hin«, meinte Danny. Dann runzelte er die Stirn. »Aber wieso eigentlich?«

»Was habe ich dir gesagt?«, erwiderte sein großer Bruder. »Keine Fragen!«

Mit exakt dieser Antwort hatte Danny gerechnet. »Und wie lange soll Dad bleiben, wo er ist?«

»Bis die Blitze am Himmel aufhören«, antwortete Nick. »Oder die Welt untergeht.«

»Oh. Alles klar.« Danny sagte sich, dass sein Bruder schon recht haben würde. Bei solchen Themen stellte man lieber nicht zu viele

Fragen, vor allem nicht sich selbst. Im vollen Vertrauen auf Nicks Weisheit eilte er davon.

Z, die den Fehler gemacht hatte, an diesem Morgen mit hohen Absätzen aus dem Haus zu gehen, hatte unterdessen so ihre Probleme, mit dem Tempo der jungen Leute mitzuhalten.

Um ihren Sohn und seine Freunde zu retten, hatte sie ihre Karriere weggeworfen, und sie bereute nichts – aber wieso wollte der junge Slate jetzt zurück zum Turm? Das ging doch gegen jede Vernunft! Auf ihren Prada-Stilettos taumelnd, schloss Z endlich zu Slate auf und packte ihn so kräftig am Arm, dass ihm beinahe das Telefon entglitt.

»Bleib doch stehen!«, rief sie. »Jorgenson wird dich beim ersten Sichtkontakt vaporisieren. Ich lasse nicht zu, dass du dorthin zurückkehrst!«

Aus Nicks Perspektive war Dr. Zenobia Thuku das zweite Sandkorn. In ihrer unermesslich großen Handtasche trug sie eine Auswahl verschiedenster Waffen mit sich – auch wenn sie ihn nie ernsthaft verletzen würde, fände sie sicher einen Weg, ihn aus der gegenwärtigen Problemlage zu entfernen. Zum Beispiel indem sie ihn per Accelerati-Laserpointer hypnotisierte, sodass er alles andere vergessen und Jagd auf einen betörenden Lichtfleck machen würde.

Nick riss sich von ihr los. »Sie müssen mir vertrauen.«

»Dir vertrauen?«, erwiderte Z. »Ich kenne dich kaum.«

Und genau deswegen, dachte Nick, *sehen Sie nicht kommen, was ich jetzt machen werde.* Er rupfte ihr die Handtasche aus den Händen und warf sie Caitlin zu. »Lauf!«

Caitlin krallte sich die Handtasche, die viel zu klein wirkte für die ganzen Objekte in ihrem Inneren, und lief. Sie vertraute Nick auch ohne besondere Aufforderung. Selbst wenn Nick fürchterliche Fehler beging, schienen sie jedes Mal genau dadurch ans Ziel zu gelangen – manchmal an ein Ziel, das sie noch gar nicht kannten. Daraus musste Caitlin folgern, dass Nicks Fehler gar keine Fehler waren. Gut zu wissen, denn im Moment deutete alles darauf hin, dass er sie in den sicheren Tod jagte.

Aber Caitlin wusste noch etwas anderes: Ohne ihren kühlen Kopf wäre ihnen der sichere Tod tatsächlich sicher gewesen. Nick und Caitlin waren wie zwei Zahnräder, die für alle Zeiten ineinander verschränkt waren, ihr Schicksal miteinander verflochten.

»Mit Z's Schlüsselkarte kriegst du das Tor auf!«, rief Nick ihr nach. Also begann Caitlin, im Rennen in der scheinbar bodenlosen Handtasche nach der Karte zu angeln.

Dr. Thuku rannte ihr brüllend hinterher. »Hände weg von meiner Handtasche!«, befahl sie, garniert mit der Warnung, dass Caitlin sich locker aus Versehen den eigenen Kopf wegpusten könnte oder Schlimmeres. Bei der Verfolgungsjagd brach Z sich einen Absatz ab, doch auch hinkend entwickelte sie erstaunlich viel Tempo.

»Dir ist schon klar, dass Caitlin erledigt ist, wenn meine Mom sie in die Finger kriegt?«, rief Zak einige Meter hinter Nick. »Es gibt keine schlimmere Naturgewalt als meine Mom, wenn sie wütend wird!«

Die Funken, die Hunderte von Kilometern über ihnen vom Asteroiden stoben, bewiesen das Gegenteil: Mindestens eine gefährlichere Naturgewalt gab es.

»Nick!«, keuchte Mitch zwischen einzelnen entkräfteten Schnaufern. »Verrätst du uns wenigstens, was du vorhast?«

»Keine Zeit!«, antwortete Nick und bog um die nächste Ecke. Vor ihm erhob sich der Turm, der ins Licht der Scheinwerfer getaucht bereits die halbe Nachbarschaft angelockt hatte, und darüber flogen vier Hubschrauber mit einem gigantischen Ring im Schlepptau auf der Stelle. Nick beschleunigte seine Schritte und drängelte sich durch die Menschenmenge, die im Angesicht des Himmels und des Turms zwischen ungläubigem Staunen und Todesangst schwankte.

Weiter vorne grub Caitlin immer noch tief in Z's Handtasche, und im selben Moment, wie sie am Tor ankam, fischte sie die Schlüsselkarte heraus. Kein Acceleratus sah, wie sie die Karte durch das Lesegerät zog und das Tor öffnete, die Geheimbündler hatten nur noch Augen für den Turm und für Edison, der im Gitterkäfig in Richtung Spitze kroch.

Sekunden später trudelte Z ein und entrang Caitlin ihre Handtasche – die sich dabei überschlug und ihren Inhalt sozusagen auf den Asphalt erbrach: ein Haufen Waffen, Kosmetik und Pfefferminzbonbons, der um ein Vielfaches größer war als die Tasche selbst.

Mit einem Stöhnen ging Z in die Hocke, um ihre Habseligkeiten wieder einzusammeln, und konnte Nick und Co. deshalb nicht davon abhalten, sich durch das Tor auf das Turmgelände zu drücken.

Noch waren sie nicht entdeckt worden, aber zwischen Tor und Turm befanden sich Dutzende Accelerati.

»Zak«, sagte Nick. »Ich bräuchte mal eine Ablenkung.«

Zak, der den F.R.E.E. nie in Aktion erlebt hatte, hatte keinen konkreten Grund, Nick zu vertrauen. Doch als Caitlin, Mitch und Nick in sein Leben getreten waren, war er von einer unwiderstehlichen Adrenalinwelle mitgerissen worden, und er wusste, dass sich in ihm etwas verändert hatte – er verspürte keinen Drang mehr, sein Kartenspiel durchzumischen. Bis zu diesem Tag hatte Zak sein Leben mit mathematischer Präzision verlebt, aber jetzt hatte ihn ein Zufall in den freien Fall hinabgesogen wie beim Fallschirmspringen, und solange der Erdboden nicht in Sicht war, würde er einen Teufel tun, die Reißleine zu ziehen.

»Kommt sofort«, antwortete Zak und holte seinen Laptop hervor.

Mit den jüngsten Entwicklungen konnte Dr. Alan Jorgenson nur zufrieden sein. Er hatte wieder das Kommando! Trotz des ungewohnten pinkfarbenen Anzugs, dessen linkes Hosenbein noch dazu teilweise abgebrannt war, übernahm er die Zügel, als hätte er selbige nie abgeben müssen.

»Abstand halten vom Turm!«, donnerte Jorgenson in das Mikrofon der Kommandozentrale, hinter dem er sich postiert hatte. »Hubschrauber sollen ihre Position halten und auf meine Anweisungen warten!«

Endlich sollte sein Stern aufgehen – und Jorgenson war fest entschlossen, mit seinem Licht selbst Edison zu überstrahlen. Fortan würde jeder, der seinen Namen hörte, an den Mann denken, der die am Firmament wütende Bestie alias Himmelskörper Felicity Bonk gezähmt hatte.

Nur noch einen Schritt entfernt vom längst überfälligen Ruhm, erhielt Jorgenson eine wichtige SMS, die auch an alle anderen Accelerati auf dem Gelände ging.

Absolut synchron blickten sie alle aufs Handy.

Es war eine Nachricht ohne Name oder Nummer des Absenders, die aus einem einzigen Wort bestand:

ABLENKUNG

Als Jorgenson sich wieder dem Fenster zuwandte, hatte die Teenagerbande schon die halbe Strecke zum Turm zurückgelegt … mit dem unvermeidlichen Nick Slate an der Spitze!

Wie konnte das bitte sein? Ach, hätte er sich doch des elendigen Knaben entledigt, als er die Gelegenheit dazu gehabt hatte!

Den Jungen im Mausoleum einzuschließen und dort über die allumfassende Dimension seines Versagens grübeln zu lassen, war Jorgenson überaus reizvoll erschienen, aber nun hatte er den Salat. Dass der Kerl einem aber auch immer wieder entschlüpfte! Er war schlüpfriger als ein mit Grafitschmiermittel eingeriebenes Schwein!

»Waffen ziehen!«, kommandierte Jorgenson. »Vaporisierungswaffen auf Verdampfung! Feuer frei!«

»Nur auf Slate?«, fragte ein Befehlsempfänger.

»Nein, auf alle.«

Alle anwesenden Accelerati stürmten durch die Tür in Richtung Turm und aus verschiedensten Accelerati-Waffen fauchten und pfiffen Feuerstöße, Laserstrahlen und Energiepulse. Jedoch waren die Accelerati aus mehreren Gründen nicht die zielsichersten Schützen:

Das Stroboskoplicht der unnatürlichen Gewitterblitze am Himmel lenkte noch effektiver ab als Zaks SMS.

Die Accelerati waren keine Soldaten, sondern Wissenschaftler, und hatten deshalb keine ausführliche Ausbildung an der Waffe genossen.

Vielen von ihnen war nicht danach, einen Haufen Kinder zu erschießen.

Mittlerweile hatte sich herumgesprochen, dass der Geheimbund pleite war, weshalb sich das allgemeine Vertrauen in das wiedereingesetzte Oberhaupt auf einem historischen Tiefstand befand. Und …

… keiner von ihnen konnte Jorgenson so richtig leiden.

Aus diesen Umständen ergab sich ein Schusswechsel à la *Star Wars*. Will heißen: Viele wirklich einschüchternde Kanonen wurden abgefeuert, doch irgendwie bekam kein Mensch einen Treffer ab.

Nur Dr. Zenobia Thuku zielte wie ein Profi – aber nicht auf die Minderjährigen. Aus ihrer dimensionselastischen Handtasche, deren Inhalt inzwischen wieder eingesammelt war, zog sie den Temporalschubser, schoss damit auf ihre Kollegen und nackedeisierte mindestens ein Dutzend davon.

Bald hatte sie das Feuer eines Großteils ihrer verbliebenen Mitarbeiter auf sich gezogen.

Als Zak sah, dass seine Mutter in Lebensgefahr schwebte, stürzte er sich ebenfalls ins Gefecht. Er griff in die Handtasche seiner Mom und holte die erste Waffe hervor, die er zwischen den Fingern spürte – zufällig war es der Kraftfeldgenerator. Schon bald rollte eine Horde Accelerati in menschengroßen Hamsterkugeln umher, die nicht mal durch ihre eigenen Waffen aufgesprengt werden konnten.

»Wir sind kein schlechtes Team, was?«, sagte Zak.

»Über diese Geschichte hier werden wir uns noch ausführlich unterhalten müssen, Zakia«, erwiderte Z.

Sollte es dazu kommen, überlegte Zak, würde er sich sicherheitshalber selbst in eine schützende Hamsterkugel einschließen.

Da immer deutlicher wurde, dass es seinen Untergebenen nicht gelingen würde, Nick und seine Gefolgsleute zu verdampfen, verließ Jorgenson die Kommandozentrale, um diese Aufgabe selbst zu übernehmen.

Drei Teenager rannten in Richtung Turm – aber wenn er etwas Tempo machte, kalkulierte Jorgenson, sollte er in der Lage sein, die Bande vorher abzufangen. Doch auf dem Weg zum Turm rutschte Jorgenson auf Vince' Testament aus, das der Wind immer noch rundherum über das Gelände blies, und kurz bevor er Nick, Caitlin und Mitch eingeholt gehabt hätte, schlug er der Länge nach hin.

Schlammbefleckt, aber unverletzt rappelte Jorgenson sich wieder auf und setzte die Verfolgung fort. Jetzt hatten die Teenager die Nase vorn.

Jorgenson erhöhte die Schlagzahl, und bald lag er nur noch wenige Schritte hinter Mitch, der lahmen Ente der Truppe …

Nick hatte sein Ziel vor Augen: den Turm.

Vor Kurzem hatte Edison die Plattform an der Spitze erreicht. »Beeilung!«, brüllte Nick über die Schulter, aber Caitlin und Mitch beeilten sich natürlich sowieso schon.

Hoch über ihnen spielte sich derweil eine dramatische Szene ab. Das Quartett der auf der Stelle fliegenden Hubschrauber hatte die letzten Milliliter Benzin aufgezehrt, und so blieb dem ersten Piloten, bei dem die Tankanzeige in die Gefahrenzone rutschte, wenig anderes übrig, als das sofortige Ausklinken seines Stahlseils anzukündigen.

Würde nur ein Stahlseil ausgeklinkt, würde der Titanring ins Pendeln geraten, den Turm einreißen und die anderen drei Hubschrauber in die Tiefe ziehen. Deshalb blieb deren Piloten wiederum nichts anderes übrig, als ihr jeweiliges Stahlseil im selben Moment auszuklinken.

Mitch Murló hatte gerade so richtig Tempo aufgenommen und schon beinahe Caitlin und Nick eingeholt, als die Stahlseile ausgeklinkt wurden und – zu Mitchs grenzenloser Verwunderung – unmittelbar vor seinen Augen eine glänzende Metallwand erschien, begleitet von einem tiefen *Klong*, das die Erde erbeben ließ und womöglich die Toten drüben im Friedhof aus ihrem ewigen Schlaf riss.

Mit vollem Karacho knallte Mitch gegen die Wand und prallte davon zurück. Normalerweise wäre er auf dem Boden gelandet, doch stattdessen rasselte er gegen Jorgenson, der ein paar Schritte hinter ihm lag und so seinen Sturz abfing.

Während Mitch sich die schmerzende Nase rieb, begriff er, was geschehen war: Nick und Caitlin und natürlich auch Edison befanden sich innerhalb der Grenzen des Rings. Alle anderen waren ausgesperrt.

Diese Erkenntnis dämmerte auch Jorgenson, dem jetzt erst auffiel, wie zweidimensional er im Eifer des Gefechts gedacht hatte. Zwar nicht gar so 2D wie Theo Blankenship – aber hätte er wirklich alle drei Dimensionen im Kopf behalten, hätte er kaum den vierzig Tonnen schweren Titanring über dem Turm vergessen. Jorgenson schäumte vor Wut. »Wer«, schrie er, »hat das Ausklinken des Rings angeordnet?«

Den Blick nach oben gerichtet, sah Jorgenson, wie die vier Hubschrauber über das blitzdurchzuckte Firmament davonrasten. Vor ihm befand sich eine gut drei Meter hohe und spiegelglatte Wand, Klettern war also ausgeschlossen. Was Slate auch immer vorhatte, Jorgenson konnte ihn nicht mehr aufhalten.

Er drehte sich zu Mitch, und von seiner Wut getrieben, packte er den Jungen und presste ihn gegen die Metallwand. »Wenn das alles vorbei ist, wirst du leiden«, fauchte Jorgenson ihn an. »Du und deine Freunde, ihr sollt das volle Ausmaß meines Zorns zu spüren bekommen.«

Mitch sah die Raserei in Jorgensons Augen und wusste, dass der Mann fähig wäre, ihn auf der Stelle zu erwürgen. Aber Mitch erkannte auch die Chance, die sich in diesem Moment ergab. Obwohl fest in Jorgensons Griff, ignorierte er den Typen einfach und wandte sich an die anderen Accelerati auf dem Gelände, die sich großteils noch in hamstergekugeltem Zustand befanden.

»So stellt ihr euch also euren Anführer vor?«, rief er. »Ein Typ, der Kinder leiden lassen will?«

Das steigerte Jorgensons Zorn noch. »Halt die Klappe, oder ich …«

»Oder was?«, fragte Mitch laut. »Na los, sagen Sie Ihren Kollegen doch, was Sie mit mir machen wollen. Das interessiert uns alle sehr.«

Mitch war ganz ruhig. Er brabbelte keine Halbsätze. Vielleicht hatte er es nicht mehr nötig, die Sätze anderer Leute zu vervollständigen. Hauptsache, er brachte seine eigenen zu Ende.

Dafür gerieten Jorgensons Gedanken ins Stottern. Er wusste, dass jedes Wort aus seinem Mund die Lage nur verschlimmern würde.

»Hat der Typ jemals irgendwas für euch getan? Oder hat er euch immer nur tyrannisiert?«, fuhr Mitch fort. »Ihr seid Genies, die klügsten Köpfe auf eurem Fachgebiet, genau wie mein Vater … also warum lasst ihr euch von diesem Typen herumkommandieren wie Sklaven? Und wie lange noch, bis ihr einer nach dem anderen geopfert werdet wie mein Dad?«

Jorgenson stieß den Jungen weg. Das war doch Zeitverschwendung! Er warf einen Blick auf seine Armbanduhr, die er mit der Weltuntergangsuhr abgeglichen hatte. Jeden Moment würde der Asteroid in Reichweite geraten. Von diesem Augenblick an musste die Maschine binnen zehn Minuten aktiviert werden.

»Bringt mir eine Leiter!«, befahl er seinen Untergebenen, als die ersten Riesenseifenblasen barsten.

Aber wie es aussah, betrachteten sich diese nicht mehr als Jorgensons Untergebene. Niemand rührte sich.

»Habt ihr was an den Ohren?«, schrie er sie an. »Bringt mir eine Leiter, habe ich gesagt!«

Sie würdigten Jorgenson keiner Antwort.

»Ach, übrigens«, flüsterte Mitch ihm zu. »Ich habe Ihnen die Millionen geklaut. Ich.«

Damit brachte er das Fass zum Überlaufen. Jorgenson zückte seinen Degenerator und zielte damit auf Mitch, im festen Willen und absolut in der Lage, den Jungen in eine blasenwerfende Breipfütze zu verwandeln. Doch ein anderer Acceleratus packte ihn am Arm und drehte diesen schmerzhaft auf seinen Rücken, zwang Jorgenson auf die Knie und riss ihm die Waffe aus den Händen.

In der Zwischenzeit waren fast alle Kraftfeldblasen zerplatzt, und weil niemand mehr auf Z oder Zak feuerte, ließ auch das Mutter-Sohn-Duo die Waffen sinken.

»Wir ziehen uns in die Kommandozentrale zurück. Hier draußen werden wir nur geröstet«, sagte der Mann kühl, und seine Kollegen eilten zum Laboratorium. »Aber Sie, Jorgenson, können ruhig hierbleiben. Ja, das wäre uns allen am liebsten.« Und der Acceleratus, der nun wieder ein treuer Gefolgsmann Z's war, lief mit seiner Chefin, ihrem Sohn und Mitch davon, während Jorgenson allein zurückblieb.

Im Inneren des Rings fiel zuerst Caitlin auf, dass Mitch nicht mehr hinter ihnen lief – und dass sie vom Rest der Welt abgeschnitten waren.

»Nick?«, sagte sie. »Wir haben Mitch verloren …«

Doch etwas anderes fesselte Nicks Aufmerksamkeit: eine reglose Gestalt direkt neben dem Aufzug. Es war Vince. Ohne seine Batterie. Mausetot.

»Oh nein …«, flüsterte Caitlin.

Nick atmete tief ein. »Da dürfen wir jetzt nicht drüber nachdenken. Wir müssen hoch auf den Turm.« Er drückte den Knopf, um den Aufzug zu rufen.

»Aber wir können ihn doch nicht einfach hier liegen lassen.«

»Natürlich nicht«, meinte Nick. »Wir kommen später wieder und … und kümmern uns um ihn. Aber jetzt müssen wir da rauf. Vince würde das verstehen.«

Über ihnen heulte eine Sirene los wie beim Fliegeralarm. »Asteroid in Reichweite!«, ertönte die Durchsage aus der Kommandozentrale. »Asteroid in Reichweite!« Dann begann ein Countdown von zehn Minuten.

46. Die Erschaffung der Realität

Nick verlagerte das Telefon, das ihm langsam wirklich lästig wurde, auf den anderen Arm und beobachtete von unten aus, wie der Käfigaufzug Meter für Meter in die Tiefe rumpelte. »Das dauert zu lange«, sagte er. »Komm mit!«

Er zog Caitlin zu der Leiter, die an der Rückseite des Aufzuggerüsts hinaufführte, atmete tief durch und fing an, mit einer Hand zu klettern, das Telefon mehr schlecht als recht unter den anderen Arm geklemmt.

Einen Großteil des Puzzles hatte Caitlin schon im Geiste zusammengesetzt, aber ein paar zentrale Teile von Nicks Plan gaben ihr immer noch Rätsel auf.

»Woher willst du wissen, dass irgendwer den Mixerdeckel vom Dachboden geklaut hat?«, fragte sie und stieg Nick hinterher. »Wie kannst du dir so sicher sein?«

Worauf Nick entgegnete: »Weil ich den Deckel selbst geklaut haben muss!«

Seine Antwort ließ eine Schwindelwelle über Caitlin hinweggehen, die nichts mit der schwindelerregenden Kletterpartie zu tun hatte.

»Der Deckel könnte aus tausend Gründen verschwunden sein«, erläuterte Nick. »Aber wenn ich zurückreise, kann ich ihn auf einen bestimmten Grund festnageln. Ich kann eine Realität erschaffen, in der ich ihn geklaut habe!«

»Aber man kann keine neue Realität erschaffen!«, rief Caitlin ihm ins Gedächtnis. »Man kann sich nur an etwas beteiligen, das schon passiert ist!«

»Du sagst es«, erwiderte Nick. »Und ich werde dafür sorgen, dass es genau so passiert ist.«

Es war ein Zirkelschluss, der Caitlins Schwindelgefühl anschwellen ließ, als säße sie in einem rasanten Jahrmarktskarussell. Doch trotz ihrer Bedenken musste sie einsehen, dass Nicks Argumentation nicht ganz unlogisch war. Eine zentrale Frage blieb aber immer noch.

»Aber wieso?«, sagte Caitlin. »Wieso solltest du dich selbst dazu zwingen, in die Vergangenheit zu reisen?«

»Um mir eine Nachricht zu schicken«, antwortete Nick. »Wenn ich den Deckel klaue, muss es um etwas Wichtiges gehen. Um etwas, das ich dann weiß, aber jetzt noch nicht weiß.«

Und in Caitlins Gedanken fügte sich endlich auch das letzte Puzzleteil ins Gesamtbild ein. Sie wusste genau, wohin – und in welche Zeit – Nick wollte. Sollte er recht behalten, würde sich tatsächlich alles ändern.

Aber sollte er sich irren …

Edison schob die Batterie an ihren angestammten Platz. Jetzt müsste er nur noch ihre Pole mit den kleinen Stäben am Waschbrett verbinden, und die Vorbereitungen wären abgeschlossen.

Wenn er dann nach Aktivierung der Maschine mit dem Aufzug nach unten fuhr, musste er schlicht darauf hoffen, dass ihm die aufbrandende Elektrizität dank seiner eigenen Batterie nichts anhaben konnte. Vielmehr würde sie ihn zum Herrscher erheben, der die Energie in der geballten Faust hielt wie Zeus seine Blitzkeile!

Doch kurz bevor er den Schaltkreis vollenden konnte, tauchten aus dem Nichts Nick und Caitlin auf. Edison hatte es sich zur Angewohnheit gemacht, alle Eventualitäten zu durchdenken, aber damit hatte er nicht gerechnet.

»Was zur Hölle machst du hier?«, brüllte er den Jungen an. »Ich dachte, Jorgenson hätte dich weggesperrt!«

Über ihm streckten sich die Funken, die der Asteroid inzwischen fast unmittelbar über ihnen versprühte, immer weiter in die Tiefe, wie lange Spinnenbeine schoss die Elektrizität vom himmlischen Kupferklumpen herab, voller Sehnsucht, endlich geerdet zu werden. Noch fünf Minuten, dann musste die Maschine in Betrieb gehen.

»Schnell!«, rief Nick dem Mädchen zu, ohne Edison die geringste Beachtung zu schenken. »Mach den Trockner auf und hol den Globus raus.«

Der Junge wollte die Maschine demontieren? Ausgerechnet jetzt? Hatte er den Verstand verloren?

Nick war bei kristallklarem Verstand, der sich allerdings nur noch auf ein einziges Ziel fixierte. Edison dachte, Nick hätte ihn verraten, Nick würde gegen ihn arbeiten, aber was Edison dachte, tat nichts mehr zur Sache. Nick hatte eine Mission zu erfüllen.

Während er mit dem alten Telefon hantierte, öffnete Caitlin die Tür des »Trockners«.

Edison rollte auf das Mädchen zu. »Nein! Das lasse ich nicht zu!«

Zum zweiten Mal an diesem Tag erhob er sich aus seinem Stuhl, packte Caitlin und zerrte sie weg von der Maschine.

Also spielte Nick seinen größten Trumpf aus. Es war nicht die feine englische Art, aber außergewöhnliche Umstände erforderten außergewöhnliche Maßnahmen.

»Sie haben Teslas Geist gesehen, oder?«, sagte er.

Diese Frage ließ Edison erstarren. »Woher weißt du das?«

»Er will, dass Sie Ihre Fehler korrigieren. Wie werden Sie das anstellen, Mr Edison?«

Für einen Moment verirrte Edison sich auf der Suche nach einer Antwort – und Caitlin nutzte die Gelegenheit dazu, sich aus seinem Griff zu winden. Als Edison nach ihr fasste, täuschte sie links an, wich nach rechts aus und polterte dadurch heftig gegen die Maschine. Die vielen Einzelteile des F.R.E.E. klapperten empört.

Edison grapschte nach Caitlin, konnte sie gerade noch davon abhalten, den Globus an sich zu reißen – und strich dabei mit einer Hand über die kosmischen Strings der Harfe.

Er war wie versteinert.

Verblüfft starrte er auf die Harfe. »W-w-was war das?«

Edison ließ Caitlin los und sackte zurück in seinen Rollstuhl.

Wahrscheinlich hätte er noch etwas hinzugefügt, wäre in diesem Augenblick nicht der Toaster, der durch das Handgemenge ins Kippeln geraten war, von der Maschine gestürzt und zielsicher auf Edisons Schädel gedonnert.

Edison sank bewusstlos zusammen, der Toaster prallte einmal von der Plattform hoch und purzelte dann über den Rand, bevor Nick oder Caitlin ihn wieder einfangen konnten. Sie mussten zusehen, wie er knapp sechzig Meter tief fiel und unten dumpf in die weiche, schlammige Erde einschlug.

Ohne den Toaster war der F.R.E.E. zu nichts zu gebrauchen –

und sie hatten keine Zeit, den weiten Weg zum Erdboden zurückzulegen, um ihn zu holen.

»Ich bringe ihn mit, wenn ich zurück bin«, sagte Nick.

»Schaffst du das?«, fragte Caitlin.

»Verlass dich drauf«, erwiderte Nick.

Ihm fiel es offenbar nicht schwer, die Zusammenhänge zu begreifen, er hatte ja auch reichlich Zeit gehabt, über seinen Trip in die Vergangenheit nachzudenken, aber Caitlin kämpfte noch damit, ihren Verstand auf die vierte Dimension auszudehnen. Trotzdem griff sie sich den Globus, stellte ihn neben das Telefon und blickte aufmerksam auf Nicks Hände, die blitzschnell mehrere Kabel aus beiden Geräten zerrten und vorübergehend miteinander verknüpften.

»Wenn ich weg bin«, meinte Nick, »trennst du sofort die Verbindung und baust den Globus wieder richtig ein.«

Caitlin nickte und hoffte, dass sie sich später noch erinnern würde, welches Kabel wohin gehörte.

Sowie die beiden Geräte zusammengekoppelt waren, stellte Nick die zahlreichen Ringe rund um die Wählscheibe auf die richtige Kombination ein. Dann wählte er und drückte einen Knopf am Globus.

Vor ihnen öffnete sich ein kreisrunder Energiestrudel von entsetzlicher Tiefe, ein unergründliches Gewebe aus Licht und Dunkelheit. Einen halben Meter hinter dem Rand der Plattform sog der Wirbel pfeifend den Wind ein.

»Aber wenn du dich irrst?« Diese Frage musste Caitlin einfach stellen, als sie in den Abgrund blickte. »Wenn du jetzt da reinspringst, aber nie beim Dachboden ankommst? Oder wenn du den Mixerdeckel nicht findest, weil … weil er einfach nicht da ist? Oder wenn dich dieses … Ding … einfach umbringt?«

Nick blickte in den Zeittunnel. Er zögerte.

Caitlin sah, wie tief unter ihnen eine dunkle Gestalt mithilfe eines Enterhakens über den Ring kletterte. Die Gestalt ließ sich auf den Boden fallen und sprintete zum Turm. Wenn Nick in die Vergangenheit reisen wollte, dann jetzt.

»Los«, sagte Caitlin. »Tu, was du tun musst!« Es war zu spät für Zweifel. Jetzt, wo sie vor diesem Portal ins Sonstwo standen, war buchstäblich blindes Vertrauen gefragt – und Caitlin stellte trotz aller Skepsis fest, dass sie immer noch auf Nicks Entscheidungen vertraute. Selbst auf seine total durchgeknallten Entscheidungen.

Nick schenkte ihr sein schönstes Lächeln. Obwohl Caitlin wusste, dass sie dieses Lächeln vielleicht zum letzten Mal sah, zwang sie sich, es mit ihrem schönsten Lächeln zu erwidern.

»Bis bald«, sagte Nick und sprang von der Plattform in die unveränderliche Vergangenheit.

47. Hawkings Hausflur

Von Gödel über Feynman bis Hawking haben die meisten Vertreter der theoretischen Physik eingeräumt, dass Zeitreisen unter ganz bestimmten Umständen rein theoretisch möglich sein müssten. Sogar Einstein, den die bloße Behauptung, Materie könne sich durch die Zeit bewegen, in Rage versetzen konnte, hatte 1935 ein Einsehen und ersann mit Nathan Rosen die sogenannte Einstein-Rosen-Brücke, die man heute eher unter einem anderen Namen kennt: Wurmloch.

Laut Stephen Hawking, der es besser als jeder andere versteht, die Astrophysik auch für Nichtgenies begreiflich zu machen, spielt bei Zeitreisen eine Menge kompliziertes Zeug eine Rolle, etwa virtuelle Teilchen und Antiteilchen und der sattelförmige Raum … was aber nicht bedeutet, dass man sich auf den Raum schwingen könnte wie auf ein kosmisches Ross, um mit Überlichtgeschwindigkeit durch die Zeit zu galoppieren. Der Raum muss gekrümmt sein wie ein Sattel, sonst sind Zeitreisen von vornherein ausgeschlossen.

Die Raumzeit macht sich nicht für jeden dahergelaufenen Typen krumm, aber für Nikola Tesla schon.

Streng genommen bestand Nick nach seinem Sprung in den Zeittunnel nicht mehr aus Materie. Er hatte sich in einen Sack beseelter Antiteilchen verwandelt, die erstens erwiesenermaßen existieren und zweitens nachweislich in der Lage sind, sich rückwärts durch die Zeit zu bewegen.

Es war keine schmerzhafte, aber extrem desorientierende Erfahrung – in dieser Hinsicht war es noch schlimmer, als zuerst in sieben Teile aufgespalten und später wiedervereinigt zu werden. Nick mutierte zu einer formlosen Bewusstseinsmasse, die sich schneller durch den 4D-Raum bewegte, als es eigentlich möglich sein sollte.

Nach einem Wurmloch sah dieser 4D-Raum nicht aus. Mehr nach einem Hausflur. Auf allen Seiten spürte Nick Türen zu Orten, die entweder nicht existierten oder nicht existieren konnten oder sich strikt weigerten zu existieren. Die Türen nahmen kein Ende, aber Nick rauschte zu schnell daran vorbei, er konnte keine einzige öffnen. Und auch wenn sie an ihm zerrten, sich in seiner Neugier verhaken wollten, wusste er doch, dass sich sein Ziel nicht hinter den Türen zu seiner Rechten oder Linken verbarg. Es lag hinter der Tür unmittelbar voraus, die sich jetzt vor ihm auftat.

Unerklärlicherweise bildete er sich ein, eine Hand im Kreuz zu spüren, die ihn energisch nach vorne schob, als wollte ihn der

Raumzeitflur schnellstens wieder rauswerfen. Nicht gerade höflich, aber vermutlich immer noch angenehmer als ein kosmischer Tritt in den Hintern. »*Und komm bloß nicht wieder her!*«, glaubte Nick fast, die Raumzeit rufen zu hören, ehe sich das Portal hinter ihm schloss und er sich lang hingestreckt auf einer Wiese unter einem Gewittersturm wiederfand, vom Antiteilchenwesen wieder zum Menschen aus Fleisch und Blut transformiert.

Als er die Blitze am Himmel sah, dachte Nick einen Moment lang, der Zeittunnel hätte versagt, er wäre immer noch in Wardenclyffe – aber nein. Neuerdings ächzte die Nachtluft unter einer drückenden Luftfeuchtigkeit, an die Nick sich noch gut erinnern konnte. Das war typisch Florida.

Hatte es in der verhängnisvollen Nacht gewittert? Nick wusste es nicht mehr.

Aber der Sturm ging bereits vorüber. Das Gras war feucht, der Regen schon weitergezogen. Nick fragte sich, ob seine Zeitreise das Gewitter erst heraufbeschworen hatte.

Wo war er? Auf irgendeiner Wiese in einem Stadtviertel, das ihm nicht bekannt vorkam. Es war nicht leicht, den Globus auf ein exaktes Ziel einzustellen. Nick befand sich irgendwo in Tampa oder dessen Umgebung, mehr wusste er nicht. Dafür konnte man die Ringe des Telefons umso genauer justieren: Er war dreißig Minuten vor der Katastrophe eingetroffen, die sein Leben in Stücke reißen sollte. In einer halben Stunde brach das Feuer aus.

Nick rannte zur nächsten größeren Straße: ein Supermarkt, ein Reifenladen, ein Burgertempel, um zwei Uhr nachts allesamt geschlossen. Und auf dem Straßenschild stand: W. HILLSBOROUGH AVE. Bis zu seinem früheren Zuhause hatte er mehrere Kilometer zurückzulegen! Nick war einigermaßen in der Nähe gelandet und doch zu weit entfernt. Er rannte weiter, aber da konnte er rennen, wie er wollte, am Ende würde er zu spät kommen. Wenn er doch nur mit dem Auto hinfahren könnte – aber er hatte weder Wagen noch Führerschein. Er hätte den Bus nehmen können – wären um diese Uhrzeit noch Busse gefahren. Kurz dachte Nick darüber nach, eines der wenigen Autos anzuhalten, die auf der Straße unterwegs waren, aber mitten in der Nacht und in diesem Teil der Stadt … keine so schlaue Idee.

Irgendein verlässliches, halbwegs schnelles Fortbewegungsmittel musste her. Nick bog in eine Seitenstraße mit Wohnhäusern ein und schaute sich um, bis er in einem Vorgarten ein Fahrrad liegen sah. Besser als nichts!

Mit dem Mut der Verzweiflung trat Nick in die Pedale, und zwanzig Minuten später, fast auf die Minute genau, als das Feuer ausbrechen müsste, bog er in seine alte Straße ein – und entdeckte fünf Nummern weiter das Haus, das in seiner Zeit nicht mehr stand und in dem eine Familie in friedlichem Schlaf lag, ohne die geringste Ahnung von dem Inferno, das in ein paar Sekunden losbrechen würde.

Nick ließ das Fahrrad in den Vorgarten fallen und hetzte zur hinteren Tür, wo seine Eltern unter einem Stein den Ersatzschlüssel aufbewahrten. Schon jetzt witterte er den Rauch. Irgendwo im Haus brannte es bereits, aber hinter den Fenstern waren noch keine Flammen zu erkennen.

Er konnte seine Familie nicht warnen, sie durften ihn nicht mal sehen. Sie mussten von selbst aufwachen, und so schwer es ihm auch fiel, er durfte nicht eingreifen. Noch nicht. Nick musste in den Schatten abwarten.

Leise drehte Nick den Schlüssel im Schloss, schob die Tür auf und betrat die vertraute Küche. Mitten im Raum, nicht minder überrascht als er, stand Evangeline Planck.

Evangeline Planck war zwei Tage vor Nick aufgebrochen, aber erst ein paar Minuten vor ihm beim Haus eingetroffen.

Das Wurmloch durch Raum und Zeit hatte sie weniger zuvorkommend behandelt als Nick, es hatte einen Riesenspaß daran gehabt, sie an den Haaren zu ziehen und ihr eins über den Schädel zu geben. Auch Plancks nächtliche Wanderung durch die Stadt war kein Spaziergang gewesen, auch wenn sie zeitweise durch einen sehr hübschen Park spaziert war. Während sie ihrem eigenen Willkommensgewitter noch hatte entgehen können, war sie kurz darauf in einen anderen Gewitterschauer geraten, den sie aber für ein natürliches Phänomen gehalten hatte, schließlich hatte Floridas Wetter da einen gewissen Ruf. Unterwegs hatte sie sich die Zeit mit Gedanken an ihr früheres Ich vertrieben, das als Undercover-Essensausteilerin in Colorado Springs tätig war und noch vor der ersten Begegnung mit Nick Slate stand. Ach, hätte ihr damaliges Ich doch ihr jetziges Ich sehen können!

Die Haustür der Slates hatte ihr keine Schwierigkeiten bereitet. Auf den Accelerati-Universalschlüssel, eine der beliebtesten Schöpfungen des Geheimbundes, war Verlass.

Planck war in die Küche geschlendert, die sich weiter hinten im Haus befand, ohne die geringsten Bedenken, womöglich die Hausbewohner aufzuwecken. Sie wusste, dass ihre tödliche Mission gelingen würde – einer von vielen Vorteilen, wenn man die Zukunft kannte.

In der Küche hatte sie ein Accelerati-Machtlicht aus der Tasche gezogen. Äußerlich sah es aus wie ein gewöhnliches Nachtlicht (mit *N*), doch einmal eingestöpselt, schickte es einen Stromstoß durch die Leitungen, der einen Kabelbrand in den Wänden auslöste. Planck hatte sich gebückt und das Gerät in die Steckdose geschoben.

Die Wirkung setzte deutlich schneller ein als erwartet. Sekunden später roch Planck den Gestank kokelnder Isolierstoffe, aus

Ritzen zwischen Wand und Bodendielen sickerte Rauch. Spätestens als die ersten Flammen aus einem Lüftungsgitter züngelten, war es Zeit, den Rückzug anzutreten.

Praktischerweise befand sich die hintere Haustür gleich hier in der Küche – doch diese Tür öffnete sich auf einmal von selbst und gab den Blick auf Nick Slate frei, der Planck ungläubig anstarrte.

Im ersten Moment dachte Planck, sie hätte es mit dem Nick Slate der Vergangenheit zu tun, der sich vielleicht nach einem unerlaubten nächtlichen Ausflug ins Haus schlich. Aber dann erinnerte sie sich an den zweiten abrupten Gewitterregen. Auch dieser war also nicht auf natürlichem Wege entstanden, sondern als Begleiterscheinung der Ankunft eines weiteren Zeitreisenden.

»Das Feuer war kein Unfall!«, rief Nick. »Das waren von Anfang an *Sie*!«

»Auf diese Diskussion werde ich mich gar nicht erst einlassen.« Planck zückte ihren Degenerator. Wieso sollte sie den Jungen nicht hier und jetzt loswerden? Dann müsste sie sich nie wieder mit Nick Slate abgeben …

Doch bevor Planck abdrücken konnte, explodierte über ihrem Kopf ein Luftschacht, und auf einen Schlag loderte die ganze Küche. Das Machtlicht hatte seinen Dienst rasch und effizient getan: Das Feuer war nicht nur an einer Stelle ausgebrochen, nein, alle Zimmer waren zeitgleich in Flammen aufgegangen. Von oben drangen Rufe herab.

Planck wusste, dass Nick Slate irgendwo zwischen ihr und dem Ausgang sein musste, sehen konnte sie ihn vor lauter Flammen und dunkel wabernden Rauchwolken aber nicht mehr. Na, dann würde sie sich eben später um den Jungen kümmern.

Sie legte einen Sprint zum Ausgang hin, stieß dabei seitlich gegen den Küchentisch und verlor das Gleichgewicht. Als sie stürzte, fiel der Accelerati-Anstecker von ihrem Revers ab. Hier unten, dicht am Boden, wo weniger Rauch hing, war die Tür ins Freie noch auszumachen. Planck krabbelte darauf zu – aber irgendwer hielt sie fest. Das heißt, nicht irgendwer. Irgendwas.

Mit einem Blick über die Schulter sah Planck, dass sich ihr rechtes Hosenbein an einem Türstopper verhakt hatte, der hinter der Küchentür aus der Sockelleiste ragte. Sie zerrte an ihrer Hose, doch zu den größten Vorzügen der Spinnenseide gehörte ihre immense Strapazierfähigkeit. Der Stoff wollte nicht kaputtgehen. Schon hörte Planck, wie sich die Familie im oberen Stockwerk Anweisungen zurief, kurz bevor sie sich doch noch vom Türstopper losreißen konnte – im selben Augenblick, wie über ihr die Decke einstürzte.

Nick konnte sich im Moment genauso wenig um Ms Planck kümmern wie sie sich um ihn. Beide waren hierhergekommen, weil sie etwas zu erledigen hatten. Nick wusste jetzt zwar, dass Ms Planck das Feuer gelegt hatte, aber dadurch änderte sich nichts. Nur der Blickwinkel, aus dem er diese Nacht sah.

Das Feuer war in Gang. Sein Zuhause würde abbrennen. Das stand fest.

Doch in dieser Nacht war noch jemand anders hinter seiner Mom aufgetaucht.

In der Küche breiteten sich rasend schnell Flammen und Rauch aus. Nick hechtete sich durch die Tür ins Wohnzimmer und ließ sich auf den Boden fallen, wo die Luft noch etwas besser war. Keuchend versuchte er, seine Atmung zu kontrollieren, bedrängt vom Feuer und von dem Gefühl, das alles schon einmal erlebt zu haben, das eine so bedrohlich wie das andere. Er hörte, wie seine Mom etwas schrie. Er hörte, wie sein Dad verzweifelt nach Nick und Danny rief. Dann, wie sie alle die Treppe hinunterratterten, vorneweg sein Dad, der sicherstellen wollte, dass ihnen keine brennenden Trümmer den Weg versperrten. Die Nachhut bildete Nicks Mom.

»Weiter, Nicky!«, sagte sie. »Nicht stehen bleiben!«

Das waren die letzten Worte, die Nick aus ihrem Mund gehört hatte. Er stemmte sich hoch. Jetzt konnte er sie alle sehen. Er sah seine Mom! Nicks Augen schmerzten, jeder Atemzug schmerzte, aber er sah seine Mom, nur wenige Meter entfernt. Und er sah, wie sich sein früheres Ich kurz zu ihr umdrehte, als wollte es sich vergewissern, dass seine Mom sich gleich hinter ihm durch die Rauchschwaden kämpfte.

Nick erinnerte sich an diesen Moment. Automatisch zog er sich tiefer in Schatten und Qualm zurück, um nicht entdeckt zu werden. Dabei wusste er doch, dass sein früheres Ich ihn entdeckt hatte, aus dem Augenwinkel. Aber sein früheres Ich hatte nichts damit anzufangen gewusst.

Eine Explosion sprengte die Haustür aus den Angeln. Nick beobachtete, wie sein früheres Ich durch die Lücke ins Freie sprang, im felsenfesten Glauben, seine Mom wäre gleich hinter ihm.

Und aus seinem neuen Blickwinkel sah Nick, wie direkt vor der Türöffnung ein hell lodernder Deckenbalken hinabrauschte. Die Zeit schien sich zu verlangsamen.

Nick warf sich nach vorne und packte seine Mom am Arm. Sie schrie auf, als er sie nach hinten riss und der flammenzerfressene Balken knapp vor ihr niederkrachte.

Seine Mom drehte sich um und sah ihn an. Verwirrung mischte sich in ihren panischen Blick.

»Nick? Aber wie … wie …«

»Hier entlang.« Sanft zerrte Nick seine Mom aus der Flammenhölle des Hausflurs. »Vorne kommen wir nicht mehr raus. Wir müssen hinten raus.«

Da wandte seine Mom sich noch einmal zur Haustür, Nick folgte ihrem Blick – und sah gerade noch, wie Wayne Slate zum Haus stürmte, um seine Frau zu retten, und wie ihm das einbrechende Verandadach den Weg abschnitt, während im Wohnzimmer die Fenster barsten.

Nicks Mom zog ihren Sohn an sich und schirmte ihn mit dem Körper von den gröbsten Splittern ab. Er spürte, wie seine Schuhsohlen schmolzen.

»Nach hinten!«, rief Nick. »Schnell!« Diesmal überließ er seiner Mom nicht die Nachhut. Er achtete darauf, dass sie vorneweg lief.

Die Küche stand vollständig in Flammen: der Tisch, die Wände, die Schränke. Wie Nick feststellte, war sogar ein Teil der Decke eingestürzt – und eingeklemmt unter den zersplitterten Balken lag Ms Planck.

»Nick! Hilf mir!«, flehte sie ihn an. »Bitte hilf mir!«

Nick versuchte es. Trotz allem versuchte er es.

Er nickte seiner Mom zu und zeigte zum Ausgang. »Lauf!«

Dann hastete Nick zu Ms Planck, griff sie am Arm, zerrte an ihr. Er konnte nichts ausrichten, die Flammen umtosten ihn immer heftiger, immer lauter, und ihm war so heiß, als würde sein Körper in ein paar Sekunden Feuer fangen. Aber konnte er sie einfach hier sterben lassen?

Am Ende nahm seine Mom ihm die Entscheidung ab. Sie packte Nick am Arm und riss ihn ins Freie.

Kaum durch die Tür, blickte Nick noch einmal zurück zum Haus. Dies sollte sein letzter Eindruck von Evangeline Planck sein, der Essensausteilerin und Großen Accelerata. In diesem Moment ging Nick ein Licht auf.

In der verkohlten Ruine war eine Leiche gefunden worden, und man würde wieder eine Leiche finden – aber es war immer die Leiche von Ms Planck gewesen, nicht die von Nicks Mom. Jeder, der

Gerichtsmediziner eingeschlossen, würde davon ausgehen, dass es sich um Mrs Slate handelte.

Dank seines neuen Blickwinkels auf die Ereignisse wusste Nick es besser.

Draußen im hinteren Garten husteten und röchelten er und seine Mom, füllten ihre Atemwege mit frischer Luft und keuchten die schlechte heraus. Nicks Mom wollte am Haus entlang zum vorderen Garten eilen, aber durch den Brand war dieser Weg unpassierbar geworden.

»Wir müssen zu deinem Dad und zu Danny«, japste sie. »Die denken, wir wären noch im Haus!«

Nick, der wusste, dass sich seine Mom durch kein Argument der Welt von diesem Vorhaben würde abbringen lassen, führte sie zu einer lichten Stelle in der Hecke. »Hier kommen wir raus. Da quetsche ich mich immer durch, wenn ich mich heimlich aus dem Haus schleiche.«

»Aber Nicky!«, rief seine Mom leicht vorwurfsvoll und ein klein wenig überrascht, schimpfte ihn aber nicht weiter. Sie schoben sich durch die Hecke in den nächsten Garten und liefen am Nachbarhaus nach vorne. Zu diesem Zeitpunkt waren schon alle Nachbarn zum Gaffen auf die Straße getreten und das Jaulen der Löschfahrzeuge kam immer näher. Im Vorgarten ihres Hauses kauerte Wayne Slate und brüllte den Himmel an, als wäre es das Ende der Welt. Für ihn war in diesem Augenblick die Welt untergegangen.

Ein Stück hinter Wayne stand Nick selbst, im Schlafanzug, noch ein halbes Jahr jünger, und wiegte seinen kleinen Bruder in den Armen. Eine Nachbarin legte ihnen wärmende Decken um die Schultern und führte die beiden Jungen beiseite, als die Feuerwehr eintraf – viel zu spät, um noch irgendetwas von Bedeutung zu retten.

Als Nicks Mom zu den anderen laufen wollte, hielt Nick sie auf. Sie sah erst den anderen Nick an, dann den Nick an ihrer Seite, und schüttelte den Kopf, als hätte es ihr die Sprache verschlagen.

Nick blieb nur eine Möglichkeit: ihr die Wahrheit zu sagen.

»Ich bin aus der Zukunft zurückgekehrt, um dich zu retten. Aber davon dürfen Dad und Danny und mein jüngeres Ich nichts wissen. Sie müssen denken, du wärst im Feuer umgekommen. Fürs Erste.«

»Das kann ich nicht machen!«, rief seine Mom, bewegte sich aber nicht von der Stelle.

Sie war noch Lichtjahre entfernt davon, die Situation zu begreifen. Aber war das so schlimm? Mit jedem Moment, in dem seine Mom nicht losstürmte und vor den anderen auftauchte, bewegten sie sich in die Richtung der Vergangenheit, die Nick bereits erlebt hatte.

»Schau mich an, Mom«, sagte er. »Schau mich ganz genau an. Für mich ist diese Nacht fast ein halbes Jahr her. Und bis jetzt hatte ich keine Ahnung, dass du noch am Leben bist.«

Statt Nick weinte nun seine Mom, und obwohl er am liebsten ebenfalls in Tränen ausgebrochen wäre, hielt er seine Gefühle im Zaum. Heute musste er der Stärkere sein.

»Für mich ist das alles schon Vergangenheit, Mom, und die Vergangenheit können wir nicht ändern, egal was wir machen«, erklärte Nick es ihr so ruhig wie möglich. »Danny und Dad werden irgendwie klarkommen. Und du wirst sie wiedersehen, das verspreche ich dir. Aber nicht jetzt.«

Nicks Mom war noch nicht so weit, sie konnte ihm nicht glauben. Sie konnte den Blick nicht von seinem Vater und seinem Bruder und seinem jüngeren Ich abwenden.

»Ich weiß, du willst sofort zu ihnen«, meinte Nick. »Ich werde dich nicht davon abhalten. Aber weißt du was? Ich muss dich gar nicht davon abhalten. Du wirst es nie nach da drüben schaffen. Irgendwas wird dich aufhalten …«

Wie auf Kommando donnerte der Schornstein des brennenden Hauses auf den Boden und trennte den einen Garten vom anderen ab. Nick erinnerte sich, wie der Schornstein eingestürzt war, aber natürlich hatte er damals nicht gewusst, dass seine Mom und er selbst in dessen Schatten standen. Für ihn wurde die Vergangenheit zu einem altbekannten Film, den er aus einer neuen Kameraeinstellung sah, was aber nichts an der eigentlichen Handlung änderte.

»Siehst du?«, sagte Nick. »Wahrscheinlich wäre es keine gute Idee, es immer und immer wieder zu versuchen. Ich habe das Gefühl, das Raum-Zeit-Kontinuum ist ein bisschen zickig. Wir sollten uns nicht mit ihm anlegen.«

Zu zweit verfolgten sie noch eine Minute das Geschehen. Löschfahrzeuge trafen ein und tränkten das Haus sinnloserweise mit Wasser. Danny und der andere Nick wurden von Sanitätern versorgt.

»Sechs Monate?«, fragte seine Mom.

»Eher fünf«, erwiderte Nick.

»Und sie kommen wirklich klar?«

»Vertrau mir einfach.«

Nicks Mom legte ihm eine Hand auf die Schulter und strich ihm mit der anderen durchs Haar. »Ich vertraue dir«, sagte sie stolz. »Wir machen's genau so, wie du es dir vorstellst.«

Er nickte. »In ungefähr einer Minute kommt das ganze Dach runter. Dann sollten wir nicht mehr hier rumstehen.«

»Nein«, pflichtete ihm seine Mom bei. »Das wäre nicht so klug.« Dann sah sie ihren Sohn an und inmitten des ganzen Irrsinns ließ sie ein kleines Lächeln aufblitzen. »Und wo sollen wir hin?«

»Schätze, wir treiben uns einfach ein bisschen herum«, antwortete Nick. »Aber erst mal müssen wir nach Colorado Springs. Ich muss da schnell was holen.«

48. Stadt des Lichts

Los«, sagte Caitlin, als sie und Nick an der Spitze des Turms vor dem Wurmloch standen. »Tu, was du tun musst!«

»Bis bald«, sagte Nick und sprang von der Plattform in die unveränderliche Vergangenheit.

Sobald es Nick verschluckt hatte, schloss sich das Wurmloch wieder – und sofort trennte Caitlin den Globus vom Telefon und machte sich daran, die Kabel des Globus wieder so zusammenzuklemmen, wie es vor Nicks Vernetzungsaktion der Fall gewesen war. Hoffentlich, hoffentlich hatte sie die Verknüpfungen noch richtig in Erinnerung. Nach getaner Arbeit ließ Caitlin die beiden Globushälften zuschnappen und schob das Ding in die Trommel des Wäschetrockners. Hinter ihr kam Edison langsam zu sich, unverständliches Zeug über sein Schicksal und seine Glühbirne brabbelnd und über seine heimliche Liebe zu Mrs Higgenbotham.

Am Fuß des Turms hob die Gestalt den Toaster vom Boden auf und begann, die Leiter hinaufzuklettern. Vermutlich war es irgendein Acceleratus, spekulierte Caitlin, vielleicht sogar Jorgenson höchstpersönlich. Erst als die Gestalt sich der Spitze näherte, erkannte Caitlin ihn, und nach einem winzigen Moment der Verwirrung hatte sie verstanden.

»Hey«, sagte Nick und stieg auf die Plattform, ein bisschen aus der Puste. »Lange nicht gesehen.«

»Kann ich nicht behaupten«, entgegnete Caitlin. »Ich hab dich erst vor 'ner Minute gesehen.« Nur dass Nicks Haare vor einer Minute noch ungefähr fünf Zentimeter kürzer gewesen waren. »Du musst mal zum Friseur.«

»Gleich morgen früh«, versicherte Nick ihr. Er stellte den Toaster an seinen Platz, griff in die Jackentasche und holte einen Gegenstand heraus, der sehr nach einem Mixerdeckel aussah.

»Du hast ihn gefunden!«, rief Caitlin.

»Aber sicher doch.« Mit einem breiten Grinsen setzte Nick den Deckel auf den Kupfermixer. Er passte wie angegossen. »Das ist die Zeitschaltuhr der Maschine«, verkündete er. »Wenn wir den F.R.E.E. aktiviert haben, verschafft sie uns genügend Zeit, hier zu verschwinden.«

In ihrem Rücken ertönte eine Stimme. »Schön langsam umdrehen. Keine plötzlichen Bewegungen.«

Caitlin und Nick gehorchten. Edison, der wieder bei vollem Bewusstsein war, zielte mit einer kleinen Pistole auf Nicks Brust und seine Hand zitterte kein bisschen.

»Eile ist geboten«, stellte Edison fest. »Das Zeitfenster schließt sich bereits. Ihr solltet jetzt ganz genau tun, was ich euch sage.«

Tief unter ihnen überwand eine weitere Gestalt, die einen lädierten pinkfarbenen Anzug trug, den höchsten Punkt des Titanrings.

Von seinen Accelerati-Mitstreitern zurückgelassen zu werden, hatte Jorgenson nicht weiter gestört. Sollten sie sich doch in der Kommandozentrale »in Sicherheit« bringen, diese Feiglinge und Verräter!

Statt sich unnötig zu ärgern, hatte Jorgenson den riesigen Titanring auf der Suche nach einem Schlupfloch in Bodennähe umrundet, wo der Ring vielleicht auf einem Felsen aufgesetzt oder eine Erdspalte überbrückt hatte, sodass er sich darunter hindurchschlängeln könnte.

Bei der zweiten Runde um den Ring hörte Jorgenson ein metallisches Scheppern. Er hetzte los und entdeckte auf der gegenüberliegenden Seite ein Knotenseil, das von einem oben verankerten Enterhaken baumelte. Da war gerade irgendwer über den Ring geklettert!

Jorgenson krallte sich ans Seil und erklomm die spiegelglatte Titanwand, ließ sich auf der anderen Seite fallen und schlug derart hart auf dem Boden auf, dass ihm erst einmal die Luft wegblieb. Dann stand er auf und eilte leicht hinkend zum Turm.

Vor Jorgenson öffnete sich die Lifttür, als hätte sie nur auf ihn gewartet. Endlich kam ihm das Schicksal mal entgegen! Er rannte in den Käfig, zog die Tür hinter sich zu und drückte auf den Knopf, um den Aufzug zu starten.

Mit einem Rattern begann die langsame Fahrt nach oben.

Thomas Alva Edison hatte Aufstieg und Untergang ganzer Imperien erlebt. Er hatte mehr Kriege miterlebt, als er an beiden Händen abzählen konnte, und er war zum Zeugen des Industriezeitalters geworden, des Erfinderzeitalters, des Informationszeitalters und des Zeitalters der auf dem Sofa fläzenden und sich über die viel zu langsame Internetverbindung beschwerenden Menschheit.

Aber er wollte nicht nur zum Zeugen der ersten weltweiten, drahtlosen Energieübertragung werden. Er hatte sich zum Ziel gesetzt, darüber zu herrschen, die Urquelle der Energie in Besitz zu nehmen. Durch ihn sollte der unendliche Elektronenstrom fließen, der die Zukunft der Menschheit hell erstrahlen ließ.

Diese Gedanken stammten noch aus einer Zeit, bevor Edisons Finger die kosmischen Strings der Harfe berührt hatten. Deren

Schwingungen waren Musik in seiner Seele gewesen – und zwar nicht irgendeine Musik. Vereinfacht ausgedrückt: Es war der Schlussakkord. Als hätte Edisons Leben fast einhundert Jahre lang unter großen Mühen den vorletzten Ton einer mächtigen Symphonie aufrechterhalten, um nun endlich die finale Note erklingen zu lassen, einen letzten Donnerhall der Blechbläser, ein letztes feuriges Aufbäumen der Streicher. Oh ja, die Harfe hatte zu ihm gesprochen, und ihre Botschaft lautete: *Du bist fertig.*

Es hatte keinen Sinn, die Kunde der Harfe in Zweifel zu ziehen. Absolute Gewissheit löschte die Glut von Edisons bösen Absichten wie ein Schwall Wasser eine Kerzenflamme, und erst in diesem Moment begriff er, wie schwer diese fehlgeleiteten Absichten auf ihm gelastet hatten. Wie leicht er sich auf einmal fühlte! Wie frei!

In Anbetracht dessen war Edison klar, was er zu tun hatte.

»Du entfernst jetzt die Batterie aus Teslas Maschine«, befahl er Caitlin Westfield.

»Was!?«

»Du hast richtig gehört. Raus damit! Sofort!«

Das Mädchen tat wie geheißen, es lud sich die Batterie auf die Arme. Edison wandte sich an Nick Slate und ließ die Waffe sinken. Er brauchte sie nicht mehr. »Du, Master Slate, darfst mich von meiner Batterie abkoppeln – sowohl von den sichtbaren Kabeln als auch von jenen, die zur Sicherheit unter der Sitzfläche verlaufen. Danach wird es deine Aufgabe sein, meine Batterie an Teslas Maschine anzuschließen. Auf diese Weise werde ich meine Fehler korrigieren.«

Entgeistert blickte Nick Slate ihn an, während über ihm der funkensprühende Asteroid schon fast außer Reichweite geriet.

»Hörst du schlecht?«, fragte Edison. »In zwei Minuten schließt sich das Zeitfenster endgültig. Willst du die Elektrifizierung der Erdoberfläche zu verantworten haben? Also mach schon!«

»Ja, Sir.«

Nick ging in die Hocke und trennte zuerst die Kabel unter dem Rollstuhl ab. Jetzt wurde Edison nur noch von den Kabeln, die von der Unterseite seines Kragens zur großen Batterie auf der Ladefläche verliefen, ans Leben gefesselt.

Edison sah Caitlin an und bedachte sie mit einem Lächeln. In früheren Zeiten hatte er ein herzliches Lächeln gehabt, das sich aber schon vor vielen Jahren zum gemeinen Grinsen verzerrt hatte. Es war tröstlich zu wissen, dass all dies in ein, zwei Sekunden zurechtgerückt sein sollte. »Die andere Batterie bringt ihr eurem verschiedenen Freund zurück«, sagte Edison. »Reanimiert ihn damit – aber warnt ihn, die übliche Lebensspanne nicht zu überschreiten. Ein so langes Leben … es tut einem nicht gut.«

»Ja, Mr Edison«, antwortete Caitlin. »Es … es war mir eine Ehre, Sie kennenzulernen.«

»Das will ich meinen. Aber jetzt muss ich die Zeit, die ich mir unrechtmäßig geborgt habe, der Bank zurückzahlen. Ich wäre so weit, Master Slate.«

Edison holte noch einmal tief Luft, sog genüsslich den Ozongeruch der atmosphärischen Elektrizität ein und richtete seinen Blick fest auf den Asteroiden am Himmel – während Nick die Batterie abkoppelte.

Seinen unrechtmäßigen Zeitkredit musste Edison mit erheblichen Zinsen zurückzahlen. Mit dem letzten Lebenshauch kippte sein Kopf schlaff zur Seite, seine Schultern sackten herab, sein abgenutzter Leib nahm das Erscheinungsbild einer jahrtausendealten Mumie an. Und trotzdem war die Leiche kein schlimmer Anblick. Edison sah aus, als wäre er zur Ruhe gekommen. Er wirkte zufrieden. Und er würde für alle Zeit bleiben, wo er immer sein wollte: im Zentrum der Energie.

»Stell die Zeitschaltuhr ein, Caitlin«, sagte Nick. »Eine Vierteldrehung gegen den Uhrzeigersinn. Das verschafft uns eine Minute. Mehr können wir nicht riskieren, wenn uns der Asteroid nicht entwischen soll.«

Caitlin befolgte seine Anweisung, die Uhr begann zu ticken. Als Nick die Kabel der großen Batterie an die Stäbe des Waschbretts anschloss, staunte er darüber, wie sich durch das Verschieben einiger weniger Objekte mitten im F.R.E.E. ein passgenauer Platz für Edisons Batterie auftat.

»Okay«, sagte er. »Gehen wir!«

So schnell sie konnten, kletterten Nick und Caitlin die Leiter hinunter – und kamen dabei an Jorgenson vorbei, der langsam im Käfigaufzug nach oben tuckerte.

»Ganz schlechte Idee, Dr. Jorgenson!«, rief Nick ihm zu, als sie für einen Moment auf gleicher Höhe waren.

»Was habt ihr mit Edison gemacht?« Jorgenson rüttelte an den Gitterstäben, konnte dem aufsteigenden Käfig aber nicht entkommen. »Ihr bringt die Batterie jetzt sofort wieder zurück!«

Unter Wutgeheul und leeren Drohungen entschwand Jorgenson gemächlich in der Höhe. Er zückte eine Waffe und drückte ab, doch Nick und Caitlin waren die Leiter bereits so weit hinuntergeklettert, dass er aufgrund des schlechten Schusswinkels nur noch den Turm selbst und den Erdboden traf. Jorgensons kehlkopfsprengender Frustschrei hätte den größten Oberbösewichten der Geschichte zur Ehre gereicht.

In der Kommandozentrale hatte jedermann verfolgt, wie Nick und Caitlin den Turm erklommen hatten. Etwas später hatte jedermann beobachtet, wie Nick mit einem Enterhaken durch das Tor geflitzt und über den Ring geklettert war, während er zugleich noch auf der Turmspitze zu sehen gewesen war.

Unter gewöhnlichen Umständen hätte jedermann an seiner geistigen Gesundheit gezweifelt, doch die Umstände hatten längst alles Gewohnte hinter sich gelassen. Man verzog keine Miene. Wieso auch, wo bis vor Kurzem doch noch sieben Nicks herumgelaufen waren. Zwei waren kaum der Rede wert.

Dennoch griff im Kontrollraum allmählich Panik um sich – der Asteroid würde gleich außer Reichweite geraten und der F.R.E.E. war immer noch nicht aktiviert! Im Gegenteil, der F.R.E.E. fiel sogar auseinander, wie ihnen durch den plötzlich gen Erdboden rauschenden Toaster erschreckend vor Augen geführt wurde.

Alle Blicke und alle Hoffnungen ruhten auf dem zweiten Nick, der in diesem Moment zur Plattform hinaufkletterte, den Toaster unter den Arm geklemmt wie einen Football.

»Hoffentlich weiß das Kerlchen, was es tut«, grummelte ein Acceleratus.

»Das Kerlchen«, sagte Z, »weiß ganz genau, was es tut.«

Als Nick und Caitlin dann gemeinsam die ersten Sprossen der Leiter hinunterkletterten, schnellte Mitch hoch.

»Nicht!«, rief Z. »Wenn du da rausgehst, wirst du …«

Und Mitch platzte heraus: »*… zu einem menschlichen Flugdrachen.*« Mitch hatte keine Ahnung, was dieser Halbsatz besagen sollte – aber egal. Bald würde er es wissen.

Fünfzehn Sekunden vor Ablauf des endgültigen Countdowns erreichten Nick und Caitlin den Fuß des Turms und sahen neben dem Aufzug Vince liegen, auf dem Boden zurückgelassen.

»Gib mir die Batterie!«, rief Nick.

»Die kann Vince schon selber tragen.« Caitlin legte Vince die Batterie in die Hände und stöpselte die Kabel in die Klebeelektroden hinter seinen Ohren.

Es gab keine Verzögerung. Vince öffnete die Augen und sah sich hellwach um. »Hab ich was verpasst?«

Caitlin lächelte. »Erzähl ich dir später.«

Schnell ließen sie den Turm hinter sich und standen kurz darauf vor der drei Meter hohen, gewölbten Wand des Titanrings.

»Upps«, sagte Vince. »Vor meinem Tod war das Ding aber noch nicht da.«

»Bleibt unten«, meinte Nick – und gleichzeitig aktivierte sich die Maschine.

Zunächst war nur ein tiefes Summen zu hören. Dann ein rhythmisches Rattern, in Kombination mit Kettengerassel und einer alles durchdringenden Schwingung, die die Knochen im Körper schmerzen ließ. Der ganze Turm schien mitzuschwingen, der Erdboden, sogar die Luft. Und als im nächsten Augenblick der Himmel explodierte, wussten sie ohne jeden Zweifel, dass der Asteroid begonnen hatte, seine Ladung an die Maschine abzugeben.

Nick ahnte, was auf ihn zukam, und war deshalb der Erste, der das flaue Gefühl in seiner Magengrube bemerkte: Die Kraftmaschine arbeitete gegen die natürliche Schwerkraft. Er spürte, wie sich seine Haare aufstellten, und sah, wie sich Caitlins Schopf in alle Richtungen bauschte, wie sich jede Strähne zum Himmel streckte.

»Runter!«, rief Nick. »Auf den Boden.«

Zu dritt schmiegten sie sich an die Erde, mit dem Bauch im Dreck, aber festhalten konnten sie sich nirgendwo, und Nick fühlte schon, wie sich sein Gewicht verringerte. Sollten sie die hundertprozentige Schwerelosigkeit erreichen, wären sie völlig hilflos … da stieg der riesige Titanring langsam in die Höhe, erfasst vom Antigravitationsfeld.

Nick musste darauf setzen, dass sie hier unten, wo der Spalt zwischen Erdboden und Ring nach und nach anwuchs, bloß von den Ausläufern des Kraftfeldes touchiert und nicht ebenfalls in die Höhe gesogen wurden.

»Jetzt!«, schrie er kurz darauf.

Caitlin kroch unter dem Ring hindurch. Auf der anderen Seite wartete schon Mitch, der sich ein Seil um die Hüfte gebunden und Nicks Enterhaken an einem der nahen Bäume befestigt hatte. Mitch fasste Caitlin an den Händen und zerrte sie aus dem Spalt, Nick war dicht hinter ihr. Aber Vince, der die Batterie dabeihatte und sich daher mit dem Kriechen etwas schwerer tat, wurde in die Luft gehoben.

Vince war schon beinahe außer Reichweite, als Nick den Arm ausstreckte, ihn am Fußgelenk packte – und ebenfalls in die Luft gehoben wurde. Also packte Mitch Nick, und schon schwebten alle drei über dem Erdboden. Doch unten holte Caitlin das Seil ein, wie man normalerweise die Leine eines von Windböen hin und her geworfenen Drachen einholt, und zerrte die Jungs aus dem Antigravitationsfeld. Alle drei landeten auf der Erde und fühlten sich auf einmal sehr schwer.

»Wir müssen zurück zur Kommandozentrale.« Mitch schüttelte das Seil von der Hüfte. »Da sind wir in Sicherheit. Hoffe ich!«

Auf dem eiligen Weg zum Laboratorium konnte Nick nicht anders, als einen Blick auf den Turm zu werfen: Der Ring war bis zur Spitze aufgestiegen und hatte sich um den F.R.E.E. gelegt. Dieser schwebte nun ein Stück über der Plattform und absorbierte den gewaltigen Dauerblitz, der vom Asteroiden hinabschoss.

Jetzt, da jedes Bauteil am rechten Platz war, arbeitete der F.R.E.E. endlich wie von Tesla vorgesehen: Die Batterie hatte ihn anspringen lassen, die Kolben der Kraftmaschine in Bewegung gesetzt und auch die übrigen Bauteile mit Strom versorgt. Der Wäschetrockner lief an und schrumpfte den Globus zur Singularität. Das von der Trockenhaube umschlossene Geisterlicht wurde zum ultimativen Blitzableiter, um die Energie des Asteroiden anzulocken. Der folgende Blitzschlag, eine chaotische Entladung, wurde dann von den übrigen Teilen der Maschine gebündelt und als säuberlich fokussierter Strahl in den Ring geschossen, der nun auf Höhe der Maschine in der Luft hing. Die Überlast wurde vom Prisma aufgespalten und senkrecht nach unten gesandt, durch den schmalen Schacht in die unterirdische Kammer, wo sie gefahrlos durch die sieben Tunnel abfloss.

Das wirklich Erstaunliche geschah erst danach.

Wie beim ersten Versuch leuchtete jede Glühbirne in der Umgebung auf, jedes elektrische Gerät schaltete sich ein – doch anders als damals zerplatzte keine Glühbirne, brannte kein Gerät durch. Der Strom floss gleichmäßig und kontrolliert. Sein Ursprung befand sich in Shoreham, doch er zog immer weitere Kreise, Ort für Ort breitete er sich aus, und schließlich erfasste die Energiesphäre Manhattan. Auch in gewöhnlichen Nächten leuchtet New York City wie kaum eine andere Stadt, doch als jedes einzelne Licht ansprang, erfüllte ein gleißender Schein die Insel und verwandelte Manhattan in die wahrhaftige Stadt des Lichts.

Ob er wollte oder nicht, Jorgenson hatte den weltbesten Blick auf die Maschine. Er schwebte in der ersten Reihe.

Bereits als sich die Lifttür automatisch geöffnet hatte, war Jorgenson schwerelos gewesen. Immer wieder hatte er den Knopf gedrückt, um den Aufzug nach unten fahren zu lassen, aber vergeblich. Die Antigravitation hatte ihn aus dem Käfig getragen, und jetzt stieg er langsam zum F.R.E.E. auf, der mittlerweile über ihm in der Luft hing. Das Tosen der Elektrizität dröhnte ihm so laut in den Ohren, dass er nicht mal mehr seine eigenen Schreie hörte.

Jorgenson hoffte auf einen schnellen und schmerzlosen Tod. Doch als die Entladung des Asteroiden endete, passierte etwas, womit niemand gerechnet hatte.

Die Maschine verschwand mitsamt dem Titanring. Der gesamte Aufbau löste sich in Luft auf, und Jorgenson, der sich knapp außerhalb des Teleportfeldes befand, landete mit einem dumpfen Plumpsen auf der leeren Plattform. Er ächzte vor Schmerz.

In der Stille klingelten ihm die Ohren. Aber er war am Leben! Jorgenson war fest davon ausgegangen, dass sich der hinterhältige Teufelsbraten Nick Slate mit den Mächten des Schicksals dazu verschworen hatte, ihn erst zu ruinieren und dann zu töten – aber er war gesund und munter! Und da Edison aus dem Weg war, konnte er nach Belieben schalten und walten! Er würde jene ausmerzen, die sich als illoyal erwiesen hatten, und jene bestrafen, die bestraft werden mussten. Jorgenson richtete sich auf, voll und ganz bereit, sich die elektrifizierte Welt Untertan zu machen …

… und ohne jede Vorwarnung verschwand auch er.

Die Accelerati im Kontrollraum hatten kein Interesse daran, Nick Slate oder irgendwen sonst auszumerzen, waren sie doch endlich befreit vom eisernen Griff des / der Großen Acceleratus / Accelerata und vom schlechten Einfluss Edisons. Wie es schien, befanden sich wenigstens für einen Moment die Ziele und Wünsche aller Anwesenden im Einklang, alle standen auf derselben Seite. Jubel brach aus, als der F.R.E.E. in einem Umkreis von gut einhundertfünfzig Kilometern die Umgebung erstrahlen ließ – und wich schockiertem Schweigen, als die Maschine verschwand. Doch auch nach ihrem Verschwinden blieb die elektrische Ladung erhalten.

»Was ist passiert?«, rief jeder. »Was ist schiefgegangen?«, wollten sie alle wissen, während oben auf dem Turm auch noch Jorgenson abhandenkam.

Nick meldete sich zu Wort. »Gar nichts, glaube ich. Ich schätze, der F.R.E.E. soll einfach nicht länger an einem Ort bleiben.«

»Ja!«, sagte Zak, der als Erster kapierte, worauf Nick hinauswollte. »Wieso hätte Tesla sonst einen Teleporter zum zentralen Bestandteil des Mechanismus machen sollen?« Zak pflanzte sich vor einen der vielen Computer und hackte auf die Tastatur ein. Auf dem Monitor erschien eine Weltkarte. »Die Kommunikationssatelliten überwachen pausenlos die weltweite Energieverteilung und ich habe mich gerade in die Daten eingeklinkt. Das ist eine Live-Abbildung des Energieausstoßes unseres Planeten.«

Auf der Landkarte zeichnete sich ein extrem heller Kreis rund um New York City ab, mit Shoreham als Mittelpunkt. Doch vor ihren Augen entstand ein zweiter heller Fleck – in der Nähe von Shanghai.

»Der F.R.E.E. ist in China?«, fragte Caitlin und sah zu, wie der Fleck für ein paar Sekunden zum Kreis anwuchs.

»Nein, er ist hier«, sagte ein Acceleratus, der ihnen über die Schulter sah, und deutete auf einen weiteren Fleck über Island. Ein weiterer entwickelte sich in Westafrika, der nächste in Südamerika. Die versammelten Accelerati wurden aktiv, schoben sich schnell vor andere Monitore, um die verschiedenen Weltregionen genau im Blick zu behalten.

Z kam schließlich auf die Lösung. »Es ist Zufall!«, rief sie. »Der F.R.E.E. springt alle zwanzig Sekunden zu einem zufällig ausgewählten Ort und die Koordinaten werden durch einen Zufallszahlenalgorithmus festgelegt!«

Nick lächelte. »Er verteilt seine Energie an die Welt.«

»Und was ist mit Jorgenson?«, fragte Caitlin.

»Ein so stark aufgeladenes Teleportfeld entwickelt wahrscheinlich einen gewissen Sog«, mutmaßte Z. »Jorgenson muss sich darin verfangen haben. Er wurde mitgerissen wie von einem versinkenden Schiff, das alles mit sich in die Tiefe zieht.«

»Oh nein!« Mitch sah Zak an. »Weißt du noch, als wir den Algorithmus deiner Mom knacken wollten, aber wir konnten ihn nicht einholen? Wir sind höchstens bis auf …«

Ausnahmsweise wurde Mitchs Satz von Zak zu Ende gebracht. »… bis auf neun Komma drei Sekunden rangekommen!«, rief Zak. Jorgenson hing im Teleportsog des F.R.E.E. fest, und einholen würde er ihn nie. Er würde für immer 9,3 Sekunden hinter der Maschine liegen.

»Was sagt man dazu, Nick?«, meinte Caitlin. »Glaube kaum, dass Jorgenson dir so schnell noch mal Ärger macht.«

Doch als sie sich zu Nick umdrehte, war er nicht mehr da. Nick war genauso spurlos verschwunden wie Jorgenson.

49. Der weite Weg nach Hause

Nick hatte sich nicht etwa aufgrund eines latenten Teleportfeldechos in Luft aufgelöst. Verantwortlich für sein Verschwinden waren allein seine zwei Beine.

Er überließ es den anderen, über den F.R.E.E. zu staunen und Theorien über dessen Weltreise aufzustellen. Nicks Verbindung zu der Maschine war abgebrochen. Seine Mission, seine Besessenheit, die Apparatur zu vollenden, war wie ausgeknipst gewesen, kaum dass die Maschine sich angeknipst hatte. Der F.R.E.E. war nicht mehr auf Nick angewiesen, und das eigentlich Entscheidende war: Nick war nicht mehr auf den F.R.E.E. angewiesen. Er hatte

Wichtigeres zu tun. Zumindest, wenn er mal an sein eigenes Leben dachte und nicht ans Schicksal der Erde.

Nick begegnete seinem Vater und Danny gleich draußen auf der Straße. Die beiden liefen gerade auf das Haupttor des Turmgeländes zu, Danny hinkend und stöhnend, weil er immer noch vorgab, sich den Knöchel verstaucht zu haben.

»Nick!« Bei Nicks Anblick rannte sein Dad auf ihn zu und schloss ihn kräftig in die Arme. »Was ist passiert? Geht's dir gut? Wo sind die anderen?«

»Uns geht's allen gut.« Nick atmete tief durch. »Besser als gut, könnte man sagen.«

Weder Nicks Dad noch sein Bruder hatten irgendeine Ahnung, was auf sie zukam. Nick brannte darauf, es ihnen zu sagen, doch er wollte ihnen die Neuigkeit im angemessenen Rahmen beibringen. Die Rückkehr Natalie Slates in diese Welt war ein Geschenk und ein Geschenk musste würdig überreicht werden. Zum Glück hatte Nick monatelang Zeit gehabt, es ordentlich zu verpacken.

Evangeline Planck war nicht mehr dazu gekommen, wie angekündigt »den weiten Weg nach Hause zu nehmen«, aber Nick hatte es genau so gemacht. Volle fünf Monate hatte er mit seiner Mom verbracht und gleichzeitig seinen zweiten Besuch beim Wardenclyffe Tower geplant.

Erster Punkt auf der Tagesordnung war die Rückkehr nach Colorado Springs, um dort in das staubige viktorianische Haus einzubrechen, noch bevor Nick mit seiner Familie einzog, und den »Plunder« auf dem Dachboden nach dem Mixerdeckel zu durchwühlen. Verglichen mit den Strapazen der letzten Zeit war die Bergung des Mixerdeckels erstaunlich problemlos verlaufen. Beim Abschied vom Dachboden hatte Nick reflexartig den Toaster in eine weniger wackelige Position manövriert, dann über sich selbst gelacht und ihn wieder an den alten Platz gestellt.

Da man als Zeitreisender im Vorhinein weiß, was sich sonst immer erst im Nachhinein herausstellt, war Nick klar, dass seine Mom und er sogar in Colorado Springs bleiben könnten – niemand würde sie entdecken, niemand würde sie finden. Aber damit hätten sie das Raum-Zeit-Kontinuum nur unnötig getriezt und das wollte Nick nicht riskieren.

Deshalb mieden sie alle vertrauten Orte und unternahmen eine ausgedehnte Urlaubsreise quer durch die USA. Als Nächstes besuchten Mutter und Sohn Las Vegas.

Wie sich zeigte, kann man sich auch mit eher schwammigen Informationen über die Zukunft ein vernünftiges Finanzpolster schaffen. Nick hatte keine Ahnung, in welche Aktien er lohnend investieren könnte, aber er wusste noch, welches Footballteam beim Superbowl triumphiert hatte und welche Partien die Tampa Bay Rays in der Anfangsphase der Baseballsaison gewonnen hatten. Ein paar geschickte Wetten später hatten sie genügend Geld eingenommen, um die kommenden Monate angenehm herumzubringen.

Nick und seine Mom waren die vielleicht einzigen Menschen auf der Erde, die völlig unbeeindruckt auf die Nachricht reagierten, dass der Himmelskörper Felicity Bonk auf einen Kollisionskurs mit der Erde eingeschwenkt sei. Und die kein bisschen überrascht waren, als etwa einen Monat später ganz Colorado Springs von einer gewaltigen Energieentladung lahmgelegt wurde.

Zurück in Shoreham, New York, konnte Nick es dann kaum erwarten, endlich weiterzumachen, wo er aufgehört hatte. Nach gut fünf Monaten in der Vergangenheit war es ein seltsames, aber auch irgendwie belebendes Gefühl, nicht zu wissen, was als

Nächstes geschehen würde. Nach seiner Ankunft kaufte Nick sich erst mal einen Enterhaken.

Und jetzt stand er mit seinem Dad und seinem Bruder vor dem Tor der Turmanlage, fast ein halbes Jahr älter als noch vor zehn Minuten, einen Schlüssel mit Anhänger in seiner Hand.

»Wir wohnen jetzt schon seit über einem Monat hier in Shoreham«, sagte er lässig. »Die Straße runter und an der Ampel rechts. Es ist das vierte Haus auf der linken Seite.«

Sein Dad musterte ihn mit bedenklichem Blick. »Seit über einem Monat? Bist du nicht eben erst hier angekommen?«

»Ja und nein«, antwortete Nick. »Zu Hause wartet jemand auf euch. Eigentlich wollte sie mitkommen, aber ich habe sie überredet, lieber zu warten.«

Mit einer Mischung aus Verunsicherung und Aufregung beäugte Danny seinen großen Bruder. »Dad? Guck dir mal den Schlüsselanhänger an …«

Wayne Slate guckte sich den Schlüsselanhänger an. Es war ein Fotoanhänger, wie man ihn sich in jeder Drogerie anfertigen lassen konnte – mit einem Foto von Nicks Mom, auf dem sie vor dem Polarlicht posierte. Das erst *nach* dem Brand in ihrem Haus so weit im Süden aufgetaucht war.

Wayne Slates Atmung geriet ins Stolpern. »Nick … du willst doch nicht sagen, dass …«

»Ich will gar nichts sagen.« Nick legte seinem Dad den Schlüssel in die Handfläche und schloss ihm die Finger.

Da kam Caitlin aus dem Tor gerannt. »Du hättest ruhig irgendwem verraten können, dass du losmusst! Die suchen alle nach dir! Z und Zak denken, du wärst von einem zweiten Teleportsog mitgerissen worden oder so ähnlich.« Erst jetzt bemerkte sie Nicks Dad und Danny. »Freut mich, dass Sie Ihre Nackedeisierung gut überstanden haben, Mr Slate.«

Dieser erwiderte nichts. Er starrte immer noch auf den Schlüssel in seiner Hand.

»George Avenue, Nummer 42«, sagte Nick. »Das einzige blaue Haus in der Straße. Könnt ihr gar nicht verpassen.«

Endlich hob sein Dad den Blick, nickte Caitlin zu und machte sich auf den Weg die Straße hinunter.

Danny blieb noch einen Moment. »Erinnerst du dich an das Begrüßungsritual, das ich dem Teil von dir beigebracht habe, der jünger war als ich?«, fragte er Nick.

»Das hier, meinst du?« Nick streckte die Hand aus, und gemeinsam führten Danny und er ihre Handschläge und Abklatscher auf.

Aber damit konnte Danny sich noch nicht zufriedengeben. Ohne Vorwarnung schmiss er sich auf seinen großen Bruder und drückte ihn so fest an sich, dass sie fast beide zu Boden gingen. Nach einer Weile ließ Danny ihn wieder los und wich peinlich berührt zurück. »Nur zur Sicherheit. Falls sie mich noch mal dazu bringen, dich zu vergessen.« Er rannte davon, ihrem Dad hinterher.

Nur Caitlin stand noch bei Nick. »Was sollte das denn jetzt alles?«, fragte sie.

»Familienkram«, sagte Nick lächelnd. »Und apropos Familie – vielleicht solltest du mal deine Eltern anrufen? Sag ihnen, du musstest mal eben bei der Rettung der Welt mitmachen, aber jetzt kommst du bald wieder nach Hause.«

»Bei meiner *zweiten* Rettung der Welt, meinst du wohl«, erwiderte Caitlin.

Nick lachte. »Hoffen wir mal, dass es unsere letzte war.«

50. Unterdessen im Jahr 1856

Am 10. Juli 1856 hämmerte Petula Grabowski-Jones gegen die Tür eines kleinen weißen Hauses in Smiljan, einem kroatischen Dorf im Kaisertum Österreich. Petulas Ankunft in Smiljan hatte einen deutlich stärkeren Gewitterregen ausgelöst als Nicks Ausflug in die Vergangenheit – denn eine Zeitreise von über einhundertfünfzig Jahren setzte das Raum-Zeit-Kontinuum unter viel größeren Stress als läppische fünf Monate.

Endlich öffnete ein gestrenger Herr in schwarzem Gewand die Tür und sprach Petula auf Serbisch an, also in einer Sprache, von der Petula kein Wort verstand. Zum Glück hatte sie ihr Smartphone bei sich. Im Wissen, dass öffentliches WLAN an ihrem Bestimmungsort noch ein ferner Zukunftstraum war, hatte Petula die praktische Serbisch-Übersetzungsapp noch vor ihrer Abreise heruntergeladen.

In der Tür stand Milutin Tesla, ein Priester der Serbisch-Orthodoxen Kirche, der glaubte, ein Mitglied seiner Gemeinde vor sich zu haben, das Schutz vor dem Unwetter suchte. Wieso sollte ein junges Mädchen sonst mit einem heulenden Säugling im Arm durch den Regen rennen?

Tesla wollte das Mädchen hereinbitten, doch es drängelte sich schon ungefragt ins Haus. Dann blickte es auf einen Gegenstand in seiner Hand, wohl ein rechteckiger Taschenspiegel, und richtete das Wort an ihn. In einem Dialekt, den Tesla aus keinem Landstrich kannte.

»Donosim ti ovo dijete oluje«, sagte das Mädchen. »Ich bringe Ihnen dieses Kind des Sturms. Sie werden es aufziehen, als wäre es Ihr eigenes. Und ich werde sein Kindermädchen sein. Und Sie werden mich gut bezahlen. Und Sie können sich nicht weigern. Haben Sie das verstanden?«

Inzwischen war Teslas Ehefrau aus dem Zimmer getreten, hinter ihr die beiden jungen Töchter und der Sohn.

»Wer ist das?«, fragte eines der Mädchen.

»Schaut nur, wie sie gekleidet ist«, meinte der Junge. »Mit der ist doch irgendetwas faul.«

Da musste Tesla zustimmen. Das Mädchen litt offensichtlich unter geistigen Problemen – in ihrem Gulasch fehlte das Fleisch, wie man so sagte. Als Mann Gottes war es Teslas heilige Aufgabe, sich der Schwachsinnigen anzunehmen. Dieses bedauernswerte Fräulein hatte eindeutig nicht das Zeug dazu, ein Kind großzuziehen.

Draußen ließ der Gewitterregen nach. Teslas Frau nahm den Säugling aus den Armen des eigentümlichen Mädchens und wiegte ihn ein wenig, und schon versiegten die Tränen des Kleinen.

Die Frau sah ihren Ehemann an. Erst einen Monat zuvor hatte sie ein Kind bei der Geburt verloren, bis heute betrauerte sie ihren Verlust – und nun füllte der kleine Knirps in ihren Armen die Lücke in ihrem Herzen, als wäre es so vorherbestimmt. Wie könnten sie sich erdreisten, ein solches Geschenk des Schicksals auszuschlagen?

»Wie heißt der Junge?«, fragte Teslas Frau das Mädchen, aber das arme Ding schien sie nicht zu verstehen. Wie sie immer auf ihren Taschenspiegel starrte! Vielleicht eine nervöse Angewohnheit?

In der Zwischenzeit hatte sich Petulas Frust über die Technologie der Zukunft in ungeahnte Höhen geschraubt. Wieso musste ihre Übersetzungsapp ausgerechnet jetzt nur noch Mist bauen? Die Frage der Frau hatte sie mit »Wie geht es der Eule?« übersetzt, was unmöglich stimmen konnte. Aber ach, dachte Petula, was ändert das noch? Sie wusste doch, wie es weitergehen würde: genau so, wie es schon immer weitergegangen war. Die Teslas würden den Säugling bei sich aufnehmen. Sie würden ihn nach dem Vater der Frau benennen. Petula würde sein Aufwachsen begleiten, um sicherzustellen, dass er sich seinem Schicksal gemäß zum Genie entwickelte, und dieser »Nick« würde sie tatsächlich lieb gewinnen. Jetzt hatte Petula etwas, das ihr immer gefehlt hatte: ein Ziel im Leben. Es war schon seltsam – einerseits war all dies irgendwie vorherbestimmt gewesen, andererseits wäre es ohne Petulas Eingreifen nie zustande gekommen. Aber vielleicht war das Schicksal nichts anderes als ein Gemisch aus freiem Willen und Vorsehung, die Hand in Hand zusammenarbeiteten.

Von all dem wusste Teslas Frau natürlich nichts. Woher auch? Sie wusste nur, dass sie vom ersten Augenblick an eine tiefe Zuneigung zu diesem Säugling empfand.

»Wir nennen ihn Nikola«, sagte sie. »Nach meinem Vater.«

Petula, die diese Szene beobachtete, verstand nur den Vornamen. Wieder blickte sie auf ihr Telefon, diesmal nicht auf der Suche nach einer Übersetzung, sondern um nochmals die lange Liste ihrer Forderungen durchzugehen. Doch wie es schien, hatte der Akku so seine Schwierigkeiten mit Zeitreisen: Mit dem kleinen Kreisel des Todes verdunkelte sich das Display. Es war das Ende der Technologie. Für eine Weile.

Also starrte Petula die Teslas bloß entschlossen an, verschränkte die Arme und sagte: »Petula ist mein Name. *PÄTT*ula wie *PAPP*rika und nicht Pe*TUU*la wie Pe*TUU*nie. Kapiert?«

Die Gastgeberfamilie tauschte verwunderte Blicke aus und betrachtete Petula dann mit tiefstem Mitleid. Und Petula seufzte. Ihr war klar geworden, dass die Vergangenheit fast so ärgerlich sein würde wie die Zukunft.

51. Eine neue Schattierung der Normalität

Auch das größte Wunder büßt irgendwann den Glanz des Fantastischen ein. Es liegt in der Natur des Menschen, sich an alles zu gewöhnen, was zur Normalität wird. Selbst wenn es eine vollkommen neue Schattierung der Normalität ist.

Als bekannt wurde, dass eine sich selbst teleportierende Maschine die Energie des Asteroiden in sich aufnahm und rund um den Globus verteilte, brach alle Welt in Erstaunen aus – für ungefähr zwei Wochen. Dann fand man nichts Besonderes mehr daran. Tagtäglich kam es zu harmlosen Entladungen, die es entsprechend nicht mal mehr in die Abendnachrichten schafften. Sie gehörten zum Leben wie so vieles andere auch.

Allerdings behauptete hin und wieder ein Augenzeuge einer F.R.E.E.-Erscheinung, kurz nach dem Verschwinden der Apparatur einen Mann in einem zerschlissenen pinkfarbenen Anzug gesehen zu haben, der für einen Moment aufgetaucht und dann wieder entfleucht sei wie ein Gespenst.

»Hat mir mein Sandwich aus der Hand gerissen und sich das Ding reingestopft und ist dann wieder hopsgegangen. Hat nicht mal Howdy gesagt, der Rüpel«, berichtete ein Farmer aus Iowa, dem selbstverständlich niemand glaubte.

Nach einer Weile verlor die Allgemeinheit auch das Interesse an dem zweidimensionalen Teenager, der derzeit an der Universität Princeton untersucht wurde. Nur ein paar Tage lang war er als rührende »Geschichte aus dem Leben« durch Magazinsendungen gegeistert, was zu tiefschürfenden Gesprächen unter fernsehguckenden Familien geführt hatte:

»Zweidimensionale Menschen? Gibt's das jetzt auch?«

»Sieht so aus. Wenn's in den Nachrichten kommt.«

»Was es nicht alles gibt. Und was gibt's zum Abendessen?«

Für Theo Blankenship war es eine Enttäuschung, dass ihm seine Flachheit bloß ein paar wenige Talkshowauftritte eingebracht hatte. Aber konnte er wirklich mehr erwarten? Da das Fernsehen ein zweidimensionales Medium ist, war es nicht besonders aufregend, Theo im Fernsehen zu sehen, und noch weniger aufregend, ihm auch noch zuhören zu müssen.

In Princeton zeigten Dr. Zenobia Thuku und ihre Forschungsabteilung aber weiter reges Interesse an Theo, und gerüchteweise hatte die NASA Großes mit ihm vor – wegen des immensen Kosteneinsparpotenzials der zweidimensionalen Raumfahrt. Noch hatte Theo jedoch keine Einladung zum Astronautentraining erhalten.

Nicht das geringste Interesse hatte die Welt an den geklauten 725 Millionen Dollar. Mitch Murló hatte sich redlich bemüht, das einzig Richtige zu tun. Er hatte sich bei den größten Banken des Landes gemeldet und angeboten, das Geld zurückzugeben. Im Nu wurde er von einem Chef zum anderen weitergereicht, bis er sich schließlich in einem Sitzungssaal mit den Obermotzen der sogenannten Global Bank wiederfand, die sehr seriös dreinschauten und dazu sehr seriöse Anzüge trugen. Von dieser Global Bank hatte Mitch noch nie gehört. Es handelte sich wohl um einen Geheimbund nach Manier der Accelerati, aber wahrscheinlich viel älter.

Wie üblich hatten die Entscheidungsträger ihre Entscheidung bereits getroffen, noch bevor Mitch einen Fuß ins Zimmer gesetzt hatte.

»Einen einzigen Cent auf jedes existierende Bankkonto zurückzubuchen, wäre ein unerhörter Aufwand – und offen gestanden auch ziemlich peinlich für das Bankenwesen«, erklärte ihm einer der Anzugträger. Dann verfiel der Mann in ein verschwörerisches Flüstern, zwinkerte Mitch zu und riet ihm, das Geld einfach still und heimlich zu behalten.

»Aber was soll ich mit 725 Millionen Dollar machen?«, fragte Mitch.

»Worauf du Lust hast«, antwortete der Mann. »Mache ich doch mit meinen Millionen genauso.« Seine Kollegen nickten zustimmend.

Bald wurde Mitch von Unternehmern kontaktiert, die große Energiespeicheranlagen entwickelten, gewaltige Batteriebänke, die sich durch die Energie des F.R.E.E. aufladen und den Strom dann »gegen eine geringe Gebühr« in aller Welt verteilen sollten. Sie hofften, Mitch würde in ihren raffinierten Plan investieren – aber Mitch ließ seine Spenden lieber gemeinnützigen Organisationen zukommen, die die Menschheit nicht abzocken wollten, indem sie für Gratisstrom Geld verlangten. Tesla hätte es so gewollt.

An einem warmen Julitag – der F.R.E.E. war vor etwa einem Monat in Betrieb gegangen – traf sich Nick Slate mit Caitlin, Mitch und Zak im Beef-O-Rama.

Eigentlich hätte auch Vince auftauchen sollen, aber der verspätete sich offenbar. Was sollte man auch von einem Typen erwarten, der nicht mal pünktlich sterben wollte?

»Ich sag's euch, das ist so irre da unten«, erzählte Zak. Er war Praktikant bei einem eigens zusammengestellten Wissenschaftlerteam, das mit der Erforschung des alten Accelerati-Hauptquartiers unter dem Atomic Lanes beauftragt worden war. »An den Wänden hängen berühmte Gemälde, die seit Hunderten von

Jahren verschollen sind, und überall stehen irgendwelche absurd verdrehten Technikteile rum …«

»Wissen wir alles«, erwiderte Caitlin. »Wir waren schon mal da.«

Für Nick war es immer noch ungewohnt, bei Unterhaltungen mit seinen Freunden nicht verstohlen flüstern oder nach Unholden in piekfeinen Pastellanzügen Ausschau halten zu müssen. Die Accelerati waren Geschichte. Sie hatten den Bund nicht einfach aufgelöst, sondern ihren für äußerste Notfälle vorgesehenen Selbstzerstörungsmechanismus aktiviert: Bei jedem Mitglied waren sämtliche Erinnerungen an den Geheimbund ausgelöscht worden. Abgesehen von vereinzelten Erinnerungsschüben in der Nähe von Metalldetektoren an Flughäfen und Stränden hatten die Wissenschaftler keinen Schimmer mehr von ihren einstigen Aktivitäten. Lediglich Z hatte sich ihr Gedächtnis bewahrt, weil sie nur so die Demontage der diversen Geheimverstecke überwachen konnte.

»Ihr habt mir noch gar nicht gesagt, wie euch das neue Beef-O-Rama gefällt«, sagte Mitch mit einer Handbewegung, die den umgestalteten Imbiss umfasste. »Größer, schöner, besser! Und doch riecht man noch das alte Frittenfett. Hach …«

»Und die Bedienung ist immer noch total unfreundlich«, klagte Caitlin, nachdem die Kellnerin den Pommeskorb mit der Präzision eines Fallschirmabwurfs auf den Tisch gepfeffert hatte.

»Aber natürlich«, erwiderte Nick. »Sonst wär's doch nicht mehr dasselbe!«

Nick pflückte ein paar Pommes aus dem Korb und schob sie sich in den Mund. Außen knusprig, innen weich, genau so hatte er's am liebsten. Ein Glück, dass Mitch das Beef-O-Rama vor dem Bankrott bewahrt hatte. Mitchs erste Amtshandlung nach Erwerb der Kapitalmehrheit war es gewesen, einen Burger auf seinen eigenen Namen zu taufen. Das »Murló-Monster« punktete mit 250 Gramm Rinderhack, Pilzen, Zwiebeln, Jalapeños und doppelt Cheddar-Käse und war schon jetzt der meistbestellte Burger auf der Karte.

»Was denkt ihr, wo Vince steckt?«, fragte Caitlin. »Vielleicht quält seine Mom ihn gerade mit ihrer neuesten Plüschtiersammlung ...«

»Oder er testet irgendwo die Reichweite seiner neuen Funkverbindung aus«, überlegte Mitch und biss in seinen bombastischen Burger. Vince' hatte es etwas leichter im Leben, seit Nick seine Batterie mit einer Bluetooth-Verbindung ausgestattet hatte. Technisch gesehen sollte die Reichweite fünfzehn Meter betragen, aber Vince war schon immer ein Typ gewesen, der an seine Grenzen gehen musste. »Diese Drahtlossache war echt ein Geniestreich, Nick.«

»Ja«, sagte Zak. »Du hast Tesla überteslat!«

Darüber musste Nick grinsen, und doch löste Zaks Spruch bei ihm gemischte Gefühle aus. Tief im Inneren wusste Nick, dass er über Teslas angeborene Genialität verfügte – aber auch, dass ihm der alles verzehrende Ehrgeiz des großen Erfinders fehlte. Was für ein Gefühl war es gewesen, als ein Siebtel seiner selbst durchs Leben zu gehen? War es vielleicht nicht nur ein Nachteil? War es gleichzeitig der Ursprung von Teslas Feuereifer, diese brennende Sehnsucht, sich selbst zu vollenden, auf welchem Weg auch immer?

Als Mitch den nächsten Brocken aus seinem triefenden Burger biss, schüttelte Caitlin mit gespieltem (oder echtem?) Ekel den Kopf. »Von dem Burger könnte sich ein mittelgroßes Land ernähren, Mitch.«

Worauf dieser antwortete: »Was du nicht sagst. Aber ich ernähre schon mit meinen Spenden ein mittelgroßes Land, also lass meinen Burger aus dem Spiel!«

Anschließend erzählte Mitch von der Wiederaufnahme des Gerichtsverfahrens gegen seinen Vater. »Wenn die Berufung durchgeht, kann er vielleicht schon Ende des Monats raus aus dem Gefängnis – und weil die Banken so tun, als hätten sie noch nie von dem Geld gehört, werden sie kaum gegen ihn aussagen. Die Chancen stehen nicht schlecht!«

»Aber Mitch …«, sagte Nick behutsam. »Hat das *Klappe! Zuhören!* nicht gesagt, dass dein Dad nie auf Bewährung rauskommen wird?«

Mitch schenkte ihm ein breites Ketchuplächeln. »Ja, dass er nie *auf Bewährung* rauskommt. Aber es hat kein Wort darüber gesagt, ob das ganze Urteil wieder über den Haufen geworfen werden kann. Das ist was anderes.«

Da musste Nick ihm recht geben.

Und Mitch fuhr fort. »Ich dachte mir einfach: Wenn du in der Vergangenheit deine Mom retten kannst, ohne dass das Universum dir einen Bodyslam verpasst, dann kann ich auch in der Gegenwart meinen Dad retten.«

Caitlin lauschte dem Gespräch, doch ihre Aufmerksamkeit ruhte auf Nick. Es war immer noch schwer vorstellbar, dass er um fünf Monate gealtert war, während in ihrer eigenen Zeitlinie nur Sekunden vergangen waren. Sein Selbstbewusstsein war gestiegen, und er besaß eine Lockerheit, die Caitlin früher nicht von ihm gekannt hatte, fast als wäre er eine neue, vollständigere Version seiner selbst, obwohl ihm ein Siebtel abhandengekommen war. Nick war kein zufällig aufgefundenes Dings mehr, das man erst mit anderen Teilen zu einer Montage kombinieren musste.

Mit Caitlins eigenen Montagen und Collagen, der Müllkunst oder »Münst«, die von ihrem Kunstlehrer mit Verachtung gestraft worden war, hatte sie sich die Zulassung zur Kunstakademie von Colorado Springs verdient, übrigens mit Vollstipendium. Jetzt zeigte sie den anderen die schriftliche Zusage – ein etwas bittersüßer Moment, weil Nick und sie dadurch nicht auf derselben Highschool landen würden. Aber dann würde Caitlin die gemeinsame Zeit nach dem Unterricht eben umso mehr genießen.

»Wie ist euer neues Haus so?«, fragte sie Nick. »Und hat es einen Dachboden?«

»Fehlanzeige«, antwortete Nick. »Es hat ein Flachdach, sogar ohne Blitzableiter, und soweit ich weiß, gibt's im Keller keinen einzigen Geheimgang.«

»Hmmmm«, machte Zak. »Enttäuschend.«

In gewisser Hinsicht musste Nick ihm recht geben. Aber er wollte sich nicht darüber beschweren, wie es in letzter Zeit zu Hause lief.

»Mein Dad und Danny müssen sich immer noch daran gewöhnen, dass meine Mom wieder da ist«, erzählte er. »Dad sagt dauernd, dass es ein Wunder ist – obwohl es gar keins ist. Ich meine, man kann doch gar nicht von den Toten auferstehen, wenn man überhaupt nie tot war.«

»Vince war aber tot«, entgegnete Mitch. »Also ist Vince jetzt ein wandelndes Wunder?«

»Schätze ja«, meinte Nick. »Ein Wunder der Wissenschaft.«

»Hey, da fällt mir was ein«, sagte Zak. »Ich wollte euch was zeigen. Kommt nicht ganz an wiederauferstandene Tote ran, aber ziemlich schräg ist es schon.« Er zog seinen Laptop aus der Tasche und rief einen Wikipedia-Artikel auf. Es ging um eine Serbin namens Milica Ninkovic.

Nick überflog den ersten Absatz. »Eine Frauenrechtlerin aus dem späten 19. Jahrhundert?«

Dem Wikipedia-Artikel zufolge hatte die Journalistin Milica Ninkovic die bedeutendste Frauenrechtsorganisation des Balkans gegründet.

»Und?«, fragte Caitlin.

Anstelle einer Antwort scrollte Zak auf der Seite bis zu einer altertümlichen Ferrotypie. Darauf war eine Frau in hochgeschlossenem Kleid zu sehen, die streng in die Kamera blickte, als würde sie gleich den Fotografen anschreien, und deren präzise gescheiteltes Haar zu zwei Zöpfen geflochten war.

»Petula?«, sagte Nick.

»Das kann nicht sein!«, rief Mitch zugleich begeistert und schockiert – seine übliche Reaktion auf Petula.

»Ich kannte sie ja nicht so gut«, meinte Zak. »Aber die Frau hier sieht schon sehr nach Petula aus.«

Die Ähnlichkeit war in der Tat verblüffend. Und im Text hieß es weiter, Milica Ninkovic habe einmal die Ehre gehabt, Thomas Edison kennenzulernen, und ihm prompt eine runtergehauen. Wenn das nicht der endgültige Beweis war.

Plötzlich ließ ein Summen und Knistern vor den Fenstern sanft das Imbissdach erzittern und kurz darauf wehte ein mehr oder minder leichter Ozonhauch herein. Alle Gäste wussten, was das zu bedeuten hatte: Irgendwo auf der Nordhalbkugel gab der Erdtrabant seine Energie an den F.R.E.E. ab, der sie daraufhin nach dem Zufallsprinzip über den Globus verteilte. Mit dem hübschen Nebeneffekt, dabei auch noch die Ozonschicht wiederaufzubauen.

Mitch verschlang den Rest seines Burgers, Nick nahm ein paar Pommes aus dem Korb, tunkte sie ins Ketchup und hielt sie Caitlin hin, die sie lächelnd annahm.

Mit der Zeit wurde die Stille beinahe unangenehm – eigentlich seltsam nach allem, was sie miteinander durchgemacht hatten. Aus Verbündeten wider Willen waren die engsten Freunde geworden. Doch jetzt kehrte ihr jeweiliges Leben in geregelte Bahnen zurück und ihre Freundschaft hatte sich immer außerhalb aller geregelten Bahnen bewegt.

»Na, hoffentlich taucht Vince bald auf«, sagte Nick. »Ich muss nämlich gleich wieder los. Hab meiner Mom versprochen, dass ich den Rasen mähe.«

»Ich werde dann wieder unter der Bowlingbahn gebraucht«, sagte Zak.

»Und ich muss noch mal zum Künstlerbedarf«, sagte Caitlin.

»Ich wollte mir ’ne Insel kaufen«, sagte Mitch.

Nick wollte es nicht wahrhaben, aber es war eine Stimmung, als würde etwas zu Ende gehen. Sich auflösen. Er und die anderen würden immer Freunde bleiben, doch sie würden nie wieder die zentrale Rolle in einer Geschichte spielen, die so viel größer war als jeder Einzelne …

Da flog die Tür des Beef-O-Rama auf und Vince stürmte herein. Kam es Nick nur so vor oder schimmerte er wirklich grünlich? Vince vergeudete keine Zeit mit Small Talk. Er knallte einen Gegenstand auf den Tisch – einen rostigen Würfel mit Zahnrädern und Einstellrädchen an den Außenseiten – und sagte genau zwei Worte:

»Enrico Fermi.«

Nick, Caitlin, Mitch und Zak beugten sich vor, um den eigentümlichen Apparat genauer zu studieren. Der summende und brummende Würfel sah aus wie eine japanische Trickbox, die nur darauf wartete, dass man ihren geheimen Schließmechanismus knackte.

Mit einem Lächeln, das sich unaufhaltsam über sein Gesicht ausbreitete, sagte Nick zu Vince: »Ich höre.«

Dank

Kein Autorenduo dieser Welt könnte ohne Unterstützung eine dreibändige Fantasy-Action-Comedy-Abenteuer-Saga auf die Beine stellen. Wir schulden vielen Menschen unseren Dank:

Erstens unserem Team bei Disney Hyperion mit unserer brillanten Lektorin Stephanie Lurie an der Spitze; außerdem allen, die bei PR, Lesereisen und Konferenzauftritten mitgeholfen haben, unter anderem Jamie Baker, Dina Sherman, Mary Ann Zissimos, Heather Crowley und Elena Blanco. Auch unserer fantastischen Agentin Andrea Brown sind wir zu großem Dank verpflichtet, ebenso der unglaublichen Taryn Fagerness, die sich um den Rechteverkauf in alle Welt kümmert.

Ein herzliches Dankeschön auch dem Regisseur Jonathan Judge, der das filmische Potenzial unserer Romane erkannt hat, und an DisneyXD, weil sie es ebenfalls erkannt haben!

Wir wussten, dass unsere Story nur mit einer felsenfesten Erdung in der Realität funktionieren könnte. Deshalb haben wir unzählige Bücher und Artikel herangezogen, insbesondere die aktuellen Biografien *Tesla: Inventor of the Electrical Age* von W. Bernard Carlson sowie *Edison and the Rise of Innovation* von Leonard DeGraaf. Außerdem durften wir einer Diskussion zwischen den beiden Biografen beiwohnen, was wir der Einladung von Jacques Lamarre zu verdanken hatten, Director of Communications and Special Programs beim Mark Twain House and Museum.

Darüber hinaus danken wir Jane Alcorn, der Präsidentin des Tesla Science Center, die uns zu einer Führung über das Gelände in Shoreham, New York, einlud, das einst den Wardenclyffe Tower und Teslas Laboratorium beherbergte. In der Zukunft soll dort ein Nikola Tesla gewidmetes Wissenschaftsmuseum eröffnet werden.

Ein dankbares Hallo geht an alle Lehrerinnen, Schüler, Buchhändlerinnen und Fans, die uns auf unseren Lesereisen unterstützt haben, und unser besonderer Dank gilt unseren Familien, die es sogar noch mit uns ausgehalten haben, als uns vor lauter Charakterentwicklungsbögen und teslanoiden Objekten längst die Birne platzte.

Schlussendlich möchten wir uns bei zwei Genies bedanken: bei Stephen Hawking, dessen *Kurze Geschichte der Zeit* uns beide seit Jahren mit Ehrfurcht erfüllt – und selbstverständlich bei Nikola Tesla, dessen visionäre Kraft und unermüdliche Beharrlichkeit eine unerschöpfliche Quelle der Inspiration darstellen.

Neal Shusterman fing schon als Kind an, Bücher zu schreiben. Allerdings musste er erst noch Psychologie und Theaterwissenschaften studieren, bevor sein Talent als Autor entdeckt wurde und er sein erstes Buch veröffentlichen konnte. Heute lebt er als Drehbuchschreiber und preisgekrönter Autor von mehreren Jugendbüchern mit seiner Familie in Südkalifornien.

Eric Elfman ist Drehbuchschreiber für Film und Fernsehen, veröffentlichte aber auch schon einige Kinder- und Jugendbücher. Wenn er nicht gerade selbst an einem Manuskript sitzt, bringt er als Autorencoach auch anderen das Schreiben bei. Sein besonderes Interesse gilt übernatürlichen Erscheinungen und verrückten Rekordversuchen. Er lebt mit seiner Frau und seinem Sohn in Los Angeles.